21 世纪全国高职高专计算机案例型规划教材

Visual Basic 2005
程序设计案例教程

主　编　靳广斌
副主编　王洪香
参　编　倪志良　杨江文

北京大学出版社
PEKING UNIVERSITY PRESS

内 容 简 介

本书针对初学 Visual Basic 2005 的用户编写，它的最大特色是采用任务驱动方式，用案例带动知识点的方法进行讲解，学生通过学习 12 个案例，基本上可以掌握 Visual Basic 2005 程序设计的方法。本书每章至少有一个案例，通过案例对知识点进行了细致的取舍和编排，将知识和案例相结合，由案例覆盖知识点。读者只要按照书中介绍的案例步骤去操作，都会制作出一个具有特定功能的小程序。

本书可作为高职高专院校计算机专业的教材，也可作为初、中级社会培训班的教材，还可作为初学者的自学用书。

图书在版编目(CIP)数据

Visual Basic 2005 程序设计案例教程/靳广斌主编. —北京：北京大学出版社，2009.8
(21 世纪全国高职高专计算机案例型规划教材)
ISBN 978-7-301-15618-6

Ⅰ. Ⅴ… Ⅱ. 靳… Ⅲ. BASIC 语言—程序设计—高等学校：技术学校—教材 Ⅳ. TP312

中国版本图书馆 CIP 数据核字(2009)第 132051 号

书　　　　名：Visual Basic 2005 程序设计案例教程
著作责任者：靳广斌　主编
策 划 编 辑：李彦红
责 任 编 辑：魏红梅
标 准 书 号：ISBN 978-7-301-15618-6/TP · 1049
出　版　者：北京大学出版社
地　　　址：北京市海淀区成府路 205 号　　100871
网　　　址：http://www.pup.cn　　http://www.pup6.com
电　　　话：邮购部 62752015　发行部 62750672　编辑部 62750667　出版部 62754962
电 子 邮 箱：pup_6@163.com
印　刷　者：三河市欣欣印刷有限公司
发　行　者：北京大学出版社
经　销　者：新华书店
　　　　　　787mm×1092mm　16 开本　22 印张　502 千字
　　　　　　2009 年 8 月第 1 版　　2009 年 8 月第 1 次印刷
定　　　价：33.00 元

21世纪全国高职高专计算机案例型规划教材
专家编写指导委员会

信息技术的案例型教材建设

(代丛书序)

刘瑞挺/文

北京大学出版社第六事业部在 2005 年组织编写了两套计算机教材，一套是《21 世纪全国高职高专计算机系列实用规划教材》，截至 2008 年 6 月已经出版了 80 多种；另一套是《21 世纪全国应用型本科计算机系列实用规划教材》，至今已出版了 50 多种。这些教材出版后，在全国高校引起热烈反响，可谓初战告捷。这使北京大学出版社的计算机教材市场规模迅速扩大，编辑队伍茁壮成长，经济效益明显增强，与各类高校师生的关系更加密切。

2007 年 10 月北京大学出版社第六事业部在北京召开了"21 世纪全国高职高专计算机案例型教材建设和教学研讨会"，2008 年 1 月又在北京召开了"21 世纪全国应用型本科计算机案例型教材建设和教学研讨会"。这两次会议为编写案例型教材做了深入的探讨和具体的部署，制定了详细的编写目的、丛书特色、内容要求和风格规范。在内容上强调面向应用、能力驱动、精选案例、严把质量；在风格上力求文字精练、脉络清晰、图表明快、版式新颖。这两次会议吹响了提高教材质量第二战役的进军号。

案例型教材真能提高教学的质量吗？

是的。著名法国哲学家、数学家勒内·笛卡儿(Rene Descartes，1596～1650)说得好："由一个例子的考察，我们可以抽出一条规律。(From the consideration of an example we can form a rule.)"事实上，他发明的直角坐标系，正是通过生活实例得到的灵感。据说是在 1619 年夏天，笛卡儿因病住进医院。中午他躺在病床上苦苦思索一个数学问题时，忽然看到天花板上有一只苍蝇飞来飞去。当时天花板是用木条做成正方形的格子。笛卡儿发现，要说出这只苍蝇在天花板上的位置，只需说出苍蝇在天花板上的第几行和第几列。当苍蝇落在第四行、第五列的那个正方形时，可以用(4，5)来表示这个位置……由此他联想到可用类似的办法来描述一个点在平面上的位置。他高兴地跳下床，喊着"我找到了，找到了"，然而不小心把国际象棋撒了一地。当他的目光落到棋盘上时，又兴奋地一拍大腿："对，对，就是这个图"。笛卡儿锲而不舍的毅力，苦思冥想的钻研，使他开创了解析几何的新纪元。千百年来，代数与几何井水不犯河水。17 世纪后，数学突飞猛进的发展，在很大程度上归功于笛卡儿坐标系和解析几何学的创立。

这个故事，听起来与阿基米德在浴池洗澡而发现浮力原理，牛顿在苹果树下遇到苹果落到头上而发现万有引力定律，确有异曲同工之妙。这就证明，一个好的例子往往能激发灵感，由特殊到一般，联想出普遍的规律，即所谓的"一叶知秋"、"见微知著"的意思。

回顾计算机发明的历史，每一台机器、每一颗芯片、每一种操作系统、每一类编程语言、每一个算法、每一套软件、每一款外部设备，无不像闪光的珍珠串在一起。每个案例都闪烁着智慧的火花，是创新思想不竭的源泉。在计算机科学技术领域，这样的案例就像大海岸边的贝壳，俯拾皆是。

事实上，案例研究(Case Study)是现代科学广泛使用的一种方法。Case 包含的意义很广，包括 Example 例子，Instance 事例、示例，Actual State 实际状况，Circumstance 情况、事件、境遇，甚至 Project 项目、工程等。

大家知道在计算机的科学术语中，很多是直接来自日常生活的。例如 Computer 一词早在 1646 年就出现于古代英文字典中，但当时它的意义不是"计算机"而是"计算工人"，即专门从事简单计算的工人。同样的，Printer 的意义当时也是"印刷工人"而不是"打印机"。正是由于这些"计算工人"和"印刷工人"常出现计算错误和印刷错误，才激发查尔斯·巴贝奇(Charles Babbage，1791—1871)设计了差分机和分析机，这是最早的专用计算机和通用计算机。这位英国剑桥大学数学教授、机械设计专家、经济学家和哲学家是国际公认的"计算机之父"。

20 世纪 40 年代，人们还用 Calculator 表示计算机。到电子计算机出现后，才用 Computer 表示计算机。此外，硬件(Hardware)和软件(Software)来自销售人员，总线(Bus)就是公共汽车或大巴，故障和排除故障源自格瑞斯·霍普(Grace Hopper，1906—1992)发现的"飞蛾子"(Bug)和"抓蛾子"或"抓虫子"(Debug)。其他如鼠标、菜单……不胜枚举。至于哲学家进餐问题、理发师睡觉问题更是操作系统文化中脍炙人口的经典。

以计算机为核心的信息技术，从一开始就与应用紧密结合。例如，ENIAC 用于弹道曲线的计算，ARPANET 用于资源共享以及核战争时的可靠通信。即使是非常抽象的图灵机模型，也受到"二战"时图灵博士破译纳粹密码工作的影响。

在信息技术中，既有许多成功的案例，也有不少失败的案例；既有先成功而后失败的案例，也有先失败而后成功的案例。好好研究它们的成功经验和失败教训，对于编写案例型教材有重要的意义。

我国正在实现中华民族的伟大复兴，教育是民族振兴的基石。改革开放 30 年来，我国高等教育在数量上、规模上已有相当大的发展。当前的重要任务是提高培养人才的质量，为此，培养模式必须从学科知识的灌输转变为素质与能力的培养。应当指出，大学课堂在高新技术的武装下，利用 PPT 进行的"高速灌输"、"翻页宣科"有愈演愈烈的趋势，我们不能容忍用"技术"绑架教学，而是让教学工作乘信息技术的东风自由地飞翔。

本系列教材的编写，以学生就业所需的专业知识和操作技能为着眼点，在适度的基础知识与理论体系覆盖下，突出应用型、技能型教学的实用性和可操作性，强化案例教学。本套教材将会融入大量最新的示例、实例以及操作性较强的案例，力求提高教材的趣味性和实用性，打破传统教材自身知识框架的封闭性，强化实际操作的训练，使本系列教材做到"教师易教，学生乐学，技能实用"。有了广阔的应用背景，再造计算机案例型教材就有了基础。

我相信北京大学出版社在全国各地高校教师的积极支持下，精心设计，严格把关，一定能够建设出一批符合计算机应用型人才培养模式的、以案例型为创新点和兴奋点的精品教材，并且通过一体化设计实现多种媒体有机结合的立体化教材，为各门计算机课程配齐电子教案、学习指导、习题解答、课程设计等辅导资料。让我们用锲而不舍的毅力，勤奋好学的钻研，向着共同的目标努力吧！

刘瑞挺教授 本系列教材编写指导委员会主任、全国高等院校计算机基础教育研究会副会长、中国计算机学会普及工作委员会顾问、教育部考试中心全国计算机应用技术证书考试委员会副主任、全国计算机等级考试顾问。曾任教育部理科计算机科学教学指导委员会委员、中国计算机学会教育培训委员会副主任。PC Magazine《个人电脑》总编辑、CHIP《新电脑》总顾问、清华大学《计算机教育》总策划。

前　　言

1. Visual Basic 2005 的特色

程序设计语言是人与计算机进行信息交流的工具，程序就是用它编写而成的。在计算机课程体系中，程序设计语言是其中一门重要的基础性课程。对于刚刚步入编程殿堂的初学者而言，选择一种适合自己的程序设计语言无疑是十分重要的。目前程序设计语言的种类非常多，令人眼花缭乱，无所适从。如果想走一条捷径，早日叩开程序设计的大门，那么学习 Visual Basic 2005 语言不失为一个明智的选择。

Visual Basic 2005 是基于 Windows 平台的可视化程序开发工具。它的最大特点是功能强大，简单易学，语法较为直观、友好，受到众多编程者的喜爱。Visual Basic 2005 语言一方面融合了面向对象、可视化设计、事件驱动机制以及动态数据驱动等先进的软件开发技术，另一方面又延续和继承了 Windows 系统的丰富资源，如窗口、菜单和对话框等。这些优势使得用它开发出的软件功能很强，而且开发周期短，效率高。不论对已有一定经验的程序员还是对初学者，Visual Basic 2005 都是一种很好的应用程序开发工具。

2. 本书特点

本书针对初学 Visual Basic 2005 的用户而编写，它的最大特色是采用任务驱动方式，列举的案例涉及面广，与生活密切相关，由案例覆盖知识点。每一章通过制作一个完整的案例(有的为两个)，达到掌握 Visual Basic 2005 基本知识和操作要领的目的。在编写风格方面，没有涉及很深奥的理论知识，也没有把 Visual Basic 2005 中的所有知识点面面俱到地告诉读者，而只是想做一个领路人，把对 Visual Basic 2005 感兴趣的初学者，逐步引向编程之路。操作过程简单明了，程序设计思路明确，知识描述通俗易懂，读者只要按照书中介绍的案例步骤一步步做下去，逐步发展，由浅入深，都会制作出一个具有特定功能的小程序，给读者持续的动力、兴趣和成就感。本书与其他案例教材最大的区别在于，先给出案例，提出要求，然后按照要求写出代码，在每条代码之前标有注释，对代码加以解释。对于在代码中涉及的其他知识，做了更详细的说明。通过这样的实用程序设计，读者很快就能体会到使用 Visual Basic 2005 编程是怎样的一个过程。熟能生巧，只要读者多做多试，很快就会掌握 Visual Basic 2005 的编程技巧。在编写思路方面，主要基于高职高专的办学特点和教师多年来的教学经验，确定任务驱动式教学和编写思路，对具体教学过程中的素材进行整理和加工，最后编写了本书。

本书共包括 11 章，12 个案例，每个案例由案例说明(案例简介、案例目的)、案例的实现步骤、编写代码、案例分析和相关知识及注意事项等组成。第 1 章 Visual Basic 2005 基础知识，主要介绍 Visual Basic 2005 的技术特点以及 Visual Basic 2005 速成版的安装；第 2 章窗体和常用控件，主要介绍简单的编程思路、变量、常量以及一些函数的使用；第 3 章创建用户高级界面，介绍条件语句、过程、Function 函数过程和参数传递；第 4 章系统编程，主要介绍注册表的维护、获取系统信息、命名空间的概念、类和对象；第 5 章文件管理，主要介绍如何添加控件、数组和结构化异常处理；第 6 章图形应用设计，主要介绍坐标系、像素的概念，以及利用画刷绘制图形、文字等；第 7 章网络编程，主要介绍 TCP/IP 协议、Unicode 编码、进程与线程、Socket 和 UPD 协议的概念以及应用；第 8 章多媒体播放器程序，主要介绍多媒体控件(MMControl)、Flash 播放器控件(AxShockwave Flash)的使用；第 9 章数据库应用程序开发，主要介绍数据库的编程和 Access、SQL 数据库的接口；第 10 章创建 ASP.NET 应用程序，主要介绍在 ASP.NET 环境中创建 Web 数据库应用程序的方法和技巧；第 11 章部署应用程序，主要介绍如何将开发的应用程序进行打包，以便在没有安装 Visual Basic 2005 的计算机上使用；附录 Visual Basic 2005 常用命名空间，主要列举目前编程所用的命名空间。

3．本书适用对象

本书适合作为高职高专计算机专业程序设计课程的教材，也适合于广大的计算机编程爱好者自学以及作为一般计算机技术人员的自学参考用书。

4．编写分工

本书由山西大学工程学院靳广斌担任主编，辽宁工程技术大学职业技术学院王洪香担任副主编。其中第 1 章～第 8 章由靳广斌编写，第 9 章由王洪香编写，第 10 章由河北交通职业技术学院杨江文编写，第 11 章由山西电力职业技术学院的倪志良编写。全书由靳广斌统稿。

由于时间仓促，书中难免存在着疏漏和不足之处，欢迎广大读者提出宝贵意见和建议，以便完善。

编 者
2009 年 5 月

目　　录

第 1 章　Visual Basic 2005 基础知识

教学目标：

- 了解 Visual Basic 2005 的基础知识。
- 学会 Visual Basic 2005 的安装。
- 掌握 Visual Basic 2005 该软件的特性和开发环境。

教学要求：

知 识 要 点	能 力 要 求	相 关 知 识
Visual Basic 2005 的安装	根据安装向导学会安装	系统需求、安装过程
软件的特性	对特性有一个简单的了解	Visual Basic 6.0
系统的开发环境	对软硬件有一般的了解	系统软硬件配置

1.1 Visual Basic 2005 速成版的安装

对于希望升级 Visual Basic 6.0 的用户，或者有兴趣学习 Visual Basic 的计算机编程新手，Microsoft Visual Basic 2005 速成版完全可以满足需求，而不必安装庞大的 Visual Studio 2005。Microsoft Visual Basic 2005 速成版不仅仅是 Visual Basic 的简化版本，它也是为了使编程比以往更容易、也更有趣而特别设计和构建的。对于那些不需要 Visual Basic 完全版的程序员而言，它也是一种功能齐全的开发工具。

1. 系统需求

安装速成版的最低需求如下。

系统：Windows 2000 或 Windows XP；

浏览器：Internet Explorer 5.5 以上；

处理器：Pentium 4 1.4GHz 以上；

内存：256MB 以上；

硬盘：4GB 以上；

后台数据库：Access 2000 或 SQLServer 2000 以上版本。

2. 安装过程

(1) 插入 Visual Basic 2005 速成版安装盘，双击 Setup.exe 文件，安装开始，进度条运行完毕出现图 1.1 所示的 "欢迎使用安装程序" 界面，单击【下一步】按钮。

(2) 选中 "我接受许可协议中的条款" 复选框，单击【下一步】按钮，如图 1.2 所示。

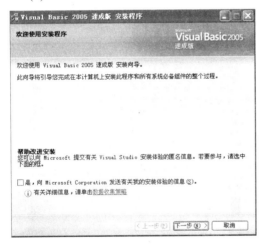

图 1.1   "欢迎使用安装程序" 界面

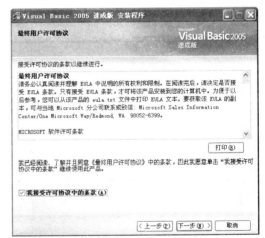

图 1.2   "最终用户许可协议" 界面

(3) 在 "目标文件夹" 界面中，单击【浏览】按钮，选择安装程序的路径，默认为 "d:\Program Files\Microsoft Visual Studio 8\"，如图 1.3 所示。

(4) 单击【安装】按钮，开始安装，出现进度条，如图 1.4 所示。

图 1.3　"目标文件夹"界面　　　　　　图 1.4　"安装进度"界面

1.2　Visual Basic 2005 速成版界面

速成版的界面与 Visual Studio 2005 的界面完全相同,它集成了设计、编译、调试、运行等多个功能,它的界面如图 1.5 所示。

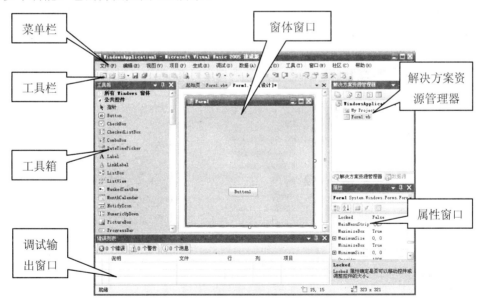

图 1.5　主界面

1.2.1　工具栏

在速成版开发环境中有许多工具栏,可展开【视图】|【工具栏】菜单,再选择其中的菜单选项打开对应的工具栏。每个工具栏都提供了对常用命令的快速访问,而不必选择相应的菜单选项,标准工具栏如图 1.6 所示。

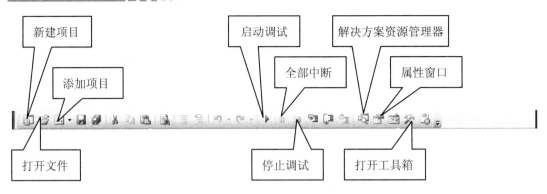

图 1.6　标准工具栏

在这个工具栏中，相关的选项被分组并用竖直条分开。开始的 5 个图标提供了访问常用项目和文件的操作选项，而这些选项在【文件】和【项目】菜单中也可以找到，如打开和保存文件。

提示：　如果忘了某个图标的用途，可以把鼠标指针悬停在其上面，这时会出现提示信息，
　　　　显示这个工具栏选项的名称。

1.2.2　工具箱

选择【视图】|【工具箱】命令，可以显示工具箱，单击工具栏中的"工具箱"图标，或者按 Ctrl+Alt+X 组合键也可以显示工具箱。

工具箱包含各种控件和组件，都可以放到窗体中，方法是：选择文本框、按钮、单选按钮和组合框等控件，并拖放到窗体中。图 1.7 中列出了 Windows 窗体中的一些常用控件。

图 1.7　工具箱

控件分为 8 类，分别为：公共、容器、菜单和工具栏、数据、组件、打印、对话框和常规控件，在 Windows 窗体中包括了 8 类控件的所有控件。

除了默认显示的控件外，还可以根据需要添加其他的控件，步骤如下：在工具箱中单击鼠标右键，在弹出的快捷菜单中选择【选择项】命令，打开如图 1.8 所示的对话框。在复选框中打钩表示选中该控件，设置完毕，单击【确定】按钮。

图 1.8　添加控件

1.2.3　窗体与设计器

窗体是一个容器，能够放置用户所需要的所有控件，它也是应用程序的顶层对象，每一个应用程序都要从它开始。窗体也是一种对象，有它自己的属性、方法和事件。

1.2.4　解决方案资源管理器

解决方案资源管理器提供项目及其文件的有组织的视图，如图 1.9 所示，并且提供对项目和文件相关命令的快捷访问。与此窗口关联的工具栏提供适用于列表中突出显示的项的常用命令。

图 1.9　解决方案资源管理器

解决方案资源管理器中的树视图显示当前解决方案中的项目列表、每个项目中现有项的列表，并允许打开项以进行修改或执行其他管理任务。

使用解决方案资源管理器可以处理文件，管理细节，从而开发人员可以集中精力于开发工作。

1.2.5　属性窗口

属性窗口显示了各个控件的属性，可以通过这个窗口修改控件的属性。可以单击窗口中的控件或者在属性窗口的控件下拉列表框中选择需要设置属性的控件来打开其属性列表。属性窗口如图 1.10 所示。

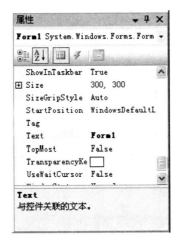

图 1.10　属性窗口

1.2.6　调试输出窗口

在调试程序时，如果程序有错误或者程序中有 debug，语句将显示在输出窗口上，以便进行调试，如图 1.11 所示。

图 1.11　调试输出窗口

1.3　Visual Basic 2005 新增功能

经验丰富的 Visual Basic 6.0 用户会发现 Visual Basic 2005 中有许多新增的或是经显著改进的功能，这些功能非常强大，使得开发者使用 Visual Basic 进行开发比使用任何早期版本都更方便。

1．使用 My 进行 Visual Basic 开发

Visual Basic 2005 提供了实现快速应用程序开发的新功能，旨在提供强大功能的同时提高效率并简化使用。其中一种称为 My 的功能提供了对由 .NET Framework 所提供的常用功能的访问，还提供了对与应用程序及其运行时环境关联的信息和默认对象实例的访问。这些信息按 IntelliSense 能够识别的格式进行组织，并根据用途按逻辑进行描述。

2．窗体和控件中的新增功能

Windows 窗体是实现.NET Framework 的新的面向对象的框架。Windows 窗体与 Windows 窗体控件相结合，为使用 Visual Basic 开发基于 Windows 的应用程序提供了可靠的结构。

3．数据中的新增功能

Visual Basic 2005 包括多个用于辅助开发访问数据的应用程序的新功能。数据源配置向导简化了将应用程序连接到数据库、Web 服务和用户创建的对象中的数据的过程。新的"数据源"窗口提供了一个用于查看项目可用数据及关联数据的中心位置，并且允许通过将项从窗口拖到窗体上来创建数据绑定控件，从而降低了数据绑定的复杂性。现在可以使用新的 Visual Studio 生成的 TableAdapter 概述对象完成数据集的填充、查询的运行和存储过程的执行。使用新的本地数据功能可以在应用程序中直接包含 Microsoft Access 数据库文件和 Microsoft SQL Server Express 数据库文件。

4．安装和部署中的新增功能

现在部署在 Visual Basic 2005 中创建的应用程序比以往更方便，功能也更强大，这一切都归功于新技术 ClickOnce 部署。使用 ClickOnce 部署可以发布自行更新的基于 Windows 的应用程序和控制台应用程序，这些程序可以像 Web 应用程序一样轻松地安装、更新和运行。

5．升级用 Visual Basic 6.0 创建的应用程序

Visual Studio 2005 可以升级用 Visual Basic 6.0 创建的应用程序，从而使得开发者可以利用 .NET Framework 的优点继续进行开发。首次打开 Visual Basic 6.0 项目文件(.vbp)时，将打开"升级向导"，同时还提供了用于在开发环境外升级项目的命令行工具。

本 章 小 结

本章主要介绍了 Visual Basic 2005 的发展、主要特点、新增的功能以及界面的组成。同时介绍了 Visual Basic 2005 的安装和使用方法。

习 题 一

1. 选择题

(1) Visual Basic 2005 是(　　)最新推出的开发工具集。

    A. Intel   B. Microsoft

    C. Borland   D. Sun

(2) (　　)是一个容器，能够放置用户所需要的所有控件，它也是应用程序的顶层对象，每一个应用程序都要从它开始。

    A. 窗体   B. 控件

    C. 空间   D. 类型

(3) (　　)提供项目及其文件的有组织的视图，并且提供对项目和文件相关命令的快捷访问。与此窗口关联的工具栏提供适用于列表中突出显示的项的常用命令。

    A. 解决方案资源管理器   B. 资源管理器

    C. 工具箱   D. 窗体窗口

2. 填空题

(1) 使用解决方案资源管理器可以_____，_____，从而开发人员可以集中精力于开发工作。

(2) 控件分为 8 类，分别为：_____、_____、_____、_____、_____、_____、_____和_____，在 Windows 窗体中包括了 8 类控件的所有控件。

(3) 窗体是一个容器，能够放置用户所需要的所有控件，它也是应用程序的顶层对象，每一个应用程序都要从它开始。窗体也是一种对象，有它自己的_____、_____和_____。

(4) _____显示了各个控件的属性，可以通过这个窗口修改控件的属性。

3. 问答题

(1) 解决方案资源管理器的作用是什么？

(2) 工具箱包含哪些信息？

(3) 简述 ClickOnce 部署的功能。

第**2**章

窗体和常用控件

教学目标：

- 掌握 Visual Basic 2005 的启动方法和工作环境。
- 了解窗体、控件、属性、事件、方法的概念。
- 掌握标签、文本框、命令按钮控件的用法和属性的设置。
- 掌握信息函数的用法。
- 熟悉编写代码的步骤。

教学要求：

知 识 要 点	能 力 要 求	相 关 知 识
控件属性	了解控件的常用属性	属性的概念
控件属性的设置	能够根据题目要求设置控件的属性	属性值的含义
代码的编写	熟悉编写代码的步骤	事件、动作、方法的概念

2.1　案例1——鸡兔同笼

"鸡兔同笼"是一类有名的中国古算题，许多小学算术应用题都可以转化成这类问题，在此之所以用这个简单的案例，主要是为了让学生了解 Visual Basic 2005 的编程思路，以便进行后面的编程。

2.1.1　案例说明

【案例简介】

"鸡兔同笼"问题是我国古算书《孙子算经》中著名的数学问题，其内容是："今有雉(鸡)兔同笼，上有三十五头，下有九十四足。问鸡兔各几何。"意思是：有若干只鸡和兔在同一个笼子里，从上面数，有 35 个头；从下面数，有 94 只脚。求笼中各有几只鸡和兔。

为了找到一种通用的算法，这里采用列方程的方法，设鸡有 x 只，兔有 y 只，头数为 h，足数为 f，则根据题意，列出方程组如下：

$$\begin{cases} x+y=h & ① \\ 2x+4y=f & ② \end{cases}$$

解方程，得出：$x=\dfrac{4h-f}{2}$，$y=\dfrac{f-2h}{2}$

该算法可以利用 Visual Basic 2005 编程来实现。

【案例目的】

通过本案例，使学生学会简单程序的设计方法，给后面的编程打下基础。

2.1.2　案例实现步骤

1. 新建项目

(1) 选择【开始】|【程序】|【Microsoft Visual Basic 2005 速成版】命令，打开速成版窗口。

(2) 选择【文件】|【新建项目】命令，打开【新建项目】对话框。

(3) 在【模板】选项组中，选择【Windows 应用程序】选项，在【名称】文本框中输入"鸡兔同笼"，单击【确定】按钮，如图 2.1 所示。

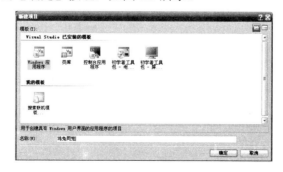

图 2.1　新建项目

2．界面设计

(1) 从工具箱中拖动标签控件(或双击标签控件)**A** Label 两次，标签控件会出现在窗体的窗口中，在窗口中拖动控件到合适的位置。

(2) 从工具箱中拖动文本框控件(或双击文本框控件) abl TextBox 两次，在窗体的窗口中调整文本框控件的位置。

(3) 从工具箱中拖动命令按钮控件(或双击命令按钮控件) ab Button 两次，在窗体的窗口中调整命令按钮控件的位置，如图 2.2 所示。

图 2.2　界面设计

3．控件属性的设置

1) 控件属性的设置

窗口中各个控件的属性见表 2-1。

表 2-1　控件的属性

控件名	Name	Text	AutoSize (自动调整大小)	MultiLine (文本多行显示)
Label1	Labh	输入头数	True	
Label2	Labf	输入足数	True	
TextBox1	Txth			True
TextBox2	Txtf			True
Button1	BtnY	确定	True	
Button2	BtnN	取消	True	
Form1	Form1	鸡兔同笼		

2) 设置属性的步骤

(1) 选定 Label1 和 Label2 标签控件，在属性窗口找到 Name 属性，将 Label1 修改为 Labh，将 Label2 修改为 Labf。

(2) 选定 TextBox1 和 TextBox2 文本框控件，在属性窗口找到 Name 属性，将 TextBox1 修改为 Txth，将 TextBox2 修改为 Txtf。

(3) 选定 Button1 和 Button2 命令按钮控件，在属性窗口找到 Name 属性，将 Button1 修改为 BtnY，将 Button2 修改为 BtnN。

同理，按照上述步骤和属性表中的值，修改控件的其他属性，如图 2.3 和图 2.4 所示。

图 2.3　修改属性　　　　　　　　　图 2.4　修改属性后的界面

4. 编写代码

(1) 选定窗体，双击【确定】命令按钮，打开代码编辑窗口，如图 2.5 所示。

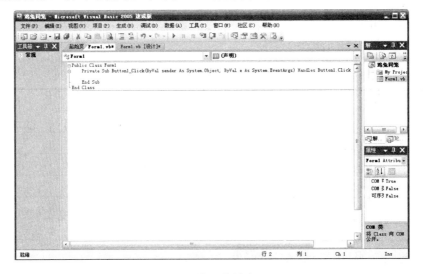

图 2.5　代码编辑窗口

(2) 在 Private Sub Button1_Click(ByVal sender As System.Object, ByVal e As System.EventArgs) Handles Button1.Click 与 End Sub 之间输入如下代码。

```
Dim x, y As Integer
x =(4 * Int(Txth.Text) - Int(Txtf.Text)) / 2
y =(Int(Txtf.Text) - 2 * Int(Txth.Text)) / 2
MsgBox("笼中有鸡" & Str(x) & "只; " & Chr(10) & "有兔" & Str(y) & "只")
```

(3) 选择【调试】|【启动调试】命令, 打开如图 2.6 所示的对话框, 在文本框中输入头数和足数。

(4) 单击【确定】按钮, 出现如图 2.7 所示的结果对话框。

图 2.6　输入数据对话框

图 2.7　结果

5. 项目保存

当程序调试完成后, 可以进行项目的保存。保存项目的步骤如下。

(1) 选择【文件】|【全部保存】命令, 打开【保存项目】对话框, 如图 2.8 所示。

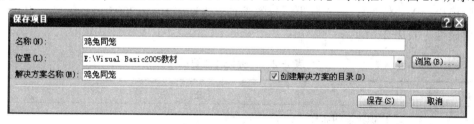

图 2.8　【保存项目】对话框

(2) 在【名称】文本框中输入项目的名称, 在【位置】文本框中输入保存项目的文件夹, 也可以单击【浏览】按钮来选定文件夹。

(3) 单击【保存】按钮。

6. 项目打开

当需要对已保存的项目进行修改时, 可以打开保存的项目文件。打开项目文件的步骤如下。

(1) 选择【文件】|【打开项目】命令, 打开【打开项目】对话框。

(2) 在【查找范围】下拉列表框中选定保存项目的文件夹, 在【文件名】文本框中输入项目文件, 单击【打开】按钮, 如图 2.9 所示。

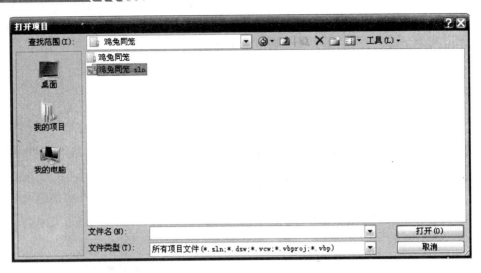

图 2.9   【打开项目】对话框

2.1.3   案例分析

1. 控件

在窗口中使用了 3 种控件，分别是：标签控件 Label，文本框控件 TextBox，命令按钮控件 Button。

1) 标签控件 Label

标签控件用来显示不希望被用户修改的文本，它的功能似乎没有 TextBox 强大(TextBox 能接收用户输入的信息)，但实际上，标签控件是 Visual Basic 2005 控件中最有用的一个。其主要属性见表 2-2。

表 2-2   标签控件主要属性

属　　性	说　　明
Name	标识对象的名称
Text	标签上显示的文字
AutoSize	调整自己的大小来适应文本
WordWrap	当一行文本过长时自动换行
Font	设置字体
ForeColor	设置字体颜色
TextAlign	确定标签中文本的对齐式

2) 文本框控件 TextBox

文本框控件 TextBox 是一种常用的，也是比较容易掌握的控件。应用程序主要使用它来接收使用者输入的文字信息，它可以具有滚动条。其主要属性见表 2-3。

表 2-3　文本框控件主要属性

属　　性	说　　明
Name	标识对象的名称
Text	文本框中显示的内容
MultiLine	设置控件是否可以接收多行文本
ScrollBars	设置控件是否具有水平或垂直滚动条，但当 MultiLine 属性为 False 时，它是不起作用的
Alignment	设置控件中文本的对齐方式
PasswordChar	以特定的字符来代替控件中的文本字符，这个属性很适合设置密码对话框
Locked	设置文本框内容在运行时是否可以被用户编辑(设置为 True 时不能编辑)
ToolTipText	设置当用户将鼠标移至该控件上时所出现的提示文本

3) 命令按钮控件 Button

Button 控件用来显示一个按钮。这个按钮可以是一个提交按钮或者是一个命令按钮。默认的是一个提交按钮。命令按钮具有命令名且可以在一个页面中创建多个。可以写一个事件句柄来控制命令按钮被单击时要执行的动作。其常用属性见表 2-4。

表 2-4　命令按钮控件常用属性

属　　性	说　　明
Name	标识对象的名称
Text	命令按钮的文字
AutoSize	调整自己的大小来适应文本
Enabled	按钮是否有效。设置为 True 时，按钮可以响应外部事件，为 False 时则不响应外部事件
Visible	设置按钮是否可见，True 表示可见，False 表示不可见
TextAlign	确定按钮上文本的对齐方式

2. 事件

Visual Basic 2005 是事件驱动的。所谓事件就是指能被对象识别的动作。如 Button1_Click 为命令按钮单击事件。

3. 代码

(1) Dim 为变量声明语句，语法格式为：

Dim 变量名 As 数据类型，Dim 变量名 As 数据类型……

如：Dim x, y As Integer　　定义 x，y 为整型变量

(2) 在 Txth.Text 中，Txth 表示对象的名称，Text 表示对象的属性。

(3) Int 为取整函数，求不大于 x 的最大整数。

如：Int(2.8)　　　结果为 2

　　Int(-2.8)　　　结果为-3

(4) MsgBox 为提示信息函数，会产生一个对话框，语法格式为：

`MsgBox(消息文本[,显示按钮] [,标题])`

如：MsgBox("是否退出系统", vbOKCancel+vbQuestion,"退出")

执行上述代码后，打开如图 2.10 所示的提示信息对话框。

图 2.10　提示信息对话框

2.2　相关知识和注意事项

本节中将介绍常用数学函数、变量和常量的概念，以及信息函数的使用，这些知识在以后的编程中使用非常广泛。

2.2.1　常用数学函数

Visual Basic 2005 中的数学函数用于各种运算，常用的数学函数见表 2-5。

表 2-5　常用的数学函数

函　　数	说　　明	示　　例	结　　果
Int(x)	取小于 x 的最大整数值	Int(−54.6)	−55
Fix(x)	取 x 的整数部分，直接去掉小数	Fix(54.6)	54
Abs(x)	取绝对值	Abs(−3.5)	3.5
Cos(x)	余弦函数	Cos(0)	1
Exp(x)	以 e 为底的指数函数	Exp(3)	20.068
Log(x)	以 e 为底的自然对数	Log(10)	2.3
Rnd(x)	产生随机数	Rnd	0～1 之间的数，不包含 0 和 1
Sin(N)	正弦函数	Sin(0)	0
Sqr(N)	平方根函数	Sqr(9)	3
Tan(N)	正切函数	Tan(0)	0
Atn(N)	反切函数	Atn(0)	0

注意：在使用随机函数时，必须在之前使用产生随机种子的语句：

```
Randomize()
```

产生 A～B 之间(包括 A 和 B)随机整数的公式：

```
Int((B-A+1)*Rnd()+A)
```

例如：产生一个 10～100 之间的整数的语句为：

```
Randomize()
Int((100-10+1)*Rnd()+10)
```

2.2.2 常量和变量

1. 常量

在程序中始终保持不变的一种数据称为常量，它表示一个固定不变的值。常量有一个特点，一个常量一经声明，就不能在以后的语句中改变它的数值，这样可以保证常量声明中指定的数值在程序中的其他部分有效。

如：pi=3.1415926535

1) 常量的命名

常量的命名格式为：

```
Const 常量名 [As 类型]=值
```

合法的常量名称：

(1) 以字母开头；

(2) 最多包含 40 个字符；

(3) 所用的字符仅限于字母、数字和下划线，不允许使用标点符号和空格；

(4) 不能使用 Visual Basic 2005 的保留字。

不合法的常量名称：

(1) 以数字开头；

(2) 字符多于 40 个；

(3) 字符间有空格；

(4) 字母后面有标点符号；

(5) 使用了 Visual Basic 2005 的保留字。

提示：在命名常量的时候最好用大写字母，这样既好看也不容易和变量弄混。

2) 常量的声明

常量既要有名字，还要指定一个值。值可以是下列几种类型。

(1) 数字型。数字型常量只要是数字就可以，如：Const GONGZI = 10000。

(2) 字符串型。字符串型常量必须用引号，如：Const CHENGSHI = "dongguan"。

(3) 日期型。日期型常量则必须用#，如：Const SHENGRI = #1982/08/11#。

有时候可以把所有常量都放在一行中进行声明，但要注意每个常量之间用逗号分隔。

例如：Const GONGZI = 10000, CHENGSHI = "DONGGUAN", SHENGRI = #1982/08/11#。

如果要声明的常量很多，可以把同类型的常量放在一行，用一个 Const 来声明。

常量可以直接赋值，也可以通过其他常量来赋值。如：

```
Const M_GONGZI1 = 100, M_GONGZI2 = 80
Const M_GONGZI3 =(M_GONGZI1+M_GONGZI2)
```

注意：常量的声明不能使用函数，如 Const a = Sin(1)是不正确的。

2. 变量

变量是一个可以存储值的字母或名称，可使用变量表示程序所需的任何信息。变量可以随着程序的运行而改变其表示的值。

使用变量有如下 3 个步骤。

(1) 声明变量，告诉程序变量的名称和类型。

(2) 给变量赋值，赋予变量一个要保存的值。

(3) 使用变量，在程序中获得变量中所存储的值。

1) 声明变量

使用 Dim 和 As 这两个关键字来声明变量，如：

```
Dim aNumber As Integer
```

使用一个名为 aNumber 的变量，并且希望它所存储值的数据类型为整数(Integer)。

声明多个变量时，使用逗号分隔变量。如：

```
Dim Top, Bottom, Left, Right
```

2) 给变量赋值

(1) 先声明变量，后赋值。如：

```
Dim aNumber As Integer
aNumber = 42
```

使用“=”号给变量赋值，这个“=”号称为赋值变量运算符。

(2) 既声明变量又给变量赋值。如：

```
Dim aNumber As Integer = 42
```

aNumber 是整数(Integer) 数据类型的，所以它只能存储整数。

```
Dim aDouble As Double =42.5
```

带有小数的数字，则需使用双精度浮点数(Double)数据类型。

```
Dim aName As String = "default string"
```

存储单词或句子，需使用字符串(String) 数据类型。

```
Dim YesOrNo As Boolean = True
```

数据类型是布尔型(Boolean)，它可存储 True 或 False 值。

提示：通过用同一行代码声明变量并给变量赋个默认值，可以避免可能发生的错误，之后可以使用赋值方法为变量赋不同的值。

3) 变量命名规则

(1) 不能包含嵌入的句点。

(2) 长度不能超过 255 个字符。

(3) 在被声明的作用域内必须唯一。

2.2.3 MsgBox 提示信息函数

在对话框中显示消息，等待用户单击按钮，并返回一个值指示用户单击的按钮。

(1) MsgBox 的参数见表 2-6 至表 2-8。

表 2-6　按键常数

常　　　数	值	按 钮 描 述	按　　　钮
vbOKOnly	0	只有 OK(默认值)	确定
vbOKCancel	1	OK 和 Cancel	确定　取消
vbAbortRetryIgnore	2	Abort、Retry 和 Ignore	终止(A)　重试(R)　忽略(I)
vbYesNoCancel	3	Yes、No 和 Cancel	是(Y)　否(N)　取消
vbYesNo	4	Yes 和 No	是(Y)　否(N)
vbRetryCancel	5	Retry 和 Cancel	重试(R)　取消

表 2-7　警告信息常数

常　　　数	值	描　　　述	图　　　标
vbCritical	16	关键消息	❌
vbQuestion	32	警告询问	❓
vbExclamation	48	警告消息	⚠
vbInformation	64	通知消息	ⓘ

表 2-8　默认按钮常数

常　　　数	值	按 钮 描 述
vbDefaultButton	0	第一个按钮是默认的(默认值)
vbDefaultButton	256	第二个按钮是默认的
vbDefaultButton	512	第三个按钮是默认的
vbDefaultButton	768	第四个按钮是默认的

注意：MsgBox("是否退出系统",vbOKCancel+vbQuestion,"退出")，可以用下式来替代：MsgBox("是否退出系统",1+32,"退出")。

(2) MsgBox 返回值见表 2-9。

表 2-9　MsgBox 返回值

常　　数	值	描　　述	常　　数	值	描　　述
vbOK	1	单击 OK 对应的按钮	vbIgnore	5	单击 Ignore 对应的按钮
vbCancel	2	单击 Cancel 对应的按钮	vbYes	6	单击 Yes 对应的按钮
vbAbort	3	单击 Abort 对应的按钮	vbNo	7	单击 No 对应的按钮
vbRetry	4	单击 Retry 对应的按钮			

例如：

```
Private Sub Command1_Click()
Dim a
a = MsgBox("提示", vbOKCancel + vbQuestion, "提示")
If a = vbOK Then              '由于单击【确定】按钮，返回值为 1
    MsgBox "你好"
Else
    MsgBox "不好"
End If
End Sub
```

本 章 小 结

　　本章主要介绍了窗体、控件、属性、事件的概念，标签、文本框和命令按钮控件的使用和属性的设置以及代码的编制步骤。通过本章案例的学习，对 Visual Basic 2005 应该有了初步的认识，并熟练掌握创建应用程序的方法，为以后的学习打下良好的基础。

习　题　二

1. 选择题

(1) 在 Visual Basic 2005 中执行以下程序后，输出的结果是(　　)。

```
Dim a,b,c,d As Single
a=2
b=-2
c=a*b
Msg Box("c="+c ToString)
```

　　A. 4　　　　　　B. -4　　　　　　C. 0　　　　　　D. 2-2

(2) (　　)控件具有 AutoSize(自动调整大小)属性。

A．Label　　　　B．TextBox　　　C．Button　　　　　D．ListBox

(3) (　　)控件具有 MultiLine(文本多行显示)属性。

A．Label　　　　B．TextBox　　　C．Button　　　　　D．ListBox

(4) 设 a=2，b=3，c=4，d=5，执行 a>b AND c<=d OR 2*a>c 表达式后，值是(　　)。

A．True　　　　B．False　　　　C．-1　　　　　　D．1

(5) 设 a=2，b=3，c=4，d=5，执行 3>2*b OR a=c AND b<>c OR c>d 表达式后，值是(　　)。

A．1　　　　　B．True　　　　C．False　　　　D．-1

(6) 表达式 Int(123.4567*100+0.5)/100 的值是(　　)。

A．123.46　　　B．123.45　　　C．123.461　　　D．123

(7) 表达式 2*3^2+2*8/4+3^2 的值是(　　)。

A．64　　　　　B．31　　　　C．49　　　　　D．22

(8) 代数式 Sin25° 写成 Visual Basic 2005 表达式是(　　)。

A．Sin25　　　B．Sin(25°)　　C．Sin(25)　　　D．Sin(25*3.14/180)

(9) 用于字符串连接的运算符是(　　)。

A．&　　　　　B．+　　　　　C．And　　　　D．A、B 都可以

(10) (　　)控件用来显示不希望被用户修改的文本，在实际中，它是 Visual Basic 2005 控件中最有用的一个。

A．文本框　　　B．标签　　　C．命令按钮　　　D．复选框

2. 填空题

(1) Visual Basic 2005 是事件驱动的。所谓事件就是指_____动作。像 Button1_Click 为_____事件。

(2) 在程序中始终保持不变的一种数据叫做_____，它表示一个固定不变的值。

(3) _____控件用来显示不希望被用户修改的文本。

(4) 在命名常量的时候最好用_____，这样既好看也不容易和变量搞乱。

(5) 写出产生一个 10～100 之间的随机整数的表达式_____。

3. 问答题

(1) 什么叫常量？什么叫变量？使用变量有哪 3 个步骤？

(2) 通过用同一行代码声明变量并给变量赋默认值有什么优点？

(3) 什么叫事件？

(4) 简述连接运算符"&"和"+"的异同点。

4. 上机操作题

(1) 在【输入】文本框中输入字符，在【输出】文本框和【显示长度】文本框中同步显示相应的内容，如图 2.11 所示。

(2) 在【A 数】文本框中输入字符，在【B 数】文本框中输入字符，单击【交换】按钮，在【A 数】文本框中显示【B 数】文本框中的字符，在【B 数】文本框中显示【A 数】文

本框中的字符，单击【恢复】按钮消除【A 数】文本框和【B 数】文本框中的字符，如图 2.12 所示。

图 2.11 上机操作题(1)   图 2.12 上机操作题(2)

第**3**章 创建用户高级界面

教学目标:

- 掌握如何使用 MenuStrip、StatusStrip、RichTextBox 等控件设计记事本的程序界面。
- 掌握 OpenFileDialog、SaveFileDialog 属性的设置。
- 学会记事本代码的编写方法。

教学要求:

知 识 要 点	能 力 要 求	相 关 知 识
菜单控件的使用	学会设置菜单控件的属性	附件中写字板和记事本的使用
状态栏控件的使用	学会设置状态栏控件的属性	
工具栏控件的使用	学会设置工具栏控件的属性	

3.1 案例 2——超级记事本

在 Windows 附件中有一个记事本程序，当打开记事本的时候可以在编辑区域进行文本文件的编辑。不过使用 Visual Basic 2005 开发一个记事本并不很复杂，完全可以通过向导来很方便地做出来。

3.1.1 案例说明

【案例简介】

本案例主要利用手动方法制作记事本，旨在介绍 MenuStrip、StatusStrip、RichTextBox 等控件的使用。超级记事本界面如图 3.1 和图 3.2 所示。

图 3.1 设计界面

图 3.2 运行界面

【案例目的】

通过本案例，使学生学会 MenuStrip、StatusStrip、RichTextBox 等控件的使用，并能利用这些控件设计更为复杂的记事本。

3.1.2 案例实现步骤

1. 创建工程

(1) 选择【开始】|【程序】|【Microsoft Visual Basic 2005 速成版】命令，进入速成版窗口。

(2) 选择【文件】|【新建项目】命令，打开【新建项目】对话框。

(3) 在【模板】选项组中，选择【Windows 应用程序】选项，在【名称】文本框中输入"超级记事本"，单击【确定】按钮。

2. 界面设计与属性设置

1) 添加 RichTextBox 高级文本框控件

(1) 从工具箱中拖动 RichTextBox(高级文本框) RichTextBox 控件(或双击控件)到窗体的窗口中，在窗口中调整它的位置，将控件的大小调整为接近窗口的边缘。

(2) 修改控件的属性，见表 3-1。

表 3-1　RichTextBox 控件的属性

Name	Anchor
RichTextBox1	Top、Bottom、Left、Right 当窗体大小改变时，RichTextBox 也会跟着改变

2) 添加 StatusStrip 状态栏控件

(1) 从工具箱中拖动 StatusStrip(状态栏) StatusStrip 控件(或双击控件)到窗体中，这时 StatusStrip 控件出现在窗体的底部。

(2) 修改控件的属性，见表 3-2。

表 3-2　StatusStrip 控件的属性

Name	Dock	Anchor
StatusStrip1	Bottom	Button、Left、Right

(3) 单击 Items 属性右边的 (Collection) 按钮，打开【项集合编辑器】对话框，使用添加按钮，依次添加 2 个 StatusLabel，如图 3.3 所示。

图 3.3　【项集合编辑器】对话框

(4) 修改 2 个 StatusLabel 的属性，见表 3-3。

表 3-3　StatusLabel 的属性

StatusLabel1		StatusLabel2	
Name	Text	Name	Text
StatusLab1	就绪	StatusLab 2	显示日期、时间

3) 添加 MenuStrip 菜单控件

(1) 从工具箱中拖动 MenuStrip(菜单)控件到窗体中，这时 MenuStrip1 控件出现在窗体的底部，输入菜单的文字，如图 3.4 所示。

图 3.4　添加 MenuStrip 控件

(2) 修改控件的属性，见表 3-4。

表 3-4　MenuStrip 的属性

文 件 菜 单		编 辑 菜 单	
Name(名称)	Text(文本)	Name(名称)	Text(文本)
mnuFile	文件(&F)	mnuEdit	编辑(&E)
mnuNew	新建(&N)	mnuCopy	复制(&C)
mnuOpen	打开(&O)	mnuCut	剪切(&T)
mnuSave	保存(&S)	mnuPaste	粘贴(&P)
mnuExit	退出(&X)	mnuSelecAll	全选(&A)
		mnuUndo	撤销(&U)
搜 索 菜 单		帮 助 菜 单	
Name(名称)	Text(文本)	Name(名称)	Text(文本)
mnuSearch	搜索(&R)	mnuHelp	帮助(&H)
mnuFind	查找(&I)	mnuUsage	使用说明(&G)
mnuFindNext	查找下一个(&D)	mnuAbout	关于(&B)

4) 添加 ToolStrip 工具栏控件

(1) 从工具箱中拖动 ToolStrip(工具栏)控件 ToolStrip 到窗体中，这时 ToolStrip 控件出现在窗体的底部，并在工具栏中添加控件。

(2) 单击工具栏中的 按钮 8 次，在工具栏中添加 8 个按钮，如图 3.5 所示。

(3) 分别设置 8 个按钮的各项属性，见表 3-5。

表 3-5　ToolStrip 的属性

Name	ToolTipText	Image	ImageTransparentColor
New_toolbtn	新建	New.bmp	Silver
Open_toolbtn	打开	Open.bmp	Silver
Save_toolbtn	保存	Save.bmp	Silver
Copy_toolbtn	复制	Copy.bmp	Silver
Cut_toolbtn	剪切	Cut.bmp	Silver
Paste_toolbtn	粘贴	Paste.bmg	Silver
Undo_toolbtn	撤销	Undo.bmg	Silver
Find_toolbtn	查找	Find.bmp	Silver

(4) 单击工具栏中的 按钮中的向下三角按钮，在弹出的下拉列表中选择标签框控件 **A** Label 和下拉框控件 ComboBox，在工具栏中分别添加一个标签框控件和下拉框控件，如图 3.6 所示。

图 3.5　8 个按钮

图 3.6　选择 ComboBox

(5) 修改标签框和下拉框控件的属性，见表 3-6。

表 3-6　标签框和下拉框控件的属性

Label 控件		ComboBox 控件	
Name	Text	Name	Items
Bt_label	字体	Zh_box	

(6) 单击 Items 属性右边文本框中的 按钮，在出现的【字符串集合编辑器】对话框中输入以下 5,10,15,20,25,30 这 6 个数字，如图 3.7 所示。

3. 编写代码

(1) 选中窗体，在窗体上单击鼠标右键，在弹出的快捷菜单中选择【查看代码】命令，如图 3.8 所示，进入代码编辑区。

图 3.7 【字符串集合编辑器】对话框

图 3.8 在窗体上单击鼠标右键

(2) 在 Public Class Form1 下输入如下代码。

```
'声明查找变量
Dim sFind As String
'声明文件类型
Dim FileType, FiType, filename As String
Private TargetPosition As Integer
```

(3) 编写查找过程代码。

```
Private Sub FindText(ByVal start_at As Integer)
Dim pos As Integer
'Dim target As String
'获取用户输入的要查找的字符串
pos = InStr(start_at, RichTextBox1.Text, sFind)
    If pos > 0 Then            '找到了匹配字符串
       TargetPosition = pos
       RichTextBox1.SelectionStart = TargetPosition - 1
       '选中找到的字符串
       RichTextBox1.SelectionLength = Len(sFind)
       'text1.SetFocus()
    Else '没有找到匹配的字符串
       MsgBox("没找到! ")
       'text1.SetFocus()
       sFind = InputBox("请输入要查找的字、词: ", "查找内容", sFind)
    End If
End Sub
```

(4) 在【类名】框中选择"mnuNew"名称，在【方法名称】框中选择"Click"事件，如图 3.9 所示。

```
Private Sub mnuNew_Click(ByVal sender As Object, ByVal e As System.EventArgs) Handles mnuNew.Click

End Sub
```

输入代码

图 3.9　选事件、输入代码

输入如下代码。

```
'清空文本框
RichTextBox1.Text = ""
filename = "未命名"
'修改窗口的标题
Me.Text = filename
```

(5) 在【类名】框中选择"mnuOpen"名称，在【方法名称】框中选择"Click"事件，输入如下代码。

```
'With 用来简化 OpenFileDialog1 多次重复出现的对象名
With OpenFileDialog1
```
'定义打开对话框的标题名和打开文件的类型，将默认的文件类型设定为.txt 文件，默认的文件路径设定为 D:
```
.Title = "选择要打开的文本文件"
.Filter = "rtf 文件|*.rtf|txt 文件(*.txt)|*.txt"
.FilterIndex = 2
.InitialDirectory = "d:\"
```
'判断是否单击对话框中的【确定】按钮，如果是则在 RichTextBox 中打开选定的文件。若在对话框中选中了【只读】复选框，则打开的文件不能修改
```
        If .ShowDialog = Windows.Forms.DialogResult.OK Then
            RichTextBox1.LoadFile(.FileName)
            If .ReadOnlyChecked = True Then
                RichTextBox1.ReadOnly = True
            End If
            '窗口的标题为对话框中选中的标题
            Me.Text = .FileName
        End If
    End With
```

(6) 在【类名】框中选择"mnuSave"名称，在【方法名称】框中选择"Click"事件，输入如下代码。

```
With SaveFileDialog1
        .Filter = "rtf 文件|*.rtf|txt 文件(*.txt)|*.txt"
        .Title = "输入要保存的文件"
        '设定默认的文件类型为 rtf 格式
        .DefaultExt = "rtf"
        If .ShowDialog = Windows.Forms.DialogResult.OK Then
            RichTextBox1.SaveFile(.FileName)
            Me.Text = .FileName
        End If
End With
```

(7) 在【类名】框中选择"mnuCopy"名称，在【方法名称】框中选择"Click"事件，输入如下代码。

```
'先清空剪贴板，然后把文件复制到剪贴板中
Clipboard.Clear()
RichTextBox1.Copy()
```

(8) 在【类名】框中选择"mnuPaste"名称，在【方法名称】框中选择"Click"事件，输入如下代码。

```
'将剪贴板的内容粘贴到 RichTextBox 框中
RichTextBox1.Paste()
```

(9) 在【类名】框中选择"mnuSelecAll"名称，在【方法名称】框中选择"Click"事件，输入如下代码。

```
RichTextBox1.SelectAll()
```

(10) 在【类名】框中选择"mnuCut"名称，在【方法名称】框中选择"Click"事件，输入如下代码。

```
RichTextBox1.Cut()
```

(11) 在【类名】框中选择"mnuUndo"名称，在【方法名称】框中选择"Click"事件，输入如下代码。

```
RichTextBox1.Undo()
```

(12) 在【类名】框中选择"mnuFind"名称，在【方法名称】框中选择"Click"事件，输入如下代码。

```
'输入要查找的字、词，然后调用 FindText 过程
sFind = InputBox("请输入要查找的字、词：", "查找内容", sFind)
'有参调用过程
FindText(1)
```

(13) 在【类名】框中选择"mnuFindOn"名称，在【方法名称】框中选择"Click"事件，输入如下代码。

```
'有参调用过程
FindText(TargetPosition + 1)
```

(14) 在【类名】框中选择"mnuUsage"名称，在【方法名称】框中选择"Click"事件，输入如下代码。

```
'如果出错，转到 handler 处去处理
On Error GoTo handler
'请写好 Readme.txt 文件并存入程序所在文件夹中
RichTextBox1.LoadFile("Readme.txt", RichTextBoxStreamType.RichText)
Me.Text = "超级记事本：" & "使用说明"
handler:
MsgBox("使用说明文档可能已经被移除，请与作者联系。", vbOKOnly, "错误信息")
```

(15) 在【类名】框中选择"size_box"名称，在【方法名称】框中选择"SelectedIndexchanged"事件，输入如下代码。

```
RichTextBox1.Font=New Font(RichTextBox1.Font.FontFamily, _
Val(size_box.SelectedItem))
```

说明：SelectedIndexchanged 事件，是指当 ComboBox 中选中的项发生变化时发生的事件。

(16) 在【类名】框中分别选择"New_btn"、"Open_btn"、"Save_btn"、"Copy_btn"、"Paste_btn"、"Cut_btn"、"Undo_btn"、"Find_btn"名称，在【方法名称】框中选择"Click"事件，分别输入上面(4)～(8)、(10)～(12)的代码。

3.1.3　案例分析

1. 控件

在窗口中使用了 4 种控件，分别是：菜单 MenuStrip 控件、状态栏 StatusStrip 控件、工具栏 ToolStrip 控件和高级文本框 RichTextBox 控件。

2. 常用属性

(1) 菜单 MenuStrip 控件，常用属性见表 3-7。

表 3-7　菜单控件常用属性

属　　性	说　　明
Name	用于设置菜单项的 ID，通过它可以访问该菜单项的各个属性，也可以使用它的固有方法
Checked	菜单项具有复选框的行为，当为 True 时，会显示一个钩号
DisplayStyle	菜单项可以显示图像和文本名称

续表

属　　性	说　　明
ShortCutKeys	菜单项的快捷键，用户可以单击它来执行对应的菜单命令
Text	要显示的文本，可通过添加"&"关键字来设置热键
ToolTipText	用户将鼠标悬停在菜单上方，就会自动浮现这条提示
Enabled	用于设置是否允许菜单项响应外部事件
Visible	用于设置菜单项是否可见
ShowShortCutKeys	表示是否显示菜单项的快捷键

(2) 状态栏 StatusStrip 控件，常用属性见表 3-8。

表 3-8　状态栏控件常用属性

属　　性	说　　明
Name	用来标识对象的名称
Items	设定 StatusStrip 控件中状态列上面的组件集合
ImageList	包含面板上显示的图像列表
Visible	设定状态列中是否显示状态列，默认值为 False，属性值必须设为 True 才能看见状态列面板
Dock	设定状态列在窗体的位置，默认值为 Bottom(在窗体的下方)
ShowItemToolTips	是否在状态列的项目上显示提示信息

(3) 高级文本框 RichTextBox 控件，常用属性见表 3-9。

表 3-9　高级文本框控件常用属性

属　　性	说　　明
Name	用来标识对象的名称
BackColor	背景颜色，可从弹出的调色板中选择
BorderStyle	获得或设置对象的边框样式
Enabled	用于设定是否对事件产生响应。取值：True 为可用，False 为不可用
Font	字型，可从弹出的对话框中选择字体，大小和风格
Height	RichTextBox 控件的高度
Locked	是否可以移动控件或调整控件的大小
MaxLength	控件能够包含的最大字符数
MultiLine	控件是否能接受和显示多行文本
RightMargin	设置文本换行、居中对齐等情况下的右边距
Visible	控件是否可见
Scrollbars	设置控件的滚动条
Size	控件的大小

续表

属 性	说 明
TabStop	设置是否可以用"Tab"键选取此对象
WordWrap	多行编辑是否可以自动换行

RichTextBox 控件用于显示和输入格式化的文本(例如，黑体、下划线等)。它使用标准的格式化文本，称为 Rich Text Format(高级文本格式，RTF)。

(4) 打开对话框 OpenFileDialog 控件，常用属性见表 3-10。

表 3-10 打开对话框控件常用属性

属 性	说 明
Title	标题
InitialDirectory	默认打开位置，即初始目录
Filter	设置过滤字符
FilterIndex	指定列表框中默认的选项，其值基于 1
FileName	用户选择的文件
ValidateNames	检查用户输入的文件名是否有效。无效的文件名包含""、/或：等无效字符
CheckFileExist	验证文件有效性，默认为 True
CheckPathExists	验证路径有效性，默认为 True
ShowHelp	显示帮助信息
Multiselect	选择多个文件

打开对话框的属性设置如图 3.10 所示。

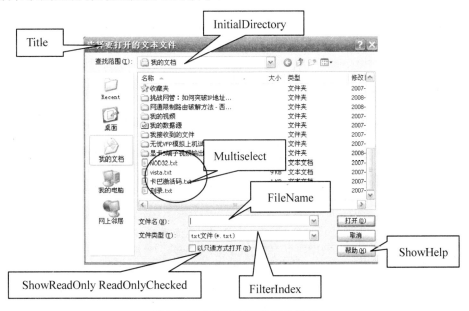

图 3.10 打开对话框的属性设置

(5) 保存对话框控件 SaveFileDialog，常用属性见表 3-11。

表 3-11　保存对话框控件常用属性

属　　性	说　　明
AddExtension	是否把扩展名自动添加到用户输入的文件名上。默认为 True，如果用户已经输入了一个文件扩展名，就不会添加其他扩展名了
CheckFileExist	验证文件有效性，默认为 False
CheckPathExists	验证路径有效性，默认为 True
CreatePrompt	获取或设置一个值，该值指示如果用户指定不存在的文件，对话框是否提示用户允许创建该文件
OverwritePrompt	是否覆盖已有文件

(6) 状态栏控件 StatusStrip，常用属性见表 3-12。

表 3-12　状态栏控件常用属性

属　　性	说　　明	属　　性	说　　明
Items	获取各个状态面板	ImageList	包含面板上显示的图像列表

(7) 工具栏控件 ToolStrip，常用属性见表 3-13。

表 3-13　工具栏控件常用属性

属　　性	说　　明
LayoutStyle	控制工具栏上的项如何显示，默认为水平显示
Items	包含工具栏所有项的集合
ShowItemToolTip	是否允许显示工具栏上的工具提示

3. 代码分析

(1) 在代码中多次出现 With…End With 语句，它可以用来对指定的对象执行一系列的语句，但不需要重复地说明对象的名称。例如，如果要修改一个对象的多个属性，可以将所有属性赋值语句放在 With 控制结构中，这样对对象的引用就只需要一次，而不是在每个赋值语句中都引用。它的语句结构如下：

```
With 对象
    语句块
End With
```

【例 3.1】　使用 With 语句对同一个对象的几个属性进行赋值。

```
With MyLabel
  .Height = 2000
  .Width = 2000
  .Text = "这是 MyLabel"
End With
```

【例 3.2】 不使用 With 语句对同一个对象的几个属性进行赋值。

```
MyLabel.Height = 2000
MyLabel.Width = 2000
MyLabel.Text = "这是 MyLabel"
```

注意：● 一旦进入了 With 块，对象是不可改变的。因此，不能使用一个 With 语句去改变若干对象的值。

　　　● 不要跳入或跳出 With 块。如果执行了 With 块中的语句却没有执行 With 或 End With 语句，结果将引发错误或其他难以预见的行为。

(2) On Error GoTo handler 语句，表示启动错误处理程序，且该例程从必要的 handler 参数中指定 handler 的开始。handler 参数可以是任何行标签或行号。如果发生一个运行时错误，则控件会跳到 handler，激活错误处理程序。指定的 handler 必须在一个过程中，这个过程与 On Error 语句相同；否则会发生编译时间错误。

【例 3.3】 当文本框 TextBox1 中没有输入数值时，会提示"文本框中没有输入数值"。

```
Dim I As Integer = 230
On Error GoTo Err
TextBox2.Text = I / TextBox1.Text
Exit Sub                                   '执行除法完毕
Err: MsgBox("文本框中没有输入数值")
Exit Sub                                   '退出过程
```

这样就解决了每次单击窗体都会产生错误提示的问题。

(3) 代码(15)中，出现了如下语句：

```
RichTextBox1.Font = New Font(RichTextBox1.Font.Name, size,_
RichTextBox1.Font.Style, RichTextBox1.Font.Unit)
```

上面语句表示实现更改 RichTextBox 中字体的大小，其中的"_"表示换行符号。

提示：如果要改变所有的字体，代码如下：

```
RichTextBox1.Font=New Font(RichTextBox1.Font.FontFamily,
Val(ize_box.SelectedItem))
```

如果是要改变选择的某一部分的字体，代码如下：

```
RichTextBox1.SelectionFont=New Font(RichTextBox1.Font.FontFamily, _
Val(ize_box.SelectedItem))
```

3.2　相关知识和注意事项

　　任何一种编程语言，都会在程序里出现条件语句。控制其流程的有两种语句，条件与循环，Visual Basic 2005 自然也不例外。当编写代码时，需要根据不同的判断执行不同操作，这时就可以使用条件语句完成这个工作。

3.2.1 条件语句

Visual Basic 2005 提供了多种形式的条件语句来实现选择结构。对条件进行判断，根据判断结果，选择执行不同的分支。

1. If…Then 语句

在条件满足时执行某些代码，不满足条件时不执行代码。语句结构如下：

```
If 条件 Then
语句块
End if
```

【例 3.4】 已知两个变量 x 和 y，比较它们的大小，使得 x 中的值大于 y。本例中将用到 InputBox() 输入 x 和 y 的值，用 MsgBox() 输出 x 和 y 的最终值。

```
Dim x As Integer, y As Integer, i As Integer, t As Integer
Dim temp As String
x = InputBox("输入 X 值", "输入框", 5000)
y = InputBox("输入 Y 值", "输入框", 5000)
If x < y Then
    t = x
    x = y
    y = t
End If
temp = "x=" & x.ToString + ",y=" & y.ToString
i = MsgBox(temp, vbOKOnly, "X,Y 最后值")
```

2. If…Then…Else 语句(格式 1)

在编程中，常常希望程序提供这样的判断能力，如果符合某个条件 (即当条件为 True 时)，就执行某些代码，反之，则执行其他代码。在 Visual Basic 2005 中，提供了这样的决策结构。其中最常用的就是 If…Then…Else 语句，语句结构如下：

```
If 条件 1 Then
语句块 1
Else
语句块 2
End If
```

【例 3.5】 已知两个变量 x 和 y，比较它们的大小，输出最大的那个数。

```
Dim x As Integer, y As Integer, i As Integer, t As Integer
  Dim temp As String
  x = InputBox("输入 X 值", "输入框", 5000)
  y = InputBox("输入 Y 值", "输入框", 5000)
  If x<y Then
    temp="y=" & y
    i=MsgBox(temp,VbOkOnly,"最大值为")
```

```
   Else
      temp="x=" & x
      i=MsgBox(temp,VbOkOnly,"最大值为")
   End If
```

3. If…Then…Else 语句(格式 2)

Visual Basic 2005 还支持另一种格式的 If…Then 多分支结构，它将根据条件的 True 和 False 决定处理多分支中的哪一个。语句结构如下：

```
If 条件 1 Then
   语句块 1
Elseif 条件 2 Then
   语句块 2
Else
   语句块 3
End If
```

在这个结构中，"条件 1"首先被计算。如果这个条件表达式的值为 True，那么这个条件表达式下的语句快被执行；如果第一个条件的值不是 True，那么计算第二个表达式(条件 2)的值，如果第二个条件的值为 True，那么这个条件表达式下的语句块被执行(如果要判断更多的条件，那么继续增加 Elseif 子句及该子句下的语句块)；如果所有条件表达式的值都不是 True，那么执行 Else 子句下的语句块；最后，整个结构使用 End If 关键字结束。

提示：多行 If…Then 结构特别适合于分段计算问题，比如税费方面的计算。

【例 3.6】已知两个变量 x 和 y，比较它们的大小，最后结果通过 z 的值来表示，$x<y$ 时 $z=0$，$x>y$ 时 $z=1$，$x=y$ 时 $z=2$。输出 z 的值。

```
Dim x As Integer, y As Integer, i As Integer, t As Integer,z As Integer
Dim temp As String
x=InputBox("输入 X 值","输入框",5000)
y=InputBox("输入 Y 值","输入框",5000)
   If x<y Then
      z=0
      temp="z=" & z
      i=MsgBox(temp,VbOkOnly,"x 与 y 的关系为")
      ElseIf x>y Then
      z=1
      temp="z=" & z
      i=MsgBox(temp,VbOkOnly,"x 与 y 的关系为")
      ElseIf x=y Then
      z=2
      temp="z=" & z
      i=MsgBox(temp,VbOkOnly,"x 与 y 的关系为")
   End If
```

4. Select Case 结构

Visual Basic 还支持在程序中使用 Select Case 分支结构来控制语句的执行。Select Case 结构与 If…Then…Else 结构相似，但在处理依赖于某个关键变量或称作测试情况的分支时效率更高。并且，使用 Select Case 结构可以提高程序的可读性。Select Case 语句结构如下：

```
Select Case 变量|表达式
    Case 值 1
        语句块 1
    Case 值 2
        语句块 2
    Case 值 3
        语句块 2
    …
    Case Else
        语句块 n
End Select
```

Select Case 结构以关键字 Select Case 开始，以关键字 End Select 结束。

"值 1"、"值 2"，"值 3"可以是数值、字符串或与要测试的其他情况相关的其他值，如果其中某个值与变量相匹配，那么该 Case 子句下的语句被执行，然后 Visual Basic 2005 执行 End Select 语句后面的语句。Select Case 结构中可以使用任意多个 Case 子句，Case 子句中也可以包括多个"值"，多个"值"之间使用逗号分隔，如果是连续的值，可用 To 连接。

【例 3.7】 设计查询是否中奖的程序，并将中奖结果显示在标签对象中。

```
Dim strinput As String
    strinput = InputBox("输入你的中奖号码", "输入框", 100)
    Select Case strinput
      Case 123
        Label1.Text = "恭喜你，中了一等奖！"
      Case 120 To 129
        Label1.Text = "恭喜你，中了二等奖！"
      Case 100 To 199
        Label1.Text = "恭喜你，中了三等奖！"
      Case Else
          Label1.Text = "谢谢你的参与！"
    End Select
```

注意：Select Case 结构每次都要在开始处计算表达式的值，而 If…Then…Elseif 结构为每个 ElseIf 语句计算不同的表达式，只有在 If 语句和每个 Else…If 语句计算相同的表达式时，才能使用 Select Case 结构替换 If…Then…Elseif 结构。

3.2.2 Sub 过程

应用程序是由模块组成的，而模块含有事件过程和通用过程。过程分为两类：一类是 Sub 过程，无返回值；另一类是 Function 函数过程，有返回值。

Sub 过程也称为子过程，是在响应事件时执行的代码块或是被事件过程调用的完成一定功能的通用代码块。子过程不带返回值，它的语法是：

```
[Private | Public] Sub 过程名([参数列表])
    [局部变量和常数声明]
    语句块
End Sub
```

每次调用过程都会执行 Sub 和 End Sub 之间的"语句块"，可以将子过程放入标准模块、类模块和窗体模块中。Public 表示单一的过程是公有过程，即可以在应用程序中的任何地方调用它。如果使用 Private 声明子过程，则该子过程只能在声明它的模块中调用。过程"参数列表"类似于变量声明，它声明了调用过程时传递进来的值。不论有没有参数，过程名后的"( )"不能省略。

Visual Basic 2005 中有通用过程和事件过程这两类子过程。

1．通用过程

通用过程是完成一项指定的任务的代码块，建立通用过程是因为有时不同的事件过程要执行相同的动作，这时可以将那些公共语句放入通用过程，并由事件过程来调用它，这样就不必重复编写代码，也容易维护应用程序。

要创建一个新的通用过程，只要在代码窗口的对象列表中选择"通用"选项，然后按照子过程的语法在代码窗口中输入子过程即可。

```
[Private | Public] [Static] Sub 过程名([参数列表])
    [局部变量和常数声明]
    语句块
End Sub
```

说明：

- Static 表示局部静态变量。"静态"是指在调用结束后仍保留 Sub 过程的变量值；
- 省略[Private | Public]时，系统默认为 Public；
- 过程名的命名规则与变量命名规则相同，在同一个模块中，同一符号名不得既用作 Sub 过程名，又用作 Function 过程名。

通用过程不属于任何一个事件过程，不能用事件过程定义它。建立通用过程如图 3.11 所示。

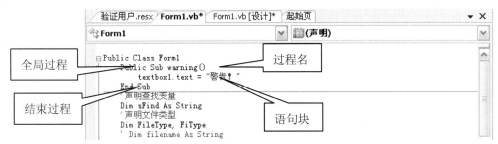

图 3.11　建立通用过程代码

2. 事件过程

事件过程是响应事件时执行的代码块，通常总是处于空闲状态，直到程序响应用户引发的事件或系统引发的事件时才调用相应的事件过程。

一个控件的事件过程是将控件的实际名字(在 Name 属性中规定的)、下划线 "_" 和事件名组合起来。例如，如果希望在单击了一个名为 cmdPlay 的命令按钮后执行动作，则要在 cmdPlay_Click 事件过程中编写相应代码。

1) 窗体事件过程

一个窗体的事件过程是将窗体名、下划线和事件名组合起来。语法格式如下：

```
Private Sub 窗体名_事件名 ([参数列表])
    [局部变量和常数声明]
    语句块
End Sub
```

说明：

- 多文档窗体用 mdiform_事件名;
- 每个窗体事件过程名前都有一个 Private 前缀,表示该事件过程不能在它自己的窗体模块之外被调用;
- 事件过程有无参数,完全由 VB 提供的具体事件本身决定,用户不可以随意添加。

2) 控件事件过程

控件事件过程由控件名(Name 属性)、下划线和事件名组成。语法格式如下：

```
Private Sub 控件名_事件名 ([参数列表])
[局部变量和常数声明]
语句块
End Sub
```

代码中(4)～(16)就为控件事件过程。

说明： 其中的控件名必须与窗体中某控件相匹配,否则将认为它是一个通用过程。

3.2.3 Function 函数过程

与 Sub 过程一样，Function 函数也是一个独立的过程，可读取参数、执行一系列语句并改变其参数的值。与子过程不同，Function 函数可返回一个值到调用的过程。语法格式如下：

```
[Private | Public] [Static] Function 函数名([参数列表])[As 数据类型]
语句块
[函数名＝表达式]
[Exit Function]
语句块
[Return 表达式]
End Function
```

说明：As [数据类型]是函数返回值的数据类型。如果没有 As 子句，默认的数据类型为
Object。

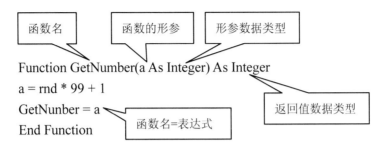

```
Function GetNumber(a As Integer) As Integer
a = rnd * 99 + 1
GetNunber = a
End Function
```

3.2.4　过程和函数的调用

1. 调用事件过程

调用 Sub 事件过程是一个独立的语句，有两种方式：使用 Call 语句和直接用 Sub 的过
程名。语法格式如下：

```
Call 过程名 [(参数列表)]
或者：
过程名 [(参数列表)]
```

【例 3.8】　调用事件过程实例。编写一个过程，对标签控件 Label1 进行移动，并通过参数
A 的值(1 或-1)决定向右下角还是向左上角移动。

界面如图 3.12 所示。

图 3.12　调用事件过程窗体

Button1 控件的 Click(Button1_Click)事件如下(调用过程)：

```
Dim k As Integer
If Rnd() > 0.5 Then k = 1 Else k = -1
Call Mymove(k)                        '调用 Mymove 过程
```

过程代码如下：

```
Sub Mymove(ByVal a As Integer)
    Label1.Left = Label1.Left + a * 5
    Label1.Top = Label1.Top + a * 5
End Sub
```

2. 调用函数

调用格式：

函数名 [(参数列表)]

【例 3.9】 调用函数过程实例。已知直角三角形两直角边的值，计算斜边。界面如图 3.13 所示。

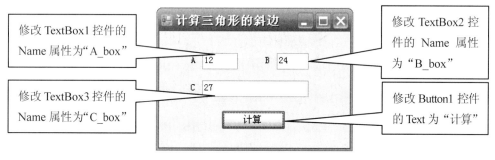

修改 TextBox1 控件的 Name 属性为"A_box"

修改 TextBox2 控件的 Name 属性为"B_box"

修改 TextBox3 控件的 Name 属性为"C_box"

修改 Button1 控件的 Text 为"计算"

图 3.13　调用函数过程实例窗体

'定义一个 C 函数，代码如下：

```
Function C(A As Integer, B As Integer) as String
  C = CInt(System.Math.Sqrt(A ^ 2 + B ^ 2))
End Function
```

在窗体上双击【计算】按钮，加入如下代码。

```
'调用函数
Label1.Text=C(Cint(text1.text),Cint(text2.text))
```

说明：Cint( )为四舍五入后取整数函数。

注意：在 Visual Basic 2005 中，所有数学函数包含在 System.Math 类中，调用时应注意语句格式。

3.2.5　参数传递

Visual Basic 2005 的代码通常需要某些关于程序状态的信息才能完成它的工作。信息包括在调用过程时传递到过程内的变量。当将变量传递到过程时，称变量为参数。

参数的传递有两种方式：按值传递和按地址传递，默认情况下为按值传递。

1. 按值传递参数

按值传递参数时，传递的只是变量的副本。如果过程改变了这个值，则所作的变动只影响副本而不会影响变量本身。用 ByVal 关键字指出参数是按值来传递的。

2. 按地址传递参数

按地址传递参数，是过程用变量的内存地址去访问实际变量的内容。因此，将变量传递给过程时，通过过程可永远改变变量值。用 ByRef 关键字指出参数是按地址来传递的。

3. 参数传递示例

(1) 建立一个新的窗体。

(2) 添加 3 个命令按钮，分别是 Button1、Button2 和 Button3。

(3) 修改命令按钮的 Text 属性为：缺省传递、按值传递和按地址传递，如图 3.14 所示。

图 3.14　修改命令按钮的 Text 属性

(4) 编写 3 个自定义函数。

①
```
Function Add(ByVal no As Integer)
    no = no + 100
    Add = no
End Function
```
②
```
Function Add1(ByVal no As Integer)
    no = no + 100
    Add1 = no
End Function
```
③
```
Function Add2(ByRef no As Integer)
    no = no + 100
    Add2 = no
End Function
```

(5) 在窗口中双击【缺省传递】命令按钮，加入如下代码。

```
Dim a, b As Integer
a = 100
b = Add(a)
MsgBox("a 的值为: " & a)          '显示：a 的值为 100
End Sub
```

(6) 在窗口中双击【按值传递】命令按钮，加入如下代码。

```
Dim a, b As Integer
a = 100
b = Add1(a)
MsgBox("a 的值为: " & a)          '显示：a 的值为 100
```

(7) 在窗口中双击【按地址传递】命令按钮，加入如下代码。

```
Dim a, b As Integer
a = 100
b = Add2(a)
MsgBox("a 的值为: " & a)          '显示：a 的值为 200
```

(8) 运行窗体，结果如图 3.15 所示。

(a) 默认传递　　　　　　　(b) 按值传递　　　　　　　(c) 按地址传递

图 3.15　运行结果

本 章 小 结

　　本章主要介绍了菜单控件、状态栏控件、工具栏控件的使用，判断语句的使用以及过程和函数的概念，并介绍了函数传递的两种方式。

　　通过本章案例的学习，能够利用所学的知识设计一个简易的记事本，起到举一反三的效果。为以后设计功能齐全的文本编辑器打下良好的基础。

习 题 三

1．选择题

(1) 运行下列程序段后，显示的结果是(　　)。

```
Dim j1, j2 As Single
j1 = 10
j2 = 30
If j1 < j2 Then
   MsgBox("j2=" & j2.ToString & " j1=" & j1.ToString, MsgBoxStyle.OkOnly, "")
End If
```

　　A．10　　　　　B．30　　　　　C．10 30　　　　　D．30 10

(2) RichTextBox 用于显示和输入格式化的文本(例如，黑体、下划线等)。它使用标准的格式化文本，文本的格式是(　　)。

　　A．.RTF　　　B．.DOC　　　C．.XLS　　　　D．.DOT

(3) 保存对话框控件的名称是(　　)。

　　A．SaveFileDialog　　　　　　　B．SaveDialog

　　C．FileDialog　　　　　　　　　D．SaveFile

(4) 状态栏控件的名称是(　　)。

　　A．StatusStrip　　B．Status　　　C．Strip　　　　　D．StatusStrips

(5) 下列程序段的执行结果是(　　)。

```
Dim x, y As Single
x=5
y=-20
If not x>0 Then x=y-3 Else y=x+3
MsgBox("x-y=" & (x-y).ToString & "  y-x=" & (y-x).ToString, MsgBoxStyle.
OkOnly, "")
```

A. -3 3　　　　　B. 5 -8　　　　C. 3 -3　　　　　D. 25 -25

(6) 下列程序段的执行结果是(　　)。

```
Dim a, i As Integer
A=75
If a>60 Then i=1
If a>70 Then i=2
If a>80 Then i=3
If a>90 Then i=4
MsgBox("i=" & i.ToString, MsgBoxStyle.OkOnly, "")
```

A. i=1　　　　　B. i=2　　　　　C. i=3　　　　　D. i=4

(7) 下列程序段的执行结果是(　　)。

```
Dim x As Single
x = Int(Rnd() + 5)
Select Case x
   Case 5
      MsgBox("优秀")
   Case 4
      MsgBox("良好")
   Case 3
      MsgBox("通过")
   Case Else
      MsgBox("不通过")
End Select
```

A. 优秀　　　　　B. 良好　　　　　C. 通过　　　　　D. 不通过

(8) 窗体的(　　)属性用于设置窗体第一次出现的位置。

A. ShowInTaskbar　　　　　　　B. StartPosition

C. Opacity　　　　　　　　　　D. ShowIcon

(9) 窗体的(　　)属性用于设置是否在标题栏中显示图标。

A. ShowInTaskbar　　　　　　　B. StartPosition

C. Opacity　　　　　　　　　　D. ShowIcon

2. 填空题

(1) 用于创建打开对话框和保存对话框的控件是_____和_____。

(2) 用户界面上的控件可能发生的事情称为_____。

(3) _____ 事件在控件上单击鼠标左键是触发。

(4) _____ 事件在控件上双击鼠标左键是触发。

(5) 一个控件的事件过程是将控件的实际名字、_____ 和 _____ 组合起来。

(6) 过程分为两类：一类是_____，无返回值；另一类是_____，有返回值。

(7) 调用 Sub 事件过程是一个独立的语句，有两种方式：_____ 和 _____。

3. 问答题

(1) Select Case 结构与 If…Then…Elseif 结构各适合什么情况？

(2) 使用循环语句时，循环控制变量应如何变化？

(3) 设置菜单控件 MenuStrip 的属性时，Enabled 属性和 Visible 属性的区别是什么？

(4) 使用 With…End With 语句，对编程会有什么好处？

(5) Sub 过程与 Function 过程最根本的区别是什么？

4. 上机操作题

(1) 使用 Select Case…End Select 语句编写判断输入成绩等级的程序，60 分以下为不合格，60～69 为合格，70～79 为中，80～89 为良好，90 分以上为优秀。

(2) 如图 3.16 所示，在【输入】文本框中输入字符，单击【交换】按钮后，在【输出】文本框中反方向显示字符，单击【退出】按钮关闭窗口。

(3) 如图 3.17 所示，在文本框中输入文字，当单击【字体】按钮时，可以改变文本框中的字体和字号。

图 3.16 上机操作题(2)

图 3.17 上机操作题(3)

第4章 系统编程

教学目标:

- 了解注册表的概念和用途。
- 了解空间、引用和类的概念。
- 掌握 Registry 类和 RegistryKey 类的使用。
- 学会编写管理注册表的程序。

教学要求:

知 识 要 点	能 力 要 求	相 关 知 识
注册表的用途	理解注册表的概念	注册表编辑器 Regedit
空间、引用和类的概念	学会应用常用空间和类	资源管理器中根文件夹和子文件夹的概念
列表框控件的使用	掌握常用属性	文本框控件

4.1 案例 3——注册表的维护和获取系统信息

注册表是 Windows 操作系统中存放着各种参数的核心数据库,用户通过注册表编辑器进行相应的编辑。注册表直接控制着 Windows 的启动、硬件驱动程序的装载以及一些 Windows 应用程序的运行,从而在整个系统中起着核心作用。

4.1.1 案例说明

【案例简介】

首先来了解一下注册表的组成。在注册表中,子树是主要节点,包括键、子键和值。键就是打开"注册表编辑器"后,出现在"注册表编辑器"左窗格中的文件夹,键可以包含子键和值键。子键就是键中的键,在注册表中,子键属于树和键。值键就是运行"注册表编辑器"后,出现在"注册表编辑器"右窗格中的数据字符串,它定义了当前所选键的值,值键由 3 个部分组成:名称、数据类型和值本身。图 4.1 所示就是注册表的各个组成部分。

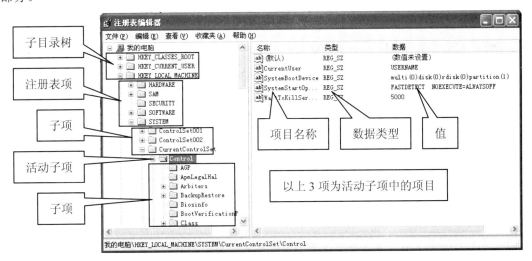

图 4.1 注册表的组成部分

(1) 现在要求在 HKEY_LOCAL_MACHINE 子目录树下,打开子目录树下的 SYSTEM 注册表项,在 SYSTEM 注册表下打开子项目 ControlSet001,在子项目 ControlSet001 下获得当前项目下所有的子项目并得到每一个子项下所有的"项目名称"和"值"。

(2) 获得注册表和系统信息以及 CPU 信息,如图 4.2 所示。

【案例目的】

通过这个案例,了解注册表的重要性以及使用,对今后注册表的维护有着至关重要的作用。

图 4.2　运行后的部分结果

4.1.2　案例的实现步骤

1. 创建工程

(1) 选择【开始】|【程序】|【Microsoft Visual Basic 2005 速成版】命令，进入速成版窗口。

(2) 选择【文件】|【新建项目】命令，打开【新建项目】对话框。

(3) 在【模板】选项组中，选择【Windows 应用程序】选择，在【名称】文本框中输入"注册表"，单击【确定】按钮。

2. 界面设计

"注册表"窗体的设计界面如图 4.3 所示。

图 4.3　"注册表"窗体的设计界面

(1) 从工具箱中拖动 ListBox(列表框)控件 ListBox 到窗体中。

(2) 从工具箱中拖动 7 个 Button(命令按钮控件) Button 到窗体中，并调整位置。

(3) 在解决方案管理器中,选择【注册表】,单击鼠标右键,在快捷菜单中选择【添加】|【Windows 窗体】命令。

(4) 在【添加新项－注册表】对话框的【名称】文本框中,输入"CPU 信息",单击【确定】按钮。

(5) 在【CPU 信息】窗体中添加一个 ListBox(列表框)控件 ，如图 4.4 所示。

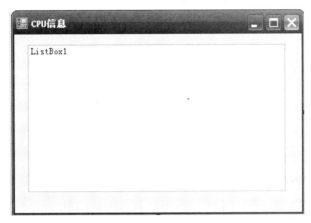

图 4.4　在"CPU 信息"窗体中添加列表框控件

(6) 由于在代码中要用到 FSO 对象模型,而 FSO 对象模型包含在 Scripting 类型库 (Scrrun.dll)中。调用方法如下。

选择【项目】|【添加引用】命令,打开 COM 选项卡,然后选择 Microsoft Scripting Runtime 选项,如图 4.5 和图 4.6 所示。

图 4.5　添加引用

图 4.6　选择 Microsoft Scripting Runtime 选项

3. 窗体控件属性的设置

窗口中各个控件的属性的设置见表 4-1。

表 4-1 各个控件的属性设置

控 件 名	属 性	属 性 值	说 明
"注册表"窗体属性			
Form	Name	注册表和系统信息	窗体的名称
ListBox	Name	ListBox1	列表框的名称
	Horizontalscrollb	True	超出右边缘显示滚动条
	Scrollalwaysvisible	True	始终显示滚动条
Button1	Text	获取注册表信息	
Button2	Text	创建子键	
Button3	Text	重命名子键	
Button4	Text	删除指定的键	按键名称
Button5	Text	删除子键	
Button6	Text	获取 CPU 信息	
Button7	Text	获取磁盘信息	
"CPU 信息"窗体属性			
Form	Name	CPU 信息	窗体的名称
ListBox	Name	ListBox1	列表框的名称

4. 编写代码

(1) 选中窗体，在窗体上单击鼠标右键，在弹出的快捷菜单中选择【查看代码】命令，进入代码编辑区。

(2) 在 Public Class Form1 的前面输入如下代码(定位鼠标在"P"的前面，按回车键，即可输入如下代码。

```
'引用 Microsoft.Win32 命名空间
Imports Microsoft.Win32
'引用 Scripting 命名空间
Imports Scripting
```

(3) 在 Public Class Form1 的下面输入如下代码。

```
'继承 System.Windows.Forms.Form
Inherits System.Windows.Forms.Form
```

(4) 命名一个子过程，过程名为：xszcb。

```
Private Sub xszcb()
'列表框清空
ListBox1.Items.Clear()
'声明 hklm 为 RegistryKey，Registry.LocalMachine 对应于 HKEY_LOCAL_MACHINE 子
目录树
Dim hklm As RegistryKey = Registry.LocalMachine
```

```
'打开"SYSTEM"子键
Dim software11 As RegistryKey = hklm.OpenSubKey("SYSTEM")
'打开"ControlSet001"子键
Dim software As RegistryKey = software11.OpenSubKey("ControlSet001")
Dim KeyCount As Integer
'获得当前健下面有多少子键
KeyCount = software.SubKeyCount
'获得当前键下面所有子键组成的字符串数组(用 GetSubKeyNames()语句)
Dim Str() As String = software.GetSubKeyNames()
Dim i As Integer
For i = 0 To KeyCount - 1
    ListBox1.Items.Add(Str(i))
    '按顺序打开子键
    Dim sitekey As RegistryKey = software.OpenSubKey(Str(i))
    '获得当前子键下面所有键组成的字符串数组
    Dim Str2() As String = sitekey.GetValueNames()
    '获得当前子键存在多少键值
    Dim ValueCount As Integer = sitekey.ValueCount
    Dim j As Integer
    Dim f As String
     For j = 0 To ValueCount - 1
        '在列表中加入所有子键、键和键值
        f = sitekey.GetValue(Str2(j))
        ListBox1.Items.Add(" " + Str2(j) + ": " + f)
    Next j
Next i
End Sub
```

(5) 在【类名】框中选择"Button1"名称,在【方法名称】框中选择"Click"事件,输入如下代码。

```
'调用过程
xszcb()
```

(6) 在【类名】框中选择"Button2"名称,在【方法名称】框中选择"Click"事件,输入如下代码。

```
ListBox1.Items.Clear()
Dim hklm As RegistryKey = Registry.LocalMachine
'打开"SYSTEM"子键
Dim software11 As RegistryKey = hklm.OpenSubKey("SYSTEM", True)
'打开"ControlSet001"子键
Dim software As RegistryKey = software11.OpenSubKey("ControlSet001", True)
'建立 ddd 子键
Dim ddd As RegistryKey = software.CreateSubKey("ddd")
'修改键值
ddd.SetValue("www", "1234")
```

```
'调用过程
xszcb()
```

(7) 在【类名】框中选择"Button3"名称，在【方法名称】框中选择"Click"事件，输入如下代码。

```
ListBox1.Items.Clear()
Dim hklm As RegistryKey = Registry.LocalMachine
'打开"SYSTEM"子键
Dim software11 As RegistryKey = hklm.OpenSubKey("SYSTEM", True)
'打开"ControlSet001"子键
Dim software As RegistryKey = software11.OpenSubKey("ControlSet001", True)
Dim ddd As RegistryKey = software.CreateSubKey("ddd")
ddd.SetValue("www", "aaaa")
xszcb()
```

(8) 在【类名】框中选择"Button4"名称，在【方法名称】框中选择"Click"事件，输入如下代码。

```
'调用过程，显示原始信息
xszcb()
'Dim hklm As RegistryKey = Registry.LocalMachine
'打开"SYSTEM"子键
Dim software11 As RegistryKey = hklm.OpenSubKey("SYSTEM", True)
'打开"ControlSet001"子键
Dim software As RegistryKey = software11.OpenSubKey("ControlSet001", True)
删除"ddd"子目录树
software.DeleteSubKeyTree("ddd")
'调用过程，显示删除后的信息
xszcb()
```

(9) 在【类名】框中选择"Button5"名称，在【方法名称】框中选择"Click"事件，输入如下代码。

```
ListBox1.Items.Clear()
Dim hklm As RegistryKey = Registry.LocalMachine
'打开"SYSTEM"子键
Dim software11 As RegistryKey = hklm.OpenSubKey("SYSTEM", True)
'打开"ControlSet001"子键
Dim software As RegistryKey = software11.OpenSubKey("ControlSet001", True)
Dim ddd As RegistryKey = software.OpenSubKey("ddd", True)
ddd.DeleteValue("www")
xszcb()
```

(10) 在【类名】框中选择"Button6"名称，在【方法名称】框中选择"Click"事件，输入如下代码。

```
ListBox1.Items.Clear()
'创建 FSO 对象，将一个 FSO 变量声明为 FSO 对象类型
```

```
Dim Fso As New FileSystemObject
Dim drvDisk As Drive
'返回与指定的路径中驱动器(C:)相对应的 Drive 对象
drvDisk = Fso.GetDrive("C:\")
ListBox1.Items.Add("驱动器" & "C:\")
'设置或返回指定驱动器的磁盘卷标、磁盘序列号、磁盘类型、文件系统、磁盘容量、可用空间和
已用空间
ListBox1.Items.Add("磁盘卷标:" & drvDisk.VolumeName)
ListBox1.Items.Add("磁盘序列号:" & drvDisk.SerialNumber)
ListBox1.Items.Add("磁盘类型:" & drvDisk.DriveType)
ListBox1.Items.Add("文件系统:" & drvDisk.FileSystem)
ListBox1.Items.Add("磁盘容量(GB): " & _
FormatNumber(((drvDisk.TotalSize / 1024 / 1024 / 1024), 2).ToString)
ListBox1.Items.Add("可用空间(GB): " & _
FormatNumber(((drvDisk.FreeSpace / 1024 / 1024 / 1024), 2).ToString)
ListBox1.Items.Add("已用空间(GB):" &_
FormatNumber(((drvDisk.TotalSize - drvDisk.FreeSpace) / 1024 / 1024 / 1024),
2).ToString)
```

(11) 在【类名】框中选择"Button7"名称，在【方法名称】框中选择"Click"事件，输入如下代码。

```
Dim zcLM, zcHW, zcDES, zcSystem, zcCPU, zcInfo As RegistryKey
'定义获取 CPU 信息的节点
zcLM = Registry.LocalMachine
zcHW = zcLM.OpenSubKey("HARDWARE")
zcDES = zcHW.OpenSubKey("DESCRIPTION")
zcSystem = zcDES.OpenSubKey("SYSTEM")
zcCPU = zcSystem.OpenSubKey("CentralProcessor")
zcInfo = zcCPU.OpenSubKey("0")
'创建 CPU 信息窗体的实例
Dim f2 As New CPU 信息
'获取 CPU 信息的节点
f2.ListBox1.Items.Add("CPU 的制作厂商: " & zcInfo.GetValue("vendoridentifier"))
f2.ListBox1.Items.Add("CPU 的描述: " & zcInfo.GetValue("ProcessorNamestring"))
f2.ListBox1.Items.Add("CPU 的标识: " & zcInfo.GetValue("Identifier"))
f2.ListBox1.Items.Add("CPU 的速度: " & zcInfo.GetValue("~MHz") & " MHz")
'显示窗体
f2.Show()
```

4.1.3 案例分析

1. 控件

在窗口中使用了两种控件，分别是 Button(命令按钮)控件和 ListBox(列表框)控件。

2. 常用属性

(1) Button(命令按钮)控件的常见属性见表 4-2。

表 4-2　命令按钮控件属性

属　　性	说　　明
Enabled	用于设置是否允许使用命令按钮，默认为 True
Text	设置显示在命令按钮上的文本，可在字母前加符号&来设置热键
Visible	用于设置按钮是否可见
Flatsyle	用于设置按钮的外观，有 Flat、Standard、Popup 和 System 4 个属性
BackgroundImage	设置命令按钮中要显示的图形

(2) 列表框控件 ListBox 的常见属性见表 4-3。

表 4-3　列表框控件属性

属　　性	说　　明
Items	设置列表部分中包含的项
SelectionMode	设置用户是否能够在列表项中做多个选择，(None 为不能选择；One 为只能单选；MultiSingle 为允许简单多项选择；MultiExtended 为允许有扩展式多项选择)
SelectedIndex	获取用户所选取的列表框项目
MultiColumn	用于设置列表框是否以多行的形式显示

3.　代码分析

(1) 在代码(3)中的 Public Class Form1 的下面输入如下代码。

```
Inherits System.Windows.Forms.Form
```

在上面的代码中，Inherits 的意思是继承，属于面向对象的程序设计语言(OOP)中的核心概念之一，主要用于从类复制属性，这样可以提高代码的重用性。它表示继承 System.Windows.Forms.Form，在 Visual Basic 2005 里有很多命名空间，System 是最大的一个，Windows 是 System 里的一个子空间，以此类推。

使用上面的语句，一些对象的方法就可以不写全了，直接到上面的这个命令空间里找，功能有点类似于 With 结构。

注意：继承语句要写在 Public Class Form1 的下面，而空间要写在它的上面。

提示：OOP(Object Oriented Programming，面向对象的程序设计)。所谓"对象"就是一个或一组数据以及处理这些数据的方法和过程的集合。面向对象的程序设计完全不同于传统的面向过程程序设计，它大大地降低了软件开发的难度，使编程就像搭积木一样简单，是当今电脑编程的一股势不可挡的潮流。

(2) 在代码(4)中出现 ListBox1.Items.Add(string)语句，表示在列表框的最后一项后面追加一个新项目，其中 Add 是一个函数。它的语法格式为：

```
Object.Items.Add(string)
```

例如：ListBox1.Items.Add("One World")，它的作用就是在列表框的最后一行添加一个项目。

如果要在某个项目的后面插入一个新项目，语法格式如下：

```
Object.Items.Insert(Index,string)
```

例如：ListBox1.Items.Insert(2,"One dream")，它的作用就是在列表框的第 2 项后面插入一个新项目。

如果要删除列表框的某个项目，应使用 Remove 和 RemoveAt 方法。

(3) 在代码(11)中，出现 Dim f2 As New CPU 信息，表示创建"CPU 信息"窗体的实例。f2.Show()表示显示窗体的方法。窗体的常见方法见表 4-4。

表 4-4　窗体的常见方法

方　　法	说　　明	调 用 格 式
Show	显示窗体	窗体名.Show()
Hide	隐藏窗体	窗体名.Hide()
Refresh	窗体刷新	窗体名.Refresh()
Activate	激活窗体并得到光标	窗体名.Activate()
Close	关闭窗体	窗体名.Close()
ShowDialog	以模式对话框形式显示窗体	窗名.ShowDialog()

4.2　相关知识和注意事项

在以上案例中，讲述了注册表的组成，但要管理好注册表，首先应对注册表的含义和作用有所了解；其次，在开发这一类软件时，用到许多循环语句、空间的概念和引用，这一节将对这些知识做详细的介绍。

4.2.1　命名空间的概念

顾名思义，命名空间就是为了名称而引入的，也就是为了防止越来越多的类(组件)出现导致越来越多的代码出现重名的可能而引入的。

Visual Basic 2005 中采用的是单一的全局变量命名空间。在这单一的空间中，如果有两个变量或函数的名字完全相同，就会出现冲突。当然，也可以使用不同的名字，但有时并不知道另一个变量也使用完全相同的名字；有时为了程序的方便，必须使用同一名字。比如定义了一个变量 Dim user_name As String，有可能在调用的某个库文件或另外的程序代码中也定义了相同名字的变量，这就会出现冲突。命名空间就是为解决 Visual Basic 2005 中的变量、函数的命名冲突而服务的。解决的办法就是将变量定义在一个不同名字的命名空间中。就好像联想生产计算机，方正也同样生产相同配置的计算机，但人们能区分清楚，就是因为它们分属不同的厂家。

例如：

联想公司生产酷睿双核计算机。

方正公司也生产酷睿双核计算机。

如果没有命名空间，在给用户推荐计算机时只介绍酷睿双核计算机，不介绍厂家，那么问题就来了，用户不知道该买哪个公司的产品，产品究竟有什么不同。

命名空间的的引入就排除掉了这个麻烦，例如：

联想公司的产品：

```
Imports 联想
public class 酷睿双核计算机
……
end class
```

方正公司的产品：

```
Imports 方正
public class 酷睿双核计算机
……
end class
```

这样，用户在购买计算机时就可以写成：

联想. 酷睿双核计算机；

方正. 酷睿双核计算机。

只要它们使用的顶层命名空间不同，就可以保证所有类可以共存。

简单地讲，命名空间就像一个文件夹，其内的对象就像一个个文件，不同文件夹内的文件可以重名。在使用重名的文件时，只需要说明是在哪个文件夹下的文件就行了。

4.2.2　类和对象

类是抽象的事物，而对象是一个实例。例如猫是一个类，特定的一只猫就是一个对象。

在编写复杂程序时，面对庞杂的数据是让程序员非常头疼的事情。如何有效地开发和管理那些代码从而提高开发效率和代码的重用率呢？使用类模块编写程序是一个明智的选择。类是抽象的事物，而对象是一个实例。Visual Basic 2005 是面向对象的语言，程序员可以通过使用可视化的操作和在自动生成的代码框架下写代码，例如在窗体中添加一个 TextBox 控件，就可以通过更改 TextBox1.Text 的属性来修改 Text 中的内容。在这过程当中其实是调用了 TextBox 类中的一个 Text 成员函数。从一个 TextBox 类中就可以做出如此多的 TextBox1，TextBox2 等实例来，可见类在软件设计中的重要性。

4.2.3　注册表

1. 注册表的含义和作用

注册表是一个庞大的数据库，用来存储计算机软硬件的各种配置数据。注册表中记录了用户安装在计算机上的软件和每个程序的相关信息，用户可以通过注册表调整软件的运行性能，检测和恢复系统错误，定制桌面等。用户修改配置，只需要通过注册表编辑器，单击鼠标，即可轻松完成。系统管理员还可以通过注册表来完成系统远程管理。因而用户掌握了注册表即掌握了对计算机配置的控制权，用户只需要通过注册表即可将自己计算机的工作状态调整到最佳。

2. 创建注册表信息

在 Visual Basic 2005 中引入了一个 Microsoft.Win32 命名空间，这个命名空间中封装了用于操作注册表的许多类，在具体的程序设计中，主要用到的是：Registry 类和 RegistryKey 类。

其中 Registry 类主要是提供为存取值和子键所必需的基本的子目录树。在 Registry 类中定义了注册表中 5 个主要的子目录树。其对应如下。

(1) Registry.ClassesRoot 对应于 HKEY_CLASSES_ROOT 子目录树。

该主键包含了文件的扩展名和应用程序的关联信息以及 Window Shell 和 OLE 用于储存注册表的信息。该主键下的子键决定了在 Windows 中如何显示该类文件以及它们的图标，该主键是从 HKEY_LOCAL_MACHINE\SOFTWARE\CLASSES 映射过来的。

(2) Registry.CurrentUser 对应于 HKEY_CURRENT_USER 子目录树。

该主键包含了如用户窗口信息，桌面设置等当前用户的信息。

(3) Registry.LocalMachine 对应于 HKEY_LOCAL_MACHINE 子目录树。

该主键包含了计算机软件和硬件的安装和配置信息，该信息可供所有用户使用。

(4) Registry.User 对应于 HKEY_USER 子目录树。

该主键记录了当前用户的设置信息，每次用户登录系统时，就会在该主键下生成一个与用户登录名一样的子键，该子键保存了当前用户的桌面设置、背景位图、快捷键，字体等信息。一般应用程序不直接访问该主键，而是通过主键 HKEY_CURRENT_USER 进行访问。

(5) Registry.CurrentConfig 对应于 HEKY_CURRENT_CONFIG 子目录树。

该主键保存了计算机当前硬件的配置信息，这些配置可以根据当前所连接的网络类型或硬件驱动软件安装的改变而改变。

Visual Basic 2005 主要是利用 RegistryKey 类封装的方法、属性等来进行与注册表相关的各种操作。

创建注册表信息的常用的方法见表 4-5。

表 4-5 创建注册表信息的方法

方　法	语　句	说　明
OpenSubKey	OpenSubKey(子键名称)	为了读取，打开指定的子键。此方法可以被认为是确定注册表记录的指针
	OpenSubKey(子键名称，True)	为了进行写操作，打开指定的子键。此方法是确定注册表记录的指针
CreateSubKey	CreateSubKey(子键名称，True)	用来创建子键
SetValue	SetValue(存在的键，新的健值)	修改键值，并为此键赋值

【例 4.1】　在 Visual Basic 2005 中要创建注册表信息，首先必须要知道如何确定要创建注册信息的地方。现在要在子键"ControlSet001"下面再创建一个子键，可用以下代码使得注册表的记录指针指向"ControlSet001"，代码如下：

```
Dim hklm As RegistryKey = Registry.LocalMachine
'打开"SYSTEM"子键
Dim software11 As RegistryKey = hklm.OpenSubKey( "SYSTEM" )
'打开"ControlSet001"子键
Dim software As RegistryKey = software11.OpenSubKey("ControlSet001")
```

【例 4.2】　在已经打开的子键"ControlSet001"下面创建一个子键 ddd 并赋值。

```
ListBox1.Items.Clear( )
'打开"SYSTEM"子键
Dim hklm As RegistryKey = Registry.LocalMachine
Dim software11 As RegistryKey = hklm.OpenSubKey( "SYSTEM" ,True )
'打开"ControlSet001"子键
Dim software As RegistryKey = software11.OpenSubKey( "ControlSet001" ,
True )
Dim ddd As RegistryKey = software.CreateSubKey( "ddd" )
ddd.SetValue( "www" , "1234" )
```

3. 删除注册表信息

Visual Basic 2005 删除注册表中的信息也是通过 RegistryKey 类中封装的方法来实现，常见的删除注册表信息的方法见表 4-6。

表 4-6　删除注册表信息的方法

方　　法	语　　句	说　　明
DeleteSubKey	DeleteSubKey(String，subkey)	直接删除指定的子键
	DeleteSubKey(String subkey，Boolean info)	其中 subkey 是要删除的子键的名称，Boolean 为参数，如果值为 True，则在程序调用，删除的子键不存在时，产生一个错误信息；如果值为 False，则在程序调用时，即使删除的子键不存在，也不产生错误信息，程序依然正确运行。推荐使用 False
DeleteSubKeyTree	DeleteSubKeyTree(String subkey)	彻底删除指定的子键目录，即删除该子键以及该子键以下的全部子键。由于此方法的破坏性非常强，所以在使用的时候要非常注意。其中 subkey 就是要彻底删除的子键名称
DeleteValue	DeleteValue(String value)	此方法是删除指定的健值。其中 value 就是要删除键值的名称

【例 4.3】 删除子键"ddd"中的健"www"。

```
Dim hklm As RegistryKey = Registry.LocalMachine
'打开"SYSTEM"子键
Dim software11 As RegistryKey = hklm.OpenSubKey( "SYSTEM" ,True )
'打开"ControlSet001"子键
Dim software As RegistryKey = software11.OpenSubKey("ControlSet001" ,True )
Dim ddd As RegistryKey = software.OpenSubKey( "ddd" , True )
ddd.DeleteValue( "www" )
```

【例 4.4】 删除已经打开的子键"ControlSet001"下面的子键"ddd"。

```
Dim hklm As RegistryKey = Registry.LocalMachine
'打开"SYSTEM"子键
Dim software11 As RegistryKey = hklm.OpenSubKey( "SYSTEM" ,true )
'打开"ControlSet001"子键
Dim software As RegistryKey = software11.OpenSubKey( "ControlSet001" ,
true )
software.DeleteSubKeyTree( "ddd" )
```

注意：在用 DeleteSubKey()方法删除一个指定的子键时，要确保此子键下面不能存在子键，否则会产生一个错误信息。

4.2.4　FSO 对象模型

　　FSO 的意思是 File System Object，即文件系统对象模型。在 Visual Basic 2005 编程中经常需要和文件系统打交道，比如获取硬盘的剩余空间、判断文件夹或文件是否存在等。过去没有 FSO 时，完成这些功能需要调用 Windows API 函数或者使用一些比较复杂的过程来实现，编程复杂、可靠性差又容易出错。使用 Windows 提供的的文件系统对象，一切变得非常简单。

　　FSO 对象包括如下几种。

　　(1) 驱动器对象(Drive Object)：用来存取本地盘或网络盘。

　　(2) 文件系统对象(FleiSystemObject)：是用来存取文件系统。

　　(3) 文件夹对象(Folder Object)：用于存取文件夹的各种属性。

　　(4) 文本流对象(TextStream Object)：存取文件内容。

注意：可以使用上面的对象让计算机做任何事情，也包括破坏活动，所以应小心使用 FSO。FSO 对象模型包含在 Scripting 类型库(Scrrun.dll)中。调用方法如图 4.5 和图 4.6 所示。

1. 创建 FSO 对象模型的两种方法

1) 将一个变量声明为 FSO 对象类型

```
Dim fsoTest As New FileSystemObject
```

2) 通过 CreateObject 方法创建一个 FSO 对象

```
Set fsoTest = CreateObject("ing.FileSystemObject")
```

完成了 FSO 对象模型的创建之后，就可以利用所创建对象模型的方法去访问各个对象的属性，以便获取所需的信息或进行相关的操作。

2. Drive 对象

Drive 对象用来获取当前系统中各个驱动器的信息。

常用 Drive 对象的属性见表 4-7。

表 4-7 Drive 对象的属性

属 性	说 明
AvailableSpace	返回在指定的驱动器或网络共享上的用户可用的空间容量
DriveLetter	返回某个指定本地驱动器或网络驱动器的字母，只读属性
DriveType	返回指定驱动器的磁盘类型
FileSystem	返回指定驱动器使用的文件系统类型
FreeSpace	返回指定驱动器上或共享驱动器可用的磁盘空间，只读属性
IsReady	确定指定的驱动器是否准备好
Path	返回指定文件、文件夹或驱动器的路径
RootFolder	该对象表示一个指定驱动器的根文件夹，只读属性
SerialNumber	返回用于唯一标识磁盘卷标的十进制序列号
ShareName	返回指定驱动器的网络共享名
TotalSize	以字节为单位，返回驱动器或网络共享的总空间大小
VolumeName	设置或返回指定驱动器的卷标名

从表 4-7 的属性表可以看到 Drive 对象基本上包含了日常操作所需的全部的驱动器信息，因此在使用中是非常方便的。在以上案例代码(10)中讲述 Drive 对象的使用。

在代码(10)中，GetDrive 方法是返回一个与指定路径中的驱动器相对应的 Drive 对象。该方法的语法格式为：

```
object.GetDrive drivespec
```

其中：object 是一个 FSO 对象的名称，drivespec 用于指定驱动器的名称。

如：

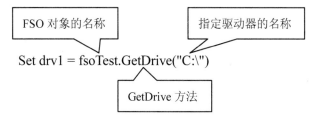

注意：drivespec 必选项可以是驱动器号(c)、带冒号的驱动器号(c:)、带有冒号与路径分隔
符的驱动器号(c:\) 或任何指定的网络共享(\\computer2\share1)。

说明：对于网络共享，需检查并确保该网络共享存在。

若 drivespec 与已接受格式不一致或不存在，就会出错。为了在调用 GetDrive 方法时使
用标准路径字符串，使用下列序列得到与 drivespec 相匹配的字符串。

```
DriveSpec = GetDriveName(GetAbsolutePathName(Path))
drvDisk.VolumeName          表示磁盘的卷标
SerialNumber                表示磁盘的序列号
drvDisk.DriveType           表示磁盘的类型
drvDisk.FileSystem          表示文件系统
TotalSize                   表示磁盘总的空间
FreeSpace                   表示磁盘的可用空间
FormatNumber                数值的格式
```

磁盘总空间－可用空间＝使用空间

将数值转为字符

(drvDisk.TotalSize - drvDisk.FreeSpace) / 1024 / 1024 / 1024), 2).ToString)

将字节(Byte)转换为 GB 单位

保留小数位

单位换算如下：

```
1TB(千千兆字节)=1024GB(千兆字节)
1GB=1024MB(兆字节)
1MB=1024KB(千字节)
1KB=1024Byte
```

注意：Byte(B)也就是字节，一般情况下把它们看做是按千进位，准确的是 1024 也就是 2
的 10 次方。

3. FileSystemObject 对象

在 FSO 对象模型中，提供了丰富的有关文件夹操作的方法，这些方法见表 4-8。

表 4-8　FileSystemObject 对象的方法

方　法	说　明
CreateFolder	创建一个文件夹
DeleteFolder	删除一个文件夹
MoveFolder	移动一个文件夹
CopyFolder	复制一个文件夹

续表

方　　法	说　　明
FolderExists	查找一个文件夹是否在驱动器上
GetFolder	获得已有 Folder 对象的一个实例
GetParentFolderName	找出一个文件夹的父文件夹的名称
GetSpecialFolder	找出系统文件夹的路径

4. Folder 对象

Folder 对象常用方法见表 4-9。

表 4-9　Folder 对象常用方法

方　　法	说　　明	方　　法	说　　明
Delete	创建一个文件夹	Copy	复制一个文件夹
Move	移动一个文件夹	Name	检索文件夹的名称

说明：Folder 对象的 Delete、Move、Copy 方法和 FileSystemObject 对象的 DeleteFolder、MoveFolder、CopyFolder 方法实际上是相同的，因此在实际使用中可以任选其中的一种。

【例 4.5】　演示 Folder 对象的应用。在 VB 下新建一个工程，在窗体上面添加 3 个命令按钮，然后在代码编辑区加入如下代码。设计界面如图 4.7 所示，运行界面如图 4.8 所示。

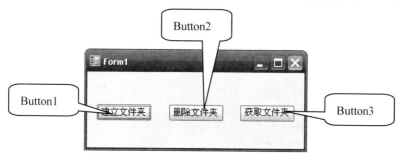

图 4.7　设计界面

图 4.8　建立、删除和文件夹属性运行结果

(1) 选中窗体，在窗体上单击鼠标右键，在弹出的快捷菜单中选择【查看代码】命令，进入代码编辑区。

(2) 在 Public Class Form1 的前面输入如下代码(定位鼠标在"P"的前面，按回车键，即可输入代码)。

```
'引用 Scripting 命名空间
Imports Scripting
```

(3) 在 Public Class Form1 的下面输入如下代码。

```
Public Class Form1
Dim fsoTest As New FileSystemObject
Dim folder1 As Folder
```

(4) 在【类名】框中选择"Button1"名称，在【方法名称】框中选择"Click"事件，输入如下代码。

```
Try
    ' 获取 Folder 对象。
    folder1 = fsoTest.GetFolder("C:")
    '创建文件夹
    fsoTest.CreateFolder("C:\Test")
    MsgBox("文件夹 Test 在 C 盘上已经创建")
Catch ex As Exception
    MessageBox.Show(ex.Message)
End Try
```

(5) 在【类名】框中选择"Button2"名称，在【方法名称】框中选择"Click"事件，输入如下代码。

```
Try
    '获取 Drive 对象。
    folder1 = fsoTest.GetFolder("C:")
    '删除文件夹
    fsoTest.DeleteFolder("C:\Test")
    MsgBox("文件夹 Test 已经删除")
Catch ex As Exception
    MessageBox.Show(ex.Message)
End Try
```

(6) 在【类名】框中选择"Button3"名称，在【方法名称】框中选择"Click"事件，输入如下代码。

```
'获取文件夹的有关信息
Dim sReturn As String
folder1 = fsoTest.GetFolder("C:\Windows")
Try
    sReturn = "文件夹的属性为: " & folder1.Attributes & vbCrLf
```

```
    '获取最近一次访问的时间
    sReturn = sReturn & "最近一次访问的时间: " _
& folder1.DateLastAccessed & vbCrLf
    '获取最后一次修改的时间
    sReturn = sReturn & "最后一次修改的时间: "_
& folder1.DateLastModified & vbCrLf
    '判断文件或文件夹类型
    sReturn = sReturn & "它的类型是: " & folder1.Type & vbCrLf
    MsgBox(sReturn)
Catch ex As Exception
    MessageBox.Show(ex.Message)
End Try
```

FSO 文件对象中 Attributes 的属性见表 4-10。

表 4-10　FSO 文件对象中 Attributes 的属性

属　　性	数　　值	说　　明
Normal	0	普通文件,没有设置任何属性
ReadOnly	1	只读文件,可读写
Hidden	2	隐藏文件,可读写
System	4	系统文件,可读写
Directory	16	文件夹或目录,只读
Archive	32	上次备份后已更改的文件,可读写
Alias	1024	链接或快捷方式,只读
Compressed	1048	压缩文件,只读

从以上运行结果看出,Test 文件夹的属性为 16,说明 Test 为文件夹。

4.2.5　循环语句

循环结构是用于处理重复执行的结构,可重复执行若干条语句。

1. For…Next 循环结构

For…Next 循环在事件过程中重复执行指定的一组语句,直到达到指定的执行次数为止。当要执行几个相关的运算、操作屏幕上的多个元素或者处理几段用户输入时,这种方法就显得十分有用。For…Next 循环的语法结构如下:

```
For 循环变量 = 初值 To 终值 [ Step 步长 ]
    语句块
[ Exit For ]
    语句块
Next 循环变量
```

说明：

- 循环变量必须为数值型；
- 步长一般为正，初值小于终值，若为负，初值大于终值，默认步长为 1；
- 语句块可以是一句或多句语句，称为循环体；
- Exit For 表示当遇到该语句时，退出循环体，执行 Next 的下一句；
- 退出循环后，循环变量的值保持退出时的值；
- 在循环体内对循环变量可多次引用，但不要对其赋值，否则影响结果。

【例 4.6】 计算 $1 \sim n$ 的奇、偶数之和(n 为 0 至 32 767 之间的自然数)。

```
Dim i As Integer, s1 As Integer, s2 As Integer
   s2 = 0
   For i = 0 To TextBox1.Text Step 2          '偶数
      s2 = s2 + i
   Next i
   For i = 1 To TextBox1.Text Step 2          '奇数
      s1 = s1 + i
   Next i
   TextBox2.Text = s1
   TextBox3.Text = s2
```

2. Do 循环结构

程序中除了使用 For…Next 循环外，也可以使用 Do 循环重复执行一组语句，直到某个条件为 True 时终止循环。对于事先不知道循环要执行多少次的情况来说，Do 循环十分有用和方便。根据循环条件的放置位置以及计算方式，Do 循环的两种语法结构如下。

(1) 语法结构 1：

```
Do [{While|Until} 条件]
   语句块
   [Exit Do]
Loop
```

(2) 语法结构 2：

```
Do
  语句块
  [Exit Do]
  语句块
Loop [{While|Until} 条件]
```

如果条件为 Null，则这个条件被认为是 False。

【例 4.7】 下面的 Do 循环重复处理用户输入，直到用户键入单词 Done 时停止。

```
Dim InpName As string
Do While InpName<>"Done"
InpName=InputBox("输入你的名字或输入 Done 退出")
```

```
    If InpName<>"Done" Then
        Label1.Text=InpName
    End If
Loop
```

注意：测试条件的放置位置影响 Do 循环的执行方式。

这个循环中的条件是 InpName<>"Done"，Visual Basic 编译器把这个条件翻译成"只要 InpName 变量的值不等于单词 Done，就一直执行该循环语句"。

在 Do 循环体中写上一条 If…Then 语句，表示避免用户输入的退出值显示出来，如图 4.9、图 4.10 和图 4.11 所示。

图 4.9　输入 Done

图 4.10　循环体中有
If…Then 语句

图 4.11　循环体中无
If…Then 语句

【例 4.8】　如果希望程序中的循环体至少执行一次，那么把条件放置在循环的尾部。

```
Dim InpName As String
    Do
        InpName = InputBox("输入你的名字或输入 Done 退出")
        If InpName <> "Done" Then
            Label1.Text = InpName
        End If
    Loop While InpName <> "Done"
```

这个循环与前面介绍的 Do 循环相似，但是，这里的循环条件在接收了 InputBox 函数中的姓名后进行测试。这种循环方式的优点是在测试循环条件前更新变量 InpName 的值，这样，即使 InpName 在进入循环前的值为 Done，也不会直接退出循环。在循环的尾部测试条件保证了循环体至少执行一次，但是，一般来说，这种格式的循环体中往往要增加一些额外的数据处理语句。

3. While 循环

While 循环执行到给定的条件为 True 才终止循环，与 Do…While 相似。While 循环的语法结构如下：

```
While  条件
    语句块
    [Exit While]
```

语句块

End While

如果条件为 Null，则这个条件被认为是 False，如果条件为 True，则所有的语句将被执行，直到 End While，这时候控制权返还给 While，条件再次被检查，如果条件为 True，则继续执行 While 内部的语句，如果条件为 False，则继续执行 End While 后面的语句。

【例 4.9】用 While 循环计算 1~100 的和，当计算的和为 5 050 时，显示循环变量的最大值，并退出循环。

```
Dim i As Integer=1, sum As Integer=0
    While i <= 100
        sum = sum + I                  '和累加
        If sum >= 5050 Then
            Exit While                 '退出循环
        End If
        i = i + 1
    End While
MsgBox("当 Sum 的值为" & sum & "时，" & "I 的最大值为" & i)
```

本 章 小 结

本章全面介绍了用 Visual Basic 2005 进行与注册表相关的各种编程，其中包括如何利用 Visual Basic 2005 来读取注册表，如何创建注册信息，如何修改注册信息，如何删除、重命名注册信息等。同时，对循环语句也做了较详细的介绍。通过本章的学习，能够懂得注册表的重要性，以及如何利用 Visual Basic 2005 来维护注册表。最后还要提醒一下，由于注册表是视窗的核心数据库，所以在程序中每一次对与注册表相关的操作都应该非常注意，做好备份工作，免得一次误操作导致系统的崩溃。

习 题 四

1. 选择题

(1) 下列程序段的执行结果是( )。

```
Dim x,y,f,i as Integer
x=1
y=1
    For i=1 to 3
        f=x+y
        x=y
        y=f
```

```
      MsgBox(f. ToString)
   Next i
```

    A．2 3 6　　　　　　　　　　　B．2 2 2

    C．2 3 4　　　　　　　　　　　D．2 3 5

(2) 下列程序段的执行结果是(　　)。

```
Dim a, i As Integer
i = 4
a = 5
Do While i <= 7
  i = i + 1
  a = a + 2
Loop
MsgBox("i=" & i.ToString)
MsgBox("a=" & a.ToString)
```

    A．i=4　　　　　　　　　　　B．i=8

       a=5　　　　　　　　　　　 a=13

    C．i=8　　　　　　　　　　　D．i=7

       a=7　　　　　　　　　　　 a=11

(3) (　　)保存着默认用户信息和当前登录用户信息的根键。

    A．HKEY_USERS　　　　　　　B．HKEY_CURRENT_USER

    C．HKEY_CLASSES_ROOT　　　D．HKEY_LOCAL_MACHINE

(4) 下面(　　)不是 Visual Basic 2005 的标准数据类型。

    A．Char　　　　　　　　　　B．Logical

    C．Integer　　　　　　　　　D．Single

(5) 使窗体处于隐藏状态的语法为(　　)。

    A．窗体名.Show()　　　　　　B．窗体名.Hide()

    C．窗体名.Close()　　　　　　D．窗体名．Refresh()

2．填空题

(1) 注册表是 Windows 操作系统中存放着各种参数的＿＿＿＿＿，用户通过注册表编辑器进行相应的编辑。

(2) 注册表直接控制着 Windows 的＿＿＿＿＿、＿＿＿＿＿以及一些 Windows 应用程序的运行，从而在整个系统中起着核心作用。

(3) 在 Visual Basic 2005 中引入了一个 Microsoft.Win32 命名空间，这个命名空间中封装了用于操作注册表的许多类，在具体的程序设计中，主要用到的是：＿＿＿＿＿类和＿＿＿＿＿类。

(4) Drive 对象是用来＿＿＿＿＿。

(5) TextBox 控件经常使用的有＿＿＿＿＿事件，当TextBox 控件上的文本改变时触发。

3. 问答题

(1) 什么叫面向对象的程序设计？

(2) 命名空间的作用是什么？

(3) Visual Basic 2005 删除注册表中的信息是通过什么类中封装的方法来实现的？

(4) FSO 完整的意思是什么？

(5) FSO 对象包括哪 4 种对象？

4. 上机操作题

(1) 使用 RichTextBox 控件编写一个简单的编辑文本的程序，在程序中提供更改字体大小的功能。

(2) 编写一个程序，读取注册表的信息。

(3) 编写一个程序，读取 D:\盘的信息。包括：驱动器的磁盘卷标、磁盘序列号、磁盘类型、文件系统、磁盘容量、可用空间和已用空间。

第 **5** 章　文 件 管 理

教学目标：

- 熟练运用 NEWEX.OCX 第三方控件制作资源管理器。
- 掌握 ExplorerTree(树状目录窗格)控件和 ExplorerList 控件的使用。
- 掌握 TreeView 控件、ImageList 控件和 ListView 控件的使用，并且能利用这些控件开发资源管理器。

教学要求：

知 识 要 点	能 力 要 求	相 关 知 识
NEWEX.OCX 第三方控件	精通安装第三方控件的方法	添加 ExplorerTree 和 ExplorerList 控件
TreeView 控件、ImageList 控件和 ListView 控件	3 个控件的配合使用	设置控件的属性
文件的 4 种显示方式	会调用显示方式的代码	会用资源管理器窗口的【查看】按钮

5.1 案例 4——用 NEWEX 控件制作资源管理器

Windows 中的资源管理器想必大家都经常使用，利用 NEWEX 控件就可以在 Visual Basic 2005 中很容易开发出与 Windows 几乎一模一样的资源管理器。

5.1.1 案例说明

【案例简介】

如图 5.1 所示，当选中文件夹时，在右侧区域会显示文件夹下的内容，同时在【地址】文本框中显示选中的文件夹，在【文件】文本框中显示选中的文件，如图 5.2 所示。

图 5.1 设计界面

图 5.2 运行后界面

当选择【查看】|【平铺】命令，右侧区域显示平铺效果，当选择【查看】|【详细信息】命令时，右侧区域显示详细信息效果，如图 5.3 和图 5.4 所示。

图 5.3 平铺效果

图 5.4 详细信息效果

【案例目的】

通过本案例的学习，能够利用 NEWEX 控件设计出功能比较齐全的资源管理器，从而对 Windows 操作系统资源管理器的开发获得更深的了解。

5.1.2 案例实现步骤

1．新建项目

(1) 选择【开始】|【程序】|【Microsoft Visual Basic 2005 速成版】命令，打开速成版窗口。

(2) 选择【文件】|【新建项目】命令，打开【新建项目】对话框。

(3) 在【模板】选项组中，选择【Windows 应用程序】选项，在【名称】文本框中输入"资源管理器"，单击【确定】按钮。

2．界面设计

设计的界面如图 5.5 所示。

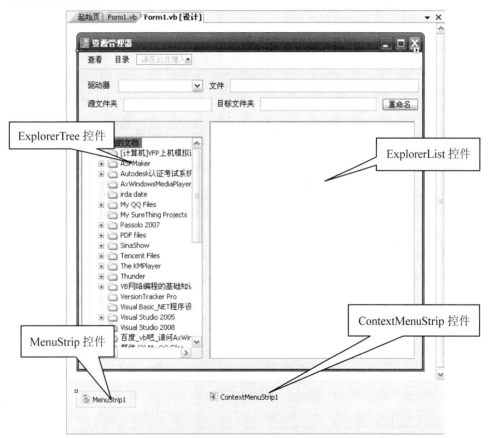

图 5.5　设计界面

(1) 从网上下载 NEWEX.OCX 控件(控件放置在资源管理器文件夹下)。

(2) 选择【工具】|【选择工具箱】|【COM 组件】|【浏览】命令,选定 NEWEX.OCX 控件,单击【确定】按钮,这时工具箱中自动加入了 ExplorerTree 控件和 ExplorerList 控件,如图 5.6 所示。

图 5.6 添加 NEWEX.OCX 控件

(3) 从工具箱中拖动 ExplorerTree(树状目录窗格)控件 ExplorerTree Control 到窗体的窗口中,并调整大小。

(4) 从工具箱中拖动 ExplorerList(列表窗格)控件 ExplorerList Control 到窗体的窗口中,并调整大小。

(5) 从工具箱中拖动 4 个 Label(标签)控件 A Label 到窗体的窗口中,并调整位置。

(6) 从工具箱中拖动 3 个 TextBox(文本框)控件 abl TextBox 到窗体的窗口中,并调整位置。

(7) 从工具箱中拖动 1 个 MenuStrip(菜单)控件 MenuStrip 到窗体的窗口中,控制其出现在窗口的底部,开始输入菜单。

(8) 从工具箱中拖动 1 个 ComboBox(组合框)控件 ComboBox ,拖到驱动器标签的后面。

(9) 从工具箱中拖动 1 个 ContextMenuStrip(快捷菜单)控件 ContextMenuStrip 到窗体的窗口中,控制其出现在窗口的底部。

(10) 单击 ContextMenuStrip 控件,输入快捷菜单项目,如图 5.7 所示。

图 5.7 输入快捷菜单项目

3. 控件属性的设置

窗口中各个控件属性见表 5-1~表 5-4。

表 5-1　ExplorerTree 控件的属性

属　性　名	属　性　值	说　　明
Name	AxExplorerTree1	
Appearance	1	外观是否立体，1 为 3D 边框，0 为平面
BorderStyle	0	边界类型，0 为无，1 为单个类型
BackColor	White	背景色
TreeHasButtons	True	在树状目录中是否显示按钮
TreeHasLines	True	在树状目录中是否显示关联虚线
TreelinesatRoot	True	在树状目录中是否显示路径层次

表 5-2　ExplorerList 控件的属性

属　性　名	属　性　值	说　　明
Name	AxExplorerList1	
Appearance	1	外观是否立体，1 为 3D 边框，0 为平面
BorderStyle	0	边界类型，0 为无，1 为单个类型
ShowHiddenFile	True	是否显示隐藏文件
View	2	查看方式 0-平铺，1-图标，2-列表，3-详细信息

表 5-3　Label 控件和 TextBox 控件的属性

Label		TextBox	
Name	Text	Name	Text
Label1	驱动器	TextBox1	
Label2	文件	TextBox2	
Label3	源文件夹	TextBox3	
Label4	目标文件夹		

表 5-4　MenuStrip 控件的属性

【查看】菜单	
Name	Text
查看 ToolStripMenuItem	查看
平铺 ToolStripMenuItem	平铺
图标 ToolStripMenuItem	图标
列表 ToolStripMenuItem	列表
详细信息 ToolStripMenuItem	详细信息
退出 ToolStripMenuItem	退出
【目录】菜单	
恢复 ToolStripMenuItem	转到

4. 编写代码

(1) 选定窗体，在窗体上单击鼠标右键，在弹出的快捷菜单中选择【查看代码】命令，打开代码编辑窗口。

(2) 在 Public Class Form1 的前面输入如下代码。

```
'引用 System.IO 命名空间
Imports System.IO
```

(3) 在【类名】框中选择"AxExplorerTree1"名称，在【方法名称】框中选择"OnDirChanged"事件，在代码输入区域输入如下代码。

```
'利用 ExplorerTree 的 OnDirChanged 方法和 Path 属性，让 Text1 文本框显示目录的地址
路径
TextBox1.Text = AxExplorerTree1.Path
```

(4) 在【类名】框中选择"AxExplorerTree1"名称，在【方法名称】框中选择"TreeDataChanged"事件，在代码输入区域输入如下代码。

```
'使右边列表窗格显示左边树状目录窗格选定对象所包含的内容
AxExplorerList1.TreeDatas = AxExplorerTree1.TreeDatas
```

(5) 在【类名】框中选择"AxExplorerList1"名称，在【方法名称】框中选择"GetFileName"事件，在代码输入区域输入如下代码。

```
'利用 ExplorerList 的 GetFileName 方法和 FileName 属性，让 TextBox2 文本框显示在
ExplorerList 窗格中选定的文件
TextBox2.Text = AxExplorerList1.FileName
```

(6) 在【类名】框中选择"详细信息 ToolStripMenuItem"名称，在【方法名称】框中选择"Click"事件，在代码输入区域输入如下代码。

```
'详细信息菜单
AxExplorerList1.View = 3
```

(7) 在【类名】框中选择"列表 ToolStripMenuItem"名称，在【方法名称】框中选择"Click"事件，在代码输入区域输入如下代码。

```
'列表菜单
AxExplorerList1.View = 2
```

(8) 在【类名】框中选择"图标 ToolStripMenuItem"名称，在【方法名称】框中选择"Click"事件，在代码输入区域输入如下代码。

```
'图标菜单
AxExplorerList1.View =1
```

(9) 在【类名】框中选择"平铺 ToolStripMenuItem"名称，在【方法名称】框中选择"Click"事件，在代码输入区域输入如下代码。

```
'平铺菜单
AxExplorerList1.View =0
```

(10) 在【类名】框中选择"恢复 ToolStripMenuItem"名称，在【方法名称】框中选择"Click"事件，在代码输入区域输入如下代码。

```
'恢复到初始文件夹显示状态
'文件夹列表中显示桌面
AxExplorerTree1.ShowDesktop = True
'以下控件不可用，当选择快捷菜单中的【重命名】命令时才可用
Label4.Enabled = False
Label5.Enabled = False
TextBox1.Enabled = False
TextBox3.Enabled = False
Button1.Enabled = False
```

(11) 在【类名】框中选择"Form1 事件"名称，在【方法名称】框中选择"Load"事件，在代码输入区域输入如下代码。

```
'定义数组，将找到的驱动器保存在数组中
Dim drivers() As String
Dim a As Integer
'使用 Directory 类的 GetLogicalDrives 方法获取计算机上的所有驱动器
drivers = Directory.GetLogicalDrives
'将保存在 Drivers 数组中的驱动器信息提供给 ComboBox1 控件
For a = 0 To drivers.Length - 1
    ComboBox1.Items.Add(drivers(a))
Next
'在初始状态下，ComboBox1 控件选中的是第一个驱动器
ComboBox1.SelectedIndex = 0
'显示桌面
AxExplorerTree1.ShowDesktop = True
'以下控件不可用，当选择快捷菜单中的【重命名】命令时才可用
Label4.Enabled = False
Label5.Enabled = False
TextBox1.Enabled = False
TextBox3.Enabled = False
```

(12) 在【类名】框中选择"创建目录 ToolStripMenuItem"名称，在【方法名称】框中选择"Click"事件，在代码输入区域输入如下代码。

```
Dim wjj As String
wjj = InputBox("输入创建的文件夹名称", "创建文件夹", "")
If wjj <> "" Then
    System.IO.Directory.CreateDirectory(AxExplorerTree1.Path & "/" & wjj)
    AxExplorerTree1.BrowseFrom = ComboBox1.SelectedItem
Else
    MsgBox("文件夹名不能为空!")
End If
```

(13) 在【类名】框中选择"删除目录 ToolStripMenuItem"名称，在【方法名称】框中选择"Click"事件，在代码输入区域输入如下代码。

```
'使用 Directory 类的 Exists 方法确认文件夹是否存在
    Dim wjj As String
    wjj = InputBox("输入删除的文件夹名称", "删除文件夹", "")
        If Directory.Exists(wjj) Then
            If MsgBox("您确定要删除这个文件夹吗？", MsgBoxStyle.OKCancel) _
= MsgBoxResult.OK Then
                ''使用 Directory 类的 Delete 方法删除文件夹
                Directory.Delete(AxExplorerTree1.Path & "/" & wjj)
                MsgBox("删除成功")
                AxExplorerTree1.BrowseFrom = ComboBox1.SelectedItem
            Else
                MsgBox("文件夹不存在")
            End If
        End If
```

(14) 在【类名】框中选择"移动目录 ToolStripMenuItem"名称，在【方法名称】框中选择"Click"事件，在代码输入区域输入如下代码。

```
'当选择快捷菜单中的【重命名】命令时，以下控件可用
Label4.Enabled = True
Label5.Enabled = True
TextBox1.Enabled = True
TextBox3.Enabled = True
Button1.Enabled = True
'将选定的文件夹名称赋给两个文本框
TextBox1.Text = AxExplorerTree1.Path
TextBox3.Text = AxExplorerTree1.Path
```

(15) 在【类名】框中选择"Button1"名称，在【方法名称】框中选择"Click"事件，在代码输入区域输入如下代码。

```
'判断两个文本框的文件夹名称相同
If TextBox1.Text = TextBox3.Text Then
        MsgBox("文件名不能相同！")
    Else
        '判断两个文本框中，驱动器符号是否相同
        If Mid(TextBox1.Text, 1, 3) <> Mid(TextBox3.Text, 1, 3) Then
            MsgBox("要在相同的驱动器下！")
        Else
            '如果两个文本框中的驱动器符号不相同，而且文件夹名也不相同，将源文件夹
            名改名为目标文件夹名
            Directory.Move(TextBox1.Text, TextBox3.Text)
        End If
    End If
```

(16) 在【类名】框中选择 "退出 ToolStripMenuItem" 名称，在【方法名称】框中选择 "Click" 事件，在代码输入区域输入如下代码。

```
Me.Close()
```

5.1.3 案例分析

1. 控件

在窗口中使用了 8 种控件，分别是：Label(标签)控件、TextBox(文本框)控件、ComboBox(组合框)控件、MenuStrip(菜单)控件、ContextMenuStrip(快捷菜单)控件、Button(命令按钮)控件、ExplorerTree(树状目录窗格)控件和 ExplorerList(列表窗格)控件。

2. 常用属性

这里只介绍 ExplorerTree(树状目录窗格)控件和 ExplorerList(列表窗格)控件的常用属性，见表 5-5 和表 5-6。

表 5-5 ExplorerTree(树状目录窗格)控件的属性

属　　性	说　　明
Appearance	控件外观是否立体，1 为 3D 边框，0 为平面
BorderStyle	控件的边界类型
BackColor	背景色
BrowseFrom	转到【地址】文本框中输入的目录路径
TreeHasButtons	在树状目录中是否显示按钮
TreeHasLines	在树状目录中是否显示关联虚线
Path	地址路径

表 5-6 ExplorerList(列表窗格)控件的常用属性

属　　性	说　　明
Appearance	控件边框是否立体，1 为 3D 边框，0 为平面
BorderStyle	控件的边界类型
ShowHiddenFile	是否显示隐藏文件
View	查看方式，0-平铺，1-图标，2-列表，3-详细信息
FileName	选中文件的文件名

3. 代码分析

(1) 在 Public Class Form1 的首部输入 Imports System.IO 表示引用 System.IO 命名空间，目的是在 Visual Basic 2005 中使用 System.IO 读取文本文件。

(2) 在代码(6)中出现的 AxExplorerList1.View = 3 表示菜单中每一项的序号。

(3) 在代码(11)中，drivers = Directory.GetLogicalDrives 表示使用 Directory 类的 GetlogicalDrives 方法获取计算机上所有驱动器的盘符(检索此计算机上格式为 "<驱动器号>:\" 的逻辑驱动器的名称)。

Directory 类提供了许多静态方法，用于移动、复制和删除目录。Directory 类的一些常用的静态方法见表 5-7。

表 5-7　Directory 类的一些常用的静态方法

方　　　法	说　　　明
CreateDirectory()	创建具有规定路径的目录
Delete()	删除规定的目录以及其中的所有文件
GetDirectories()	返回表示当前目录的目录名的 string 对象数组
GetFiles()	返回在当前目录中的文件名的 string 对象数组
GetFilesSystemEntries()	返回在当前目录中的文件和目录名的 string 对象数组
Move()	将规定的目录移动到新位置。可以在新位置重命名文件夹

(4) 在代码(16)中，要判断源文件夹名称和目标文件夹名称是否相同，这是由重命名的条件决定的。重命名的条件：必须保证在同一个驱动器中的文件夹名称不能相同。

5.2　案例 5——用 TreeView 等控件制作资源管理器

在许多软件中，经常见到类似于资源管理器的窗口，比如网络蚂蚁或 Foxmail 软件，其软件运行主界面的左侧有一个显示等级结构的树状外观控件，不仅美观大方，而且非常方便使用。其实，在 Visual Basic 2005 中利用 TreeView 控件也能编写出效果类似的程序。

5.2.1　案例说明

【案例简介】

前面介绍如何用 Visual Basic 2005 的第三方控件 NEWEX 来开发资源管理器简单易行，实际上也可以利用 TreeView 控件、ImageList 控件和 ListView 控件来开发资源管理器。

【案例目的】

通过本案例的学习，不仅可以利用第三方控件 NEWEX 来开发资源管理器，而且可以利用常用的 TreeView 控件、ImageList 控件和 ListView 控件来开发资源管理器。

5.2.2　案例实现步骤

1. 新建项目

(1) 选择【开始】|【程序】|【Microsoft Visual Basic 2005 速成版】命令，打开速成版窗口。

(2) 选择【文件】|【新建项目】命令，打开【新建项目】对话框。

(3) 在【模板】选项组中选择【Windows 应用程序】选项，在【名称】文本框中输入"TreeView 资源管理器"，单击【确定】按钮。

2．界面设计

设计的界面如图 5.8 所示。

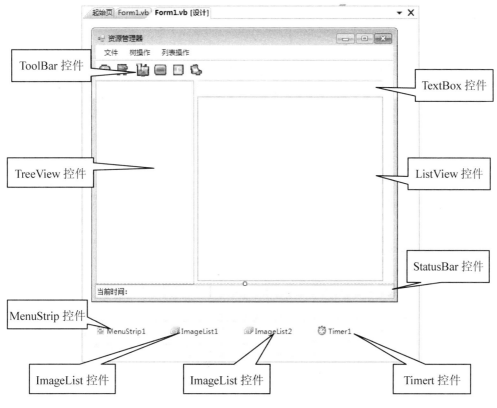

图 5.8　设计界面

(1) 从工具箱中拖动 MenuStrip 控件 MenuStrip 控件到窗体的窗口中。

(2) 执行【工具】|【选择工具箱】命令，单击".NET Frammework 组件"标签，从中选定"Toolbar"控件。

(3) 单击"COM 组件"标签，从中选定"Microsoft TreeView Control 6.0"控件、"Microsoft ToolBar Control 6."控件和"Microsoft StatusBar Control 6."控件，单击【确定】按钮。

(4) 从工具箱中拖动 ImageList 控件 ImageList 到窗体中，这时 ImageList1 出现在窗体的底部。

(5) 从工具箱中拖动 ImageList 控件 ImageList 到窗体中，这时 ImageList2 出现在窗体的底部。

(6) 从工具箱中拖动 ToolBar 控件 ToolBar 到窗体中，这时 ToolBar 控件出现在窗体的顶部。

(7) 从工具箱中拖动 TreeView 控件 <u>TreeView</u> 到窗体的窗口中，并调整大小。

(8) 从工具箱中拖动 ListView 控件 <u>ListView</u> 到窗体的窗口中，并调整位置。

(9) 从工具箱中拖动 TextBox 控件 <u>TextBox</u> 到窗体的窗口中，并调整位置和大小。

(10) 从工具箱中拖动 Timer 控件 <u>Timer</u>(时钟)到窗体的窗口中，这时 Timer1 出现在窗体的底部。

(11) 从工具箱中拖动 StatusBar 控件 <u>StatusStrip</u>(状态栏)到窗体的窗口中，这时 StatusBar 出现在窗体窗口中底部。

3. 控件属性的设置

(1) 选定 MenuStrip 控件，按照表 5-8 和 5-9 所示的属性输入菜单文字。

表 5-8　MenuStrip 的属性 1

文 件 菜 单		树 操 作	
Name	Text	Name	Text
文件 ToolStripMenuItem	文件	树操作 ToolStripMenuItem	树操作
子菜单 1 ToolStripMenuItem	子菜单 1	展开 ToolStripMenuItem	展开
子菜单 2 ToolStripMenuItem	子菜单 2	折叠 ToolStripMenuItem	折叠
退出 ToolStripMenuItem	退出		

表 5-9　MenuStrip 的属性 2

列 表 操 作	
Name	Text
列表操作 ToolStripMenuItem	列表操作
大图标 ToolStripMenuItem	大图标
小图标 ToolStripMenuItem	小图标
列表 ToolStripMenuItem	列表
详细列表 ToolStripMenuItem	详细列表

(2) 选定 ImageList1 控件，单击 Images 属性右侧的按钮，打开【图像集合编辑器】对话框，如图 5.9 所示。

(3) 单击【添加】按钮，出现【打开】对话框，在【成员】列表框中分别添加 6 个图标，如图 5.9 所示。

(4) 选定 ImageList2 控件，单击 Images 属性右侧的按钮，打开【图像集合编辑器】对话框，如图 5.10 所示。

(5) 单击【添加】按钮，出现【打开】对话框，在【成员】列表框中分别添加 7 个图标，如图 5.10 所示。

(6) 选定 ToolBar 控件，设定 ToolBar 控件的 Name 属性为 ToolBar。

图 5.9　ImageList1 图像集合编辑器

图 5.10　ImageList2 图像集合编辑器

（7）单击 Button 属性右侧的 按扭，打开【TooloBarButton 集合编辑器】对话框，添加 7 个成员，如图 5.11 所示。

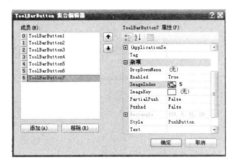

图 5.11　ToolBarButton 集合编辑器

（8）设定每个成员的 ImageIndex 属性为所对应的图标编号。

（9）单击【确定】按钮。

（10）选定 TreeView 控件，按照表 5-10 所示设置属性。

表 5-10　TreeView 控件的属性

名　　称	属　　性	说　　明
Scrollable	True	表示当节点过多时，可以出现滚动条
ShowLine	True	表示在父节点和子节点间显示连线
ShowPlusMinus	True	表示在父节点旁边显示＋/－按钮
ShowRootLines	True	表示在根节点之间显示连线

（11）选定 ListView 控件，按照表 5-11 所示设置属性。

表 5-11　ListView 控件的属性

名　　称	属　　性	说　　明
Scrollable	True	表示项目过多时，可以出现滚动条
SmallImageList	Details	表示可以显示 4 种视图中的一种
View	ImageList2	

(12) 选定 TextBox 控件，按照表 5-12 所示设置属性。

表 5-12　TextBox 控件的属性

名　称	属　性	说　明
Name	Txtpath	控件的名称

(13) 选定 Timer 控件，按照表 5-13 所示设置属性。

表 5-13　Timer 控件的属性

名　称	属　性	说　明
Interval	500	事件的频率

4. 编写代码

(1) 选定窗体，在窗体上单击鼠标右键，在弹出的快捷菜单中选择【查看代码】命令，打开代码编辑窗口。

(2) 在 Public Class Form1 的前面输入如下代码。

```
'引用 System.IO 命名空间
Imports System.IO
```

(3) 在 Public Class Form1 的下面加入如下代码。

```
Inherits System.Windows.Forms.Form
```

(4) 输入如下 showtree 子过程代码。

```
Private Sub showtree()
Dim arrdrivers() As String
Dim sdrive As String
Dim cnode As TreeNode
'用 Directory.GetLogicalDrive()方法获取所有逻辑驱动器的名称集合
arrdrivers = Directory.GetLogicalDrives
'使用树视图 Nodes 属性的 Clear 方法清除所有节点
TreeView1.Nodes.Clear()
For Each sdrive In arrdrivers
    '取驱动器的符号
    cnode = TreeView1.Nodes.Add(sdrive.Substring(0, 3))
    cnode.Nodes.Add("")
Next
'指定当前选择的逻辑驱动器名称
TreeView1.SelectedNode = TreeView1.Nodes(1)
End Sub
```

(5) 在【类名】框中选择 "Form1" 名称，在【方法名称】框中选择 "Load" 事件，在代码输入区域输入如下代码。

```
'窗体启动时，默认状态让列表视图以"详细列表"方式显示，并生成驱动器树状结构
'用 HorizontalAlignment.Left 设置表头左对齐
ListView1.Columns.Add("文件名称", 150, HorizontalAlignment.Left)
ListView1.Columns.Add("大小", 50, HorizontalAlignment.Left)
ListView1.Columns.Add("创建时间", 100, HorizontalAlignment.Left)
ListView1.Columns.Add("修改时间", 100, HorizontalAlignment.Left)
'显示方式为详细列表
ListView1.View = View.Details
'采用升序方式显示(Sorting 排序顺序)
ListView1.Sorting = SortOrder.Ascending
'将驱动器名称添加到树中
showtree()
```

(6) 在【类名】框中选择 "文件 TreeView1" 名称，在【方法名称】框中选择 "AfterSelect" 事件，在代码输入区域输入如下代码。

```
'当树节点被选中后，在右面的列表视图中会显示相关内容，并在状态栏上显示信息
txtpath.Text = e.Node.FullPath
StatusBar1.ShowPanels = True
StatusBar1.Panels(1).Text = "当前被选中的树节点是:" & e.Node.FullPath
addfiles(e.Node.FullPath)
```

(7) 在【类名】框中选择 "TreeView1" 名称，在【方法名称】框中选择 "BeforeExpand" 事件，在代码输入区域输入如下代码。

```
'当树节点被单击打开前，添加文件夹结构
If e.Node.Nodes(0).Text = "" Then
    addfolder(e.Node.FullPath, e.Node)
End If
```

(8) 输入如下 addfolder 子过程代码。

```
Private Sub addfolder(ByVal spath As String, ByVal nodeselected As TreeNode)
'过程，向树中添加文件夹节点
nodeselected.Nodes.Clear()
    Try
        Dim sdir() As String
        sdir = Directory.GetDirectories(spath)
        Dim i As Integer
        Dim ssub() As String
        Dim node As TreeNode
            For i = 0 To sdir.GetUpperBound(0)
                node = NodeSelected.Nodes.Add(Path.GetFileName(sdir(i)))
                ssub = Directory.GetDirectories(sdir(i))
                If ssub.GetUpperBound(0) > 0 Then
                node.Nodes.Add("")
```

```
        End If
        Next
    Catch ex As Exception
        Finally
    End Try
End Sub
```

提示:

- Directory.GetFiles 方法返回指定目录中的文件的名称。如果里面还有子目录，使用 Directory.GetDirectories 方法获取指定目录中子目录的名称。
- 使用 GetUpperBound 可以获取数组的最高下标。使用 GetLowerBound 可以获取数组的最低下标。

(9) 输入如下 addfiles 子过程代码。

```
'向列表中添加文件夹和信息
Sub addfiles(ByVal spath As String)
'定义 fi() 和 di() 分别为 FileInfo 对象和 DirectoryInfo 对象
 Dim fi() As FileInfo
 Dim di() As DirectoryInfo
 Dim dirinfo As New DirectoryInfo(spath)
 Dim i As Integer
 Dim item As ListViewItem
 Dim nlength As Integer
 Try
    ListView1.Items.Clear()
    '添加子文件夹信息
    di = dirinfo.GetDirectories
    For i = 0 To di.GetUpperBound(0)
        item = ListView1.Items.Add(di(i).Name)
    Next
    '添加文件夹信息
    fi = dirinfo.GetFiles()
    For i = 0 To fi.GetUpperBound(0)
      Item = ListView1.Items.Add(fi(i).Name)
      Item.SubItems.Add(Format(Math.Ceiling(fi(i).Length/1024),
       "##,##0") & "KB")
      Item.SubItems.Add(fi(i).CreationTime)
      Item.SubItems.Add(fi(i).LastWriteTime)
    Next
    '为每个具有关联图标的列表项设置 ImageIndex 属性
    Dim Icount As Integer
    Icount = ListView1.Items.Count - 1
      For i = 0 To Icount
        ListView1.Items(i).ImageIndex = i Mod 6
      Next
 Catch ex As Exception
```

```
        Finally
    End Try
      End Sub
```

(10) 在【类名】框中选择"ToolBar1"名称，在【方法名称】框中选择"ButtonClick"事件，在代码输入区域输入如下代码。

```
'对工具栏上按钮的单击事件做出响应
Select Case ToolBar1.Buttons.IndexOf(e.Button)
    Case 0
        '折叠所有的树节点
        TreeView1.CollapseAll()
    Case 1
        '展开所有的树节点
        TreeView1.ExpandAll()
    Case 3
        '大图标
        ListView1.View = View.LargeIcon
    Case 4
        '小图标
        ListView1.View = View.SmallIcon
    Case 5
        '列表
        ListView1.View = View.List
    Case 6
        '详细资料
        ListView1.View = View.Details
    End Select
```

(11) 在【类名】框中选择"Timer1"名称，在【方法名称】框中选择"Tick"事件，在代码输入区域输入如下代码。

```
'在状态栏中添加信息
Timer1.Enabled = True
StatusBar1.ShowPanels = True
StatusBar1.Panels(0).Text = "当前时间:" & Now.ToString
```

(12) 在【类名】框中选择"展开 ToolStripMenuItem"名称，在【方法名称】框中选择"Click"事件，在代码输入区域输入如下代码。

```
TreeView1.ExpandAll()
```

(13) 在【类名】框中选择"折叠 ToolStripMenuItem"名称，在【方法名称】框中选择"Click"事件，在代码输入区域输入如下代码。

```
TreeView1.CollapseAll()
```

(14) 在【类名】框中选择"大图标 ToolStripMenuItem"名称，在【方法名称】框中选择"Click"事件，在代码输入区域输入如下代码。

```
ListView1.View = View.LargeIcon
```

(15) 在【类名】框中选择"小图标 ToolStripMenuItem"名称,在【方法名称】框中选择"Click"事件,在代码输入区域输入如下代码。

```
ListView1.View = View.SmallIcon
```

(16) 在【类名】框中选择"列表 ToolStripMenuItem"名称,在【方法名称】框中选择"Click"事件,在代码输入区域输入如下代码。

```
ListView1.View = View.List
```

(17) 在【类名】框中选择"详细列表 ToolStripMenuItem"名称,在【方法名称】框中选择"Click"事件,在代码输入区域输入如下代码。

```
ListView1.View = View.Details
```

(18) 在【类名】框中选择"退出 ToolStripMenuItem"名称,在【方法名称】框中选择"Click"事件,在代码输入区域输入如下代码。

```
End
```

(19) 在【类名】框中选择"全部 ToolStripMenuItem"名称,在【方法名称】框中选择"Click"事件,在代码输入区域输入如下代码。

```
ListView1.View = View.Tile
```

5.2.3 案例分析

1. TreeView(树视图)控件 TreeView

Windows 资源管理器中的驱动器和其下的文件及文件夹就是按照一种层次结构来安排的,在这个控件集中有一个 TreeView 控件提供了一种按层次结构显示信息的方式。TreeView 控件包含了称为"节点"(Node)的一些条目的一个列表。每一个节点都可以有自己的节点集合,从而提供了一种更深层的数据定义。每个节点都可以被折叠起来,从而允许访问者在一个 TreeView 控件中查找,就像 Windows 的资源管理器一样。

(1) TreeView 控件的常用属性见表 5-14。

表 5-14 TreeView(树型)控件的常用属性

属 性 名	说 明
checkboxes	在树的每一项的旁边,是否显示一个复选框,类似 checkbox 控件的作用
FullRowSelect	当 FullRowSelect 为 true 时,选择突出显示将跨越树视图的整个宽度,即整个显示区域的宽度而不仅仅是树节点标签的宽度。如果 ShowLines 设置为 true,则将忽略 FullRowSelect 属性
HideSelection	指示选定的树节点,即使在树视图已失去焦点时仍会保持突出显示

续表

属　性　名	说　　明
HotTracking	如果 HotTracking 属性设置为 true，那么当鼠标指针移过每个树节点标签时，树节点标签都将具有超级链接的外观。Underline 字体样式将应用于 Font 而 ForeColor 将设置为蓝色，从而使标签显示为链接。注意：如果 CheckBoxes 属性设置为 true，HotTracking 属性将失效
Nodes	获取分配给树视图控件的树节点集合。这个属性是 TreeView 控件最重要的属性之一
ShowLines	指示是否在树视图控件中的树节点之间绘制连线
ShowPlusMinus	指示是否在包含子树节点的树节点旁显示加号 (+) 和减号 (-) 按钮
ShowRootLines	指示是否在树视图根处的树节点之间绘制连线

用法介绍如下。

TreeView 控件通常使用 Add 方法添加条目和子条目，其语法结构如下：

```
Nodes.Add(relative,[relationship][,key][,text][,image][,selectedimage])
```

其中：

relative：可选的，表示已存在的 Node 对象的索引号或键值。新节点与已存在的节点间的关系可在下一个参数 relationship 中找到。

relationship：可选的。relationship 参数的确定是通过关系节点参数与新节点连接的另一个节点，可能是以下情况。

● 1-TvwLast：该节点置于所有其他的在 relative 中被命名的同一级别的节点的后面。

● 2-TvwNext：该节点置于在 relative 中被命名的节点的后面。

● 3-TvwPrevious：该节点置于在 relative 中被命名的节点的前面。

● 4-TvwChild：该节点成为在 relative 中被命名的节点的子节点。

key：可选的。唯一的字符串，在用 Item 方法检索 Node 时可以使用。

text：必需的。在 Node 中出现的字符串。

image：可选的。在关联的 ImageList 控件中的图像的索引。

selectedImage：可选的。在关联的 ImageList 控件中的图像的索引，在 Node 被选中时显示。

详细语句可参考下列程序代码。

① 创建父节点条目。

```
TreeView.Nodes.Add , , "Father", "Father"
```

② 创建此节点的子节点条目。

```
TreeView.Nodes.Add "Father", tvwChild, , "Child"
```

注意：创建子节点的时候 relative 参数为父节点的文本"Father"。

(2) 添加图像。为节点插入图像的语句结构：

```
TreeView.Node(index).Image="图片名"
```

注意：一般在 ImageList 控件中指定图像。

(3) 触发事件。节点条目的 Click 事件，将触发 NodeClick 事件，在此添加想要执行的代码。

2. ImageList(图像列表)控件 ImageList

ImageList 控件的作用像图像的储藏室，同时，它需要第二个控件显示所存储的图像。第二个控件可以是任何能显示图像 Picture 对象的控件，也可以是特别设计的、用于绑定 ImageList 控件的 Windows 通用控件之一。这些控件包括 ListView、ToolBar、TabStrip、Header、ImageComboBox 和 TreeView 控件。ImageList 控件的常用属性见表 5-15。

表 5-15 ImageList(图像列表)控件常用属性

属　　性	说　　明
ColorDepth	用来显示图像的颜色数。属性值有：Depth4Bit、Depth8Bit、Depth16Bit、Depth24Bit、Depth32Bit。数值越大，图片的质量越好，占用的空间越大
BackColor	背景颜色，可从弹出的调色板中选择
ImageSize	图像的大小
TransparentColor	表示图像的透明色
Images	指向控件所包含的 Image 对象的集合

3. ListView(列表查看)控件 ListView

ListView 控件用来以图形的形式显示项目，可以使用 4 种不同的视图。通过此控件，可将项目组成带有或不带有列标头的列，并显示伴随的图标和文本。

可使用 ListView 控件将称为 ListItem 对象的列表条目组织成下列 4 种不同的视图之一，平铺、图标、列表和详细信息。

ListView 控件常用属性见表 5-16。

表 5-16 ListView(列表查看)控件常用属性

属　　性	说　　明
View	设置 ListView 的外观
Sorted	设置 ListView 中的对象集合是否排序
SortKey	设置以第几项排序，从零开始
SelectedItem	返回选中对象的引用
Items	包含了控件所有存在的项

ListView 控件通常使用 Add 方法添加项目，其语法结构如下：

```
ListView1. Items.Add(text,imageIndex)
```

其中：

text 为要添加项所显示的文本；

imageIndex 为可选参数，指示所对应 ImageList 中的图标索引。

4. 代码分析

(1) 代码(3)中的 Inherits System.Windows.Forms.Form 为继承语句，在 Visual Basic 2005 里有很多命名空间，System 是最大的一个，Windows 是 System 里的一个子空间，以此类推，加入了上面的语句后，一些对象的方法可以不写完整，直接到上面的这个命名空间里去找，功能有点类似于 With 结构。

(2) 代码(4)中有一条 cnode = TreeView1.Nodes.Add(sdrive.Substring(0, 3))语句，其中，Substring 为函数，主要用于取驱动器的符号，如：C:\、D:\等。

Substring 函数的语句结构：

```
string Substring(string, number, number?)
"String Literal".Substring(start, end)
```

其中：start 指明子字符串的起始位置，该索引从 0 开始计算；end 指明子字符串的结束位置，该索引从 0 开始计算。

说明：Substring 方法将返回一个包含从 start 到最后(不包含 end)的子字符串的字符串。

Substring 方法使用 start 和 end 两者中的较小值作为子字符串的起始点。例如，strvar.Substring(0, 3) 和 strvar.Substring(3, 0) 将返回相同的子字符串。

如果 start 或 end 为负数，那么将其替换为 0。

子字符串的长度等于 start 和 end 之差的绝对值。例如，strvar.Substring(0, 3) 和 strvar.Substring(3, 0) 返回的子字符串的长度都是 3。

例如：

```
Dim ss, s As String
s = "The rain in Spain falls mainly in the plain"
ss = s.Substring(12, 17)
Label1.Text = ss                        '结果：Spain falls mainl
```

(3) 在代码(4)中，有一条 TreeView1.Nodes.Clear()语句，表示使用树视图 Nodes 属性的 Clear 方法清除所有节点。

提示：Nodes 表示树视图控件中所有节点的集合，对树视图控件中的节点进行添加或者移除需要用到 Nodes 下的 Add()和 AddRange()函数(Add()是添加先前创建的一个节点，AddRange()是添加先前创建的一组节点)，Clear()函数用于清除树上所有节点，Remove()和 RemoveAt()用于移除节点(Remove()用于移除指定节点，参数为某一节点，而 RemoveAt()的参数为某节点位置，int 型)。

（4）在代码(6)和代码(7)中，AfterSelect 和 BeforeExpand 为 TreeView 控件的事件。TreeView 常用事件见表 5-17。

表 5-17　TreeView 控件常用事件

事　　件	说　　明
AfterSelect	在树视图控件某一节点被选中后发出的事件，该事件会在某控件被选中后被触发，若要应用树视图控件进行多文件的展示，可以使用该事件，在用户选择某节点后进行文件操作
BeforeExpand	在树状结构中，选择某节点，若该节点后下面还有子节点，那么要在该双亲节点的基础上进行下一步展开，该事件会在展开前被触发，可以利用这个事件获取该节点所在目录下的所有文件信息，并将这些文件逐个添加到当前双亲节点下，完成树状展示

（5）在代码(9)中出现了 Item.SubItems.Add(Format(Math.Ceiling(fi(i).Length/1024), "##,##0") & "KB")代码，介绍如下。

Math.Ceiling()：返回大于或等于指定数字的最小整数。

Math.Ceiling(fi(i).Length / 1024：将数字的单位进行转换，字节转为 KB。

Format 函数：可以修饰日期、数值以及字符串类型的数据，其返回值的数据类型为字符串。语法结构如下：

```
Format(要修饰的数据[,要修饰的格式[,一周的第一天[,一年的第一周]]])
```

其中：格式的参数是一些有意义的符号，这些符号的意义见表 5-18。

表 5-18　格式的参数

符　　号	说　　明
0	数值配置符号，如果所指定的位置没有数值则印出 0
#	数值配置符号，如果本符号前面为 0 则不印出
.	小数点配置符号
,	千分符号
-_ $()与空格	文字字符全部印出

如代码中的 Format(Math.Ceiling(fi(i).Length / 1024), "##,##0") & "KB"，表示将获得的文件的字节转化为 KB 格式，如图 5.12 所示。

文件名称	大小	创建时间
bangongzidonghua.rar	620517	2008-5-15
kaoshi.rar	1149902	2008-5-15
qiuzhizhaopin.rar	362609	2008-5-15
tushuguan.rar	398623	2008-5-15
xinwei.rar	1275917	2008-5-15
zaixianshudian.rar	2069128	2008-5-15

文件名称	大小	创建时间
bangongzidonghua.rar	606KB	2008-5-15 23..
kaoshi.rar	1,123KB	2008-5-15 23..
qiuzhizhaopin.rar	355KB	2008-5-15 23..
tushuguan.rar	390KB	2008-5-15 23..
xinwei.rar	1,247KB	2008-5-15 23..
zaixianshudian.rar	2,021KB	2008-5-15 23..

(a) 不用 Format 格式　　　　　　　　　　(b) 使用 Format 格式

图 5.12　使用与不使用 Format 格式的效果

(6) 在代码(9)中 ListView1.Items.Count-1 表示统计列表中的项目数，由于循环语句从 0 开始，所以要减 1。

(7) 在代码(9)中，ListView1.Items(i).ImageIndex = i Mod 7 中的 7 表示在 ListView 框中，每隔 7 个文件用 7 个不同的图标显示(参考 5.2.2 节 "3. 控件属性的设置" 中的(4)和(5))，如图 5.13 所示。

图 5.13　7 个文件用 7 个不同的图标显示

5.3　相关知识和注意事项

5.3.1　数组

1. 数组的概念

数组是一组具有相同类型和名称的变量的集合，这些变量称为数组的元素，每个数组元素都有一个编号，这个编号称为下标，可以通过下标来区别这些元素。数组元素的个数有时也称为数组的长度。在很多情况下，使用数组可以缩短或者简化程序。

数组继承的是 System 命名空间的 Array 类。

2. 静态数组的定义

在 Visual Basic 2005 中声明一个数组，其数组元素中的索引值的起点全部都为 0，定义一个数组，也就不再需要关键字 To 来设定数组的范围。

在 Visual Basic 2005 中定义一个数组使用 Dim 语句。

【例 5.1】　定义一个长度为 3 的字符串数组，并对之进行初始化。

```
Dim arrString( 2 ) As String = {"星期一","星期二","星期三"}
```

【例 5.2】 定义一个 2×2 的二维字符串数组，并对之进行初始化。

```
Dim arrDate( 1, 1 ) As String = {{"星期一", "18号"}, {"星期二", "19号"}}
```

3. 动态数组的定义

静态数组和动态数组的区别就在于静态数组的长度是固定的，而动态数组的长度是不固定的，上面的例 1 和例 2 定义的两个数组就是静态数组。

【例 5.3】 定义一个一维数组，并对它们进行初始化。

```
Dim arrString( ) As String = {"星期一","星期二","星期三"}
```

【例 5.4】 定义一个二维数组，并对它们进行初始化。

```
Dim arrDate( , ) As String = {{"星期一", "18号"}, {"星期二", "19号"}}
```

4. 动态数组的访问

当定义和初始化数组以后，就可以通过元素在数组中对应的索引值来访问了。

【例 5.5】 访问例 3 定义并初始化的一维数组中的一个元素。

```
Dim sTemp1 As String = arrString( 1 )
'访问 arrString 数组中的第 2 个元素
```

【例 5.6】 访问例 4 定义并初始化的二维数组中的一个元素。

```
Dim sTemp2 As String = arrDate( 1 , 1 )
'访问 arrDate 数组中的第二行、第二列元素
```

5. 重新定义数组

在 Visual Basic 2005 中重新定义数组使用 ReDim 语句。在使用 ReDim 重新声明数组时，最为常见的关键字就是 Preserve。Preserve 的作用是表明在重新定义数组时，是否要在重新声明的数组中复制原数组中的元素。

【例 5.7】 Dim arrString(2) As String = {"星期一","星期二","星期三"}

```
ReDim Preserve arrString( 4 )
'重新声明 arrString 数组，数组的长度改为 5，并且在新数组中复制原数组的元素
arrString( 3 ) = "星期四"
arrString( 4 ) = "星期五"
```

【例 5.8】 Dim arrString(2) As String = {"星期一","星期二","星期三"}

```
'重新声明 arrString 数组，数组的长度改为 5，并不往新数组中复制原数组的元素
ReDim arrString( 4 )
arrString( 0 ) = "星期一"
arrString( 1 ) = "星期二"
arrString( 2 ) = "星期三"
arrString( 3 ) = "星期四"
arrString( 4 ) = "星期五"
```

通过比较例 5.7 和例 5.8，在例 5.7 代码中由于在 ReDim 后面使用了 Preserve 关键字，所以在重新声明数组时，就在新数组中复制了原数组的元素，这样就只需要对其中的两个元素进行初始化；而在例 5.8 中由于没有使用 Preserve 关键字，就没有在新数组中带入原数组中的任何元素，所以对数组的所有元素都进行初始化。

【例 5.9】　给相同的数组赋值。

```
Dim a As String
Dim b() As String
Dim i As Integer
a="abc"
ReDim b(4)
For i=0 To 4
b(i)=a
Next
```

注意：(1) ReDim 语句仅可以在过程级出现，这意味着不允许在类或模块级代码区使用 ReDim 语句来重新声明数组。

(2) ReDim 语句只是更改已被正式声明的数组的一个或多个维度的大小，但不能更改该数组的维数。

(3) ReDim 语句无法更改数组中元素的数据类型，和 Dim 语句定义数组的区别在于无法在 ReDim 语句中初始化重新定义的数组。

5.3.2　结构化异常处理

结构化异常处理能根据异常来报告应用程序中出现的错误。异常也就是一些能够捕捉到错误信息的类。虽然 Visual Basic 2005 语言依然支持错误处理的 On Error Goto 类，但它已非首选，相反，更应该使用结构化错误处理的功能。

下面主要介绍 Try…Catch…Finally…End Try 语句。

功能：执行 Try 语句块中的语句，如果产生异常，系统会自动查找可以处理异常语句的最近的 Catch 语句，并且在运行时确定异常类型。其语法结构如下：

```
Try
   [Try 语句块]          '尝试执行某些操作，有可能在执行过程中产生异常
 [Catch]                 '执行的语句发生错误，产生异常，在这里处理
   [Catch 语句块]
   …
 [Finally
   [Finally 语句块]]     '存放进行异常处理后执行的代码
 End Try
```

说明如下。

Try 语句块是可选项，是可能执行的语句。

Catch 是可选项，允许使用多个 Catch 块。如果在处理 Try 语句块期间发生异常，则按文本顺序检查每个 Catch 语句，以确定是否处理该异常。

Finally 是可选项，Finally 块总是在执行离开 Try 语句的任何部分时执行。

End Try 用于终止 Try…Catch…Finally 结构。

【例 5.10】 当单击【执行】按钮时，Label1 标签显示异常情况，Label2 显示结果，界面如图 5.14 所示(案例文件夹：Try 语句)。

(a) 执行前   (b) 执行后

图 5.14　执行结果

代码如下。

```
Dim a, b, c As Integer
a = 3 : b = 0 : c = 0
Try
    c = a / b
Catch ex As System.OverflowException
    Label1.Text = "除数不能为零"
Catch
    Label1.Text = "其他异常情况发生了"
Finally
    Label2.Text = CStr(c)
End Try
```

Visual Basic 2005 语言的最显著的特点就是引入了结构化异常处理功能。虽然它一直支持错误处理的 On Error Goto 类，但它已非首选，相反，使用结构化错误处理更为方便。

本 章 小 结

本章全面介绍了用 Visual Basic 2005 的第三方控件和常用的 TreeView 控件等开发资源管理器，将两个案例进行比较可以发现，利用第三方控件开发资源管理器比用 TreeView 等控件开发要简单得多，但是在许多软件的开发中，用 TreeView 控件的地方非常多，如数据库管理系统等。工欲善其事，必先利其器。所以，通过本章学习应该对这些控件获得一个更深层次的了解，为以后开发树状结构界面的软件奠定基础。

习　题　五

1. 选择题

(1) 在声明变量名称时，下面哪一个是错误的条件？(　　)

　　A．第一个字符不可以是数字　　　B．最长不能超过 16 383 个字符

　　B．不可以使用关键字　　　　　　D．不可以加入 "_" 下划线符号

(2) 许多控件都有(　　)属性，该属性用于设置当鼠标移过控件时显示光标的样式。

　　A．Text　　　　　B．BackColor　　　C．Cursor　　　　　　D．AutoSize

(3) 许多控件都有(　　)属性，该属性用于设置控件能否根据内容自动调整大小。

　　A．Text　　　　　B．BackColor　　　C．Cursor　　　　　　D．AutoSize

(4) 许多控件都有(　　)属性，该属性用于设置控件的背景颜色。

　　A．Text　　　　　B．BackColor　　　C．Cursor　　　　　　D．AutoSize

(5) 在 ExplorerTree 控件的属性中用于设置在树状目录中是否显示按钮的是(　　)。

　　A．TreeHasButtons　　　　　　　B．TreeHasLines

　　C．Cursor　　　　　　　　　　　D．TreelinesatRoot

2. 填空题

(1) TextBox 控件经常使用的事件是＿＿＿＿＿＿，当 TextBox 控件上的文本改变时触发。

(2) TreeView 控件通常使用＿＿＿＿＿＿方法，添加条目和子条目。

(3) 如果指示是否在树视图控件中的树节点之间绘制连线，应使用＿＿＿＿＿＿属性。

(4) ListView 控件用来以图形的形式显示项目，可以使用 4 种不同的视图，它们分别是＿＿＿＿＿、＿＿＿＿＿、＿＿＿＿＿、＿＿＿＿＿。

(5) 选定 NEWEX.OCX 控件后，在工具箱中自动加入了＿＿＿＿＿控件和＿＿＿＿＿控件。

3. 问答题

(1) 如何添加 NEWEX.OCX 控件，写出步骤。

(2) ImageList 控件的作用是什么？

(3) 什么叫数组？什么叫数组元素？

(4) 数组继承的是 System 命名空间的什么类？

(5) 为节点插入图像，这个图像由哪个控件来指定？

4. 上机操作题

(1) 编写一个程序，定义一个 Integer 类型的变量 n1 的初始值为 96，另一个 Double 类型的变量 n2 初始值为 3.5，进行两个变量间的加、减、乘、除及余数的运算，并输出运算的结果。

(2) 输入一个整数，计算各位数字之和，程序界面如图 5.15 所示。

(3) 随机生成 10 个元素的一维数组，并编写程序求平均值，程序运行结果如图 5.16 所示。

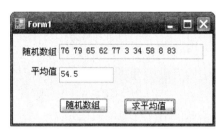

图 5.15   习题(2)题图   图 5.16   习题(3)题图

第6章 图形应用设计

> **教学目标:**
- 了解 GDI+的概念、常用类。
- 掌握 Graphics 对象、Pen 对象的创建。
- 学会画刷的创建和使用。
- 会用 Graphics 的常用绘图方法绘制各种图形。
- MDI 多窗口应用程序的创建。

> **教学要求:**

知 识 要 点	能 力 要 求	相 关 知 识
坐标系的使用	利用坐标准确定位绘图的位置	数学中的坐标概念
会利用.NET 框架提供的 GDI+类库	绘制各种图形	
画笔的使用	会建立画笔和删除画笔	画图软件的使用
掌握绘图的方法	了解绘图的步骤	

6.1 案例6——简易图片预览程序设计

目前开发的大多数应用软件都需要漂亮美观的界面设计，而这些界面设计离不开对文本、图像、背景、颜色和效果的处理，Visual Basic 2005 提供了强大的图形图像处理功能，本案例主要介绍 GDI+的使用和多窗口程序的创建。

6.1.1 案例说明

【案例简介】

如图 6.1 和图 6.2 所示，打开一个图像，可以对图像进行放大、缩小、左旋转、右旋转，可以对图像进行裁剪，并对图像加以浮雕、柔化和反转效果，如图 6.3、图 6.4 和图 6.5 所示。也可以打开一个新的窗口对选择的图片进行浏览，如图 6.6 和图 6.7 所示。

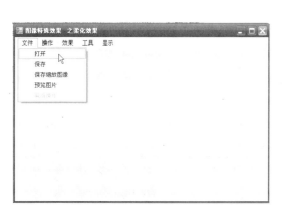

图 6.1 选择【打开】命令

图 6.2 打开图像

图 6.3 柔化效果

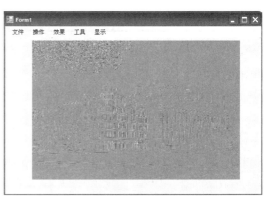

图 6.4 浮雕效果

图 6.5　反转效果

图 6.6　浏览图像界面

图 6.7　浏览图像运行结果

【案例目的】

通过本案例的学习，能够对 ACDSee 一类的图像处理软件的设计思路有所了解，能够设计自己喜欢的图片浏览器，并能掌握图像特殊效果处理的计算方法，对以后开发较为复杂的图片浏览器打下良好的基础。

6.1.2　案例实现步骤

1. 创建工程

(1) 执行【开始】|【程序】|【Microsoft Visual Basic 2005 速成版】命令，进入速成版窗口。

(2) 执行【文件】|【新建项目】命令，打开【新建项目】对话框。

(3) 在【模板】选项组中，选择【Windows 应用程序】选项，在【名称】文本框中输入 "GDI+图片浏览器"，单击【确定】按钮。

2. 界面设计

界面的设计如图 6.8 所示。

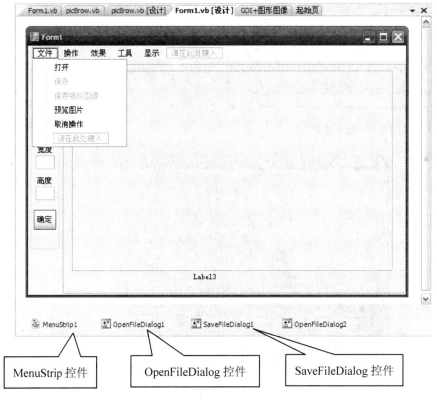

图 6.8 设计界面

(1) 从工具箱中双击 MenuStrip(菜单)控件 MenuStrip，控件出现在窗体的下面。

(2) 从工具箱中双击 OpenFileDialog(打开对话框)控件 OpenFileDialog，控件出现在窗体的下面。

(3) 从工具箱中双击 SaveFileDialog(保存对话框)控件 SaveFileDialog，控件出现在窗体的下面。

(4) 从工具箱中拖动 GroupBox(框架)控件 GroupBox，将控件移到窗体的最左边，调整位置和大小。

(5) 从工具箱中拖动 4 个 Label(标签)控件 A Label，移动到框架控件中，调整大小位置。

(6) 从工具箱中拖动 4 个 TextBox(文本框)控件 TextBox，移动到框架控件中，调整大小位置。

(7) 从工具箱中拖动 1 个 Button(命令按钮)控件 Button，移动到框架控件中，调整大小位置。

(8) 添加第二个窗体，操作步骤如下。

① 在【解决方案管理器】中，在【GDI+图形图像】上单击鼠标右键，在弹出的快捷菜单中选择【添加】|【Windows 窗体】命令，出现【添加新项-GDI+图形图像】对话框，如图 6.9 所示。

② 在对话框的【名称】文本框中输入 PicBrow，单击【添加】按钮，如图 6.10 所示。

图 6.9　添加新项　　　　　图 6.10　【添加新项-GDI+图形图像】对话框

③ 在工具箱中，双击 PictureBox，添加一个 PictureBox 控件，并调整大小。

④ 在工具箱中，双击两次 Button，添加两个 Button 控件，并调整位置和大小。

⑤ 在工具箱中，双击 A Label 两次，添加两个 Label 控件，并调整大小。

⑥ 在工具箱中，双击 TextBox，添加一个 TextBox 控件，并调整位置和大小。

⑦ 在工具箱中，双击 ListBox，添加一个 ListBox(列表框)控件，并调整位置和大小。

⑧ 在工具箱中，双击 FolderBrowserDialog，添加一个 FolderBrowserDialog(文件夹浏览)控件。

3. 控件属性的设置

(1) 选中 MenuStrip(菜单)控件，在窗体的上部双击菜单栏，在“请在此处键入”框中输入“文件”、“操作”、“效果”和“工具”菜单。根据表 6-1 所示设置属性。

表 6-1　菜单控件的属性

"文件"菜单			"操作"菜单		
Name	Text	Enable	Name	Text	Enable
Menu 文件	文件	True	Menu 操作	操作	True
Menu 打开	打开	False	Menu 放大	放大	True
Menu 保存	保存	False	Menu 缩小	缩小	True
Menu 保存缩放	保存缩放图像	True	Menu 左旋转	左旋转 90°	True
Menu 取消操作	取消操作	True	Menu 右旋转	右旋转 90°	True

续表

"效果"菜单			"工具"菜单		
Name	Text	Enable	Name	Text	Enable
Menu 特殊效果	效果	True	Menu 工具	工具	False
Menu 浮雕	浮雕	True	Menu 显示裁决框	显示裁决框	False
Menu 反转	反转	True	Menu 裁减图像	裁减图像	False

(2) 选中 GroupBox 控件，按照表 6-2 所示设置属性。

表 6-2　GroupBox 控件属性

Name	Text	Visible
cjtx	裁剪图像	False

(3) 其他控件属性按照表 6-3 所示来设置。

表 6-3　其他控件属性

控 件 名	Name	Text	说　　明
Label	LabX	X	Label1 的属性
	LabY	Y	Label2 的属性
	Lab 宽度	宽度	Label3 的属性
	Lab 高度	高度	Label4 的属性
Button1	BtnY	确定	命令按钮

(4) 鼠标双击【解决方案资源管理器】中的 PicBrow 窗体，按照表 6-4 所示设置窗体的属性。

表 6-4　PicBrow 窗体属性

Name	Text	Icon
PicBrow	浏览图像	🔲(在磁盘上选择一个图标文件)

(5) 其他控件的属性见表 6-5 至表 6-7。

表 6-5　Button 命令按钮控件的属性

控 件 名	Name	Text
Button	Button1	选择目录
	Button2	退出

表 6-6　Label 标签控件的属性

控 件 名	Name	Text
Label	Label1	当前目录
	Label2	图片列表

表 6-7　TextBox 文本框和 ListBox 列表框控件的属性

控 件 名	Name	控 件 名	Name
TextBox	TextBox1	ListBox	ListBox1

4. 编写代码

(1) 选定窗体，在窗体上单击鼠标右键，选择【查看代码】命令，进入代码编辑器。

(2) 在 Public Class Form1 上面输入如下代码。

```
'引入空间
Imports System.Drawing.Drawing2D
Imports System.Drawing.Imaging
```

(3) 在 Public Class Form1 下面输入如下代码。

'继承 System.Windows.Forms.Form(在 Visual Basic 2005 里有很多命名空间，System 是最大的一个，Windows 是 System 里的一个子空间，以此类推)。

```
Inherits System.Windows.Forms.Form
Private img As Image
Private intvai As Int32
Private Wsx As Int32
Private Hsx As Int32
'定义原始图像框的大小
Const picturebox_width As Int32 = 626
Const picturebox_height As Int32 = 380
Const thumbnail_min_size As Int32 = 64
Private i, j, r, g, b As Integer
Dim picH As Integer
Dim picW As Integer
```

(4) 在【类名】框中选择 "Menu 打开" 名称，在【方法名称】框中选择 "Click" 事件，输入如下代码。

```
With OpenFileDialog1
'设置打开对话框的默认的盘符
.InitialDirectory = "c:\"
'文件的类型
Filter = "bmp 文件(*.bmp)|*.bmp|jpg 文件(*.jpg)|*.jpg|" & _
"jpeg 文件(*.jpeg)|*.jpeg|gif 文件(*.gif)|*.gif| tif 文件(*.tif)|*.tif"
'默认的类型
```

```
     .FilterIndex = 1
  End With
  If OpenFileDialog1.ShowDialog = Windows.Forms.DialogResult.OK Then
      With PictureBox1
          '使用原始设定的图像框大小
          .Width = picturebox_width
          .Height = picturebox_height
          .Image = Image.FromFile(OpenFileDialog1.FileName)
          '如果图像比本身的图像框大，将被裁减掉
          .SizeMode = PictureBoxSizeMode.Normal
      End With
  End If
```

(5) 在【类名】框中选择"Menu 左旋转"名称，在【方法名称】框中选择"Click"事件，输入如下代码。

```
'右旋转 270°，相当于左旋转 90°
PictureBox1.Image.RotateFlip(RotateFlipType.Rotate270FlipNone)
PictureBox1.Refresh()
```

(6) 在【类名】框中选择"Menu 右旋转"名称，在【方法名称】框中选择"Click"事件，输入如下代码。

```
'左旋转 90°
PictureBox1.Image.RotateFlip(RotateFlipType.Rotate90FlipNone)
PictureBox1.Refresh()
```

(7) 在【类名】框中选择"Menu 保存"名称，在【方法名称】框中选择"Click"事件，输入如下代码。

```
  With SaveFileDialog1
    .InitialDirectory = "c:\"
    '默认的文件名为 myimage
    FileName = "myimage"
    '保存文件的类型
      .Filter = "bitmap 文件(*.bmp)|*.bmp|jpg 文件(*.jpg)|*.jpg|jpeg 文件
(*.jpeg)|*.jpeg|_
    gif 文件(*.gif)|*.gif|tif 文件(*.tif)|*.tif"
    '默认的类型为 jpg 格式
    .FilterIndex = 2
  End With
  If SaveFileDialog1.ShowDialog = Windows.Forms.DialogResult.OK Then
    'Dim strmag As String
    Try
      PictureBox1.Image.Save(SaveFileDialog1.FileName)
      MessageBox.Show("图像被成功地保存到" & SaveFileDialog1.FileName, _
      Me.Text, MessageBoxButtons.OK, MessageBoxIcon.Information)
      Catch ex As Exception
      MessageBox.Show("保存文件时发生下列错误：" & ex.Message,_
```

```
Me.Text, MessageBoxButtons.OK, MessageBoxIcon.Error)
    End Try
End If
```

(8) 在【类名】框中选择"Menu 取消操作"名称，在【方法名称】框中选择"Click"事件，输入如下代码。

```
PictureBox1.Image = img
PictureBox1.Refresh()
Menu 取消操作.Enabled = False
```

(9) 在【类名】框中选择"Menu 放大"名称，在【方法名称】框中选择"Click"事件，输入如下代码。

```
'成比例显示图像
'一次放大为原图像的 125%
PictureBox1.Width = CInt(PictureBox1.Width * 1.25)
PictureBox1.Height = CInt(PictureBox1.Height * 1.25)
```

(10) 在【类名】框中选择"Menu 缩小"名称，在【方法名称】框中选择"Click"事件，输入如下代码。

```
PictureBox1.SizeMode = PictureBoxSizeMode.StretchImage
PictureBox1.Width = CInt(PictureBox1.Width / 1.25)
PictureBox1.Height = CInt(PictureBox1.Height / 1.25)
```

(11) 在【类名】框中选择"Menu 显示裁决框"名称，在【方法名称】框中选择"Click"事件，输入如下代码。

```
cjtx.Visible = True
```

(12) 在【类名】框中选择"Menu 浮雕"名称，在【方法名称】框中选择"Click"事件，输入如下代码。

```
'创建位图
Dim bmp As New Bitmap(PictureBox1.Image)
PictureBox1.Image = bmp
Dim tmpbmp As New Bitmap(PictureBox1.Image)
'将相邻的两个像素相减，得到的差加上 127 作为新的值，按照从左向右的方向来"雕刻"
With tmpbmp
  For i = 0 To .Height - 2
    For j = 0 To .Width - 2
      Dim p1, p2 As Color
      p1 = .GetPixel(j, i) '获得点(j,i)的颜色值
      p2 = .GetPixel(j + 1, i + 1) '获得点(j+1,i+1)的颜色值
      '分别计算相邻像素的红、绿、蓝色差值并加上 128，超过 255 取值为 255，
      '128，就是"雕刻"效果后的亮度
      r = Math.Min(Math.Abs(CInt(p1.R) - CInt(p2.R) + 128), 255)
      g = Math.Min(Math.Abs(CInt(p1.G) - CInt(p2.G) + 128), 255)
      b = Math.Min(Math.Abs(CInt(p1.B) - CInt(p2.B) + 128), 255)
```

```
            '设置点(j,i)的新颜色值
            bmp.SetPixel(j, i, Color.FromArgb(r, g, b))
        Next
    Next
End With
```

(13) 在【类名】框中选择"Menu 保存缩放"名称，在【方法名称】框中选择"Click"事件，输入如下代码。

```
'打开的图片
Dim img As Image = Image.FromFile(OpenFileDialog1.FileName)
'新建一个放大的图片
Dim imgnew As New System.Drawing.Bitmap(img, picH, picW)
With SaveFileDialog1
    .InitialDirectory = "c:\"
    .FileName = "我的图像"
    .Filter = "bitmap 文件(*.bmp)|*.bmp|jpg 文件(*.jpg)|*.jpg|" & _"jpeg 文件
    (*.jpeg)|*.jpeg|gif 文件(*.gif)|*.gif|tif 文件(*.tif)|*.tif"
    .FilterIndex = 2
End With
    If SaveFileDialog1.ShowDialog = Windows.Forms.DialogResult.OK Then
    Try
        '保存放大或缩小后的图片
        imgnew.Save(SaveFileDialog1.FileName)
        MessageBox.Show("图像被成功地保存到" & SaveFileDialog1.FileName,
        _Me.Text, MessageBoxButtons.OK, MessageBoxIcon.Information)
    Catch ex As Exception
        MessageBox.Show("保存文件时发生下列错误：" & ex.Message,Me.Text,
        MessageBoxButtons.OK, MessageBoxIcon.Error)
    End Try
    End If
```

(14) 在【类名】框中选择"Menu 预览图片"名称，在【方法名称】框中选择"Click"事件，输入如下代码。

```
'创建 F2 窗体的实例
Dim f2 As New picBrow
'显示第二个窗体
f2.Show()
'隐藏当前窗体
Me.Hide()
```

(15) 在【类名】框中选择"Menu 正常"名称，在【方法名称】框中选择"Click"事件，输入如下代码。

```
'正常显示，图像大将被裁剪。
Me.PictureBox1.SizeMode = PictureBoxSizeMode.Normal
```

(16) 在【类名】框中选择"Menu 缩放"名称，在【方法名称】框中选择"Click"事件，输入如下代码。

```
'拉伸或缩放
Me.PictureBox1.SizeMode = PictureBoxSizeMode.StretchImage
```

(17) 在【类名】框中选择"Menu 居中"名称，在【方法名称】框中选择"Click"事件，输入如下代码。

```
Me.PictureBox1.SizeMode = PictureBoxSizeMode.CenterImage
```

(18) 在【类名】框中选择"Menu 柔化"名称，在【方法名称】框中选择"Click"事件，输入如下代码。

```
Dim m, n As Integer
Dim myRed(9), myGreen(9), myBlue(9) As Integer
Dim p1 As Color
Dim bmp As New Bitmap(PictureBox1.Image)
PictureBox1.Image = bmp
Dim tmpbmp As New Bitmap(PictureBox1.Image)
Label3.Visible = True
Label3.Text = "正在处理，请稍候..."
Me.Text = "图像特效处理——柔化效果"
With tmpbmp
    For i = 1 To .Height - 2
        For j = 1 To .Width - 2
            r = 0 : g = 0 : b = 0
            For m = -1 To 1
                For n = -1 To 1
                    Dim p1 As Color
                    p1 = .GetPixel(j + m, i + n)
                    r = r + p1.R
                    g = g + p1.G
                    b = b + p1.B
                Next
            Next
            '求 9 个点的平均值
bmp.SetPixel(j, i, Color.FromArgb(r / 9, g / 9, b / 9))
            Label3.Refresh()
        Next
    Next
End With
    'Label1.Text = "处理后"
    Me.PictureBox1.Refresh()
    Label3.Text = "已经处理完成。"
```

(19) 在【类名】框中选择"Menu 反转"名称,在【方法名称】框中选择"Click"事件,输入如下代码。

```
'定义一个 Bitmap 对象
Dim bmp As New Bitmap(PictureBox1.Image)
'指定图片框的图像属性
PictureBox1.Image = bmp
'定义一个临时的 Bitmap 对象
Dim tmpbmp As New Bitmap(PictureBox1.Image)
'反转处理
With tmpbmp
    For i = 0 To .Height - 1
        For j = 0 To .Width - 1
            Dim p1 As Color
            '得到点(j,i)的颜色值
  p1 = .GetPixel(j, i)
            '分别计算像素的红、绿、蓝色的反转值
            r = 255 - p1.R    '反转红色值
            g = 255 - p1.G    '反转绿色值
            b = 255 - p1.B    '反转蓝色值
            bmp.SetPixel(j, i, Color.FromArgb(r, g, b))
        Next
    Next
    End With
End Sub
```

(20) 选择 picBrow 窗体,在窗体上单击鼠标右键,选择【查看代码】命令,进入代码编辑器。

(21) 在【类名】框中选择"picBrow"名称,在【方法名称】框中选择"Load"事件,输入如下代码。

```
'设定起始开启目录
FolderBrowserDialog1.RootFolder = Environment.SpecialFolder.Desktop
'TextBox1 用来显示开启数据夹
TextBox1.Text = "尚未选取资料夹"
```

(22) 在【类名】框中选择"Button1"名称,在【方法名称】框中选择"Click"事件,输入如下代码。

```
Dim Pic, PicDir As String
Dim fl As String
'清除 ListBox
ListBox1.Items.Clear()
'利用 FolderBrowserDialog 可以选取打开的文件夹
FolderBrowserDialog1.ShowDialog()
'打开的文件夹
PicDir = FolderBrowserDialog1.SelectedPath
'TextBox1 用来显示打开的文件夹
```

```
TextBox1.Text = FolderBrowserDialog1.SelectedPath
'使用 My.Computer.FileSystem.GetFiles 方法，来取得该目录中文件的字符串集合。接
着由 For … Each 循环并搭配使用 My.Computer.FileSystem.DeleteFile 方法，即可删
除该目录中的每一个文件
For Each fl In My.Computer.FileSystem.GetFiles(PicDir, _FileIO.SearchOption.
SearchTopLevelOnly, "*.jpg", "*.gif", "*.bmp", "*.png")
    '取得相关图像的文件名
    Pic = My.Computer.FileSystem.GetName(fl)
    '显示文件名称
    ListBox1.Items.Add(Pic)
Next
```

(23) 在【类名】框中选择"ListBox1"名称，在【方法名称】框中选择"MouseClick"
事件，输入如下代码。

```
'确保已经有文件名称在 ListBox 列表框中
If ListBox1.SelectedItem <> Nothing Then
    'PictureBox1 中的图像就是文本框中选中的图像
    PictureBox1.Image = Image.FromFile(TextBox1.Text & "\" & ListBox1.
    SelectedItem)
    '图像按照比例显示在 PictureBox1 中
    PictureBox1.SizeMode = PictureBoxSizeMode.Zoom
End If
```

(24) 在【类名】框中选择"Button2"名称，在【方法名称】框中选择"Click"事件，
输入如下代码。

```
'关闭当前窗口(PicBrow)
Me.Close()
'恢复 Form1 窗口
Form1.Show()
```

6.1.3　案例分析

1. 控件

在两个窗口中共使用了 9 种控件，分别是：标签(Label)控件、文本框(TextBox)控件、菜
单(MenuStrip)控件、打开对话框(OpenFileDialog)控件、保存对话框(SaveFileDialog)控件、
图片框(PictureBox)控件、列表框(ListBox)控件、窗体面板(Panel)控件和命令按钮(Button)
控件。

2. 常用属性

本案例除用到前面几章所讲的控件外，还用到窗体面板(Panel)控件、图形框(PictureBox)
控件和文件夹浏览对话框(FolderBrowserDialog)控件。

(1) Panel 窗体面板，该控件是其他控件的容器。如果打算以编程方式生成多个控件或
者打算隐藏/显示一组控件，Panel 控件尤其有用。1 窗体面板控件常用属性见表 6-8。

表 6-8　窗体面板控件的常用属性

属　　性	说　　明
Name	标识控件的对象名称
Anchor	这个属性是所有用户界面的控件都有的定位属性
Dock	定义容器的控制边框
BorderStyle	指示 Panel 控件的边框样式，共有 3 个枚举值：BorderStyle.None(默认)无边框，BorderStyle.Fixed3D 三维边框、BorderStyle.FixedSingle 单行边框
BackColor	背景颜色
BackgroundImage	背景图片
Font	改变控件内部文字的大小
ForeColor	改变控件内部文字的颜色
AutoScroll	该属性指示当控件超出 Panel 显示的区域时，是否自动出现滚动条，默认为 False

(2) 文件夹浏览控件的常用属性见表 6-9。

表 6-9　文件夹浏览控件的常用属性

属　　性	说　　明
Description	树视图控件上显示的说明文本
RootFolder	获取或设置从其开始浏览的根文件夹(默认为桌面)
SelectedPath	获取或设置用户选择的路径，如果设置了该属性，打开对话框时会定位到指定路径，默认为根文件夹，关闭对话框时根据该属性获取用户选择的路径
ShowNewFolderButton	获取或设置是否显示新建对话框按钮

(3) 图片框控件 PictureBox 的常用属性见表 6-10。

Visual Basic 2005 中用作处理图形图像的控件有两个：PictureBox 和 ImageList。PictureBox 控件被用来显示图形或者图像，ImageList 控件用于存储图形或图像。

表 6-10　图片框控件的常用属性

属　　性	说　　明
Name	标识控件的对象名称
BackColor	获取或设置 PictureBox 控件的背景色
BackgroundImage	获取或设置 PictureBox 控件显示的背景图像，可以在设计时通过该属性为控件设置一个图像
BorderStyle	指示控件的边框样式，默认为 None

续表

属　　性	说　　明
Image	获取或设置 PictureBox 显示的图像。该属性是 PictureBox 控件最重要的属性。它支持显示的图像文件格式见表 6-11
SizeMode	指示如何显示图像。默认值为 Normal PictureBoxSizeMode.Normal 模式：Image 置于 PictureBox 的左上角，凡是因过大而不适合 PictureBox 的任何图像部分都将被剪裁掉 PictureBoxSizeMode.StretchImage 模式：将图像拉伸，以便适合 PictureBox 的大小 PictureBoxSizeMode.AutoSize 模式：使控件调整大小，以便总是适合图像的大小 PictureBoxSizeMode.CenterImage 模式：使图像居于工作区的中心

(4) 图片框控件 PictureBox 的 Image 属性支持的图像文件格式见表 6-11。

表 6-11　图片框控件 PictureBox 的 Image 属性支持显示的图像文件格式

类　　型	文件扩展名	类　　型	文件扩展名
位图	.bmp	元文件	.wmf 或.emf
图标(Icon)	.ico	JPEG	.jpg 或.jpeg
GIF	.gif	网络图形(PNG)	.png

PictureBox 控件的使用介绍如下。

① 用属性窗口加载图片。首先在窗体上添加一个 PictureBox 控件，选择 Image 属性，如图 6.11 所示。再单击右面的省略号，弹出【选择资源】对话框，然后单击【导入】按钮找到需要的图片，单击【确定】按钮即可，如图 6.12 所示。

图 6.11　选择 Image 属性

图 6.12　导入图片

② 编程时加载图片。编程时可以使用 Image 类的 FromFile 方法来设置 PictureBox 控件的 Image 属性，用如下代码来加载图片。

```
PictureBox1.Image = Image.FromFile(FilePath)
```

FilePaht 为要加载的图片的完整文件路径。

③ 删除图片。若要删除 PictureBox 控件中加载的图片，先选中 PictureBox 控件的 Image 属性，然后单击右键，在弹出的菜单中选择【重置】命令即可删除控件中的图片，如图 6.13 所示。或者把鼠标的光标放到 Image 属性后的图片路径框中，按键盘上的 Delete 键也可以删除图片。

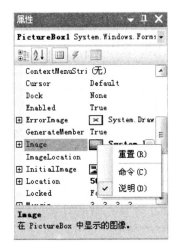

图 6.13　删除图片

④ 编程时删除图片。在代码运行时使用代码来清除 PictureBox 的图片，代码如下：

```
PictureBox1.Image = Nothing
```

3. 事件

1) Load 事件

Load 事件表示在第一次显示窗体前发生的事件，如代码(20)中出现的 picBrow_load 事件。通常，Load 事件过程用来包含一个窗体的启动代码。例如，指定控件默认设置值，指明将要装入 ComboBox 或 ListBox 控件的内容，以及初始窗体级变量等。

提示：一个窗体加载到内存的时候触发，也就是说一个程序运行时首先会执行一下 Load 里的代码，Load 里一般都放一些数据的初始化程序。

2) Initialize 事件

Initialize 事件表示在窗体将要加载但还没加载时的初始化事件。Initialize 事件是在 Load 事件之前发生的。

提示：创建 Form 的实例时发生。引用未加载窗体属性或事件，也可以触发 Initialize 事件。
　　　应用此事件初始化数据。

3) Load 事件和 Initialize 事件的区别

Initialize 事件是在窗体将要加载但还没加载时的初始化事件，而 Load 事件是窗体加载时的事件。例如：

```
Dim frm As Form1
Set frm = New Form1      'Form_Initialize()事件触发
   Load frm              'Form_Load()事件触发
   frm.Show
```

4) Activated 事件

该事件可以用于在窗体变为活动状态时触发代码。

另外，窗体存活期内可以被激活或者取消激活，在这种情况下有两个对应事件：Activated 事件和 Deactived 事件。当窗体被置为活动或者首次被加载时，激活 Activated 事件。

注意：Activated 事件对 MDI 子窗体不起作用。如果要捕获 MDI 子窗体的激活事件，需要
　　　在父窗体的 MdiChildActivate 事件中编写代码，例如：

```
Private Sub Form1_MdiChildActivate
```

5) Deactivate 事件

发生在窗体失去焦点时触发，如图 6.14 所示。

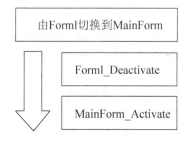

图 6.14　Activated 事件和 Deactivate 事件区别

6) Activated 事件和 Load 事件的区别

Load 事件在对象实例化后，窗体可见之前发生。在引发 Load 事件时，窗体还不存在，处在实例化过程中，且不可见。Activated 事件在窗体处于可见状态并处于当前状态时发生。

7) MouseClick 事件

MouseClick 事件表示在鼠标单击该控件时发生，如代码(22)中 ListBox1 的 MouseClick 事件。

8) MouseDown 事件

MouseDown 事件表示当鼠标指针位于控件上并按下鼠标键时发生。

MouseDown 事件和 MouseClick 事件的区别：

MouseClick=MouseDown+MouseUp，MouseDown 是鼠标按下就算，MouseClick 还得等到松开才算。

9）MouseUp 事件

MouseUp 事件表示事件发生于鼠标指针位于控件上，并且在释放鼠标键时执行。

10）Click 事件

Click 事件是在一个对象上按下然后释放一个鼠标按键时发生。它也会发生在一个控件的值改变时。Click 是 MouseDown 和 MouseUp 连续发生才会发生的。MouseDown 只需鼠标按下就发生。Click 事件包含了 Mousedown 与 MouseUp 事件，Click 就是按下又抬起的动作。

11）MouseDown 事件和 Click 事件的区别

顾名思义，MouseDown 是鼠标按下事件，Click 是鼠标单击事件。一般来说，在一个控件上单击一下会发生 3 个事件：MouseDown、Click 和 MouseUp。

在 Visual Basic 2005 里各个控件的这些事件发生的顺序是不一样的。

- ListBox、CommandButton 控件：MouseDown，Click，MouseUp 事件。
- FileListBox、Label、PictureBox 控件：MouseDown，MouseUp，Click 事件。

4．代码

(1) 在代码(5)中，出现了 PictureBox1.Image.RotateFlip(RotateFlipType.Rotate270FlipNone)代码，其中 Image.RotateFlip 方法表示旋转、翻转或者同时旋转和翻转 Image。这句代码表示图片旋转的方向和用来翻转图片的坐标轴。关于 RotateFlipType 列举型见表 6-12，其中图 6.15 为正常图片。

表 6-12　RotateFlipType 列举型表

成 员 名 称	说　　明	示　　例
Rotate180FlipNone	指定不翻转的 180°旋转	图 6.16
Rotate180FlipX	指定 180°旋转，后面接续水平翻转	图 6.17
Rotate180FlipY	指定 180°旋转，后面接续垂直翻转	图 6.18
Rotate270FlipNone	指定不翻转的 270°旋转	图 6.19(a)、(b)、(c)
Rotate270FlipX	指定 270°旋转，后面接续水平翻转	图 6.20
Rotate270FlipXY	指定 270°旋转，后面接续水平和垂直翻转	图 6.21(a)、(b)、(c)
Rotate270FlipY	指定 270°旋转，后面接续垂直翻转	图 6.22
Rotate90FlipNone	指定不翻转的 90°旋转	图 6.23(a)、(b)、(c)
Rotate90FlipX	指定 90°旋转，后面接续水平翻转	图 6.24
Rotate90FlipXY	指定 90°旋转，后面接续水平和垂直翻转	图 6.25(a)、(b)、(c)
Rotate90FlipY	指定 90°旋转，后面接续垂直翻转	图 6.26

续表

成员名称	说　　明	示　　例
RotateNoneFlipX	指定不旋转，后面接续水平翻转	图 6.27
RotateNoneFlipXY	指定不旋转，后面接续水平和垂直翻转	图 6.28
RotateNoneFlipY	指定不旋转，后面接续垂直翻转	图 6.29
RotateNoneFlipNone	指定不旋转和不翻转	图 6.30

图 6.15　正常图片

图 6.16　Rotate180FlipNone

图 6.17　Rotate180FlipX

图 6.18　Rotate180FlipY

图 6.19(a)　Rotate270FlipNone

图 6.19(b)　Rotate270FlipNone

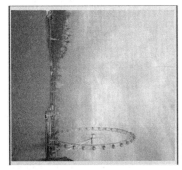
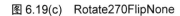

图 6.19(c)　Rotate270FlipNone

图 6.20　Rotate270FlipX

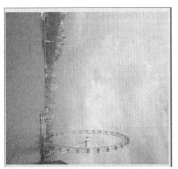

图 6.21(a)　Rotate270FlipXY

图 6.21(b)　Rotate270FlipXY

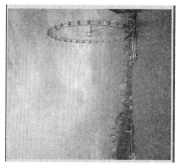

图 6.21(c)　Rotate270FlipXY

图 6.22　Rotate270FlipY

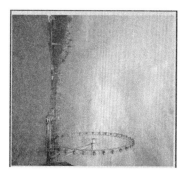

图 6.23(a)　Rotate90FlipNone

图 6.23(b)　Rotate90FlipNone

图 6.23(c)　Rotate90FlipNone

图 6.24　Rotate90FlipX

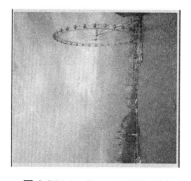

图 6.25(a)　Rotate90FlipXY

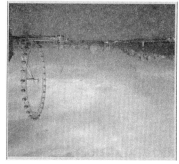

图 6.25(b)　Rotate90FlipXY

图 6.25(c)　Rotate90FlipXY

图 6.26　Rotate90FlipY

图 6.27　RotateNoneFlipX

图 6.28　RotateNoneFlipXY

图 6.29　RotateNoneFlipY

图 6.30　RotateNoneFlipNone

【例 6.1】　以下代码是将选中的图像进行不翻转的 180°旋转。(案例文件夹：180°旋转。)

　① 在窗体中添加 PictureBox 控件，将控件的 SizeMode 属性设置为 Zoom。

　② 在窗体中添加两个 Button 控件，分别设置 Text 属性为"打开图像"和"旋转图像"。

　③ 双击【打开图像】按钮，添加如下代码(【打开图像】按钮的 Click 事件)。

```
With OpenFileDialog1
        '设置打开对话框的默认的盘符
        .InitialDirectory = "c:\"
        '文件的类型
        .Filter = "bmp 文件(*.bmp)|*.bmp|jpg 文件(*.jpg)|*.jpg|" & _
     "jpeg 文件(*.jpeg)|*.jpeg|gif 文件(*.gif)|*.gif| tif 文件(*.tif)|*.tif"
        '默认的类型
        .FilterIndex =2
End With
        If OpenFileDialog1.ShowDialog = Windows.Forms.DialogResult.OK Then
            PictureBox1.Load(OpenFileDialog1.FileName) ' PictureBox 载入影像
        End If
```

　④ 双击【旋转图像】按钮，添加如下代码(【旋转图像】按钮的 Click 事件)。

```
'宣告建立 Bitmap 影像物件
'Bitmap(Image) ：指定影像初始化 Bitmap 类别的新执行个体
Dim bmp As New Bitmap(PictureBox1.Image)
'指定影像旋转的方向和用来翻转影像的坐标轴
bmp.RotateFlip(RotateFlipType.Rotate180FlipNone) ' 指定不翻转的 180°旋转
PictureBox1.Image = bmp        ' 设定 PictureBox 显示 Bitmap 影像物件的影像
```

　(2) 在代码(12)中，出现了图片的"浮雕"效果，浮雕效果的实现过程是将相邻的两个像素相减所得到的差加上 127 作为新的值。

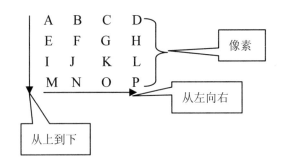

① 如果按照从左向右的方向来"雕刻"，计算公式为：

$$A=B-A+127$$

$$B=C-B+127$$

$$C=D-C+127$$

...

② 如果按照从上向下的方向来"雕刻"，计算公式为：

$$A=E-A+127$$

$$B=F-B+127$$

$$C=G-C+127$$

...

当然还可以从更多的方向来"雕刻"，比如：向左下、右上、左上、右下等，一共有 8 个可以选择的方向。

另外，这个 127 就是"雕刻"效果后的亮度。可以把雕刻方向和亮度都作为参数写到过程中。

(3) 在代码(18)中，出现了图片的"柔化"效果，柔化的算法就是把当前点用周围几个点的平均值来代替。

```
A   B C D
E   F G H
I   J K L
M   N O P
```

计算方法：

```
F=(A+B+C+E+F+G+I+J+K) / 9
G=(B+C+D+F+G+H+J+K+L) / 9
...
```

(4) 在代码(18)和(19)中，出现了图片的"反转"效果，其中 Dim p1 As Color 表示获取系统颜色。除了可以访问系统定义好的颜色外，还可以使用 Color.FromArgb 方法来实现用户定义的颜色，使用 Color.FromArgb 方法时，按顺序指定颜色中红色、蓝色和绿色各部分的强度，如下所示：

```
Dim myColor as Color
myColor = Color.FromArgb(20,58,77)
```

色值中的每个数字均必须是从 0 到 255 之间的一个整数，其中 0 表示没有该颜色，而 255 则为所指定颜色的完整饱和度；因此，Color.FromArgb(0,0,0)为黑色，而 Color.FromArgb (255,255,255)为白色。

(5) 在代码(21)中，代码"Environment.SpecialFolder.Desktop"表示获得桌面的路径。

如：'获取"我的电脑"文件夹

```
Environment.SpecialFolder.MyComputer
'获取"我的文档"文件夹
Environment.SpecialFolder.Personal
'获取 IE 的"历史"文件夹所在位置
Environment.SpecialFolder.History
```

(6) 在代码(22)中，代码"My.Computer.FileSystem.GetFiles"是一种方法。它表示显示当前目录的内容。该方法返回一个字符串的集合，这些字符串表示显示目录中文件的名称。可以将通配符与 GetFiles 一起使用，以便只选择特定模式的文件。在本例中，返回扩展名为"*.jpg", "*.gif", "*.bmp", "*.png" 的文件。该方法的格式为：

```
My.Computer.FileSystem.GetFiles(directory ,searchType ,wildcards)
```

其中：

directory 是指要搜寻的目录。它是必填项。

searchType 是指是否包含子文件夹，默认值为 SearchOption.SearchTopLevelOnly，它是必填项。

wildcards 是指要对应的模式。它是必填项。

说明：(1) Visual Basic 2005 提供了其特有的 My 命名空间，这个 My 命名空间大大简化了常规访问，如计算机信息、文件系统、注册表、多媒体、计算机时钟、打开端口、访问网络等；

(2) 可用 My.Computer 来访问应用程序正工作于其上的计算机的信息。如访问音频，剪贴板，GMT 时间滴答，文件系统，计算机信息(内存量，操作系统类型，计算机名字等)，键盘，鼠标，方便地访问网络 Network(如测试通断 ping，上传，下载文件)，端口，注册表，屏幕等。

如：搜索本机所有的.wma 格式文件

```
My.Computer.FileSystem.GetFiles
(My.Computer.FileSystem.SpecialDirectories.MyMusic, _
FileIO.SearchOption.SearchAllSubDirectories, "*.wma*")
```

如：播放系统声音

```
My.Computer.Audio.PlaySystemSound(SystemSounds.Beep)
```

6.2 相关知识和注意事项

在 Visual Basic 2005 中提供了相当强大的绘图功能，可以在窗口或图形框中利用各种命令绘制各种图形，灵活使用这些绘图命令不仅可以完成许多特殊的功能，而且可以为 Windows 的程序界面增加许多活力，特别是那些巧妙的随机图像则更具有特殊的魅力。

6.2.1 坐标系

在 GDI+绘图技术中，最基本的是坐标系统，坐标系统的默认度量单位是像素。只有熟练掌握 GDI+中坐标的变换概念才能绘制出理想的图形来。

在 GDI+中，默认的坐标系统的原点是在左上角，X 轴指向右边，Y 轴指向下边，如图 6.31 所示。

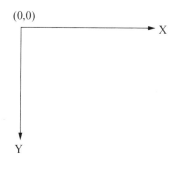

图 6.31 坐标系

在 Visual Basic 2005 坐标系中，沿坐标轴定义的位置的测量单位统称为刻度，坐标系统的每个轴都有自己的刻度。

6.2.2 像素

像素，译自英文 Pixel，是图像元素(Picture element)的简称，是单位面积中构成图像点的个数。每个像素都有不同的颜色值。单位面积内的像素越多，分辨率越高，图像的效果就越好。

像素也叫分辨率，是指可以显示出的水平和垂直像素的数组，其值通常与若干显示方式相对应。分辨率为 1024×768 时，就是指在屏幕的横向上划分了 1024 个像素点，竖向上划分了 768 个像素点。分辨率越高，则可接收分辨率的范围越大。

6.2.3 绘图

Visual Basic 2005 提供了绘制各种图形的功能。可以在各种对象上或者是窗体上绘制直线、矩形、多边形、圆、椭圆、圆弧、曲线饼图等图形。

1. 创建 Graphics 对象

在 Visual Basic 2005 中，绘制图形需要指定绘图表面。其中，窗体和所有具有 Text 属性的控件都可以作为绘制图形的表面。因为 Graphics 对象标识 GDI+的绘图表面，所以，绘制图形必须先创建 Graphics 对象。创建 Graphics 对象有以下几种方法。

1) 使用 CreateGraphics 方法创建

这是一种常见的创建方法，其格式为：

```
Dim 对象名 As Graphics
对象名=窗体名(或控件名).CreateGraphics
```

2) 从 Image 对象创建

还可以使用 Image 对象来创建，这时要使用 Graphics.FromImage 方法。

2. 画笔

画笔是用来画线的 GDI+对象，它是 Pen 类的一个实例。使用画笔可以绘制直线，曲线，以及矩形，圆形，多边形等形状的边框。

1) 建立画笔

格式：

```
Dim 画笔名 As New Pen(颜色[，宽度])
```

其中颜色即用画笔绘制线条的颜色，宽度是画笔绘制线条的宽度，单位是像素。宽度的默认值是 1。

```
Dim mypen As New Pen(Color.Blue)
或 Dim mypen As Pen = New Pen(Color.Blue)
```

2) 绘制线条或空心形状

建立画笔后，就可以用 Graphics 类的各种方法绘制直线，曲线，矩形或圆形等空心形状的线条。

3) DrawLine 方法——画直线

语法：

```
DrawLine(画笔名，X1，Y1，X2，Y2)
```

其中，(X1,Y1)和(X2,Y2)是直线的起始点和终止点的坐标，它们可以是 Integer 值，也可以是 Single 值。当直线很短时，可以近似为点。

【例 6.2】 在窗体中画一个围棋盘，如图 6.32 和图 6.33 所示。(案例文件夹：围棋盘。)

图 6.32　围棋盘设计界面

图 6.33　围棋盘绘制结果

双击【画直线】按钮并加入如下代码。

```
Dim i As Integer
'创建 Graphics 对象
Dim a As Graphics
a = Me.CreateGraphics
'建立画笔, 线条为黑色
Dim pen1 As New Pen(Color.Black, 3)
'画横线, 起始点的坐标为 10,10, 每隔 10 个像素画一条横直线
    For i = 10 To 280 Step 10
        a.DrawLine(pen1, 10, i, 280, i)
    Next
'画竖线, 起始点的坐标为 10,10, 每隔 10 个像素画一条竖直线
    For i = 10 To 280 Step 10
        a.DrawLine(pen1, i, 10, i, 280)
    Next
```

4) DrawRectangle 方法——画矩形

语法:

```
DrawRectangle(画笔名, X, Y, 宽度, 高度)
```

其中, (X,Y)是矩形左上角的坐标, 宽度和高度指定矩形的宽和长。

【例 6.3】　在窗体中画出 4 个连续的矩形, 如图 6.34 和图 6.35 所示。(案例文件夹: 矩形。)

图 6.34　设计界面

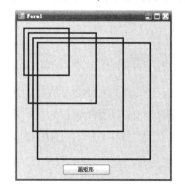

图 6.35　运行结果

双击【画矩形】按钮并加入如下代码。

```
Dim i, j As Integer
'创建 Graphics 对象
Dim a As Graphics
a = PictureBox1.CreateGraphics
'建立画笔，线条为黑色
Dim pen1 As New Pen(Color.Black, 3)
j = 100
    For i = 10 To 40 Step 10
        a.DrawRectangle(pen1, i, i, j, j)
        j = j + 50
    Next
```

5) DrawPolygon 方法——画多边形

语法：

```
DrawPolygon(画笔名，顶点)
```

其中，顶点是一个数组，该数组类型是 Point 或 PointF 结构，数组的各元素用来指定多边形各顶点的坐标。由 Point 结构指定的是 Integer 类型，而由 PointF 结构指定的是 Single 类型。

用 Point 或 PointF 结构来定义一个点的格式是：

```
Dim 点名 As New Point/PointF(x,y)
```

DrawPolygon 方法的功能是按数组顶点的顺序连接成一个多边形，两个连续的顶点之间绘制一条边。

【例6.4】　在窗体中画出 1 个多边形，如图 6.36 所示。界面设计如图 6.34 所示，只要将命令按钮改为【多边形】即可。双击命令按钮加入如下代码。(案例文件夹：多边形。)

```
Dim i As Integer
'创建 Graphics 对象
Dim a As Graphics
a = PictureBox1.CreateGraphics
'建立画笔，线条为黑色
Dim pen1 As New Pen(Color.Black, 3)
'定义一维数组，有 3 个元素，分别代表三角形的 3 个坐标点
Dim pt(2) As Point
pt(0) = New Point(20, 100)          '第一个顶点的坐标
pt(1) = New Point(100, 20)          '第二个顶点的坐标
pt(2) = New Point(180, 100)         '第三个顶点的坐标
'画多边形
a.DrawPolygon(pen1, pt)
```

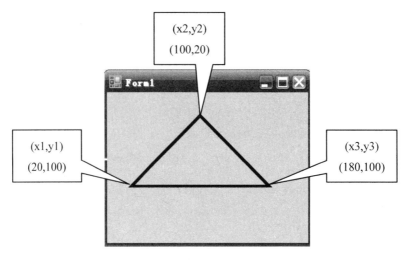

图 6.36　多边形运行结果

6) DrawEllipse 方法——画圆和椭圆

语法：

```
DrawEllipse(画笔名，X，Y，宽度，高度)
```

方法中的 X，Y，宽度，高度定义的矩形是要绘制的圆或椭圆的外切矩形，它决定了所画圆或椭圆的大小和形状。当宽度和高度相等时，所画的就是圆，否则就是椭圆。

【例 6.5】　由小到大绘制连续的 7 个圆形和 13 个椭圆，如图 6.37 和图 6.38 所示。界面设计如图 6.34 所示，再添加一个命令按钮，将两个命令按钮的 Text 属性改为"圆形"和"椭圆"即可。(案例文件夹：圆形。)

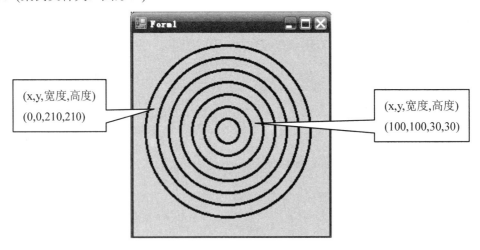

图 6.37　圆形运行结果

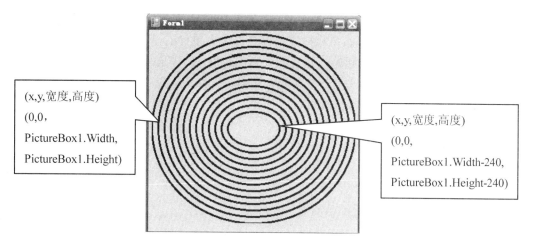

图 6.38　椭圆运行结果

(1) 双击【圆形】命令按钮并加入如下代码。

```
Dim i, j, k As Integer
'创建 Graphics 对象
Dim a As Graphics
a = PictureBox1.CreateGraphics
'建立画笔，线条为黑色
Dim pen1 As New Pen(Color.Black, 3)
k = 15
j = 1
    For i = 100 To 0 Step -k
        a.DrawEllipse(pen1, i, i, 2 * k * j, 2 * k * j)     '2*k 为 2 倍的步长
        j = j + 1
    Next
```

(2) 双击【椭圆】命令按钮并加入如下代码。

```
Dim i As Integer
'创建 Graphics 对象
Dim a As Graphics
a = PictureBox1.CreateGraphics
'建立画笔，线条为黑色
Dim pen1 As New Pen(Color.Black, 3)
    For i = 0 To 120 Step 10
        a.DrawEllipse(pen1, i, i, PictureBox1.Width - i * 2, PictureBox1.Height
        - i * 2)
    Next
```

7) DrawArc 方法——画弧

语法：

```
DrawArc(画笔名, X, Y, 宽度, 高度, 起始角, 扫描角)
```

该方法与 DrawEllipse 方法相比，多了起始角和扫描角两个参数，这可以看作是在截取圆或椭圆而形成的一段弧。起始角和扫描角都是以度为单位的，一般以水平向右的半径为 0°，然后按顺时针方向画弧。起始角是开始画弧的角度，扫描角是顺时针方向增加的角度。当扫描角为 360° 时，画出的就是一个圆或者椭圆。

【例 6.6】 在屏幕上画一段圆弧，如图 6.39 所示。界面设计如图 6.34 所示，将命令按钮的 Text 属性改为"圆弧"即可。

双击【圆弧】命令按钮并加入如下代码。

```
'创建 Graphics 对象
Dim a As Graphics
a = PictureBox1.CreateGraphics
'建立画笔，线条为黑色
Dim pen1 As New Pen(Color.Black, 3)
'画圆弧
a.DrawArc(pen1, 50, 10, 150, 150, 30, 200)
```

8) DrawPie 方法——画饼图

语法：

```
DrawPie(画笔名，X，Y，宽度，高度，起始角，扫描角)
```

饼图也称扇图。该方法与 DrawArc 方法的参数一样，但是饼图比弧多出两条半径。

【例 6.7】 在屏幕上画一个饼图，如图 6.40 所示。界面设计如图 6.34 所示，将命令按钮的 Text 属性改为"饼图"即可。(案例文件夹：圆弧。)

图 6.39 圆弧运行结果

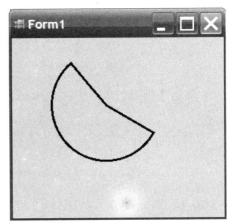

图 6.40 饼图运行结果

双击【饼图】命令按钮并加入如下代码。

```
Dim i As Integer
'创建 Graphics 对象
Dim a As Graphics
a = PictureBox1.CreateGraphics
'建立画笔，线条为黑色
```

```
Dim pen1 As New Pen(Color.Black, 3)
PictureBox1.Refresh()
a.DrawPie(pen1, 50, 10, 150, 150, 30, 200)
'pen1.EndCap = Drawing.Drawing2D.LineCap.ArrowAncho
```

6.2.4　画刷

在 Visual Basic 2005 中，如果要在闭合图形中填充颜色，图案，或者呈现文本，必须先创建画刷。画刷与绘图方法结合使用，可以用颜色或图案对图形进行填充。GDI+提供了 5 种画刷，这里只介绍几种常用的。

1. 单色(实心)画刷(SolidBrush)

利用 SolidBrush 类可以定义画刷并初始化一个指定的单一颜色。格式为：

```
Dim 画刷名 As New SolidBrush(颜色)
或 Dim 画刷名 As Brush
画刷名 = New SolidBrush(颜色)
```

2. 模式(阴影)填充画刷(HatchBrush)

利用 HatchBrush 类可以定义一个用特定图案填充图形的画刷。格式为：

```
Dim 画刷名 As New HatchBrush(类型, 前景色[, 背景色])
```

其中，类型用来指定填充的图案，它是 HatchStyle 枚举类型，该枚举类型有 50 多个成员，每个成员提供一种图案。当在代码编辑窗口中输入 HatchStyle 后，系统会自动弹出一个 HatchStyle 枚举类型成员列表供用户选择。

【例 6.8】　用蓝色实心填充椭圆图形，如图 6.41 所示。(案例文件夹：椭圆填充 1。)

双击【实心填充】命令按钮，输入如下代码。

```
'创建 Graphics 对象
Dim a As Graphics
a = PictureBox1.CreateGraphics
'定义蓝色画笔
Dim brush1 As New SolidBrush(Color.Blue)
a.FillEllipse(brush1, 50, 10, 200, 150)
```

【例 6.9】　用阴影填充画刷填充椭圆图形，如图 6.42 所示。(案例文件夹：椭圆填充 2。)

双击【阴影填充】命令按钮，输入如下代码。

```
'创建 Graphics 对象
Dim a As Graphics
a = PictureBox1.CreateGraphics
'创建阴影刷子
Dim brush1 As New HatchBrush(HatchStyle.BackwardDiagonal, Color.Blue,
Color.White)
a.FillEllipse(brush1, 50, 10, 200, 150)
```

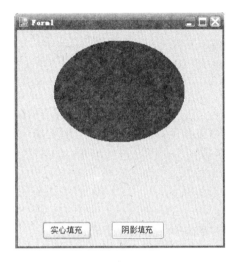

图 6.41 实心运行结果

图 6.42 阴影填充运行结果

说明: HatchStyle.BackwardDiagonal(阴影样式)表示从右上到左下的对角线的线条, 见
表 6-13。

表 6-13 常用画刷阴影样式表

阴 影 样 式	说 明
BackwardDiagonal	从右上到左下的对角线的线条图案
Cross	交叉的水平线和垂直线
DarkDownwardDiagonal	从左上到右下的斜线(密)
DarkHorizontal	从右上到左下的斜线(密)
DashedUpwardDiagonal	指定虚线对角线, 这些对角线从顶点到底点向左倾斜
DashedDownwardDiagonal	指定虚线对角线, 这些对角线从顶点到底点向右倾斜
DashedHorizontal	指定虚线水平线
DashedVertical	指定虚线垂直线
DiagonalBrick	指定具有分层砖块外观的阴影, 它从顶点到底点向左倾斜
DiagonalCross	交叉对角线的图案
Divot	指定具有草皮层外观的阴影
Horizontal	水平线的图案
HorizontalBrick	指定具有水平分层砖块外观的阴影
LargeCheckerBoard	指定具有棋盘外观的阴影
LargeConfetti	指定具有五彩纸屑外观的阴影

续表

阴 影 样 式	说　明
LargeGrid	网格
OutlinedDiamond	指定互相交叉的正向对角线和反向对角线
Percent05	指定 5%阴影，前景色与背景色的比例为 5:100
Percent10	指定 10%阴影，前景色与背景色的比例为 10:100
Percent20	指定 20%阴影，前景色与背景色的比例为 20:100
Percent25	指定 25%阴影，前景色与背景色的比例为 25:100
Percent30	指定 30%阴影，前景色与背景色的比例为 30:100
Percent40	指定 40%阴影，前景色与背景色的比例为 40:100
Percent50	指定 50%阴影，前景色与背景色的比例为 50:100
Percent60	指定 60%阴影，前景色与背景色的比例为 60:100
Percent70	指定 70%阴影，前景色与背景色的比例为 70:100
Percent75	指定 75%阴影，前景色与背景色的比例为 75:100
Percent80	指定 80%阴影，前景色与背景色的比例为 80:100
Percent90	指定 90%阴影，前景色与背景色的比例为 90:100
Plaid	指定具有格子花呢材料外观的阴影
Shingle	指定带有对角分层鹅卵石外观的阴影
SmallCheckerBoard	指定带有棋盘外观的阴影
SmallConfetti	指定带有五彩纸屑外观的阴影
SmallGrid	指定互相交叉的水平线和垂直线
SolidDiamond	指定具有对角放置的棋盘外观的阴影
Sphere	指定具有球体彼此相邻放置的外观的阴影
Trellis	指定具有格架外观的阴影
Vertical	垂直线的图案
Weave	指定具有织物外观的阴影
ZigZag	指定由 Z 字形构成的水平线

注意：由于模式(阴影)填充画刷是 System.Drawing.Drawing2D 名称空间的类，为了能够使用阴影画刷，必须在程序模块前引入这个命名空间，即在 Public Class Form1 的前面加入如下代码，切记。

```
Imports System.Drawing.Drawing2D
```

3. 纹理画刷(TextureBrush)

纹理画刷的作用是用保存在位图文件中的图像来填充图形，建立一个纹理画刷是通过 TextureBrush 类的构造函数来实现的。格式为：

```
Dim 画刷名 As New TextureBrush(图像[,模式])
```

其中：图像是 Image 对象，此 TextureBrush 对象使用它来填充其内部；模式指定填充图像的纹理样式，见表 6-14。

表 6-14　模式指定填充图像的纹理样式

纹 理 样 式	说　　明
Clamp	把纹理和倾斜度固定在边界上
Tile	使倾斜度或纹理平铺
TileFlipX	水平颠倒倾斜度或纹理，然后平铺倾斜度或纹理
TileFlipXY	水平和垂直颠倒倾斜度或纹理，然后平铺倾斜度或纹理
TileFlipY	垂直颠倒倾斜度或纹理，然后平铺倾斜度或纹理

【例 6.10】　用纹理刷子填充圆形，如图 6.43 所示。(案例文件夹：纹理刷子。)

图 6.43　纹理刷子填充圆形

```
Dim image1 As Bitmap
    With OpenFileDialog1
        '设置打开对话框的默认的盘符
        .InitialDirectory = "c:\"
        '文件的类型
        .Filter = "bmp 文件(*.bmp)|*.bmp|jpg 文件(*.jpg)|*.jpg|" & _
"jpeg 文件(*.jpeg)|*.jpeg|gif 文件(*.gif)|*.gif| tif 文件(*.tif)|*.tif"
        '默认的类型
        .FilterIndex = 2
    End With
```

```
If OpenFileDialog1.ShowDialog = Windows.Forms.DialogResult.OK Then
    '图片的路径
    image1 = Image.FromFile(OpenFileDialog1.FileName)
    '建立纹理刷
    Dim texture As New TextureBrush(image1, Drawing2D.WrapMode.Tile)
    Dim a As Graphics = Me.CreateGraphics()
    '用阴影填充画刷填充圆形
    a.FillEllipse(texture, New Rectangle(20, 30, 300, 300))
    a.Dispose()
End If
```

4. 渐变画刷(LinearGradientBrush)

渐变画刷的作用就是画刷的颜色从一种颜色逐渐变为另外一种颜色。使用的初始化参数是矩形，开始颜色，结束颜色，以及模式，它能够形成比较统一的渐变效果，格式为：

```
Dim 画刷名 As New LinearGradientBrush (矩形, 起始颜色, 终止颜色, 模式)
```

其中：矩形是 Rectangle 结构数据类型。用来指定颜色渐变范围和速度；模式指定渐变的方向，见表 6-15。

表 6-15　渐变的方向

纹 理 样 式	方　　　向
BackWardDiagnonal	从右上角到左下角
ForWardDiagnonal	从左上角到右下角
Horizontal	从左到右
Vertical	从右到左

【**例 6.11**】　用渐变画刷填充椭圆图形，如图 6.44 所示。(案例文件夹：渐变画刷。)

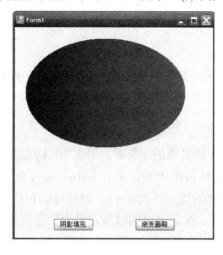

图 6.44　渐变画刷填充椭圆图形

```
'建立 LinearGradientBrush 画刷
Dim myRect As New Rectangle(20, 20, 300, 200)
Dim myLGBrush As New LinearGradientBrush(myRect, Color.Blue, Color.Red,
0.0F, True)
'创建 Graphics 对象
Dim a As Graphics = Me.CreateGraphics()
'填充
a.FillEllipse(myLGBrush, myRect)
```

6.2.5 删除 Graphics 对象和清屏

在绘制图形的代码中经常用到 Dispose 和 Clear 两种方法，这两种方法的使用如下。

1. 删除 Graphics 对象

Graphics 对象使用完后应及时删除，以释放该对象占用的资源，使用 Dispose 方法。

2. 清屏

利用 Graphics 类的 Clear 方法可以清除画图工作区的所有内容，并用指定的背景颜色进行填充。

格式：Clear(颜色)

清除窗体的画面，并用颜色填充整个窗体。

6.2.6 绘制文字

在 Visual Basic 2005 中，窗体或图片框中的文字被作为图形处理，在文本框、标签、列表框等控件中，可以通过文本和图形两种方式输出文字。

通过 Graphics 类中的 DrawString 方法可以实现图形文字的输出，使用时，要先定义画刷，然后用画刷画出文字。

1. 字体

输出文字前要先创建字体对象，并先指定字体的名称，大小，样式等。字体对象通过 Font 类来创建，格式为：

Dim 字体对象 As New Font(字体名称，大小[，样式[，量度单位]])

其中，字体名称是指定字体名称的字符串，如隶书，Symbol 等；大小是指字体的大小，默认值是点；样式是 FontStyle 枚举类型，见表 6-16；量度单位是用来指定字体大小的单位，是 GraphicsUnit 枚举类型的值，见表 6-17。参数样式和量度可以省略，字体的默认值为常规样式和 Point 大小单位。样式可以同时指定多个，之间用 Or 连接。

表 6-16 FontStyle 枚举类型

枚 举 成 员	样 式
Bold	粗体
Italic	斜体
Regular	常规
Strikeout(中划线)	中划线
Underline	下划线

表 6-17 GraphicsUnit 枚举类型

枚 举 成 员	量 度 单 位
Display	1/75 英寸
Document	文档单位(1/300 英寸)
Inch	英寸
Millimeter	毫米
Pixel	像素
Point	打印机点(1/75 英寸)

2. DrawString 方法

格式为:

```
DrawString(字符串,字体,画刷,点)
DrawString(字符串,字体,画刷,矩形)
DrawString(字符串,字体,画刷,X,Y)
```

点用来指定文本输出的开始位置,它是 PointF 结构类型。矩形指定文本输出的位置,它是 RectangleF 结构类型。X、Y 指定文本输出的起始位置,都是 Single 类型。

【例 6.12】 在窗体的图像框中输出文字,如图 6.45 和图 6.46 所示。(案例文件夹:绘制文字。)

步骤如下所示。

(1) 在窗体中添加 PictureBox 控件,将 Anchor 属性改为:Top, Bottom, Left, Right。

(2) 添加 3 个标签(Label)控件,将 Text 属性分别改为:"输入显示的字体"、"字号"和"字体",如图 6.45 所示。

(3) 添加一个文本框(TextBox)控件,将 Text 属性改为:"输入要显示的文字";将 MutiLine 属性改为:True。

(4) 添加两个组合框(ComboBox)控件,将字号 ComboBox1 组合框中的 Items 的值改为 5～50 之间的数;将字体 ComboBox2 组合框中的 Items 的值改为:"宋体"、"黑体"、"楷体_GB2312"、"仿宋体_gb2312"。

(5) 添加一个命令按钮(Button)控件,将 Text 属性改为:"绘制字体"。

图 6.45　设计界面

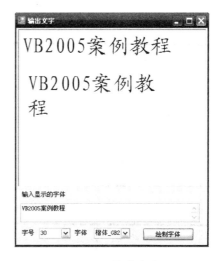

图 6.46　输出文字

(6) 双击【绘制字体】命令按钮，加入如下代码。

```
'创建 Graphics 对象
Dim a As Graphics
a = PictureBox1.CreateGraphics
'清除绘图面，并以背景填充
a.Clear(Color.White)
'建立 SolidBrush 画刷
Dim mBrush As New SolidBrush(Color.Blue)
'定义文本格式，字体为 ComboBox2 中选择的字体，字号为 ComboBox1 选择的字号
Dim mFont As New Font(ComboBox2.Text, ComboBox1.Text)
'在指定的位置绘制文字，其中起始位置的坐标是 0,10
a.DrawString(TextBox1.Text, mFont, mBrush, 0, 10)
'创建矩形
Dim mrec As New Rectangle(10, 80, 300, 200)
'在矩形中绘制文本
a.DrawString(TextBox1.Text, mFont, mBrush, mrec)
释放该对象占用的资源
a. Dispose()
```

6.2.7　交互绘图

在 Visual Basic 2005 使用图形方法绘图时，坐标的指定是非常重要的。要实现交互绘图，须使用鼠标事件拾取坐标值来进行坐标的指定，从而达到绘图的效果。常用鼠标事件如下。

● Private Sub Form1_MouseDown(ByVal sender As Object, ByVal e As _
　　System.Windows.Forms.MouseEventArgs) Handles Me.MouseDown

● Private Sub Form1_MouseUp(ByVal sender As Object, ByVal e As _
　　System.Windows.Forms.MouseEventArgs) Handles Me.MouseUp

- Private Sub Form1_MouseEnter(ByVal sender As Object, ByVal e As _
  System.EventArgs) Handles Me.MouseEnter
- Private Sub Form1_MouseMove(ByVal sender As Object, ByVal e As _
  System.Windows.Forms.MouseEventArgs) Handles Me.MouseMove

说明：参数 e 记录了鼠标所在的位置，例如：e.x 是横坐标，e.y 是纵坐标。

【例 6.13】 在指定的两点间画一条直线，如图 6.47 所示。(案例文件夹：画直线。)

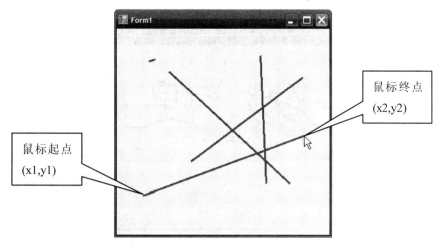

图 6.47 在两点间画出一条直线

(1) 在 Public Class Form1 下输入如下代码。

```
'创建 Graphics 对象
Private a As Graphics
'建立画笔，线条为蓝色
Private pen1 As New Pen(Color.Blue, 3)
Dim x2, x1, y2, y1 As Short          '16 位有符号的整数
'判断鼠标键是否单击的标志
Dim left_c As Short = 0
```

(2) 在【类名】框中选择"Form1 个事件"名称，在【方法名称】框中选择"MouseDown"事件，然后输入如下代码。

```
'鼠标没有单击
If left_c = 0 Then
    x1 = e.X
    y1 = e.Y
    '标志为 1，表示已单击鼠标
    left_c = 1
Else
    '鼠标单击
    x2 = e.X
```

```
    y2 = e.Y
    a = Me.CreateGraphics
    a.DrawLine(pen1, x1, y1, x2, y2)
    '标志置 0
    left_c = 0
End If
```

【例 6.14】 使用鼠标画任意曲线，单击【恢复】按钮，重新开始绘制曲线，如图 6.48 所示。
(案例文件夹：画任意曲线。)

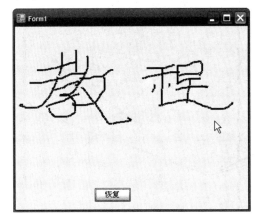

图 6.48　画任意曲线

(1) 在 Public Class Form1 下输入如下代码。

```
Dim xb, xa, yb, ya As Short
Private a As Graphics
Private pen1 As New Pen(Color.Blue, 3)
Dim left_c As Short = 0
```

(2) 在【类名】框中选择"Form1 个事件"名称，在【方法名称】框中选择"MouseDown"
事件，然后输入如下代码。

```
'当鼠标单击时，将鼠标的坐标点赋予起始点 xa 和 ya
left_c = 1
xa = e.X
ya = e.Y
```

(3) 在【类名】框中选择"Form1 个事件"名称，在【方法名称】框中选择"MouseMove"
事件，然后输入如下代码。

```
If left_c = 0 Then
    Exit Sub
Else
    '在单击鼠标移动时，将每点的坐标赋予 xb 和 yb
    xb = e.X
```

```
yb = e.Y
pen1.Color = Color.Blue
a = Me.CreateGraphics
a.DrawLine(pen1, xa, ya, xb, yb)
'终点坐标也就是下一条线的起始点坐标
xa = xb
ya = yb
End If
```

(4) 在【类名】框中选择 "Form1 个事件" 名称,在【方法名称】框中选择 "MouseUp" 事件,然后输入如下代码。

```
'结束画线
left_c = 0
```

本 章 小 结

本章主要介绍了 GDI+和绘图的基础知识,通过案例和例子讲解了如何在 Graphics 对象上绘制常用的图形,以及对图像进行修饰的效果。另外,还探讨了交互绘图的方法,尤其是参数 e 的使用。

习　题　六

1. 选择题

(1) 定义子过程的关键字是(　　)。

　　A．Sub　　　　　B．Function　　　C．Property　　　　　D．Event

(2) 单击命令按钮时,下列程序段的执行结果是(　　)。

```
Public Sub proc1(ByVal m As Integer, ByVal n As Integer)
    m = m Mod 10
    n = n Mod 10
End Sub
Private Sub Button1_Click(ByVal sender As System.Object,
ByVal e As_System.EventArgs) Handles Button1.Click
    Dim x As Integer, y As Integer
    x = 12
    y = 34
    Call proc1(x, y)
    MsgBox("x=" & x.ToString & "y=" & y.ToString)
End Sub
```

A．12 34   B．2 34   C．2 3   D.12 3

(3) 单击命令按钮时，下列程序段的执行结果是(   )。

```
Public Function p(ByVal n As Integer) As Integer
    Dim sum As Integer, I As Integer
    For I = 1 To n
        sum = sum + I
    Next I
    p = sum
End Function
Private Sub Button2_Click(ByVal sender As System.Object, _
ByVal e As System.EventArgs) Handles Button2.Click
    Dim s As Integer
    s = p(1) + p(2) + p(3) + p(4)
    MsgBox("s=" & s.ToString)
End Sub
```

A．10   B．16   C．20   D．24

(4) Sub 过程与 Function 过程最根本的区别是(   )。

A．Sub 过程可以使用 call 语句或直接使用过程名调用，而 Function 过程不可以

B．Function 过程可以有参数，Sub 过程不可以

C．两种过程参数的传递方式不同

D．Sub 过程不能返回值，而 Function 过程能返回值

2．填空题

(1) 窗体面板控件是_____。

(2) Visual Basic 2005 中用作处理图形图像的控件有两个：_____和_____。

(3) 编程时可以使用 Image 类的_____方法来设置 PictureBox 控件的_____属性。

(4) Visual Basic 2005 提供了绘制各种图形的功能。可以在各种对象上或者是窗体上绘制_____、_____、_____、_____、_____、_____、_____等图形。

(5) Visual Basic 2005 中默认的参数传递方式是_____。

3．问答题

(1) Load 事件和 Initialize 事件的区别是什么？

(2) 图片框控件的 Image 属性支持显示的图像文件格式有哪些？

(3) 在 Visual Basic 2005 中的坐标系与数学上所讲的坐标系有何不同？

(4) 在 Visual Basic 2005 中，提供了几个常用的画图控件，它们是哪几个控件？

(5) 在 Visual Basic 2005 中，窗体或图片框中的文字是如何处理的？

4. 上机操作题

(1) 使用图形的方法，在 Form 上画出 5 条不同颜色的直线并形成一个多边形。

(2) 使用图形的方法，在 Form 上画一个椭圆，并用纹理画刷填充。

(3) 在窗体上描绘文本信息，文字为"上机操作题"5 个字，界面设计如图 6.49 所示。

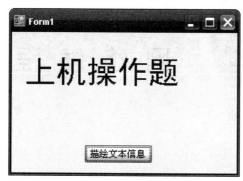

图 6.49　上机操作题(3)

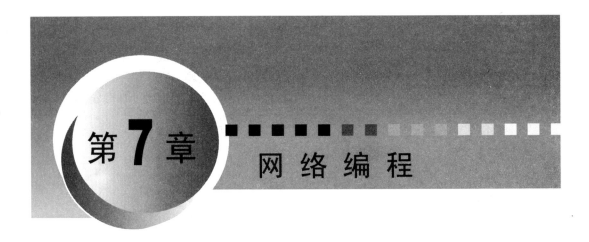

第**7**章 网 络 编 程

教学目标:

- 了解网络编程的目的(即直接或间接地通过网络协议与其他计算机进行通信)。
- 获取计算机名称和 IP 地址。
- 了解并掌握 Socket、TCPClient、UDPClient 类的使用。
- 掌握发送数据和接收数据的实现方法。
- 掌握 TCP 协议和 UDP 协议的概念。
- 掌握线程和进程的创建方法和区别。

教学要求:

知 识 要 点	能 力 要 求	相 关 知 识
网络基础知识	对网络协议有所了解	网络应用
设置 IP 地址	网络邻居的使用	Windows 操作系统
用户名和计算机名称的设置	我的电脑属性设置	

7.1　案例 7——数据的发送与接收

两台计算机通过网络进行信息交换，需要具备两个条件：一是网络基本设备，包括网卡及连接网卡用的网线。二是需要一组通信参数的说明，即协议。目前使用最广泛的协议是 TCP/IP 协议。

TCP/IP(传输控制协议/网际协议)是一种网络通信协议，它规范了网络上的所有通信设备，尤其是一个主机与另一个主机之间的数据往来格式以及传送方式。TCP/IP 是 Internet 的基础协议，也是一种计算机数据打包和寻址的标准方法。在数据传送中，可以形象地理解为有两个信封，TCP 和 IP 就像是信封，要传递的信息被划分成若干段，每一段塞入一个 TCP 信封，并在该信封面上记录分段号的信息，再将 TCP 信封塞入 IP 大信封，发送到网络上。在接收端，一个 TCP 软件包收集信封，抽出数据，按发送前的顺序还原，并加以校验，若发现差错，TCP 将会要求重发。因此，TCP/IP 在 Internet 中几乎可以无差错地传送数据。

当一个主机使用 IP 协议发送数据时，数据被分为数据包。每个数据包由其包头及数据组成，包头包含对方目的地址。这就像使用信封发信一样，信封上含有接收方的地址，但有时发出的信也会丢掉，这种发送称为不可靠的传输，而人们需要的是可靠的传输，于是产生了 TCP 协议。

TCP 是一种面向连接的协议，即两个程序在进行数据交换之前，它们必须先建立起连接，一个程序作为客户方(Client)发出连接请求，另一个程序作为服务方(Server)监听，并响应其连接请求。一旦连接建立好，双方便均可收发信息，直到连接断开。TCP 协议使得开发人员不需要去编写如何处理数据包丢失的过程，而专心于应用程序本身的开发。

7.1.1　案例说明

【案例简介】(案例文件夹：网络数据传送)

如图 7.1 所示，在服务器端单击【开启】按钮，等待客户端输入数据。当在客户端文本框中输入字符并单击【发送】按钮时，在服务器的列表框中显示发送的信息。

图 7.1　数据传输和 IP 地址的查询界面

单击【网络连接状态】按钮时，在文本框中显示网络是否处于连接状态。

单击【计算机名称和 IP】按钮时，在文本框中显示本地计算机的名称和 IP 地址。

单击【远程 IP 地址】按钮时，在计算机名称框中输入远程计算机的名称，在文本框中显示计算机的名称对应的 IP 地址，如图 7.2 所示。

图 7.2　数据传输和 IP 地址的查询结果

【案例目的】

通过本案例的学习，对网络的基本概念和协议有所了解，能够举一反三，根据案例设计出较为复杂的网络通信软件。

7.1.2　案例实现步骤

1．创建工程

(1) 选择【开始】|【程序】|【Microsoft Visual Basic 2005 速成版】命令，打开速成版窗口。

(2) 选择【文件】|【新建项目】命令，打开【新建项目】对话框。

(3) 在【模板】选项组中，选定【Windows 应用程序】选项，在【名称】文本框中输入"网络数据传送"，单击【确定】按钮。

2．界面设计

(1) 从工具箱中拖动 5 个 Label(标签)控件 **A** Label 到窗体的合适位置，调整大小。

(2) 从工具箱中拖动 4 个 TextBox(文本框)控件 ab TextBox 到窗体的合适位置，调整大小。

(3) 从工具箱中拖动 ListBox(列表框)控件 ab TextBox 到窗体的合适位置，调整大小。

(4) 从工具箱中拖动 6 个 Button(命令按钮)控件 ab Button 到窗体的合适位置，调整大小，如图 7.3 所示。

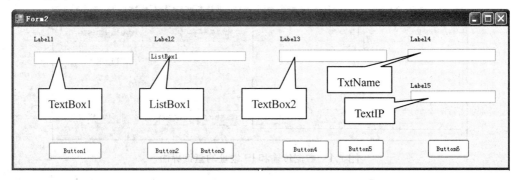

图 7.3　设计界面

3．控件属性的设置

窗口中各个控件属性的设置见表 7-1。

表 7-1　控件属性的设置

控 件 名	Name	Text	MultiLine	ScrollBars
Label	Label1	待发送的数据		
	Label2	接收的数据		
	Label3	本机计算机名称和 IP 地址		
	Label4	输入远程计算机名称		
	Label5	对应的 IP 地址		
TextBox	TextBox1		True	Both
	TextBox2		True	None
	TxtName		True	None
	TextIP		True	None
ListBox	ListBox1			
Button	Btnsend	发送		
	Button2	开启		
	Button3	结束		
	Button4	网络连接状态		
	Button5	计算机名称和 IP		
	Button6	远程 IP 地址		

(1) 分别选中 5 个 Label 控件，在属性窗口找到 Name 属性和 Text 属性，并按照表 7-1 所示进行修改。

(2) 分别选中 4 个 TextBox 控件，在属性窗口找到 Name 属性、Text 属性、MultiLine 属性和 ScrollBars 属性，按照表 7-1 所示进行修改。

(3) 选定 ListBox 控件，在属性窗口找到 Name 属性，按照表 7-1 所示进行修改。

(4) 分别选中 6 个 Button 控件，在属性窗口找到 Name 属性和 Text 属性，并按照表 7-1 所示进行修改。

修改后的结果如图 7.1 所示。

4. 编写代码

(1) 在窗体上单击鼠标右键，选择【查看代码】命令，打开代码编辑窗口。

(2) 引入以下命名空间(加在 Public Class Form1 上面)。

```
Imports System.Net.Sockets
Imports System.Net
Imports System.Text
Imports System.Threading
Imports System.Net.Dns
```

(3) 在 Public Class Form1 下面加入 3 条命令。

```
'继承于窗体类
Inherits System.Windows.Forms.Form
'定义两个窗体变量, s 为 Socket 类, t 为线程类
Dim s As Socket = Nothing
Dim t As Thread
```

(4) 新建一个过程, 用于处理接收到的 Socket 数据包。

```
Public Sub WaitData()
'使用 TCP 协议
s = New Socket(AddressFamily.InterNetwork, SocketType.Stream, ProtocolType.Tcp)
    '指定 IP 地址和 Port(端口)
    Dim localEndPoint As New IPEndPoint(IPAddress.Parse("127.0.0.1"), 1024)
    '绑定到该 Socket
    s.Bind(localEndPoint)
    '侦听, 提示最多接受 100 个连接请求
    s.Listen(100)
    'While (True)为死循环, 用 Break 退出
    While (True)
        '用来存储接收到的字节
        Dim mydata(1024) As Byte
        '若接收到, 则创建一个新的 Socket 与之连接
        Dim ss As Socket = s.Accept()
        '接收数据, 若用 ss.send(Byte()),则发送数据
        ss.Receive(mydata)
        '将其插入到列表框的第一项之前(若使用 Encoding.ASCII.GetString(bytes),则接
        '收到的中文字符不能正常显示)
        ListBox1.Items.Insert(0, Encoding.Unicode.GetString(mydata))
    End While
End Sub
```

(5) 在窗口中双击【发送】按钮控件, 在 Private Sub Btnsend_Click(ByVal sender As System.Object, ByVal e As System.EventArgs) Handles Btnsend.Click 与 End Sub 之间加入如下代码。

```
Try
'定义一个数组用来做数据的缓冲区
    Dim bytes(1024) As Byte
    '创建 Socket 对象的实例, 通过 Socket 类的构造方法来实现。其中, 使用 AddressFamily
    '参数指定 Socket 使用的寻址方案, 使用 SocketType 参数指定 Socket 的类型, 使用
    'ProtocolType 参数指定 Socket 使用的协议
    DimsAsNewSocket(AddressFamily.InterNetwork,SocketType.Stream,
    ProtocolType.Tcp)
    '指定 IP 和 Port 端口
    Dim localEndPoint As New IPEndPoint(IPAddress.Parse("127.0.0.1"), 1024)
    s.Connect(localEndPoint)
    '将文本框中的字符以 Unicode 编码的标准发送出去
```

```
        s.Send(Encoding.Unicode.GetBytes(TextBox1.Text))
        s.Close()
    Catch ex As Exception
    MessageBox.Show(ex.ToString)
    End Try
```

(6) 在窗口中双击【开启】按钮控件，在 Private Sub Btnstart_Click(ByVal sender As System.Object, ByVal e As System.EventArgs) Handles Btnstart.Click 与 End Sub 之间加入如下代码。

```
    '建立新的线程
    t = New Thread(AddressOf WaitData)
    '启动线程
    t.Start()
    '按钮不可用，避免另启线程
    Btnstart.Enabled = False
```

(7) 在窗口中双击【结束】按钮控件，在 Private Sub btnstop_Click(ByVal sender As System.Object, ByVal e As System.EventArgs) Handles btnstop.Click 与 End Sub 之间加入如下代码。

```
    Try
        '关闭 Socket，并释放所有资源
        s.Close()
        '终止线程
        t.Abort()
    Catch
    Finally
        '启用 BtnStart
        Btnstart.Enabled = True
    End Try
```

(8) 在窗口中双击【网络连接状态】按钮控件，在 Private Sub Button2_Click(ByVal sender As System.Object, ByVal e As System.EventArgs) Handles Button2.Click 与 End Sub 之间加入如下代码。

```
    '判断网络是否连接
    If My.Computer.Network.IsAvailable = True Then
        TextBox2.Text += vbCrLf + "网络已经连接"
    Else
        TextBox2.Text += vbCrLf + "网络已经断开"
    End If
```

(9) 在窗口中双击【计算机名称和 IP】按钮控件，在 Private Sub Button3_Click(ByVal sender As System.Object, ByVal e As System.EventArgs) Handles Button3.Click 与 End Sub 之间加入如下代码。

```
    Dim IPAddress As System.Net.IPAddress
    Dim HostName As Object
```

```
'获得本机的主机名
HostName = System.Net.Dns.GetHostName
'获得本机的 IP
IPAddress = System.Net.Dns.GetHostEntry(My.Computer.Name).AddressList.
GetValue(0)
Me.TextBox2.Text += vbCrLf + "本地计算机的主机名: " + HostName + vbCrLf + "
本机的 IP 地址: " + IPAddress.ToString
```

(10) 在窗口中双击【远程 IP 地址】按钮控件，在 Private Sub Button4_Click(ByVal sender As System.Object, ByVal e As System.EventArgs) Handles Button4.Click 与 End Sub 之间加入如下代码。

```
If TxtName.Text = ""  Then
    MessageBox.Show("计算机名称不能为空", "信息提示", MessageBoxButtons.OK,
    MessageBoxIcon.Information)
Else
    Try
        Dim myhostName As String = TxtName.Text
        Dim myipentry As IPHostEntry = GetHostEntry(myhostName)
        '可变字符串
        Dim Myaddresses() As IPAddress = myipentry.AddressList
        Dim mylist As New StringBuilder
        '0 为索引值, myhostName 为格式化的字符串
        mylist.AppendFormat("{0}用户的 IP 地址是: ", myhostName)
         For Each MyIp As IPAddress In Myaddresses
            mylist.AppendFormat("{0};", MyIp.ToString())
        Next
        Me.TextIP.Text = mylist.ToString()
    Catch ex As Exception
        Me.TextBox2.Text = ex.Message
    End Try
End If
```

(11) 在窗口中单击鼠标右键，在弹出的快捷菜单中选择【查看代码】命令，打开代码编辑窗口，在【类名】框中选择 "Form1 事件" 名称，在【方法名称】框中选择 "Load" 事件，输入如下代码。

```
'获取或设置一个值，该值指示是否捕获对错误线程的调用，为 False 时不捕获
System.Windows.Forms.Control.CheckForIllegalCrossThreadCalls = False
```

(12) 在窗口中单击鼠标右键，在弹出的快捷菜单中选择【查看代码】命令，打开代码编辑窗口，在【类名】框中选择 "Form1 事件" 名称，在【方法名称】框中选择 "FormClosing" 事件，输入如下代码。

```
Try
    s.Close()
    t.Abort()
Catch
End Try
```

(13) 选择【调试】|【启动调试】命令，或单击工具栏中的【运行】按钮 ▶，运行程序。

(14) 单击【开启】按钮，等待接收数据。

(15) 在文本框中输入"向服务器发送数据"，单击【发送】按钮，这时服务器的列表框中显示客户端发送的数据。

(16) 单击【网络连接】按钮，查看网络的连接状态。

(17) 单击【计算机名称和 IP】按钮，查看本地计算机的名称和 IP。

(18) 单击【远程 IP 地址】按钮，输入远程计算机名称，然后查看对应的 IP 地址。

5. 保存项目

当程序调试完成后，可以进行项目的保存。保存项目的步骤如下。

(1) 选择【文件】|【全部保存】命令，打开【保存项目】对话框，如图 7.4 所示。

图 7.4　【保存项目】对话框

(2) 在【名称】文本框中输入项目的名称，在【位置】中输入保存项目的文件夹，也可以单击【浏览】按钮来选定文件夹。

(3) 单击【保存】按钮。

6. 打开保存的项目

当需要对已保存的项目进行修改时，可以打开保存的项目文件。打开项目文件的步骤如下。

(1) 选择【文件】|【打开项目】命令，出现【打开项目】对话框。

(2) 在【查找范围】中选定保存项目的文件夹，在【文件名】文本框中输入项目名称，单击【打开】按钮，如图 7.5 所示。

图 7.5　【打开项目】对话框

7.1.3 案例分析

1. 控件

本案例所加的控件有文本框控件 TextBox、列表框控件 ListBox、标签控件 Label、命令按钮控件 Button 等，这些控件在前面几章已经加以介绍，这里不在讲述。

2. 事件

1) FormClosing 事件

当 Form 窗体正要关闭时，即单击右上角的【关闭】按钮▣时触发该事件，可以用来提示"是否保存？"等。

2) FormClosed 事件

Closed 事件是关闭后发生的事件，此时窗体已经关闭了，可以执行恢复、保存设置、记录状态、记录日志等操作。

3) FormClosing 事件和 FormClosed 事件的区别

Closing 窗体接收到关闭的消息，准备开始执行关闭。一般在它的事件处理程序里写一些判断是否达到关闭条件的代码，不符合就设置 e.Cancel=True，用来取消关闭消息，若符合就设置 e.Cancel=False，执行关闭窗体操作。

Closed 是关闭了窗体后才执行的，关闭了窗体还要执行什么事件呢？比如有的资源没有释放或需要人工释放的就会写在这里。

3. 代码

(1) 当需要开发功能复杂的网络程序时，要用到 Socket 类(后面介绍)，而且必须引入以下命名空间。

```
Imports System.Net.Sockets
Imports System.Net
Imports System.Text
Imports System.Threading
Imports System.Net.Dns
```

(2) 代码(4)中的 Socket s = New Socket(AddressFamily.InterNetwork,SocketType.Stream, ProtocolType.Tcp)是 Socket 经常采用的一种实例化方式，从上面的代码中可以看出，第一个参数表示 IPv4 地址，就是现在常用的 IP 地址方式；第二、三个参数表示该实例支持双向、可靠且基于字节流的 TCP 连接。

建立好服务器的 Socket 以后，下面要做的工作就是设置服务器的 IP 地址和端口号，因为在 Internet 中，TCP/IP 使用一个网络地址和一个服务器端口来标识唯一的设备。这里主要介绍两个类：IPAddress 和 IPEndPoint。IPAddress 是一个 IP 地址类，而 IPEndPoint 就是 IP 地址加上端口信息。

```
Dim localEndPoint As New IPEndPoint(IPAddress.Parse("127.0.0.1"), 1024)
```

它的作用主要是将 IP 地址字符串转化为 IPAddress 实例，然后作为参数传递给 IPEndPoint 调用。第一个参数是 IPAddress 实例，第二个参数是端口号。

确定了服务器的 IP 地址和端口后，下一步需要让它们和建立好的 Socket 对象发生关系。Socket 提供了一种名为 Bind 的实例方法来完成以上的工作。它的使用方法很简单，如下所示。

```
s.Bind(localEndPoint)
```

其中 s 表示 Socket 实例，括号中的内容表示 IPEndPoint 实例。

完成了以上工作后，服务器就可以侦听来自客户端的连接请求了，可以使用 Socket 提供的名为 Listen 的实例方法来完成以上的工作，如下所示。

```
s.Listen(100)
```

100 表示指定队列中最多可容纳的等待接受的传入连接数。

(3) 因为在程序的开始引入了 Imports System.Net.Dns 命名空间，所以在代码(9)中：

```
HostName = System.Net.Dns.GetHostName
```

可以简化为：

```
HostName = GetHostName
```

同理：

```
IPAddress = System.Net.Dns.GetHostEntry(My.Computer.Name).AddressList.
GetValue(0)
```

也可以简化为：

```
IPAddress = GetHostEntry(My.Computer.Name).AddressList.GetValue(0)
```

(4) 在代码(10)中：mylist.AppendFormat("{0}用户的 IP 地址是：", myhostName)中的"AppendFormat("{0}用户的 IP 地址是：", myhostName)"表示显示的格式。如：

```
Dim sb As new StringBuilder();
sb.AppendFormat("abc {0} ppt {1}","def","xyz");
```

显示结果为：abc def ppt xyz，如图 7.6 所示。

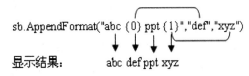

图 7.6　AppendFormat 显示结果

代码"Dim mylist As New StringBuilder"中的 StringBuilde 和 String 的区别为：String 对象是不可改变的。每次使用 System.String 类中的方法之一时，都要在内存中创建一个新的字符串对象，这就需要为该新对象分配新的空间。在需要对字符串执行重复修改的情况下，与创建新的 String 对象相关的系统开销可能会非常昂贵。如果要修改字符串而不创建新的对象，则可以使用 System.Text.StringBuilder 类。

7.2 相关知识和注意事项

7.2.1 Unicode 编码

1. 什么是 Unicode 编码

Unicode 是目前用来解决 ASCII 码 256 个字符限制问题的一种比较流行的解决方案。ASCII 字符集只有 256 个字符,用 0~255 之间的数字来表示。包括大小写字母、数字以及少数特殊字符(如标点符号、货币符号等)。对于大多数拉丁语言来说,这些字符已经够用。但是,许多亚洲和东方语言所用的字符远远不止 256 个字符,有些超过 1000 个。人们为了突破 ASCII 码字符数的限制,试图用一种简单的方法来针对超过 256 个字符的语言编写计算机程序。于是 Unicode 应运而生。Unicode 用双字节来表示一个字符,从而在更大范围内将数字代码映射到多种语言的字符集。Unicode 给每个字符提供了一个唯一的数字,不论是什么平台,不论是什么程序,不论是什么语言。Unicode 标准已经被这些工业界的领导者所采用,例如:Apple、HP、IBM、JustSystem、Microsoft、Oracle、SAP、Sun、Sybase、Unisys 和其他许多公司。最新的标准都需要 Unicode,许多操作系统、所有最新的浏览器和许多其他产品都支持它。Unicode 标准的出现和支持它的工具的存在,是近来全球软件技术最重要的发展趋势。

2. 使用 Unicode 的目的

基本上,计算机只是处理数字。它们指定一个数字,来存储字母或其他字符。在 Unicode 出现之前,有数百种指定这些数字的编码系统。没有一个编码可以包含足够的字符。例如英语,也没有哪一个编码可以适用于所有的字母、标点符号和常用的技术符号,这些编码系统也会互相冲突。也就是说,两种编码可能使用相同的数字代表两个不同的字符,或使用不同的数字代表相同的字符。任何一台特定的计算机(特别是服务器)都需要支持许多不同的编码,但是,不论什么时候数据通过不同的编码或平台之间,那些数据总会有损坏的可能性。比如,在简体中文(GB)、繁体中文(BIG5)、日文中,"赵"都是一个字,但是编码不同。在不同的编码下,BIG5 的赵是 0xBBAF,而 0xBBAF 在 GB 里面就被显示为"化",这就是乱码。而 Unicode 采用统一的编码,"赵"只有一个,不必管它在哪种文字里。

3. Unicode 的优点

微软 Windows 2000/XP 以及 Office 2000 及其后的产品都采用了 Unicode 内核,因此,无论何种文字,都可以在上面正常显示,而且是同屏显示。以前,简体中文的 Word 文件在英文版操作系统中打开就会是乱码,简体中文的程序在 Windows 英文版上运行也会出现乱码,而现在由于采用 Unicode 内核,这些问题都已得到解决。

7.2.2 进程与线程

1. 进程和线程的区别

进程是指在系统中正在运行的一个应用程序，在任意一段时间内能执行多个任务。

线程是系统分配处理器时间资源的基本单元，或者说进程之内独立执行的一个单元。对于操作系统而言，其调度单元是线程。一个进程至少包括一个线程，通常将该线程称为主线程。一个进程从主线程的执行开始进而创建一个或多个附加线程，就是所谓基于多线程的多任务。单独的每个任务就是一个线程。

进程与线程的区别：进程是执行程序的实例。例如，当运行记事本程序(Notepad)时，就创建了一个用来容纳组成 Notepad.exe 的代码及其所需调用动态链接库的进程。每个进程均运行在其专用且受保护的地址空间内。因此，如果同时运行记事本的两个备份，该程序正在使用的数据在各自实例中是彼此独立的。在记事本的一个备份中将无法看到该程序的第二个实例打开的数据。

以羽毛球馆为例进行阐述。一个进程就好比一个羽毛球馆。线程就如同羽毛球馆的运动员。运动员在球馆跑来跑去接球，并且球被打来打去。但是，这些球馆略有不同之处就在于每个球馆完全由墙壁和顶棚封闭起来，无论球馆的运动员如何用力地打球，他们也不会影响到其他球馆中的运动员。因此，每个进程就像一个被保护起来的球馆。未经许可，没有人可以进出。

一个程序(进程)在任一时间内有一个或几个执行任务，单独的每个任务就是线程。

2. 创建和使用线程

在导入命名空间时，会看到有一个名为 System.Threading 的命名空间。在 Visual Basic 2005 里是通过类 Thread 来实现对线程的创建的。用户也可以通过声明一个变量类型 System.Threading 来建立一个新的线程，并且它还提供了一个 AddressOf 操作和一个用户想运行的过程或方法。如：

```
'声明一个变量类型 System.Threading 来建立一个新的线程。
Dim mythread As New System.Threading.Thread(AddressOf MySub)
```

注意：如果引入 System.Threading 命名空间，上面的语句可以写成：Dim mythread As New Thread(AddressOf MySub)，用户可以使用 Start 方法来开始一个线程，例如 Thread.Start()。

【例 7.1】 Visual Basic 2005 多线程的创建和使用。设计界面如图 7.7 所示(案例文件夹：线程的创建)。

图 7.7   设计界面

在窗体上单击鼠标右键，在弹出的快捷菜单中选择【查看代码】命令，打开代码编辑窗口，加入如下代码。

(1) 导入命名空间，代码如下。

```
Imports System.Threading
```

(2) 创建第一个方法，代码如下。

```
Public Sub Method1()
    Dim i As Integer
    For i = 1 To 10
    Next
    MsgBox("该程序启动了第一个线程，它的值是：" + CStr(i))
End Sub
```

(3) 创建第二个方法，代码如下。

```
Public Sub Method2()
    Dim i As Integer
    For i = 1 To 100
    Next
    MsgBox("该程序启动了第二个线程，它的值是：" + CStr(i))
End Sub
```

(4) 在主窗体的 Private Sub Button1_Click(ByVal sender As System.Object, ByVal e As System.EventArgs) Handles Button1.Click 与 End Sub 之间添加以下代码。

```
'定义两个 Thread 类对象
Dim th1, th2 As Thread
'实例化一个 Thread 类对象
th1 = New Thread(New ThreadStart(AddressOf Me.Method1))
th1.Start()
th2 = New Thread(New ThreadStart(AddressOf Me.Method2))
th2.Start()
```

完整代码如图 7.8 所示。

```
Imports System.Threading
Public Class Form1
    Public Sub Method1()
        Dim i As Integer
        For i = 1 To 10
        Next
        MsgBox("该程序启动了第一个线程，它的值是：" + CStr(i))
    End Sub
    Public Sub Method2()
        Dim i As Integer
        For i = 1 To 100
        Next
        MsgBox("该程序启动了第二个线程，它的值是：" + CStr(i))
    End Sub
    Private Sub Button1_Click(ByVal sender As System.Object, ByVal e As System.EventArgs) Handles Button1.Click
        Dim th1, th2 As Thread
        th1 = New Thread(New ThreadStart(AddressOf Me.Method1))
        th1.Start()
        th2 = New Thread(New ThreadStart(AddressOf Me.Method2))
        th2.Start()
    End Sub
End Class
```

图 7.8　创建线程代码

单击【线程的创建】命令按钮，输出结果如图 7.9 所示。

图 7.9　线程输出结果

现在来剖析一下上面的例子。

(1) 创建了两个方法：Method1()和 Method2()，只有一个 For 循环，用 MsgBox 函数输出线程运行的结果。

(2) 类 Thread 可以在 System.Threading 命名空间里得到，它定义了处理线程的属性和方法。

(3) 在类 Thread 的构造器中使用了类 ThreadStart。类 ThreadStart 是一个代表，标志着当一个线程开始时就开始执行定义的方法。

(4) 为了执行定义的方法，调用了线程的 Start()方法。

(5) AddressOf 后面必需的过程名指定要传递的地址是哪一个过程的地址。这个过程必须是发出调用命令的工程中的一个标准模块里的一个过程。

除了上面的方法，线程类还有下面常用的方法。

Abort()：终止线程的运行；Suspend()：暂停线程的运行；Resume()：继续线程的运行；Sleep()：停止线程一段时间(单位为 ms)。

7.2.3 Socket

Socket 通常也称为"套接字"，用于描述 IP 地址和端口，是一个通信链的句柄。应用程序通常通过"套接字"向网络发出请求或者应答网络请求。

Socket 是建立网络连接时使用的。在连接成功时，应用程序两端都会产生一个 Socket 实例，操作这个实例，完成所需的会话。对于一个网络连接来说，套接字是平等的，并没有差别，不会因为在服务器端或在客户端而产生不同级别。

注意： 在 Visual Basic 2005 中编写程序，要调用 Socket 类函数，引入 Imports System.Net.Sockets 命名空间。

7.2.4 UDP 协议

UDP(User Datagram Protocol)是一种无连接协议(是不可靠数据传输协议)，TCP 是可靠数据传输协议。UDP 协议传输数据时不需要经过"握手"，因此不会有额外的时间开销，而 TCP 协议与之相反。正因为 UDP 是不可靠协议，所以它发送信息的效率比较高。同时，一个 UDP 应用可同时作为应用的客户或服务器方。

由于 UDP 协议并不需要建立一个明确的连接，因此建立 UDP 应用要比建立 TCP 应用简单得多。在 TCP 应用中，一个 Winsock 控制必须明确地设置成"监听"，而其他 Winsock 控制则必须使用 Connect 方法来初始化一个连接。

使用 UDP 协议，在两个 Winsock 控制间进行数据的发送，在连接的两端必须完成以下 3 步。

(1) 设置 RemoteHost 属性为其他计算机的名称。

(2) 设置 RemotePort 属性为第二个 Winsock 控制的 LocalPort 属性的值。

(3) 申请 Bind 方法。

通过使用方法 Bind，可以将该 Winsock 控制捆绑到一个本地端口，以便该 Winsock 控制使用该端口来进行类似 TCP 的"监听"，并防止其他应用使用该端口。

使用该协议传送数据，首先设置客户计算机的 LocalPort 属性。而作为服务器的计算机仅需要设置 RemoteHost 属性为客户计算机的 IP 地址或域名，并将其 RemotePort 属性设置成客户计算机上的 LocalPort 属性即可，然后就可通过申请 SendData 的方法来开始信息发送，客户计算机则可在其 DataArrial 事件中使用方法 GetData 来获取发送的信息。

【例 7.2】 使用 UDP 协议实现客户端和服务端通信，即从客户端向服务器端发送信息，服务器端收到信息后将信息显示出来，设计步骤如下。(案例文件夹：UDPClientTest、UDPServerTest。)

1. 客户端设计

(1) 选择【开始】|【程序】|【Microsoft Visual Basic 2005 速成版】命令，打开速成版窗口。

(2) 选择【文件】|【新建项目】命令，打开【新建项目】对话框。

(3) 在【模板】选项组中，选定【Windows 应用程序】选项，在【名称】文本框中输入 UDPClientTest，单击【确定】按钮。

(4) 从工具箱中拖动 3 个 Label(标签)控件 **A** Label 到窗口的合适位置，调整大小，设置 Text 属性分别为：发送地址、端口和发送内容。

(5) 从工具箱中拖动 3 个 TextBox(文本框)控件 abl TextBox 到窗口的合适位置，按照图 7.10 所示调整大小和位置。

(6) 从工具箱中拖动 Button(命令按钮)控件 ab Button 到窗口的合适位置，调整大小，设置 Text 属性为"发送"，如图 7.10 所示。

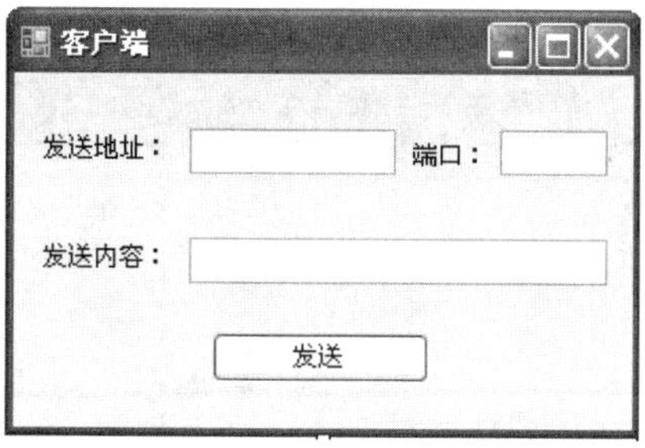

图 7.10　客户端设计界面

(7) 引入如下命名空间。

```
Imports System
Imports System.Net
Imports System.Net.Sockets
Imports System.Text
```

(8) 双击【发送】命令按钮，加入如下代码。

```
'创建 Socket 对象
Dim send As New Socket(AddressFamily.InterNetwork, SocketType.Dgram, _
ProtocolType.Udp)
'获取目标 IP 地址
Dim IP As IPAddress = IPAddress.Parse(TextBox1.Text)
'构建 IPEndPoint 对象确定接收方的进程
Dim IPEndPoint As New IPEndPoint(IP, CInt(TextBox3.Text))
'获取待发送的数据
Dim content As Byte() = Encoding.Unicode.GetBytes(TextBox2.Text)
'使用 Socket 对象中的 SendTo 方法发送数据
send.SendTo(content, IPEndPoint)
MsgBox("信息发送完成")
```

2．服务端设计

(1) 选择【开始】|【程序】|【Microsoft Visual Basic 2005 速成版】命令，打开速成版窗口。

(2) 选择【文件】|【新建项目】命令，打开【新建项目】对话框。

(3) 在【模板】选项组中，选定【Windows 应用程序】选项，在【名称】文本框中输入 UDPServerTest，单击【确定】按钮。

(4) 从工具箱中拖动 RichTextBox(高级文本框)控件 ▦ RichTextBox 到窗口中，调整大小。

(5) 从工具箱中拖动 Label(标签)控件 **A** Label 到窗口的合适位置，调整大小，设置 Text 属性为"监听端口"。

(6) 从工具箱中拖动 TextBox(文本框)控件 ▦ TextBox 到窗口的合适位置，调整大小和位置。

(7) 从工具箱中拖动 Button(命令按钮)控件 ▦ Button 到窗口的合适位置，调整大小，设置 Text 属性为"开始监听"，如图 7.11 所示。

图 7.11　服务器端设计界面

(8) 引入如下命名空间。

```
Imports System
Imports System.Net
Imports System.Net.Sockets
Imports System.Text
```

(9) 双击【开始监听】命令按钮，加入如下代码。

```
'获取端口号
Dim Port As Integer = CInt(TextBox1.Text)
Dim IPEndPoint As New IPEndPoint(IPAddress.Any, Port)
'创建 UdpClient 对象
Dim listener As New UdpClient(Port)
'获取数据
Dim bytes As Byte() = listener.Receive(IPEndPoint)
'显示信息源地址
RichTextBox1.AppendText(Chr(10) & Chr(13) & "信息源地址：    "_
& IPEndPoint.ToString())
'显示信息内容
RichTextBox1.AppendText(Chr(10) & Chr(13) & "信息内容：  "_
```

```
& Encoding.Unicode.GetString(bytes, 0, bytes.Length))
'关闭 UdpClient 对象
listener.Close()
RichTextBox1.AppendText(Chr(10) & Chr(13) & "监听已停止。")
```

(10) 在窗口中单击鼠标右键，选择【查看代码】命令，打开代码编辑窗口，在【类名】框中选择"Form1"名称，在【方法名称】框中选择"Load"事件，输入如下代码。

```
RichTextBox1.Text = "接收记录"
'设置初始端口
TextBox1.Text = "80"
```

3．运行服务器端和客户端程序

(1) 在服务器端运行程序，单击【开始监听】按钮，如图 7.12 所示。

(2) 在客户端运行程序，输入"发送地址"、"端口"和"发送内容"，单击【发送】按钮，如图 7.13 所示。

图 7.12　运行服务器端

图 7.13　运行客户端

(3) 在服务器端接收到信息，如图 7.14 所示。

图 7.14　服务器端接收到信息

本 章 小 结

本章主要介绍了 Visual Basic 2005 中 Socket 的重要性，以及利用 TCPClient 类和 UDPClient 类实现以 TCP 协议和 UDP 协议方式传送数据的功能。并介绍了 Unicode 编码、进程和线程、Socket、UPD 协议和 TCP 协议的基本概念以及进程和线程的创建。

习 题 七

1. 选择题

(1) (　　)用于创建主菜单。

　　A．MainMenu 控件　　　　　　　　B．ContextMenu 控件

　　C．TreeView 控件　　　　　　　　D．ToolBar 控件

(2) (　　)用于创建工具栏。

　　A．MainMenu 控件　　　　　　　　B．ContextMenu 控件

　　C．TreeView 控件　　　　　　　　D．ToolBar 控件

(3) 在多重窗体程序中，默认情况下(　　)为启动窗体。

　　A．Form1　　　　　　　　　　　　B．设计时的第一个窗体

　　C．没有启动窗体　　　　　　　　　D．随机确定的窗体

(4) TCP/IP(传输控制协议/网际协议)是一种(　　)。

　　A．网络通信协议　　　　　　　　　B．域名

　　C．软件　　　　　　　　　　　　　D．网址

(5) ASCII 码一共有(　　)个字符。

　　A．256　　　　　　　　　　　　　B．255

　　C．250　　　　　　　　　　　　　D．没有限制

2. 填空题

(1) ASCII 字符集只有＿＿＿＿＿＿字符，用＿＿＿＿＿＿之间的数字来表示，包括＿＿＿＿＿、＿＿＿＿＿＿以及少数特殊字符(如标点符号、货币符号等)。

(2) 简体中文的程序在 Windows 英文版上运行会出现乱码，而现在由于采用＿＿＿＿＿＿内核，这些问题都已得到解决。

(3) ＿＿＿＿＿＿是指在系统中正在运行的一个应用程序，在任意一段时间内能执行多个任务。

(4) ＿＿＿＿＿＿是系统分配处理器时间资源的基本单元，或者说进程之内独立执行的一个单元。

(5) 在导入命名空间时，会看到有一个名为 System.Threading 的命名空间。在 Visual Basic 2005 里是通过_____类来实现对线程的创建的。

3. 问答题

(1) 当需要开发功能复杂的网络程序时，要用到 Socket 类，而且必须引入哪些命名空间？

(2) Unicode 编码的作用是什么？

(3) 进程与线程的区别是什么？

(4) 什么叫 Socket？它的作用是什么？

(5) UDP 和 TCP 是什么协议？分别给出完整解释。

4. 上机操作题

(1) 按照案例分别编制服务器端和客户端软件，然后实现发送和接收。

(2) 编写一段程序，判断本地计算机的连接状态。

(3) 编写一段程序，查看本地计算机的名称和 IP。

第**8**章 多媒体播放器程序

➤ 教学目标：
- 了解多媒体播放器的开发。
- 掌握 Windows Media Player 控件的添加方法和使用。
- 了解其他多媒体控件的使用。

➤ 教学要求：

知 识 要 点	能 力 要 求	相 关 知 识
Windows 系统自带的娱乐工具	会使用 Windows Media Player 播放器	
暴风影音软件安装	能开发简单的影音播放器	一些多媒体软件的使用
千千静听软件安装	设计并开发简单的音频播放器	

8.1 案例8——影音播放器

随着多媒体硬件环境和软件环境的不断完善，目前，大部分计算机软件的开发中都涉及多媒体软件技术的应用。由于 Visual Basic 2005 具有先进的设计思想、快速易掌握的使用方法及控制媒体对象手段灵活多样等特点，受到了多媒体软件开发人员的关注和青睐，也因此成为多媒体应用程序开发的理想工具。本案例通过调用 Windows Media Player 控件实现集成音频和视频电影文件的播放方法，并给出具体的播放器的设计实例。

8.1.1 案例说明

【案例简介】

该播放器的设计界面如图 8.1 所示，其功能如下。

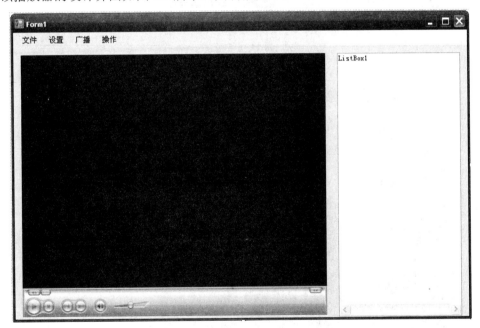

图 8.1 多媒体播放器设计界面

选择【文件】|【打开】(【打开目录】、【添加】和【删除】)命令，可以选择音乐文件或视频文件、使系统自动将目录下的文件添加到文本框中、将选择的其他文件添加到文本框中和将文本框中选定的文件删除。

选择【设置】|【2 倍】(【全屏】和【恢复】)命令，可将电影视频窗口放大 2 倍、变为全屏和恢复原来的人小。

选择【操作】|【播放】(【暂停】、【停止】【上一首】和【下一首】)命令，可选择不同的音乐文件和视频文件、并实现暂停播放和继续播放以及停止播放。播放电影和 MP3 的界面分别如图 8.2 和图 8.3 所示。

图 8.2　播放电影界面

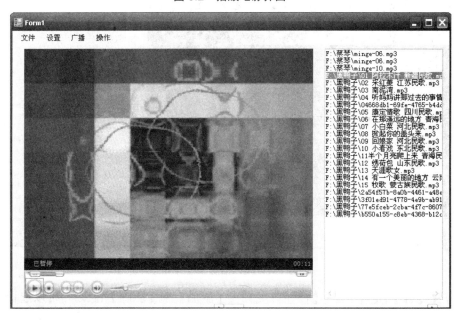

图 8.3　播放 MP3 界面

【案例目的】

通过本案例的学习，对多媒体软件的开发起到抛砖引玉的作用，由此来设计出功能较齐全的影音播放软件。

8.1.2　案例实现步骤

1. 创建工程

(1) 选择【开始】|【程序】|【Microsoft Visual Basic 2005 速成版】命令，打开速成版窗口。

(2) 选择【文件】|【新建项目】命令，打开【新建项目】对话框。

(3) 在【模板】选项组中，选择【Windows 应用程序】选项，在【名称】文本框中输入"多媒体播放器"，单击【确定】按钮。

2. 界面设计

(1) 选择【工具】|【选择工具箱】命令，在出现的对话框中打开【COM 组件】选项卡。

(2) 从【COM 组件】选项卡中选择 Windows Media Player 控件，单击【确定】按钮，如图 8.4 所示。

图 8.4　选择 Windows Media Player 控件

(3) 从工具箱中拖动 Windows Media Player(播放器)控件 ⊙ Windows Media Player 到窗体中，并调整大小。

(4) 从工具箱中拖动 TextBox(文本框)控件 ▥ TextBox 到窗体的合适位置，调整大小。

(5) 在工具箱中双击 MenuStrip(菜单)控件 ▤ MenuStrip，该控件出现在窗体的底部。

(6) 在工具箱中双击 FolderBrowserDialog(文件夹浏览对话框)控件 ▦ FolderBrowserDialog，该控件出现在窗体的底部。

(7) 在工具箱中双击 OpenFileDialog(打开文件对话框)控件 ▣ OpenFileDialog，该控件出现在窗体的底部。

(8) 在工具箱中双击 FileSystemWatcher(监视档案系统)控件 ▧ FileSystemWatcher，该控件出现在窗体的底部，如图 8.5 所示。

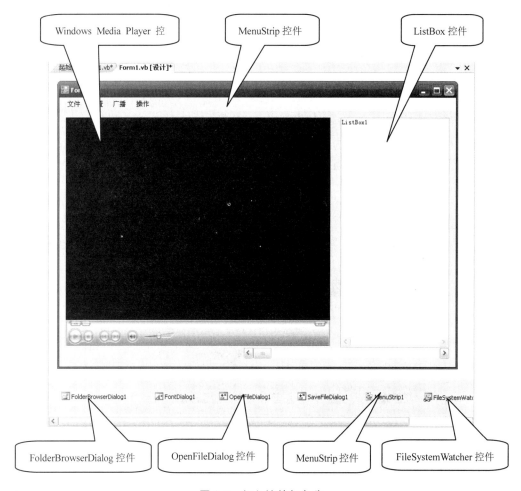

图 8.5　加入控件与名称

3. 控件属性的设置

(1) Windows Media Player 控件属性的设置见表 8-1。

表 8-1　Windows Media Player 控件属性

属　　性	属　性　值	说　　明
Name	AxWindowsMediaPlayer1	控件的名称
FullScreen	False	是否全屏显示
uiMode	Full	播放器界面模式： 可为 Full, Mini, None, Invisible
EnableContextMenu	True	启用/禁用右键菜单
URL	空，由代码指定	指定媒体位置，本机或网络地址

(2) MenuStrip 控件属性设置见表 8-2。

表 8-2　MenuStrip 控件属性

属　　性	属　性　值	说　　　明		
Name	MenuStrip1	控件的名称，项的集合，本案例中成员		
Items	Collection	文件 ToolStripMenuItem	打开 ToolStripMenuItem	
			打开目录 ToolStripMenuItem	
			添加 ToolStripMenuItem	
			关闭 ToolStripMenuItem	
		设置 ToolStripMenuItem	二倍 ToolStripMenuItem	
			全屏 ToolStripMenuItem	
			恢复 ToolStripMenuItem	
		广播电视 ToolStripMenuItem	北京电台 ToolStripMenuItem	
			V 音乐台	
			CCTV1	
			CCTV3	
			CCTV5	
			凤凰卫视	
			北京音乐广播	
			东方电影	
		操作 ToolStripMenuItem	播放 ToolStripMenuItem	
			暂停 ToolStripMenuItem	
			上一首 ToolStripMenuItem	
			下一首 ToolStripMenuItem	
			停止 ToolStripMenuItem	

(3) 其他控件的设置见表 8-3。

表 8-3　其他控件属性

控　　件	属　　性	属　性　值	说　　　明
ListBox	Name	ListBox1	控件名称
	MultiColumn	False	获取或设置列表框中列的个数
	ScrollAlwaysVislble	True	是否始终显示滚动条
FolderBrowserDialog	Name	FolderBrowserDialog1	控件名称
OpenFileDialog		OpenFileDialog1	
FileSystemWatcher		FileSystemWatcher1	

操作步骤如下。

(1) 选中 Windows Media Player 控件，在属性窗口找到 Name 属性、FullScreen 属性、uiMode 属性、EnableContextMenu 属性和 WindowlessVideo 属性，并按照表 8-1 所示进行修改。

(2) 选中 MenuStrip 控件，在属性窗口找到 Name 属性进行修改。在菜单栏按照表 8-2 所示的属性，对主菜单和子菜单进行设置。

(3) 选 中 ListBox 控 件、FolderBrowserDialog 控 件、OpenFileDialog 控 件 和 FileSystemWatcher 控件，按照表 8-3 所示对各个控件的属性进行设置。

修改后的结果如图 8.5 所示。

4. 编写代码

(1) 在窗体上单击鼠标右键，在弹出的快捷菜单中选择【查看代码】命令，进入代码编辑区。

(2) 引入以下命名空间(加在 Public Class Form1 上面)。

```
Imports System.IO
```

(3) 在 Public Class Form1 下面输入如下代码。

```
'继承窗体类
Inherits System.Windows.Forms.Form
```

(4) 定义一个过程，过程名为 xsdx。

```
Private Sub xsdx()
  '窗体的高度和宽度
  Me.Width = 817
  Me.Height = 489
  'WindowsMediaPlayer 窗口到顶端的距离
  AxWindowsMediaPlayer1.Top = 30
  'WindowsMediaPlayer 窗口到左端的距离
  AxWindowsMediaPlayer1.Left = 20
  'WindowsMediaPlayer 窗口的大小
  AxWindowsMediaPlayer1.Width = 491
  AxWindowsMediaPlayer1.Height = 409
  '列表框的大小
  ListBox1.Left = AxWindowsMediaPlayer1.Left + AxWindowsMediaPlayer1.Width + 20
  ListBox1.Top = 30
  ListBox1.Height = AxWindowsMediaPlayer1.Height + 10
End Sub
```

(5) 定义一个打开窗体上的按钮的子过程，过程名为 openBt。

```
Private Sub openBt()
  '设置菜单命令为可用
  播放 ToolStripMenuItem.Enabled = True
```

```
上一首 ToolStripMenuItem.Enabled = True
下一首 ToolStripMenuItem.Enabled = True
停止 ToolStripMenuItem.Enabled = True
End Sub
```

(6) 定义一个关闭窗体上的按钮的子过程，过程名为 closeBt。

```
Private Sub closeBt()
    '设置菜单命令为不可用
    播放 ToolStripMenuItem.Enabled = False
    上一首 ToolStripMenuItem.Enabled = False
    下一首 ToolStripMenuItem.Enabled = False
    停止 ToolStripMenuItem.Enabled = False
    End Sub
```

(7) 在窗口中单击鼠标右键，在弹出的快捷菜单中选择【查看代码】命令，在【类名】框中选择"Form1 事件"名称，在【方法名称】框中选择"Load"事件，在代码窗口输入如下代码。

```
'设置是否具有自动播放功能
AxWindowsMediaPlayer1.settings.autoStart = True
'显示视频音频和全部按钮
AxWindowsMediaPlayer1.uiMode = "full"
'设置窗口原始大小
xsdx()
'未打开视频和音频文件时，设置菜单下的 4 个命令不可用
closeBt()
```

(8) 在窗口中单击鼠标右键，在弹出的快捷菜单中选择【查看代码】命令，在【类名】框中选择"打开 ToolStripMenuItem"名称，在【方法名称】框中选择"Click"事件，在代码窗口输入如下代码。

```
'默认的路径为 c:
OpenFileDialog1.InitialDirectory = "c:\"
'可以打开的文件格式
OpenFileDialog1.Filter = "mp3 文件(*.mp3)|*.mp3|CD 音频文件(*.wav)|*.wav|
视频_(*.asf)|*.asf|视频(*.dat)|*.dat|视频(*.mpeg)|*.mpeg|所有文件
(*.*)|*.*"
    If OpenFileDialog1.ShowDialog = Windows.Forms.DialogResult.OK Then
        '播放的文件是所选择的文件
        AxWindowsMediaPlayer1.URL = OpenFileDialog1.FileName
        '将选择的文件添加到列表框中
        ListBox1.Items.Add(OpenFileDialog1.FileName)
        '使设置菜单下的命令可用
        openBt()
    End If
```

(9) 在窗口中单击鼠标右键，在弹出的快捷菜单中选择【查看代码】命令，在【类名】框中选择"打开目录 ToolStripMenuItem"名称，在【方法名称】框中选择"Click"事件，在代码窗口输入如下代码。

```
If FolderBrowserDialog1.ShowDialog = Windows.Forms.DialogResult.OK Then
    '定义 FileInfo 类
    Dim fi As IO.FileInfo
    '创建一个新的 DirectoryInfo 对象
    Dim dir As IO.DirectoryInfo = New _
    IO.DirectoryInfo(FolderBrowserDialog1.SelectedPath)
    Dim file As String
    '循环，得到目录下的文件
        For Each fi In dir.GetFiles("*.mp3")
            file = fi.FullName
            ListBox1.Items.Add(file)
        Next
    openBt()
End If
```

(10) 在窗口中单击鼠标右键，在弹出的快捷菜单中选择【查看代码】命令，在【类名】框中选择"关闭 ToolStripMenuItem"名称，在【方法名称】框中选择"Click"事件，在代码窗口输入如下代码。

```
If MessageBox.Show("确定你要关闭吗？", "关闭", MessageBoxButtons.OKCancel)_
= Windows.Forms.DialogResult.OK Then
    Close()
Else
    Return
End If
```

(11) 在窗口中单击鼠标右键，在弹出的快捷菜单中选择【查看代码】命令，在【类名】框中选择"ListBox1"名称，在【方法名称】框中选择"DoubleClick"事件，在代码窗口输入如下代码。

```
'播放在文本框中选择的文件
AxWindowsMediaPlayer1.URL = ListBox1.SelectedItem.ToString
```

(12) 在窗口中单击鼠标右键，在弹出的快捷菜单中选择【查看代码】命令，在【类名】框中选择"添加 ToolStripMenuItem"名称，在【方法名称】框中选择"Click"事件，在代码窗口输入如下代码。

```
If OpenFileDialog1.ShowDialog = Windows.Forms.DialogResult.OK Then
    Dim path As String = OpenFileDialog1.FileName
    '声明了一个名为 f 的 FileInfo 变量，并把它初始化成【打开】对话框中所选文件的一个对
    象(FileInfo 是 Microsoft .net Framework 提供的一个类，可利用它对文件进行各种
    处理)
    Dim f As FileInfo = New FileInfo(path)
```

```
'将选择的文件添加到列表框中
ListBox1.Items.Add(OpenFileDialog1.FileName)
OpenBt()
End If
```

(13) 在窗口中单击鼠标右键，在弹出的快捷菜单中选择【查看代码】命令，在【类名】框中选择"播放 ToolStripMenuItem"名称，在【方法名称】框中选择"Click"事件，在代码窗口输入如下代码。

```
'播放选择的文件
AxWindowsMediaPlayer1.URL = ListBox1.SelectedItem.ToString
'如果选择【暂停】命令，播放按钮变成【播放】
    If 播放 ToolStripMenuItem.Text = "暂停" Then
        AxWindowsMediaPlayer1.Ctlcontrols.pause()
        播放 ToolStripMenuItem.Text = "播放"
    Else
        '如果选择【播放】命令，播放按钮变成【暂停】
        AxWindowsMediaPlayer1.Ctlcontrols.play()
        播放 ToolStripMenuItem.Text = "暂停"
    End If
```

(14) 在窗口中单击鼠标右键，在弹出的快捷菜单中选择【查看代码】命令，在【类名】框中选择"停止 ToolStripMenuItem"名称，在【方法名称】框中选择"Click"事件，在代码窗口输入如下代码。

```
播放 ToolStripMenuItem.Text = "播放"
'停止正在播放的视频或音频
AxWindowsMediaPlayer1.Ctlcontrols.stop() '停止
'播放进度回到起始位置，重新开始
AxWindowsMediaPlayer1.Ctlcontrols.currentPosition() = 0
AxWindowsMediaPlayer1.URL = ""
```

(15) 在窗口中单击鼠标右键，在弹出的快捷菜单中选择【查看代码】命令，在【类名】框中选择"暂停 ToolStripMenuItem"名称，在【方法名称】框中选择"Click"事件，在代码窗口输入如下代码。

```
If Button2.Text = "播放" Then
    '暂停正在播放的视频或音频
    AxWindowsMediaPlayer1.Ctlcontrols.pause()
    Button2.Text = "暂停"
Else
    '选择【暂停】命令，继续播放
    AxWindowsMediaPlayer1.Ctlcontrols.play()
    Button2.Text = "播放"
End If
```

(16) 在窗口中单击鼠标右键，在弹出的快捷菜单中选择【查看代码】命令，在【类名】

框中选择"下一首 ToolStripMenuItem"名称，在【方法名称】框中选择"Click"事件，在代码窗口输入如下代码。

```
'在列表框中选择的文件小于总的个数
If ListBox1.SelectedIndex < ListBox1.Items.Count - 1 Then
    '指针向下移动，选定下一个文件
    ListBox1.SelectedIndex = ListBox1.SelectedIndex + 1
Else
    '获取 ListBox 的 Item 数目，即选择的文件全部选完后，指针回到第一个文件
    If ListBox1.Items.Count > 0 Then
        ListBox1.SelectedIndex = 0
    End If
End If
'播放选择的文件
AxWindowsMediaPlayer1.URL = ListBox1.SelectedItem.ToString
```

(17) 在窗口中单击鼠标右键，在弹出的快捷菜单中选择【查看代码】命令，在【类名】框中选择"上一首 ToolStripMenuItem"名称，在【方法名称】框中选择"Click"事件，在代码窗口输入如下代码。

```
If ListBox1.SelectedIndex > 0 Then
    ListBox1.SelectedIndex-= 1
ElseIf ListBox1.SelectedIndex = 0 Then
    '如果选择的文件是第一个，当选择【上一首】命令时，指针指向最后一个文件
    ListBox1.SelectedIndex = ListBox1.Items.Count - 1
End If
AxWindowsMediaPlayer1.URL = ListBox1.SelectedItem.ToString
```

(18) 在窗口中单击鼠标右键，在弹出的快捷菜单中选择【查看代码】命令，在【类名】框中选择"删除 ToolStripMenuItem"名称，在【方法名称】框中选择"Click"事件，在代码窗口输入如下代码。

```
    If ListBox1.SelectedIndex < 0 Then
        If ListBox1.SelectedIndex = ListBox1.SelectedIndex + 1_
And AxWindowsMediaPlayer1.URL <> "" Then
            '如果正在播放选择的文件，出现提示信息
            MsgBox("正在播放", MsgBoxStyle.Exclamation, "错误")
        End If
    End If
```

(19) 在窗口中单击鼠标右键，在弹出的快捷菜单中选择【查看代码】命令，在【类名】框中选择"全屏 ToolStripMenuItem"名称，在【方法名称】框中选择"Click"事件，在代码窗口输入如下代码。

```
Try
    Me.AxWindowsMediaPlayer1.fullScreen = True
Catch ex As Exception
    MsgBox("没有打开文件，不能全屏幕显示", MsgBoxStyle.OkOnly, "警告")
```

```
End Try
    '显示视频、音频和全部按钮
    AxWindowsMediaPlayer1.uiMode = "full"
    '设置是否具有自动播放功能
    AxWindowsMediaPlayer1.settings.autoStart = True
```

(20) 在窗口中单击鼠标右键，在弹出的快捷菜单中选择【查看代码】命令，在【类名】框中选择"二倍 ToolStripMenuItem"名称，在【方法名称】框中选择"Click"事件，在代码窗口输入如下代码。

```
'窗体变成双倍大小
Dim FormSize As Integer
FormSize = 2
'设置 AxWindowsMediaPlayer1 窗口为原来窗口的二倍
AxWindowsMediaPlayer1.Width = 455 * 2
AxWindowsMediaPlayer1.Height = 337 * 2
'设置窗体的大小
Me.Width = AxWindowsMediaPlayer1.Width + ListBox1.Width + 70
Me.Height = AxWindowsMediaPlayer1.Height + 80
'设置文本框的大小和顶端的距离
ListBox1.Left = AxWindowsMediaPlayer1.Left + AxWindowsMediaPlayer1.Width + 20
ListBox1.Top = 30
ListBox1.Height = AxWindowsMediaPlayer1.Height + 10
```

(21) 在窗口中单击鼠标右键，在弹出的快捷菜单中选择【查看代码】命令，在【类名】框中选择"AxWindowsMediaPlayer1"名称，在【方法名称】框中选择"DoubleClickEvent"事件，在代码窗口输入如下代码。

```
'调用过程 xsdx，当双击 AxWindowsMediaPlayer1 窗口，窗体恢复到原来的大小
xsdx()
```

(22) 定义一个打开窗体上按钮的子过程，过程名为 wlbf 。

```
Private Sub wlbf(ByVal dt As String)
    Try
        Me.AxWindowsMediaPlayer1.URL = dt
    Catch ex As Exception
        MessageBox.Show(ex.Message, "信息提示", _
MessageBoxButtons.OK, MessageBoxIcon.Information)
    End Try
End Sub
```

(23) 在窗口中单击鼠标右键，选择【查看代码】命令，在【类名】中选择"北京电台 ToolStripMenuItem"名称，在【方法名称】框中选择"Click"事件，在代码窗口输入如下代码。

```
aURL = "mms://alive.bjradio.com.cn/fm1039"
'调用子过程
wlbf(aURL)
```

(24) 在窗口中单击鼠标右键，选择【查看代码】命令，在【类名】中选择 "CCTV1ToolStripMenuItem" 名称，在【方法名称】框中选择 "Click" 事件，在代码窗口输入如下代码。

```
aURL = "mms://218.106.96.24/cctv1"
wlbf(aURL)
```

(25) 在窗口中单击鼠标右键，选择【查看代码】命令，在【类名】中选择 "CCTV3ToolStripMenuItem" 名称，在【方法名称】框中选择 "Click" 事件，在代码窗口输入如下代码。

```
aURL = "mms://218.106.96.24/cctv3"
wlbf(aURL)
```

(26) 在窗口中单击鼠标右键，选择【查看代码】命令，在【类名】中选择 "CCTV5ToolStripMenuItem" 名称，在【方法名称】框中选择 "Click" 事件，在代码窗口输入如下代码。

```
aURL = "mms://218.106.96.24/cctv5"
wlbf(aURL)
```

(27) 在窗口中单击鼠标右键，选择【查看代码】命令，在【类名】中选择 "凤凰卫视 ToolStripMenuItem" 名称，在【方法名称】框中选择 "Click" 事件，在代码窗口输入如下代码。

```
aURL = "mms://218.106.96.24/fhws"
wlbf(aURL)
```

(28) 在窗口中单击鼠标右键，选择【查看代码】命令，在【类名】中选择 "东方电影 ToolStripMenuItem" 名称，在【方法名称】框中选择 "Click" 事件，在代码窗口输入如下代码。

```
aURL = "mms://live.smgbb.cn/dfdy"
wlbf(aURL)
```

(29) 在窗口中单击鼠标右键，选择【查看代码】命令，在【类名】中选择 "V 音乐台 ToolStripMenuItem" 名称，在【方法名称】框中选择 "Click" 事件，在代码窗口输入如下代码。

```
aURL = "mms://61.236.93.37/litv02"
wlbf(aURL)
```

(30) 在窗口中单击鼠标右键，选择【查看代码】命令，在【类名】中选择 "北京音乐广播 ToolStripMenuItem" 名称，在【方法名称】框中选择 "Click" 事件，在代码窗口输入如下代码。

```
aURL = "mms://alive.bjradio.com.cn/fm974"
wlbf(aURL)
```

(31) 在窗口中单击鼠标右键，选择【查看代码】命令，在【类名】中选择 "恢复

ToolStripMenuItem" 名称，在【方法名称】中选择 "Click" 事件，在代码窗口输入如下代码。

```
xsdx()
```

5．项目保存

当程序调试完成，可以进行项目的保存。保存项目的步骤如下。

(1) 选择【文件】|【全部保存】命令，出现【保存项目】对话框，如图 8.6 所示。

图 8.6　【保存项目】对话框

(2) 在【名称】文本框中输入项目的名称"多媒体播放器"，在【位置】文本框中输入保存项目的文件夹，也可以单击【浏览】按钮来选择文件夹。

(3) 单击【保存】按钮。

6．项目打开

当需要对已保存的项目进行修改时，可以打开保存的项目文件。打开项目文件的步骤如下。

(1) 选择【文件】|【打开项目】命令，出现【打开项目】对话框。

(2) 在【查找范围】中选择保存项目的文件夹，在【文件名】文本框中输入项目文件，单击【打开】按钮，如图 8.7 所示。

图 8.7　【打开项目】对话框

8.1.3　案例分析

1．控件

本案例所添加的控件有 Windows Media Player(播放器)控件、OpenFileDialog(打开文件

对话框)控件、FileSystemWatcher(监视档案系统)控件、MenuStrip(菜单)控件和 TextBox(文本框)控件。其中 OpenFileDialog 控件、MenuStrip(菜单)控件和 TextBox(文本框)控件前面已加以介绍，这里不在阐述，主要介绍 Windows Media Player(播放器)控件和 FileSystemWatcher(监视档案系统)控件的常用属性、基本控制和基本设置。

(1) Windows Media Player(播放器)控件的常用属性、基本控制和基本设置见表 8-4、表 8-5 和表 8-6。

表 8-4　Windows Media Player 控件的常用属性

属　　　性	属　性　值	说　　　明
URL	String	指定媒体位置，本机或网络地址
uiMode	String	播放器界面模式，可为 Full，Mini，None，Invisible
playState	Integer	播放状态，1=停止，2=暂停，3=播放，6=正在缓冲，9=正在连接，10=准备就绪
enableContextMenu	Boolean	启用/禁用右键菜单
fullScreen	Boolean	是否全屏显示

表 8-5　Windows Media Player 控件的基本控制

基　本　控　制	说　　　明
Controls.play	播放
Controls.pause	暂停
Controls.stop	停止
Controls.currentPosition	当前进度，数字格式
Controls.currentPositionString	当前进度，字符串格式。如"00:23"
Controls.fastForward	快进
Controls.fastReverse	快退
Controls.next	下一曲
Controls.previous	上一曲

表 8-6　Windows Media Player 控件的基本设置

基　本　设　置	值	说　　　明
Settings.volume	Integer	音量，0~100
Settings.autoStart	Boolean	是否自动播放
Settings.mute	Boolean	是否静音
Settings.playCount	Integer	播放次数

2．事件

1）鼠标事件

Click：单击鼠标左键时触发的事件。

DoubleClickEvent：双击鼠标左键时触发的事件。

MouseDown：按下任意鼠标键时触发的事件。

MouseMove：每当鼠标指针移到新的位置时触发的事件。

MouseUP：放开鼠标时触发的事件。

2）键盘事件

KeyDown：在控件有焦点的情况下按下键时发生。

KeyPress：在控件有焦点的情况下按下键时发生。

KeyUp：在控件有焦点的情况下释放键时发生。

(1) 这 3 个事件按下列顺序发生：KeyDown、KeyPress、KeyUp。

(2) KeyDown 触发后，不一定触发 KeyUp，当 KeyDown 按下后，拖动鼠标，那么将不会触发 KeyUp 事件。

(3) KeyDown、KeyPress 和 KeyUp 事件的区别如下。

- KeyPress 主要用来捕获数字(注意：包括 Shift+数字)、字母(注意：包括大小写)、小键盘等除了 F1～F12、Shift、Alt、Ctrl、Insert、Home、PgUp、Delete、End、PgDn、ScrollLock、Pause、NumLock、菜单键和方向键外的 ANSI 字符。KeyDown 和 KeyUp 通常可以捕获键盘上除了 PrintScreen 外的所有按键。
- KeyPress 只能捕获单个字符，KeyDown 和 KeyUp 可以捕获组合键。
- KeyPress 可以捕获单个字符的大小写。
- KeyDown 和 KeyUp 对于单个字符捕获的 KeyValue 都是一个值，也就是不能判断单个字符的大小写。
- KeyPress 不区分小键盘和主键盘的数字字符。KeyDown 和 KeyUp 区分小键盘和主键盘的数字字符。
- 其中对于 PrintScreen 键，KeyPress、KeyDown 和 KeyUp 都不能捕获。

(4) 系统组合键的判定。在使用键盘时，通常会使用到与 Ctrl+Shift+Alt 类似的组合键功能。判定这个组合键，可以通过 KeyUp 事件来处理。

说明：之所以不用 KeyDown，是因为在判定 KeyDown 时，Ctrl、Shift 和 Alt 处于一直按下状态，然后再加另外一个键是不能准确捕获组合键的，所以使用 KeyDown 是不能准确判断出来的，需要通过 KeyUp 事件来判定。

【例 8.1】　写出判定 Ctrl+其他组合键的代码。

```
Private Sub Form1_KeyUp(ByVal sender As Object, ByVal e As_
System.Windows.Forms.KeyEventArgs) Handles Me.KeyUp
   If (e.Control) Then          '判断是否按下 Ctrl 和其他键
      MessageBox.Show("KeyUp:Ctrl+" + e.KeyValue.ToString())
```

```
    End If
  End Sub
```

当运行窗体，按 Ctrl+B 键后，屏幕显示 KeyUp:Ctrl+66，如图 8.8 所示。

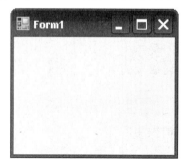

图 8.8   按 Ctrl+B 键

3. 代码

(1) 在代码(4)中，定义一个过程名为 xsdx，代码如下。

```
'窗体的高度和宽度
Me.Width = 817
Me.Height = 489
'WindowsMediaPlayer 窗口到顶端的距离
AxWindowsMediaPlayer1.Top = 30
'WindowsMediaPlayer 窗口到左端的距离
AxWindowsMediaPlayer1.Left = 20
'WindowsMediaPlayer 窗口的大小
AxWindowsMediaPlayer1.Width = 491
AxWindowsMediaPlayer1.Height = 409
'列表框的大小
ListBox1.Left = AxWindowsMediaPlayer1.Left + AxWindowsMediaPlayer1.Width + 20
ListBox1.Top = 30
ListBox1.Height = AxWindowsMediaPlayer1.Height + 10
```

窗口的大小尺寸的设置如图 8.9 所示。

(2) 在代码(5)中，"播放 ToolStripMenuItem.Enabled = True"表示"播放"命令是可用的。如果"播放 ToolStripMenuItem.Visible= False"，表示"播放"命令是不可见的。注意二者的区别，如图 8.10 所示。

(3) 在代码(16)中，涉及 ListBox(列表框)的 3 个属性，它们是 SelectedIndex 属性、SelectedItem 属性以及 Items 属性的 Count 方法。

SelectedIndex 属性和 SelectedItem 属性的区别是：SelectedIndex 属性返回一个表示与当前选择列表项的索引的整数值，可以编程更改它，列表中相应项将出现在组合框的文本框内。如果未选择任何项，则 SelectedIndex 为-1；如果选择了某个项，则 SelectedIndex 是从 0 开始的整数值。SelectedItem 属性与 SelectedIndex 属性类似，但是 SelectedItem 属性返回的是项。

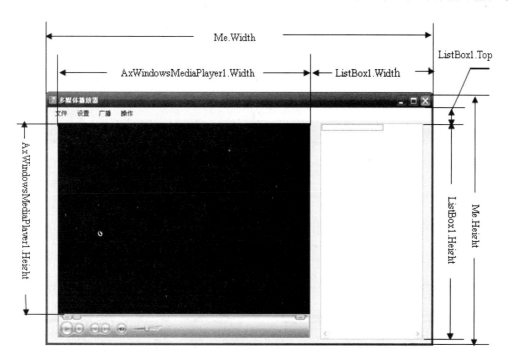

图 8.9　窗口的大小尺寸的设置

Button1.Enable=True 可用

Button1.Enable=False 不可用

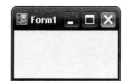

Button1.Visible=False 不可见

图 8.10　Enable 和 Visible 的区别

【例 8.2】　用表单显示属性的区别，如图 8.11 和图 8.12 所示。(案例文件夹：ListBox 属性区别。)

设计步骤如下。

(1) 添加 ListBox 列表框控件，打开 Items 的 Collection 集合器，输入图 8.11 列表框中的数据。

(2) 添加 3 个 Label 标签控件，分别修改 Text 属性为："显示 ListBox1.SelectedIndex 值"、"显示 ListBox1.SelectedItem 值"和"显示 listBox1.Items.Count 值"。

(3) 添加 3 个 TextBox 文本框控件。

(4) 添加两个 Button 命令按钮控件，修改 Text 属性为："执行"和"清空"。

(5) 双击【执行】命令按钮，加入如下代码。

```
TextBox1.Text = ListBox1.SelectedIndex
TextBox2.Text = ListBox1.SelectedItem
TextBox3.Text = ListBox1.Items.Count
```

(6) 双击【清空】命令按钮，加入如下代码。

```
'去除选择的项目
ListBox1.SelectedIndex = -1
```

(7) 运行程序，结果如图 8.12 所示。

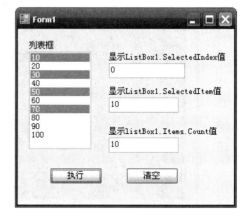

图 8.11　设计界面　　　　　　　　　　　　图 8.12　运行结果

从运行结果可以看出，尽管在列表框中选择 4 个文件，ListBox1.SelectedIndex 和 ListBox1.SelectedItem 只能显示第一个文件，ListBox1.SelectedIndex 显示索引值 0，而 ListBox1.SelectedItem 显示项目(也就是第一个数 10)。listBox1.Items.Count 显示的是列表框中总的项目数。

8.2　相关知识和注意事项

8.2.1　多媒体控件

MMControl(多媒体)控件用于管理媒体控制接口(MCI)设备上多媒体文件的记录与回放。它被用来向声卡、MIDI 序列发生器、CD-ROM 驱动器、视频 CD 播放器、视频磁带记录器及播放器等设备发出 MCI 命令，实现播放和录制等功能，还支持.avi 视频文件的回放。

在调用 Multimedia MCI 控件之前，必须选择【工具】|【选择工具箱】命令，将 Microsoft Multimedia Controls 前的方框选中，将控件添加到工具箱中，这样在工具箱中就会出现 Multimedia 控件图标，把 Multimedia 控件添加到窗体上。当打开有效的多媒体设备并且控件可用时，系统会自动完成相应工作。它共有 9 个按钮，从左到右依次为：Prev(到起始点)、Next(到终点)、Play(播放)、Pause(暂停)、Back(向后步进)、Step(向前步进)、Stop(停止)、Record(录制)和 Eject(弹出)，如图 8.13 所示。可以为某一个按钮编写程序，从而为其增加特殊功能，但一般情况，默认的按钮功能就能很好地播放音乐和视频。

图 8.13　MMContro 控件

1．添加控件

在 Visual Basic 2005 的工具箱中是没有 MMControl 控件的，需要进行添加，添加控件的步骤如下。

(1) 选择【工具】|【选择工具箱】命令，打开【选择工具箱项】对话框。

(2) 在对话框中选择【Microsoft Multimedia Control,version6.0 控件，单击【确定】按钮，如图 8.14 所示，Microsoft Multimedia Control, version 6.0 控件出现在工具箱中。

图 8.14　添加 MMControl 控件

2．音乐播放器的设计

设计的播放器可以播放目前常见的音乐文件，如 WAV 文件、MIDI 文件、AVI 文件、MPG 文件和 MP3 文件。播放器设计界面如图 8.15 所示，运行界面如图 8.16 所示。

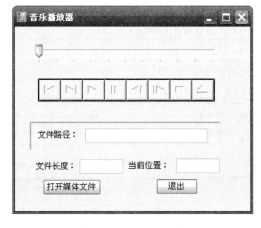

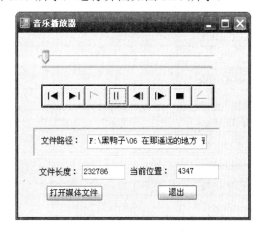

图 8.15　设计界面　　　　　　图 8.16　运行界面

在本案例中，单击【打开媒体文件】按钮可一次添加一个音乐文件并存放在"文件路径"的文本框中，单击 MMContro 控件上的各个按钮，可以实现不同的操作。播放开始，在【文件长度】文本框中显示文件的长度，在【当前位置】文本框中显示目前正在播放的长度。

3. 界面设计

(1) 建立一个项目，项目名称为"多媒体播放"。

(2) 添加 Microsoft Multimedia Control 6.0 (MMControl)控件、TrackBar 控件、3 个 Label(标签)控件和 3 个 TextBox(文本框)控件到窗体中，如图 8.17 所示。

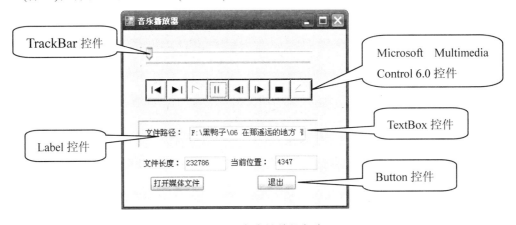

图 8.17　各个控件的名称

4. 修改控件的属性

MMControl 控件的属性见表 8-7。

表 8-7　MMControl 控件的属性

属　　性	属　性　值	说　　明
Name	MCi1	控件的名称
EjectEnable	True	弹出 CD 按钮可用
EjectVisible	True	弹出 CD 按钮可见
PauseEnable	True	暂停按钮可用
PauseVisilble	True	暂停按钮可见
PlayEnable	True	播放按钮可用
PlayVisible	True	播放按钮可见
PrevEnable	True	前一首按钮可用
PrevVisible	True	前一首按钮可见
NextEnable	True	下一首按钮可用
NextVisible	True	下一首按钮可见

5. 程序设计代码

(1) 在窗口中单击鼠标右键，在弹出的快捷菜单中选择【查看代码】命令，在【类名】框中选择"MCi1"名称，在【方法名称】框中选择"Done"事件，在代码窗口输入如下代码。

```
If MCi1.Position = MCi1.Length Then
'当播放结束时，重新返回当前曲目的起始位置
    MCi1.Command = "Prev"
    '重新播放曲目
    MCi1.Command = "Play"
    MCi1.Wait = True
End If
```

(2) 在代码窗口的【类名】框中选择"MCi1"名称，在【方法名称】框中选择"StatusUpdate"事件，输入如下代码。

```
'在 TextBox3 文本框中显示媒体文件的长度
TextBox3.Text = MCi1.Length
'在 TextBox4 文本框中显示正在播放的媒体文件的当前长度
TextBox4.Text = MCi1.Position
'进度条指示的位置为正在播放的媒体文件的当前长度
TrackBar.Value = MCi1.Position
```

(3) 在代码窗口的【类名】框中选择"MCi1"名称，在【方法名称】框中选择"Unload"事件，在代码窗口输入如下代码。

```
MCi1.Command = "Close"
```

(4) 在代码窗口的【类名】框中选择"Button1"名称，在【方法名称】框中选择"Click"事件，在代码窗口输入如下代码。

```
Dim strfilename As String = ""
Dim file1 As String
OpenFileDialog1.Filter = "avi 文件|*.avi|mp3 文件|*.mp3|" &_
"wav 文件|*.wav|mdi 文件|*.wav|mpg 文件|*.mpg"
OpenFileDialog1.InitialDirectory = "c:\"
OpenFileDialog1.FilterIndex = 2
    If OpenFileDialog1.ShowDialog = Windows.Forms.DialogResult.OK Then
        strfilename = OpenFileDialog1.FileName
        '读取文件的扩展名
        file1 = Microsoft.VisualBasic.Right(strfilename, 3)
        MCi1.Enabled = True
        '设备播放的文件名及其路径信息
        MCi1.FileName = strfilename
        '指定 Open 打开媒体设备
        MCi1.Command = "Open"
        '设置进度条的起始位置为 0
        TrackBar.Minimum = 0
```

```
·设置进度条的长度等于媒体的长度
TrackBar.Maximum = MCi1.Length
TextBox1.Text = strfilename
End If
```

（5）在代码窗口的【类名】框中选择"Button4"名称，在【方法名称】框中选择"Click"事件，在代码窗口输入如下代码。

```
End
```

6. MMControl 控件的主要属性和 MCI 命令

MMControl 控件的主要属性见表 8-8。

表 8-8　MMControl 控件的主要属性

属　　　性	说　　　明	例　　　如
DeviceType	用于设置 MCI 设备的类型	设备类型为 AVI 视频文件的语句为： MMControl1.DeviceType = "AVIVideo"
FileName	用于设置媒体设备要打开或保存的文件名	MMControl1.FileName = "C:\music.wav"
Command	用于设置播放命令。用 DeviceType 属性设置好设备类型后，可用 Command 属性将 MCI 命令发送给设备	MMControl1.Command = "close"

7. Multimedia MCI 控件的 MCI 命令

Multimedia MCI 控件的 MCI 命令见表 8-9。

表 8-9　MCI 命令

命　　　令	描　　　述	命　　　令	描　　　述
Open	打开音乐和动画文件	Next	跳到下一个曲目的起始位置
Play	播放音乐和动画文件	Seek	向前或向后查找曲目
Pause	暂停或继续播放	Record	录制曲目
Stop	停止播放音乐和动画文件	Save	保存音乐或动画文件
Back	向后步进可用的曲子	Close	关闭音乐或动画文件
Step	向前步进可用的曲子	Eject	从 CD 驱动器中弹出 CD
Prev	跳到当前曲目的起始位置		

8.2.2　Flash 播放器控件

Flash 是 MacroMedia 公司出品的矢量动画创作专业软件，利用该软件制作的矢量动画具有文件体积小、带音效和兼容性好等特点。利用 Visual Basic 2005 可以在编写的程序中加入 Flash 动画，为自己的程序添加一道亮丽的色彩。

1. 添加控件

在 Visual Basic 2005 的工具箱中是没有 Flash 播放器控件的，需要进行添加。添加控件的步骤如下。

(1) 选择【工具】|【选择工具箱】命令，打开【选择工具箱项】对话框。

(2) 在对话框中选择 Shockwave Flash Object 控件，单击【确定】按钮，如图 8.18 所示，Shockwave Flash Object 控件出现在工具箱中。

图 8.18　添加 Flash 播放器控件

2. Flash 播放器的设计

本例是一个简易的动画播放器，可打开 Flash 文档并播放，也可暂停、继续播放和退出操作，并且能显示当前播放时间和进度指示。其设计界面和运行界面如图 8.19 和图 8.20 所示。

图 8.19　设计界面

图 8.20　运行界面

3. 程序设计代码

1) 建立项目

(1) 建立一个项目，项目名称为"Flash 播放器"。

(2) 从工具箱中添加 Microsoft Multimedia Control 6.0(MMControl)控件到窗体中。

(3) 从工具箱中添加 Shockwave Flash Object(Flash)控件到窗体中。

(4) 从工具箱中添加 TrackBar(滑动条)控件到窗体中。

(5) 从工具箱中添加 OpenFileDialog(打开文件对话框)控件到窗体中。

(6) 从工具箱中添加 Timer(时钟)控件到窗体中。

(7) 从工具箱中添加 StatusBar(任务栏)控件到窗体中。

(8) 从工具箱中添加 MenuStrip(菜单)控件到窗体中。

2) 修改控件的属性

窗体中各个控件的属性见表 8-10～表 8-14。

表 8-10　控件的属性

控 件 名	属 性	属 性 值		
Form	Name	Form1		
	Text	Flash 播放器		
ShockwaveFlash	Name	AxShockwaveFlash1		
TrackBar	Name	TrackBar1		
	Minmum	0		
	Maxmum	10		
StatusBar	Name	StatusBar1		
	Text			
	Panels	Collection	成员	
			StatusBarPanel1	
			StatusBarPanel2	
			StatusBarPanel3	
			StatusBarPanel4	
			StatusBarPanel5	
	ShowPanels	True		

表 8-11　成员"StatusBarPanel1～StatusBarPanel5"的属性

成　员	Name	AutoSize	BorderStyle	Text
StatusBarPanel1	StatusBarPanel1	Contents	Raised	制作人：
StatusBarPanel2	StatusBarPanel2	None	Raised	JingGuangBin

续表

成　　员	Name	AutoSize	BorderStyle	Text
StatusBarPanel3	StatusBarPanel3	Contents	Raised	版本:
StatusBarPanel4	StatusBarPanel4	None	Raised	Ver1.0
StatusBarPanel5	StatusBarPanel5	Contents	Raised	
StatusBarPanel5	StatusBarPanel5	Contents	None	

表 8-12　MenuStrip 控件的属性

Name	Items		
MenuStrip1	成员	Name	Text
	文件 ToolStripMenuItem	文件 ToolStripMenuItem	文件
	打开 ToolStripMenuItem	打开 ToolStripMenuItem	打开

表 8-13　成员"文件 ToolStripMenuItem"的属性

Name	DropDownItems		Text
文件 ToolStripMenuItem	Collection		文件
	Name	Text	
	打开 ToolStripMenuItem	打开	
	退出 ToolStripMenuItem	退出	

表 8-14　成员"控制 ToolStripMenuItem"的属性

Name	DropDownItems		Text
控制 ToolStripMenuItem	Collection		控制
	Name	Text	
	停止播放 ToolStripMenuItem	停止播放	
	继续播放 ToolStripMenuItem	继续播放	
	上一帧 ToolStripMenuItem	上一帧	
	下一帧 ToolStripMenuItem	下一帧	
	指定帧 ToolStripMenuItem	指定帧	

3）添加程序代码

（1）在窗口中单击鼠标右键，在弹出的快捷菜单中选择【查看代码】命令，在 Public Class Form1 上面输入如下代码。

```
Dim PathNames() As String
'定义文件路径数组
Dim count As Integer
```

```
'定义打开多文件的文件数目
Dim i As Integer
```

(2) 在"代码"窗口的【类名】框中选择"Timer1"名称,在【方法名称】框中选择"Tick"事件,输入如下代码。

```
StatusBarPanel5.Text = "总共" & AxShockwaveFlash1.TotalFrames.ToString()
+ "帧" _& "正在播放第" & AxShockwaveFlash1.CurrentFrame.ToString() + "帧"
'获取当前进度
Me.TrackBar1.Value = Me.AxShockwaveFlash1.CurrentFrame
```

(3) 在"代码"窗口的【类名】框中选择"ToolStripMenuItem"名称,在【方法名称】框中选择"Click"事件,输入如下代码。

```
With OpenFileDialog1
    .Title = "打开Flash动画文件"
    '指示如果用户指定不存在的文件名,对话框是否显示警告
    .CheckFileExists = True
    '获取或设置一个值,该值指示如果用户指定不存在的路径,对话框是否显示警告
    .CheckPathExists = True
    '支持多选
    .Multiselect = True
    .Filter = "Flash动画(*.swf)|*.swf"
    .ShowDialog()
    PathNames = .FileNames
End With
    If PathNames Is Nothing Then
        Exit Sub
    End If
    '设置播放的文件路径
AxShockwaveFlash1.Movie = PathNames(count)
TrackBar1.Maximum = AxShockwaveFlash1.TotalFrames
'开始播放
AxShockwaveFlash1.Play()
AxShockwaveFlash1.Loop = True
Timer1.Enabled = True
```

(4) 在"代码"窗口的【类名】框中选择"退出 ToolStripMenuItem"名称,在【方法名称】框中选择"Click"事件,输入如下代码。

```
Me.Close()
```

(5) 在"代码"窗口的【类名】框中选择"停止播放 ToolStripMenuItem"名称,在【方法名称】框中选择"Click"事件,输入如下代码。

```
'停止播放
Me.AxShockwaveFlash1.Stop()
```

(6) 在"代码"窗口的【类名】框中选择"继续播放 ToolStripMenuItem"名称，在【方法名称】框中选择"Click"事件，输入如下代码。

```
Me.AxShockwaveFlash1.Play()
'继续播放
```

(7) 在"代码"窗口的【类名】框中选择"上一帧 ToolStripMenuItem"名称，在【方法名称】框中选择"Click"事件，输入如下代码。

```
Me.AxShockwaveFlash1.Back()
AxShockwaveFlash1.Play()
```

(8) 在"代码"窗口的【类名】框中选择"下一帧 ToolStripMenuItem"名称，在【方法名称】框中选择"Click"事件，输入如下代码。

```
Me.AxShockwaveFlash1.Forward()
AxShockwaveFlash1.Play()
```

(9) 在"代码"窗口的【类名】框中选择"指定帧 ToolStripMenuItem"名称，在【方法名称】框中选择"Click"事件，输入如下代码。

```
Dim zs As Integer
zs = InputBox("输入播放的帧数", "提示")
Me.AxShockwaveFlash1.GotoFrame(zs)
AxShockwaveFlash1.Play()
```

(10) 在"代码"窗口的【类名】框中选择"Form1 事件"名称，在【方法名称】框中选择"Load"事件，输入如下代码。

```
'播放器窗口显示在屏幕的中心
Me.CenterToScreen()
```

4. AxShockwaveFlash 控件的常用属性

在 Visual Basic 2005 中，AxShockwaveFlash 控件可实现在窗体中播放指定的 Flash 动画。该组件在系统安装时自动安装在系统中，其常用的属性和方法见表 8-15 和表 8-16。

表 8-15　AxShockwaveFlash 控件常用属性

属　　性	功　　能	例　　子
Movie	指定播放的.swf 格式文件	Me.AxShockwaveFlash1.Movie = PathNames(count)
TotalFrame	获取播放文件的总帧数	Me.TrackBar1.Maximum = Me.AxShockwaveFlash1.TotalFrames
CurrentFrame	获取播放文件的当前帧	Me.TrackBar1.Value = Me.AxShockwaveFlash1.CurrentFrame
IsPlaying	判断是否正在播放	

表 8-16　AxShockwaveFlash 控件常用方法

方　　法	功　　能	例　　子
Play	开始播放文件	Me.AxShockwaveFlash1.Play()
Back	跳到动画的上一帧	Me.AxShockwaveFlash1.Back()
Forward	跳到动画的下一帧	Me.AxShockwaveFlash1.Forward()
GotoFrame	跳到动画指定的帧	
Stop	暂停播放动画文件	Me.AxShockwaveFlash1.Stop()
Loop	是否循环播放。值为 True，循环播放；值为 False，则不循环播放	

5．程序的调试

Visual Basic 2005 功能强大、简单易用，受到广大编程者的喜爱。但是在编程时，不管如何细致编写代码，都可能出现错误，有的甚至不能运行，不得不关闭程序或重新启动，从而使大量的代码丢失。为了避免这种现象的发生，对于一个编程者来说，了解错误的类型和掌握调试程序的工具和方法，运用调试技术快速而又准确地对应用程序进行调试，及时找到错误的所在是必不可少的。

1) 程序错误的 3 种类型

(1) 语法错误。

当计算机不能"理解"编程者所编写的代码时就会发生语法错误。这可能是因为指令不完全、提供指令的顺序有问题，或者参数传递错误等。例如，声明了一个变量，但在后面用到这个变量时不小心把名称写错了，这时发生的就是语法错误。语法错误是最易于发现和确定的错误。Visual Basic 2005 中的开发环境有一个相当复杂的语法校验机制，它对变量和对象提供了即时的语法校验，可以让编程者在出现语法错误时立刻知道。当编程者想使用未经声明过的变量或对象时，Visual Basic 2005 开发环境会在该变量或对象名称下面加蓝色的下划线。如果将光标放在这个语法错误上，开发环境就会显示出工具提示表明这个错误，如图 8.21 所示。

```
If .ShowDialog = Windows.Forms.DialogResult.OK Then
    strfilename = .FileName
    file1 = Right(strfilename, 3)
    MCi1.Ena"Public ReadOnly Property Right() As Integer"没有任何参数，并且无法对它的返回类型进行索引。
    '设备播放的文件名及其相应的信息
    MCi1.FileName = strfilename
    '指定Open打开媒体设备
    MCi1.Command = "Open"
    '设置进度条的起始位置为0
    TrackBar.Minimum = 0
    '设置进度条的长度等于媒体的长度
    TrackBar.Maximum = MCi1.Length
    TextBox1.Text = strfilename
End If
```

图 8.21　系统提示语法错误

当用户将错误改正后，蓝色的波浪线自动消失，如图 8.22 所示。

```
If .ShowDialog = Windows.Forms.DialogResult.OK Then
    strfilename = .FileName
    file1 = Microsoft.VisualBasic.Right(strfilename, 3)
    MCi1.Enabled = True
    '' 设备播放的文件名及其路径信息
    MCi1.FileName = strfilename
    ' 指定Open打开媒体设备
    MCi1.Command = "Open"
    ' 设置进度条的起始位置为0
    TrackBar.Minimum = 0
    ' 设置进度条的长度等于媒体的长度
    TrackBar.Maximum = MCi1.Length
    TextBox1.Text = strfilename
End If
```

图 8.22　改正语法错误后的情形

语法错误是最普通的错误，这类错误一发生，就可以在代码环境中很容易地发现并修复。具有语法错误的程序在编译时，系统会在【错误列表】窗口中给出错误信息，并告知错误的代码行以及错误原因，如图 8.23 所示。在错误列表中用鼠标双击出现错误的行，系统会自动将光标定位到出错的代码行上。

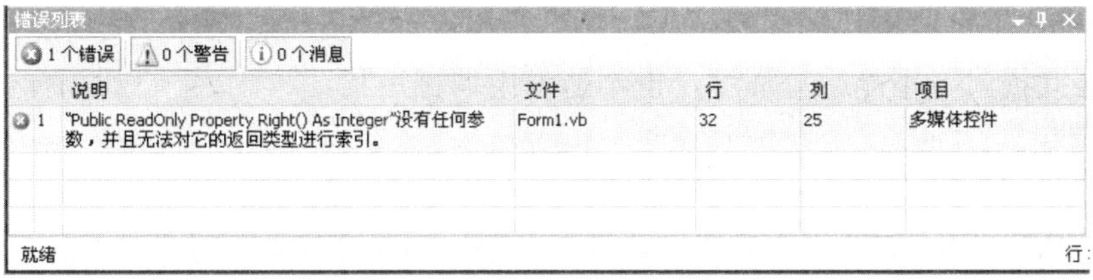

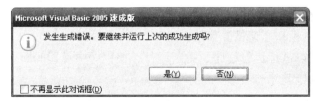

图 8.23　【错误列表】窗口

(2) 运行错误。

运行程序时所发生的错误就是运行错误。此时系统会弹出一个对话框，用户可单击【调试】按钮，进入中断模式来修改错误的代码。下面是一些比较典型的运行错误。

① 用 0 作为除数。

② 访问不存在的文件。

③ 访问没有设置维数的数组。

④ 访问超过上限的数组。

⑤ 调用一段程序，给它传递错误的变元数目或错误类型的变元。

当错误的程序运行时，会出现图 8.24 所示的对话框。

图 8.24　运行错误

防止运行错误的最好方法是在错误发生之前先进行预先的考虑，并用错误处理技术捕捉和处理错误，还应该在部署代码之前彻底检测一番。

(3) 逻辑错误。

逻辑错误是指产生意料之外或多余结果的错误，这类错误是最难找到也最难发现故障的错误。假定在数据库字段或在文件的文本中用代码设置了一个字符串变量，将这个字符串变量和用户输入的文本做一下比较。如果包含文本的变量是大写字母和小写字母混杂的，而用户输入的文本全部是大写或全部是小写的，那么这个比较就会失败。要防止这样的逻辑错误，可以将进行比较的双方用 UCase 和 LCase 函数都转换为大写或者小写字母。

逻辑错误的另一个普遍类型是在处理应用程序特殊的文件中产生的。假定有一段应用程序用来以某种格式创建文件，并且允许用户打开并编辑这些文件。当用户用不同的格式打开文件时，文件不会包含程序所期望格式的数据，这样当用户试图处理该文件时就会发生逻辑错误或运行错误。处理的方法是检验一下文件的第一行以确保文件包含了所期望的数据格式。

2) Visual Basic 2005 的 3 种工作模式

(1) 设计模式。

在设计模式下可以进行程序的界面设计、属性设置、代码编写等，同时标题栏上显示"设计"，在此模式下不能运行程序，也不能使用调试工具。

(2) 运行模式。

选择【运行】|【启动】命令(或单击工具栏上的【启动】按钮或按 F5 键)，即由设计模式进入运行模式，同时标题栏上显示"运行"，在此阶段可以查看程序代码，但不能修改。若要修改，必须单击工具栏上的【结束】按钮，回到设计模式，也可以单击【中断】按钮，进入中断模式。

(3) 中断模式。

当程序运行时单击了【中断】按钮，或当程序出现运行错误时，都可以进入中断模式，在此模式下，运行的程序被挂起，可以查看代码、修改代码、检查数据。修改结束，单击【继续】按钮可以继续程序的运行，也可以单击【结束】按钮停止程序的运行。

为了测试和调试应用程序，程序员在任何时候都应知道应用程序正处在何种模式之下。在这 3 种模式中，中断模式是程序员调试程序、检查数据与修改代码的常用模式。

3) 程序调试

(1) 调试工具。

① 设置自动语法检查。

选择【工具】|【选项】命令，选中【文本编辑器】复选框。

② 利用调试工具栏和【调试】菜单。

利用该工具栏可以进行运行程序、中断运行、在程序中设置间断点、监视变量、单步调试、过程跟踪等操作。

(2) 调试方法。

① 进入/退出中断状态。

进入中断状态有如下 4 种方法。

(a) 程序运行时发生错误自动进入中断状态。

(b) 程序运行中用户按中断键强制进入中断状态。

(c) 用户在程序中预先设置了断点，程序执行到断点处即进入中断状态。

(d) 在采用单步调试方式，每运行一个可执行代码后，即进入中断状态。

② 利用调试窗口。

(a) 即时窗口。

这是调试窗口中使用最方便、最常用的窗口。可以在程序中用 Debug.Print 方法，把输出送到即时窗口，也可以在该窗口中直接使用 Print 语句或？显示变量的值。

选择【调试】|【窗口】|【即时】命令，进入即时窗口，如图 8.25 所示。

图 8.25　即时窗口

(b) 输出窗口。

该窗口显示当前运行的程序，在编译过程中是否有错误，是否成功生成 exe 文件。

选择【调试】|【窗口】|【输出】命令，进入输出窗口，如图 8.26 所示。

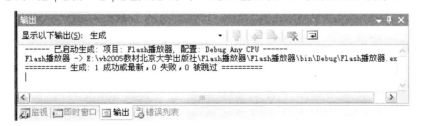

图 8.26　输出窗口

(c) 监视窗口。

该窗口可显示当前的监视表达式，在此之前必须在设计阶段利用调试菜单的【添加监视命令】或【快速监视】命令添加监视表达式以及设置监视类型，从而在运行时显示在监视窗口，根据设置的监视类型进行相应的显示。

运行程序，选择【调试】|【窗口】|【监视】命令，进入监视窗口，如图 8.27 所示。

(3) 断点调试。

在调试一大段程序时，可能想让代码运行到某一处时停下来并检查是否是所预期的结果。这时就要使用断点，它们可以让代码在任何定义断点的地方停止，并且编程者可以在任何地方设置断点。

图 8.27　监视窗口

可以在编写代码时设置断点，也可以在运行时通过转换到代码窗口中在所希望的位置进行设置。当程序正在实际执行一段代码时，不能为它设置断点。当开发环境遇到一个断点时就会停止执行代码，应用程序将处于中断模式。只有在程序处于中断模式时，才能使用调试功能。

设置断点很容易，通过单击代码行旁边的灰边上的想要设置断点的位置，就可以在设计时或运行时的代码中进行设置了，断点是一个红色的圆点。当运行了包含断点的工程时，应用程序将暂停在有一个黄色的箭头指向的断点处，如图 8.28 所示。

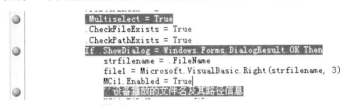

图 8.28　设置断点

6. 结构化异常处理

Visual Basic 语言最显著的变化之一就是在 Visual Basic 2005 中引入了结构化异常处理功能。虽然最新版的 Visual Basic 语言依然支持错误处理的 On Error Goto 类，但它已非首选，相反，应该使用结构化异常处理语句：Try…Catch 语句 Try…Catch…Finally 语句。Try 语句监视在 Try 与第一个 Catch 之间的代码，其中内嵌了 Resume Catch 语句用来过滤错误；Finally 用来清理代码。下面两段代码展示了这两种处理方法的区别。

1) Try…Catch 语句

Try…Catch 语句帮助发现并处理开发者能够指定解决办法的错误。其基本格式如下：

```
Try
    '执行一些代码
    …
Catch
    '当代码发生错误时，解决错误的代码
    …
End Try
```

说明：被保护数据出现在代码的 Try 部分，而错误解决出现在代码的 Catch 部分。Try 代码总要执行，但 Catch 代码只有在发生错误时才执行。

2) Try…Catch…Finally 语句

使用 Try…Catch…Finally 语句的目的是允许执行 Try 段中被保护的代码，在 Catch 区块中对可能的任何错误做出反应，并且在随后的 Finally 区块中清理代码。无论 Try 代码区块是否有错误发生，Finally 区块中的代码都会被执行到。这样可以很方便地保证分配的资源会被释放，并且可以方便地提供那些不论错误控制细节如何，都需要被执行的各种功能的函数。这个语句的基本格式如下：

```
Try
    '执行代码
    …
Catch
    '错误解决代码
    …
Finally
    '清理代码
    …
End Try        '结束
```

3) 异常处理实例(案例文件夹：异常处理)

由用户在文本框中输入被除数、除数，进行除法运算，程序运行界面如图 8.29 所示。

本例中，在窗体上添加一个命令按钮 Button1(除运算)，3 个标签 Label1，Label2 和 Label3，3 个文本框 TextBox1，TextBox2，TextBox3，分别用来输入被除数、除数及输出的结果。

图 8.29　运行界面

(1) 一般程序代码如下：

```
Private Sub Button1_Click(ByVal sender As System.Object, ByVal e As
System.EventArgs)_
Handles Button1.Click
If IsNumeric(TextBox1.Text) = False Or IsNumeric(TextBox2.Text) = False Then
    MsgBox("请在文本框中输入数字")
ElseIf Val(TextBox2.Text) = 0 Then
    MsgBox("除数不能为 0")
Else
    TextBox3.Text = Val(TextBox1.Text) / Val(TextBox2.Text)
End If
End Sub
```

在上述代码中，用函数 IsNumeric 来判断输入的内容是否为数字。

(2) 用 Try…Catch 语句的代码如下：

```
Private Sub Button1_Click(ByVal sender As System.Object, ByVal e As
System.EventArgs) Handles Button1.Click
    Try
        Dim a As Single
        a = TextBox1.Text\TextBox2.Text
        TextBox3.Text = a
    Catch ex As DivideByZeroException          '捕捉除 0 异常
        MsgBox("除数不能为 0")
    Catch
        MsgBox("其他错误！")
    End Try
End Sub
```

运行结果如图 8.30 所示。

图 8.30　用 Try…Catch 语句的运行界面

从上述代码中可以看出，当执行语句 a = TextBox1.Text\TextBox2.Text 时，发现除数为 0，则后续代码不再执行，而是立即转去执行 Catch 语句块中的代码，弹出报错的信息框。

当有多个 Catch 子句时，Visual Basic 2005 将按 Catch 子句的顺序，把当前引发的异常类型和 Catch 子句列出的异常逐一进行比较，直到找到第一个匹配的，然后执行。

(3) 用 Try…Catch…Finally 语句的代码如下：

```
Private Sub Button1_Click(ByVal sender As System.Object, ByVal e As
System.EventArgs) Handles Button1.Click
    Catch                                    '捕捉其他错误
        MsgBox("其他错误！")
    Finally
        MsgBox("请重新输入其他数据！")
    End Try
End Sub
```

运行结果如图 8.31 所示。

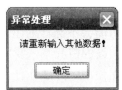

图 8.31　用 Try…Catch…Finally 语句的运行界面

在程序执行过程中，如果引发异常，则转到相应的 Catch 语句块执行，然后执行 Finally 语句块中的代码。当用户输入非数值的数字时，首先弹出"除 0 错！"消息框，当单击消息框上的【确定】按钮后，弹出"请重新输入其他数据！"消息框。

注意：如果在程序执行过程中，没有引发异常，也会运行 Finally 语句块中的代码。

7. "错误"和"异常"的定义

术语"错误"和"异常"经常被混用。实际上，错误是指在执行代码过程中发生的事件，它中断或干扰代码的正常流程并创建异常对象。当错误中断正常流程时，该程序将尝试寻找异常处理程序(一段告诉程序如何对错误做出响应的代码)，以帮助程序恢复流程。换句话说，错误是一个事件，而异常是该事件创建的对象。

"异常处理"的意思是解释和响应因错误而产生的异常。

8. 结构化异常处理和非结构化异常处理的使用

简单来说，结构化异常处理就是使用包含异常、单独的代码块和筛选器的控制结构创建异常处理机制。它使代码可以区分不同的错误类别，并根据相应的情况做出响应。而在非结构化异常处理中，代码开始处的 On Error 语句将处理所有的异常。

与非结构化异常处理相比，结构化异常处理更强大，更具普遍性和灵活性。如有可能，应尽量使用结构化异常处理。然而，在以下情况下可能需要使用非结构化异常处理。

- 升级使用 Visual Basic 早期版本编写的应用程序时。
- 开发应用程序的初期版本或草稿版本，并且即使程序不能正常关闭也不会介意时。
- 事先已确切知道导致出现异常的原因时。
- 迫于截止日期而需要走捷径时。
- 代码非常琐碎或者太短，只需要测试其中产生异常的代码部分时。
- 需要使用 Resume Next 语句，而结构化异常处理不支持该语句时。

注意：不能在同一个函数中将结构化异常处理和非结构化异常处理组合使用。如果使用了 On Error 语句，则不能在同一个函数中使用 Try…Catch 语句。

不管在代码中使用哪种异常处理，都必须退回一步先检查代码假设的条件。例如，当应用程序要求用户输入电话号码时，以下假设开始起作用。

- 用户必须输入数字而不是字符。

- 输入的号码必须符合某种格式。
- 用户不能输入空字符串。
- 用户只能输入一个电话号码。

用户的输入可能会不符合上述一条或全部假设。完善的代码需要足够的异常处理，以允许在违反上述假设的情况下恢复应用程序。

除非能够确保使用的方法在任何情况下都不会产生异常，否则应考虑使用信息性异常处理。异常处理应该直观，除了指出产生的错误以外，异常处理产生的消息中还应指示错误产生的原因及其位置。

本 章 小 结

本章主要介绍了 Visual Basic 2005 中 Windows Media Player 控件、Microsoft Multimedia Control 6.0(MMControl)控件、Shockwave Flash Object 控件的使用和编程方法，以及如何使用这些控件开发简单的多媒体播放器，从简到繁，从而开发出多功能的多媒体播放器。除此之外，详细介绍了如何设置断点并使用断点调试程序，如何使用调试窗口去调试程序的方法。最后介绍了"错误"和"异常"的区别以及结构化异常处理和非结构化异常处理的使用。

习 题 八

1. 选择题

(1) Windows Media Player 控件用于获取媒体播放器的工作状态的属性是( )。

    A．AllowDrop   B．ContextMenuStrip

    C．PlayState   D．URL

(2) Windows Media Player 控件用于设置媒体播放器播放的路径或地址的属性是( )。

    A．AllowDrop   B．ContextMenuStrip

    C．PlayState   D．URL

(3) Windows Media Player 控件是一个标准的提供强大功能的( )控件，在使用之前应将其加载到工具箱中。

    A．AxtiveX   B．ODBC

    C．外部   D．内部

(4) 所谓多媒体是指( )的有机结合，是通过计算机的多媒体技术来实现的。

    A．音乐、图像   B．声音、图片

    C．录像、录音   D．多种表现媒体

(5) 下列选项中，不是 Windows Media Player 控件常用的方法是(　　)。

    A．Play 方法　　　　　　　　　　B．Pause 方法

    C．Stop 方法　　　　　　　　　　D．Install 方法

2．填空题

(1) 在使用键盘时，通常会使用到与 Ctrl+Shift+Alt 类似的组合键功能。判定这个组合键，可以通过_____事件来处理。

(2) _____控件用于管理媒体控制接口(MCI)设备上多媒体文件的记录与回放。它被用来向_____、_____、_____、_____及播放器等设备发出 MCI 命令，实现播放和录制等功能，还支持.avi 视频文件的回放。

(3) 在调用 Multimedia MCI 控件之前，必须将_____控件添加到窗体上。

(4) 在 Visual Basic 2005 的工具箱中是_____(有、没有)Flash 播放器控件。

(5) Flash 是_____公司出品的矢量动画创作专业软件。

3．问答题

(1) 写出添加"Shockwave Flash Object"控件的步骤。

(2) KeyDown、KeyPress 和 KeyUp 事件的区别在哪里？

(3) ListBox 的 3 个属性是：SelectedIndex 属性和 SelectedItem 属性以及 Items 属性，其中 SelectedIndex 属性和 SelectedItem 属性的区别是什么？

(4) MMControl 控件共有 9 个按钮，请写出这 9 个按钮和它们的顺序。

(5) 目前常见的音乐文件格式有哪些？

4．上机操作题

(1) 上机实现一个类似于案例介绍的 MP3 播放器。

(2) 修改案例，将常用菜单改为命令按钮。

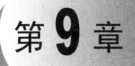

第9章 数据库应用程序开发

教学目标:

- 掌握使用 Visual Basic 2005 连接并访问 Access 数据库和 SQL Server 数据库。
- 通过对数据库的访问实现对数据的添加、修改、删除、查询等操作,掌握数据报表的设计和使用。

教学要求:

知 识 要 点	能 力 要 求	相 关 知 识
数据库的创建	会创建 Access 数据库和 SQL Server 数据库	Access 和 SQL Server 数据库的操作
数据库的连接	连接 Access 数据库和 SQL Server 数据库的方法	Connection 对象的创建和使用
数据库的访问	对数据的添加、修改、删除、查询等操作方法	Command、DataAdapter、DataSet 对象的创建和使用以及 Insert、Edit、Delete、Search 语句的应用
数据报表	会设计和显示水晶报表	水晶报表的创建

9.1　案例9——学生成绩管理系统

9.1.1　案例说明

【案例简介】

本案例是利用 Visual Basic 2005 结合 Access 数据库技术来开发学生成绩管理系统。主界面采用了 MDI 窗体，通过菜单实现不同模块的功能。系统的主要功能包括用户管理、班级管理、课程管理、学籍管理和成绩管理 5 个模块。用户可根据自己的权限对相应的模块进行操作。程序运行的主界面如图 9.1 所示。

图 9.1　学生成绩管理系统主界面

【案例目的】

(1) 学习并掌握 Visual Basic 2005 连接 Access 数据库的基本方法；

(2) 学会并掌握 Connection、Command、DataAdapter、DataSet 等数据访问对象的创建和使用；

(3) 学会并掌握对数据库的添加、删除、更新、查询等操作技术；

(4) 了解水晶报表的应用；

(5) 熟悉使用 ListView 控件显示数据的方法。

9.1.2　案例实现步骤与分析

1. 系统设计

本系统需要完成的功能有用户管理、班级管理、课程管理、学籍管理和成绩管理 5 个模块。

(1) 用户管理：该功能适用于管理使用该系统的用户。本系统的用户有两种：一种是系统管理员；另一种是一般人员。系统管理员拥有所有的权限，一般人员只能进入用户管理模块。

(2) 班级管理：添加、修改、删除和查询班级信息。

(3) 课程管理：添加、修改、删除和查询课程信息。

(4) 学籍管理：添加、修改、删除和查询学籍信息。

(5) 成绩管理：添加、修改、删除和查询学生成绩信息，并可制作成绩报表。

系统功能模块如图 9.2 所示。

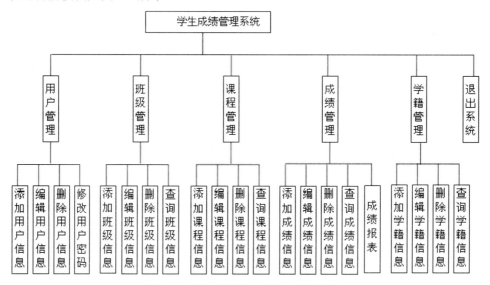

图 9.2 学生成绩管理系统功能模块图

2．数据库逻辑结构设计

为了完成学生成绩管理系统的功能，本系统需要设计 5 个数据表。

(1) 用户信息表。包括的数据字段有：用户名，密码和权限，其中用户名是关键字。

(2) 班级信息表。包括的数据字段有：班级名称和班主任。其中班级名称是关键字。

(3) 课程信息表。包括的数据字段有：课程号、课程名、授课教师、教室、课时和学分。其中课程号是关键字。

(4) 学籍信息表。包括的数据字段有：学号、姓名、性别、出生日期、政治面貌、班级名称、家长姓名、地址、邮编、电话、邮箱和备注。其中学号为关键字。

(5) 成绩信息表。包括的数据字段有：课程号、学号、成绩。

各表的设计见下面的表格。表 9-1 为用户信息表，命名为 tbUser。

表 9-1　用户信息表(tbUser)

字 段 名	字 段 类 型	字段长度(字节)	必 填 字 段	主 键
用户名	文本	10	是	是
密码	文本	16	是	否
权限	文本	10	是	否

表 9-2 为班级信息表，命名为 ClassInfo。

表 9-2　班级信息表(ClassInfo)

字　段　名	字　段　类　型	字段长度(字节)	必 填 字 段	主　　键
班级名称	文本	20	是	是
班主任	文本	10	是	否

表 9-3 为课程信息表，命名为 LessonInfo。

表 9-3　课程信息表(LessonInfo)

字　段　名	字　段　类　型	字段长度(字节)	必 填 字 段	主　　键
课程号	文本	10	是	是
课程名	文本	20	是	否
授课教师	文本	10	是	否
教室	文本	20	是	否
课时	数字	整型	是	否
学分	数字	整型	是	否

表 9-4 为学籍信息表，命名为 StudentInfo。

表 9-4　学籍信息表(StudendtInfo)

字　段　名	字　段　类　型	字段长度(字节)	必 填 字 段	主　　键
学号	文本	15	是	是
姓名	文本	10	是	否
性别	文本	2	是	否
出生日期	日期/时间	短日期	是	否
政治面貌	文本	10	是	否
班级名称	文本	20	是	否
家长姓名	文本	10	否	否
地址	文本	20	否	否
邮编	文本	10	是	否
电话	文本	12	否	否
邮箱	文本	20	否	否
备注	文本	50	否	否

表 9-5 为成绩信息表，命名为 ScoreInfo。

表 9-5　成绩信息表(ScoreInfo)

字　段　名	字　段　类　型	字段长度(字节)	必 填 字 段	主　　键
课程号	文本	10	是	否
学号	文本	15	是	否
成绩	数字	整型	是	否

其中 StudentInfo、ScoreInfo、LessonInfo 这 3 个表的关系如图 9.3 所示。

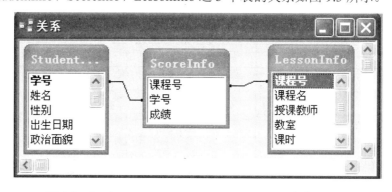

图 9.3　StudentInfo、ScoreInfo、LessonInfo3 个表的关系

3. 设计系统主界面

1) 创建工程项目

启动 Visual Basic 2005 开发环境，选择【文件】|【新建项目】命令，在弹出的对话框中选择【Windows 应用程序】模板，输入项目名称为 StudentManage。

2) 设计系统主界面

本系统采用多文档窗体界面(MDI)和菜单设计，首先创建 MDI 窗体，步骤如下。

(1) 设置工程为 MDI 环境：选择【工具】|【选项】命令，在弹出的对话框中选择【环境】|【常规】选项，在【窗口布局】选项组中，选择【多个文档】单选按钮，其他选项默认，重启 Visual Basic 2005 开发环境。

(2) 新建一个 Windows 应用程序，设置 Form1 的 IsMdiContainer 属性值为 True。窗体的 Name 属性为 MdiStudentManage、Text 属性为 "学生成绩管理系统"、BackgroundImage 属性设置为一个图片、BackgroundImageLayout 属性设置为 Stretch。

(3) 然后，在窗体上设计菜单，菜单结构及名称如图 9.4 所示。

4. 数据库的连接

1) Connection 对象

在 ADO.NET 中，通过连接字符串的身份验证信息，使用 Connection 对象连接到特定的数据源。使用 Connection 对象取决于数据源的类型，.NET Framework 提供的每个.NET Framework 数据都包含一个 Connection 对象。

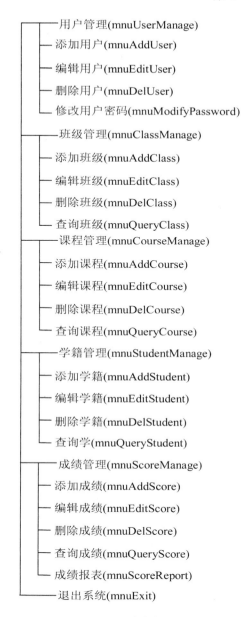

用户管理(mnuUserManage)

添加用户(mnuAddUser)

编辑用户(mnuEditUser)

删除用户(mnuDelUser)

修改用户密码(mnuModifyPassword)

班级管理(mnuClassManage)

添加班级(mnuAddClass)

编辑班级(mnuEditClass)

删除班级(mnuDelClass)

查询班级(mnuQueryClass)

课程管理(mnuCourseManage)

添加课程(mnuAddCourse)

编辑课程(mnuEditCourse)

删除课程(mnuDelCourse)

查询课程(mnuQueryCourse)

学籍管理(mnuStudentManage)

添加学籍(mnuAddStudent)

编辑学籍(mnuEditStudent)

删除学籍(mnuDelStudent)

查询学(mnuQueryStudent)

成绩管理(mnuScoreManage)

添加成绩(mnuAddScore)

编辑成绩(mnuEditScore)

删除成绩(mnuDelScore)

查询成绩(mnuQueryScore)

成绩报表(mnuScoreReport)

退出系统(mnuExit)

图 9.4　系统菜单设计

(1) OleDbConnection：OLE DB.NET Framework 数据提供的程序包括一个 OleDbConnection 对象，为使用 OLE DB 使用者提供连接数据库。

(2) SqlConnection：SQL Server .Net Framework 数据提供的程序包括一个 SqlConnection 对象，为使用 SQL Server 使用者提供连接数据库。

(3) OdbcConnection：ODBC .NET Framework 数据提供的程序包括一个 OdbcConnection 对象，为使用 ODBC 使用者提供连接数据库。

(4) OracleConnection：Oracle .NET Framework 数据提供的程序包括一个 OracleConnection 对象，为使用 Oracle 使用者提供连接数据库。

由于本案例是连接 Access 数据库，所以选择 OleDbConnection 对象来连接数据库。

在使用 OleDbConnection 对象连接数据库之前，首先需要创建一个实例，其实例的创建方法有两种：一种是用控件来实现；另一种是用代码来实现。本案例是采用代码方式来实现，下面具体介绍实现步骤。

2) 连接代码

用代码实例化 OleDbConnection 对象连接数据库，其步骤和代码如下。

(1) 首先在代码的声明部分用 Imports 语句将 System.Data.OleDb 包引入。

在窗体上单击鼠标右键，在弹出的快捷菜单中选择【查看代码】命令，进入代码编辑区。

引入以下命名空间(加在 Public Class Form1 上面)。

```
Imports System.Data.OleDb
```

(2) 实例化 OleDbConnection 对象。

```
Dim ConStr As String
Dim Conn As OleDbConnection = New OleDbConnection(ConStr)
```

其中，ConStr 表示用于打开数据库连接的字符串。OleDbConnection 表示连接 Access 数据库的字符串。

```
"Provider=Microsoft.Jet.OLEDB.4.0;Data Source=数据库文件名(包括盘符和路径)"
```

例如连接 E:\StudentDB.mdb 文件的字符为：

```
"Provider=Microsoft.Jet.OLEDB.4.0;Data Source=E:\StudentDB.mdb"
```

(3) 创建 OleDbConnection 实例后，可以通过它的 Open 方法打开这个数据库连接。

```
Conn.Open()
```

(4) 在窗体上添加 Label 控件。

(5) 为窗体添加 Click 事件。在窗口中单击鼠标右键，在弹出的快捷菜单中选择【查看代码】命令，在【类名】框中选择"Form1 事件"名称，在【方法名称】框中选择"Click"事件，在代码窗口输入如下代码。

```
Dim ConStr As String = "Provider=Microsoft.Jet.OLEDB.4.0;_
Data Source=E:\StudentDB.mdb"
Dim Conn As OleDbConnection = New OleDbConnection(ConStr)
Conn.Open()
    If Conn.State Then
        Label1.Text = "数据库连接成功!"
    Else
        Label1.Text = "数据库连接不成功!"
    End If
```

(6) 执行效果如图 9.5 所示。

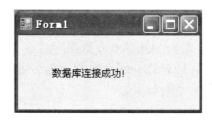

图 9.5　连接数据库执行效果

在使用完连接后一定要关闭连接，可以使用提供程序连接对象的 Close 或 Dispose 方法，代码如下：

```
OleDbConnection 对象.Close()
```

连接 SQL Server 数据库要用 SqlConnection 对象，将在后面的案例中介绍。

5. 数据库的访问

1) 创建和使用 Command 对象

Command 对象的作用是对数据源执行 SQL 语句或存储过程，在 ADO.NET 中包括 OleDbCommand 对象、OdbcCommand 对象、SQLCommand 对象和 OracleCommand 对象，根据不同的数据源使用不同的 Command 对象。

本案例使用的是 OleDbCommand 对象，创建 OleDbCommand 对象的代码如下。

```
Dim myCommand As OleDbCommand = New OleDbCommand(strSQL, conn)
```

其中 strSQL 是 SQL 语句，conn 是 OleDbConnection 对象。

Command 对象有 3 种常用的对数据源执行命令的方法，见表 9-6。

表 9-6　Command 对象常用的对数据源执行命令的方法

方　　法	说　　明
ExecuteReader	执行返回行的命令，如果用此方法来执行 SQL SET 语句，则可能达不到预期的效果
ExecuteNonQuery	执行 INERT、DELETE、UPDATE 和 SET 等语句
ExecuteScalar	从数据库检索单个值

2) 创建和使用 DataAdapter 对象

DataAdapter 对象用于从数据源检索数据并填充 DataSet 中的表。DataAdapter 还将对 DataSet 的更改解析回数据源。DataAdapter 使用.NET Framework 数据提供程序的 Connection 对象连接到数据源，并使用 Command 对象从数据源检索数据以及将更改解析回数据源。DataAdapter 对象表示一组 SQL 命令和一个数据库连接，它们用于填充 DataSet 和更新数据源。DataAdapter 用作 DataSet 和数据源之间的桥接器，以便检索和保存数据。

DataAdapter 对象根据连接的数据库的类型不同，分为如下 4 种。

● OleDbDataAdapter 对象：针对 OLE DB 的数据源，可以使用 OleDbDataAdapter 对象及与其关联的 OleDbCommand 和 OleDbConnection 对象。OleDbDataAdapter 对象表示一组数据命令和一个数据库连接，它们用于填充 DataSet 和更新数据源。

- OdbcDataAdapter 对象：支持 ODBC 数据源。
- SQLDataAdapter 对象：针对 SQL Server 数据库。
- OracleDataAdapter 对象：针对 Oracle 数据库，表示一组数据命令和一个数据库连接，它们用于填充 DataSet 和更新数据源。

下面以 OleDbDataAdapter 对象为例，说明 DataAdapter 对象的创建和使用过程。

(1) 创建 DataAdapter 对象。

在使用 OleDbDataAdapter 对象之前，需要先创建 OleDbDataAdapter 对象，代码如下：

```
Dim adapter As New OleDbDataAdapter
```

(2) 使用 DataAdapter 对象。

OleDbDataAdapter 对象常用的属性和方法，见表 9-7 和表 9-8。

表 9-7　OleDbDataAdapter 对象常用的属性

属　　性	说　　明
SelectCommand	获取或设计 SQL 语句或存储过程，用于选择数据源中的记录。如果 SelectCommand 不返回任何行，则不会向 DataSet 添加任何表，并且不会引发任何异常
TableMappings	获取一个集合，它提供源表和 DataTable 之间的主映射

表 9-8　OleDbDataAdapter 对象常用的方法

方　　法	说　　明
Fill	在 DataSet 中添加或刷新行以匹配使用 DataSet 名称的数据源中的行，并创建一个 DataTable

3) 创建和使用 DataSet 对象

DataSet 对象表示数据在内存中的缓存，DataSet 包含一个或多个 DataTable 对象的集合，这些对象由数据行(DataRow)和数据列(DataColumn)以及有关 DataTable 对象中数据的主键、外键、约束和关系信息(DataRelation)组成。DataSet 相当于一个空的数据库，与数据库一样，它可以用表、列、行、关系和约束条件填充。

(1) 创建 DataSet 对象。

创建 DataSet 对象实例的构造函数如下：

```
Dim ObjectdsDataSet As New DataSet(DataSetName)
```

其中：DataSetName 为 DataSet 对象的名称，如果没有为 DataSet 指定名称，则该名称会设置为 NewDataSet。

(2) 使用 DataSet 对象。

通过数据集 DataSet 对象可以从数据库中查询数据，也可以向数据库中添加数据、修改数据以及删除数据。

6. 通用模块类的设计

为了便于系统代码的维护，使系统具有良好的移植性，把一些对数据库进行相同操作的内容封装在模块中。

1）数据编辑模块类

数据编辑包括添加、删除、更新和查询等操作。在数据库应用程序中，一般需要同时用到这些操作，因此把这 4 个操作封装在一个类中，该类被命名为 EditData。

对数据进行查询时，需要返回查询结果，这个操作需要使用函数来实现。虽然对数据进行增、删、改时可以不需要返回值，但为了表示有多少行受到影响，仍然使用函数返回影响的行数，因此 EditData 类需要 4 个函数来完成对数据的操作。将该类创建为共享类，这样不用创建类的实例就可以直接调用类的方法。为了便于引用 ADO.NET 中的类，可使用 Imports 引入命名空间，代码如下：

```
Imports System.Data.OleDb
```

（1）添加数据函数。

对于添加数据的 Insert 函数，SQL 语句是必不可少的。其次，执行 SQL 操作时，需要先和数据库建立连接，连接数据库的信息也是必需的。因此，该函数需要两个参数由其调用者提供：保存 SQL 语句的字符串和保存数据库连接信息的字符串。在这里使用 ConnStr 和 strSQL 变量来传递这个类所需要的信息，定义如下。

● ConnStr：字符串变量，存储连接数据库的信息。

● strSQL：字符串变量，存储用于执行添加数据命令的 SQL 语句。

该函数代码如下。

```
Shared Function Insert(ByVal ConnStr As String, ByVal strSQL As String) As
Integer
    '创建 OleDbConnection 实例
    Dim conn As OleDbConnection = New OleDbConnection(ConnStr)
    '创建 OleDbCommand 实例
    Dim myCommand As OleDbCommand = New OleDbCommand(strSQL, conn)
    'count 表示受影响的行数，初始化为 0
    Dim count As Integer = 0
    Try
        '连接数据库
        conn.Open()
        '执行 SQL 命令
        count = myCommand.ExecuteNonQuery()
    Catch ex As OleDbException
        MsgBox(ex.ToString())
    Catch ex As Exception
        MsgBox(ex.ToString())
    Finally
        conn.Close()
    End Try
```

```
        Return count
    End Function
```

(2) 删除数据函数。

删除数据用函数 Delete 来实现，对于该函数的参数，数据库连接信息是必不可少的。除此之外，还需要知道删除哪个表中的记录以及删除哪条记录。因此，该函数需要 4 个参数，分别用来传递数据库连接信息、表名、字段名和字段值，定义如下。

● ConnStr：字符串变量，存储连接数据库的信息。

● table：字符串变量，存储表名。

● row：字符串变量，存储字段名称，对应数据库表中的列名。

● vlaue：字符串变量，存储字段值，对应数据库表中的列值。

该函数代码如下。

```
Shared Function Delete(ByVal ConnStr As String, ByVal table As String, ByVal
row As String, ByVal value As String) As Integer
    '创建 OleDbConnection 实例
    Dim conn As OleDbConnection = New OleDbConnection(ConnStr)
    '创建 SQL 命令
    Dim strSQL As String = "Delete From " + table + " Where " + row + "="
    + "'"+ value + "'"
    '创建 SqlDbCommand 实例
    Dim myCommand As OleDbCommand = New OleDbCommand(strSQL, conn)
    'count 表示受影响的行数，初始化为 0
    Dim count As Integer = 0
    Try
        '连接数据库
        conn.Open()
        '执行 SQL 命令
        count = myCommand.ExecuteNonQuery()
    Catch ex As OleDbException
        MsgBox(ex.ToString())
    Finally
        conn.Close()
    End Try
    Return count
End Function
```

(3) 更新数据函数。

更新数据用函数 Update 来实现，该函数的参数和删除数据函数 Delete 相同。该函数的代码如下。

```
Shared Function Update(ByVal ConnStr As String, ByVal table As String, ByVal _
    strContent As String, ByVal row As String, ByVal value As String) As Integer
        '创建 OleDbConnection 实例
        Dim conn As OleDbConnection = New OleDbConnection(ConnStr)
        '创建 SQL 命令
```

```
Dim strSQL As String = "Update " + table + " Set " + strContent +
" Where "+ row + "=" + "'" + value + "'"
'创建 OleDbCommand 实例
Dim myCommand As OleDbCommand = New OleDbCommand(strSQL, conn)
'count 表示受影响的行数，初始化为 0
Dim count As Integer = 0
Try
    '连接数据库
    conn.Open()
    '执行 SQL 命令
    count = myCommand.ExecuteNonQuery()
Catch ex As OleDbException
    MsgBox(ex.ToString())
Finally
    conn.Close()
End Try
Return count
End Function
```

（4）查询数据函数。

查询数据用函数 Search 来实现，参数同添加数据函数 Insert。Search 函数比较复杂，因为该操作的目的是生成可被调用者使用的数据，该函数会影响到调用者的下一步操作。前面 3 个函数执行完毕后只需返回受影响的行数，对于查询操作，需要返回查询得到的表。其代码如下。

```
Shared Function Search(ByVal ConnStr As String, ByVal strSQL As String) As
DataTable
    '创建 OleDbConnection 实例
    Dim conn As OleDbConnection = New OleDbConnection(ConnStr)
    '创建 OleDbCommand 实例
    Dim myCommand As OleDbCommand = New OleDbCommand(strSQL, conn)
    '打开数据库连接
    conn.Open()
    '设置适配器
    Dim adapter As New OleDbDataAdapter
    adapter.TableMappings.Add("Table", "TEMP")
    adapter.SelectCommand = myCommand
    '填充数据集
    Dim ObjectdsDataSet As New DataSet()
    adapter.Fill(ObjectdsDataSet)
    '关闭数据库连接
    conn.Close()
    '返回查询的表
    Return ObjectdsDataSet.Tables("TEMP")
End Function
```

2) 用户操作模块类

在用户登录和用户管理过程中，需要反复访问用户的信息，所以把对用户的操作封装在 DBuser 通用模块类中。

DBuser 类调用前面 EditData 类中的方法和数据库交互，它负责执行用户登录与用户管理相关的操作，将相应的结果传递到用户界面。设计 DBuser 类的目的是要实现如下的一些功能。

① 用户登录认证。

② 添加用户信息。

③ 编辑用户信息。

④ 删除用户信息。

⑤ 修改用户密码。

Dbuser 类包括 UserName、Password、Power 等属性，包括 AddUser、EditUser、DelUser、PasswordModify、LoginConfir 和 GetPrivilege 等方法，除此之外，还包括一个字符串变量 connStr 用来保存连接数据库的信息，在调用 EditData 的方法时，需要把这个字符串传给 EditData 类的方法。

(1) 声明 Dbuser 类的属性。

```
'声明字段
Private  ConnStr  As  String  =  "Provider=Microsoft.Jet.OLEDB.4.0;Data
Source=" &
_Application.StartupPath  & "\StudentDB.mdb"
 Private _UserName As String
 Private _Password As String
 Private _Power As String
'声明用户名属性
Property UserName() As String
   Get
      Return _UserName
    End Get
      Set(ByVal value As String)
        _UserName = value
      End Set
End Property
'声明密码属性
Property Password() As String
   Get
      Return _Password
    End Get
      Set(ByVal value As String)
         _Password = value
       End Set
End Property
'声明权限属性
Property Power() As String
```

```
Get
    Return _Power
End Get
  Set(ByVal value As String)
      _Power = value
    End Set
End Property
```

其中 Application.StartupPath 是返回当前项目所在的路径。

(2) DBuser 类的构造函数。

利用构造函数，在实例化 DBuser 类时，可以将用户名和密码传递给_UserName 和 _Password 字段。DBuser 类的构造函数代码如下。

```
'构造函数，参数为用户名和密码
Sub New(ByVal Name As String, ByVal PWD As String)
 _UserName = Name
    _Password = PWD
End Sub
'重载 DBuser 的构造函数
Sub New()
    End Sub
```

注意：如果没有设计类的构造函数，编译器会自动生成默认的构造函数，即参数为空的构造函数，一旦重载了构造函数，则默认构造函数就不再起作用。为了能够在不指定参数的情况下实例化这个类，必须在程序中重新定义它的默认构造函数。

(3) LoginConfirm 方法。

LoginConfirm 方法用于对用户输入的用户名和密码信息进行认证，通过对用户信息表的查询判断用户名和密码是否正确，返回认证的结果，代码如下。

```
Public Function LoginConfirm() As Boolean
    '设置 SQL 查询语句
    Dim SQLString As String = "SELECT * FROM tbUser WHERE 用户名='" _
& _UserName & "' AND 密码='"  & _Password & "'"
    '得到记录用户信息的表
    Dim UserTable As DataTable = EditData.Search(ConnStr, SQLString)
    '判断用户名和密码是否正确
    If UserTable.Rows.Count = 0 Then
        MsgBox("用户名或密码输入不正确，请重试", MsgBoxStyle.Exclamation, _
    "信息框")
        Return False
    Else
        '返回用户的信息
        _Power = UserTable.Rows(0)("权限")
        Return True
    End If
End Function
```

说明：代码中根据用户输入的用户名和密码构造 SQL 查询语句，利用 EditData 的 Search 方法执行 SQL 语句并获得查询的结果。如果记录数为 0，表示输入的用户名或者密码错误，返回 False；否则返回 True，并且根据查询结果读取该用户记录的信息，赋值到相应的字段。

(4) AddUser 方法。

利用 AddUser 方法可以添加用户，具体代码如下。

```vb
Public Sub AddUser(ByVal User As DBuser)
    '设置 SQL 查询语句
    Dim SQLString As String = "SELECT * FROM tbUser WHERE 用户名='" _
& User.UserName & "' AND 密码='" & User.Password & "'"
    '得到记录用户信息的表
    Dim UserTable As DataTable = EditData.Search(ConnStr, SQLString)
    '判断用户是否存在
      If UserTable.Rows.Count >= 1 Then
        MsgBox("输入用户名已存在，请重试", MsgBoxStyle.Exclamation, _
      "信息框")
      Else    '用户名不存在时，添加用户
        '设置 SQL 插入语句
        SQLString = "INSERT INTO tbUser VALUES('" & User.UserName _
& "','" & User.Password & "','" & User.Power & "')"
        '执行插入操作并返回受影响的行数
        Dim count As Integer = EditData.Insert(ConnStr, SQLString)
        '受影响的行数大于 0 表示操作成功，否则表示操作失败
          If count > 0 Then
            MsgBox("添加用户成功！", MsgBoxStyle.OkOnly, "添加用户")
          Else
            MsgBox("添加用户失败！", MsgBoxStyle.Exclamation,_
          "添加用户")
          End If
      End If
    End Sub
```

说明：由于在用户表中 UserName 是关键字段，上面的代码在添加用户时首先需要判断用户名是否已经存在，如果存在返回 False；否则构造插入记录的 SQL 语句，利用 EditData 的 Insert 方法执行 SQL 语句，以插入新的记录。

(5) DelUser 方法。

DelUser 方法用于删除用户，具体代码如下。

```vb
Public Sub DelUser(ByVal DeleteUserName As String)
    '设置 SQL 删除语句
    Dim SQLString As String = "DELETE FROM tbUser WHERE 用户名='" _
& DeleteUserName & "'"
    '执行删除操作并返回受影响的行数
```

```
    Dim count As Integer = EditData.Delete(ConnStr, "tbUser", "用户名", _
DeleteUserName)
        '受影响的行数大于 0 表示操作成功，否则表示操作失败
        If count > 0 Then
            MsgBox("删除用户成功！", MsgBoxStyle.OkOnly, "删除用户")
        Else
            MsgBox("删除用户失败！", MsgBoxStyle.Exclamation, "删除用户")
        End If
    End Sub
```

通过用户的用户名，利用 EditData 的 Delete 方法执行 SQL 语句删除记录。

(6) EditUser 方法。

EditUser 方法用于编辑用户的信息，具体代码如下。

```
Public Sub EditUser(ByVal table As String, ByVal strContent As String,_
row As String,_ ByVal value As String)
        '执行编辑操作并返回受影响的行数
        Dim count As Integer = EditData.Update(ConnStr, table, strContent, row,_
value)
        '受影响的行数大于 0 表示操作成功，否则表示操作失败
        If count > 0 Then
            MsgBox("更新用户信息成功！", MsgBoxStyle.OkOnly, "更新用户")
        Else
            MsgBox("更新用户信息失败！", MsgBoxStyle.Exclamation, "更新用户")
        End If
    End Sub
```

(7) SearchUser 方法。

SearchUser 方法用于查询用户信息，代码如下。

```
Public Function SearchUser(ByVal SQLString As String) As DataTable
        '执行查询操作，返回所查询的内容
        Dim table As DataTable = EditData.Search(ConnStr, SQLString)
        Return table
    End Function
```

(8) PasswordModify 方法。

PasswordModify 方法用于修改用户的密码，具体代码如下。

```
Public Function PasswordModify(ByVal NewPassword As String) As Boolean
        '设置密码信息
        Dim SQLString As String = "密码='" & NewPassword & "'"
        '执行更新密码的操作
        Dim count As Integer = EditData.Update(ConnStr, "tbUser", SQLString, _
"用户名", _UserName)
            If count > 0 Then
                MsgBox("更新密码成功！", MsgBoxStyle.OkOnly, "更新密码")
            Else
                MsgBox("更新密码失败！", MsgBoxStyle.Exclamation, "更新密码")
```

```
      End If
End Function
```

(9) GetPrivilege 方法。

该方法用于把用户的权限返回给该类的调用者。

```
Public Function GetPrivilege() As String
   Return Power()
End Function
```

7. 登录模块的设计

登录窗体(frmLogin)包括两个 Label 控件、两个 TextBox 控件和两个 Button 控件，其属性设置见表 9-9，未列出的属性采取默认值。

表 9-9　登录窗体控件属性

控 件 类 型	Name	Text	控 件 类 型	Name	Text
Form	frmLogin	登录	TextBox2	txtPassword	
Label1	lblUserName	用户名(&U)	Button1	btnOK	确定(&O)
Label2	lblPassword	密码(&P)	Button2	btnCancel	取消(&C)
TextBox1	txtUserName				

另外将 txtPassword 文本框的 passwordChar 属性值设置为 "*"，这样在文本框中输入密码时会以 "*" 的形式显示。

登录窗体如图 9.6 所示。

图 9.6　登录窗体

(1) 在 Public Class frmLogin 下面输入如下代码。

```
Public i As Integer '定义变量,记录输入用户名和密码错误的次数
```

(2) 在窗体上单击鼠标右键，从弹出的快捷菜单中选择【查看代码】命令，在【类名】框中选择 "btnOK" 名称，在【方法名称】框中选择 "Click" 事件，在代码窗口输入如下代码。

```
Dim User As New DBuser(Trim(txtUserName.Text), Trim(txtPassword.Text))
   If User.LoginConfirm Then
```

```
            Dim strPrivilege As String = User.GetPrivilege()
            mdiStudentManage.SetPrivilege(strPrivilege.Trim())
            mdiStudentManage.Show()
            Me.Finalize()
        Else
            i = i + 1
            If i > 2 Then          '判断输入用户名和密码错误的次数是否大于 3 次
                MsgBox("您输入用户名和密码错误已经超过 3 次, _
            您无权登录此系统! ", MsgBoxStyle.Exclamation, "信息框")
                Me.Close()         '退出系统
            End If
            Exit Sub
        End If
    End If
```

(3) 在窗体上单击鼠标右键, 在弹出的快捷菜单中选择【查看代码】命令, 在【类名】框中选择 "btnCancel" 名称, 在【方法名称】框中选择 "Click" 事件, 在代码窗口输入如下代码。

```
    Me.Close()
```

说明: 代码通过用户名和密码, 实例化 DBuser 类, 利用 DBuser 对象的 LoginConfirm 方法对用户信息进行认证, 登录成功后先把登录用户的权限传递给主窗体, 然后显示主窗体。如果用户名和密码 3 次输入不成功, 即退出系统。

8. 用户管理模块的设计

1) 添加用户模块

添加用户模块(frmAddUser)的界面用来设置用户的相关信息和权限, 用户的权限分为两种: 系统管理员和一般用户。该界面的控件及属性见表 9-10。

表 9-10　添加用户窗体控件及属性

控 件 类 型	Name	PasswordChar	Text
Form	frmAddUser		添加用户
Label	lblUserName		用户名
	lblPassword		密码
TextBox	txtUserName		
	txtPassword	*	
Button	btnOK		确定(&O)
	btnCancel		取消(&C)
GroupBox	GroupBox1		权限设置
RadioButton	RadioButtonAdmin		系统管理员
	RadioButtonUser		一般用户

添加用户窗体如图 9.7 所示。

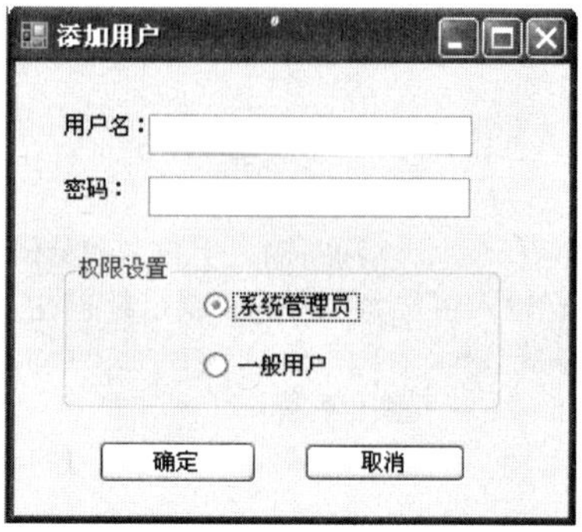

图 9.7　添加用户窗体

(1) 在窗体上单击鼠标右键，在弹出的快捷菜单中选择【查看代码】命令，在【类名】框中选择"frmAddUser"名称，在【方法名称】框中选择"Load"事件，在代码窗口输入如下代码。

```
Private Sub frmAddUser_Load(ByVal sender As System.Object, ByVal e As _
System.EventArgs) Handles MyBase.Load
Me.MdiParent = mdiStudentManage
    RadioButtonAdmin.Checked = True
End Sub
```

(2) 在窗体上单击鼠标右键，在弹出的快捷菜单中选择【查看代码】命令，在【类名】框中选择"BtnOK"名称，在【方法名称】框中选择"Click"事件，在代码窗口输入如下代码。

```
Dim User As New DBuser(Trim(TxtUserName.Text), Trim(TxtPassword.Text))
    '判断用户名是否为空
   If Trim(TxtUserName.Text) = "" Then
      MsgBox("输入的用户名不能为空！", MsgBoxStyle.Exclamation, "信息框")
      Exit Sub
   End If
      '判断密码是否为空
      If Trim(TxtPassword.Text) = "" Then
         MsgBox("输入的密码不能为空！", MsgBoxStyle.Exclamation, "信息框")
         Exit Sub
      End If
      '添加用户
      Dim TempUser As New DBuser(Trim(TxtUserName.Text), _
   Trim(TxtPassword.Text))
      If RadioButtonAdmin.Checked Then
         TempUser.Power = "系统管理员"
      Else
         TempUser.Power = "一般用户"
      End If
      User.AddUser(TempUser)
```

(3) 在窗体上单击鼠标右键，在弹出的快捷菜单中选择【查看代码】命令，在【类名】框中选择"BtnCancel"名称，在【方法名称】框中选择"Click"事件，在代码窗口输入如下代码。

```
Close()
```

在窗体的 Load 事件代码中，首先将本窗体设置为 MDI 窗体的子窗体，然后将【系统管理员】单选按钮设置为选中状态。在【确定】按钮的 Click 事件代码中，首先判断用户输入的用户名和密码是否有效，然后实例化 DBuser 类，调用 DBuser 对象的 AddUser 方法添加用户。

2) 编辑用户模块

编辑用户模块(frmEditUser)中可通过选择不同的用户名，对该用户的密码和权限进行修改。其界面是在添加用户界面的基础上添加如下控件，即包括一个 GroupBox 控件、两个 Label 控件、一个 ListBox 控件、两个 TextBox 控件、两个命令按钮控件和两个 RadioButton(单选按钮)控件。编辑用户模块的窗体如图 9.8 所示。控件的属性见表 9-11。

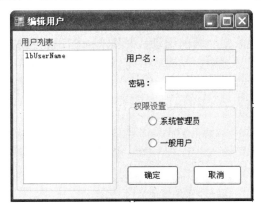

图 9.8   编辑用户窗体

表 9-11   编辑用户界面控件属性

控 件 名	Name	Text	ReadOnly	说　　明
Form	frmEditUser	编辑用户		
GroupBox	GroupBox2	用户列表		
Label	Label1	用户名：		
	Label2	密码：		
ListBox	lbUserName			
TextBox	txtUserName		True	不允许对用户名进行编辑
	TxtPassword			
RadioButton	RadioButtonAdmin	系统管理员		
	RadioButtonUser	一般用户		

窗体启动时，需要加载用户信息表中的用户名到列表框中，所以在窗体的 Load 事件中添加代码。

(1) 在窗体上单击鼠标右键，在弹出的快捷菜单中选择【查看代码】命令，在【类名】框中选择 "frmAddUser" 名称，在【方法名称】框中选择 "Load" 事件，在代码窗口输入如下代码。

```
Me.MdiParent = mdiStudentManage
    lbUserName.Items.Clear()
Dim SQLString As String = "SELECT * FROM tbUser"
Dim user As DBuser = New DBuser()
'SQL 查询语句
Dim UserTable As DataTable = user.SearchUser(SQLString)
Dim UserRow As DataRow
    For Each UserRow In UserTable.Rows
        lbUserName.Items.Add(UserRow("用户名"))
    Next
lbUserName.SelectedIndex = 0
UpdateInfo(UserTable, 0)
```

代码中读取用户信息表中所有的记录，并将 UserName 列加载到列表框中。默认情况下，列表框中第一项记录被选中，从代码中可以看出，此时调用 UpdateInfo 过程更新窗体中控件的内容。

(2) 在代码编辑区，输入如下 UpdateInfo 过程代码。

```
Private Sub UpdateInfo(ByVal table As DataTable, ByVal index As Integer)
    txtUsername.Text = table.Rows(index)("用户名").ToString().Trim()
    TxtPassword.Text = table.Rows(index)("密码").ToString().Trim()
    Dim power As String = table.Rows(index)("权限").ToString().Trim()
        If power.Equals("系统管理员") Then
            RadioButtonAdmin.Checked = True
        Else
            RadioButtonUser.Checked = True
        End If
        m_strPassword = table.Rows(index)("密码").ToString().Trim()
End Sub
```

在这个过程中，使用表中指定行的列值来更新窗体上控件的内容，当用户单击列表框中的用户名时，将在界面右边的文本框和列表框中显示相应用户的信息。因此这里需要在列表框的 SelectedIndexChanged 事件中添加如下代码。

(3) 在窗体上单击鼠标右键，在弹出的快捷菜单中选择【查看代码】命令，在【类名】框中选择 "lbUserName" 名称，在【方法名称】框中选择 "SelectedIndexChanged" 事件，在代码窗口输入如下代码。

```
Dim name As String = lbUserName.SelectedItem().ToString()
Dim SQLString As String = "SELECT * FROM tbUser where 用户名= '" & name & "'"
Dim user As DBuser = New DBuser
Dim table As DataTable = user.SearchUser(SQLString)
```

```
UpdateInfo(table, 0)
```

(4) 在窗体上单击鼠标右键，在弹出的快捷菜单中选择【查看代码】命令，在【类名】框中选择"btnCancel"名称，在【方法名称】框中选择"Click"事件，在代码窗口输入如下代码。

```
Close()
```

代码中根据用户选中的用户名，构造 SQL 语句到用户信息表中查询相应用户的信息，然后将这些信息显示在界面上。

(5) 在窗体上单击鼠标右键，在弹出的快捷菜单中选择【查看代码】命令，在【类名】框中选择"btnOK"名称，在【方法名称】框中选择"Click"事件，在代码窗口输入如下代码。

```
Dim User As New DBuser(lbUserName.SelectedItem, txtPassword.Text)
'判断密码是否为空
    If Trim(txtPassword.Text) = "" Then
        MsgBox("输入的密码不能为空！", MsgBoxStyle.Exclamation, "信息框")
        Exit Sub
    End If
      Dim power As String
        If RadioButtonAdmin.Checked Then
          power = "系统管理员"
        Else
          power = "一般用户"
        End If
          '修改记录
          If Not m_strPassword.Equals(txtPassword.Text) Then
              m_strPassword = txtPassword.Text
          End If
Dim strEdit As String = " 密码= '" & m_strPassword & "' ,权限= '" + power + "'"
User.EditUser("tbUser", strEdit, "用户名", txtUsername.Text)
```

3) 删除用户模块

删除用户模块(frmDelUser)的窗体如图 9.9 所示。窗体通过 ListView 控件加载了所有用户的信息，在 ListView 控件中选中用户名，然后单击【删除】按钮，即可删除该用户。

图 9.9　删除用户模块窗体

ListView 控件的属性设置如下。

(1) 选中 ListView 控件，单击 ListView 控件右上角的小箭头，弹出 "ListView 任务" 窗口，把 "视图" 设置为 "Details"，如图 9.10 所示。

图 9.10　ListView 任务窗口

(2) 选中 ListView 控件，单击属性窗口中 Columns 的 collection 后面的 "…"，弹出 "ColumnHeader 集合编辑器" 窗口，单击【添加】按钮，依次添加 3 个成员，把它们的 Text 属性依次设置为 "用户名"、"密码" 和 "权限"。选中 ListView 控件，设置 GridLines 属性为 True。

(3) 选中窗体，将窗体的 Name 属性修改为 frmDelUser，将 Text 属性修改为 "删除用户"。

(4) 在窗体上单击鼠标右键，在弹出的快捷菜单中选择【查看代码】命令，进入代码编辑区，输入如下代码。

```
Sub LoadUser()
 lvUser.Items.Clear()
 Dim SQLString As String = "SELECT * FROM tbUser"
 Dim user As DBuser = New DBuser()
 Dim UserTable As DataTable = user.SearchUser(SQLString)
 Dim UserRow As DataRow
 Dim LItem As ListViewItem
    For Each UserRow In UserTable.Rows
        LItem = New ListViewItem(UserRow("用户名").ToString)
        LItem.SubItems.Add(UserRow("密码"))
        LItem.SubItems.Add(UserRow("权限"))
        lvUser.Items.Add(LItem)
    Next
```

(5) 在窗体上单击鼠标右键，在弹出的快捷菜单中选择【查看代码】命令，在【类名】框中选择 "frmDelUser" 名称，在【方法名称】框中选择 "Load" 事件，在代码窗口输入如下代码。

```
Me.MdiParent = mdiStudentManage
   LoadUser()
```

（6）在窗体上单击鼠标右键，在弹出的快捷菜单中选择【查看代码】命令，在【类名】框中选择"btnDel"名称，在【方法名称】框中选择"Click"事件，在代码窗口输入如下代码。

```
Dim User As New DBuser()
Dim SelectUser As String = lvUser.SelectedItems(0).SubItems(2).Text
'判断是否为系统管理员用户，如果是，给出提示
If SelectUser = "系统管理员" Then
        MsgBox("不能删除管理员！", MsgBoxStyle.Exclamation, "信息框")
        Exit Sub
    End If
'如果不是超级用户，删除用户
Dim a = MsgBox("确实要删除用户吗?", MsgBoxStyle.OkCancel +_
MsgBoxStyle.Question, "删除用户")
    If a = 1 Then
        User.DelUser(lvUser.SelectedItems(0).Text)
        LoadUser()
    End If
```

（7）在窗体上单击鼠标右键，在弹出的快捷菜单中选择【查看代码】命令，在【类名】框中选择"btnCancel"名称，在【方法名称】框中选择"Click"事件，在代码窗口输入如下代码。

```
Close()
```

说明：代码中首先要判断用户选中的是不是权限为"系统管理员"的用户，这种类型的用户不能被删除，然后调用 DBuser 对象的 DelUser 方法删除选中的用户，最后调用 LoadUser 过程更新界面的用户信息列表。

4）修改用户密码模块

修改用户密码模块(frmModifyPassword)窗体界面如图 9.11 所示。在界面中添加 3 个 Label 控件、3 个 TextBox 控件和两个 Button 控件。各个控件的属性见表 9-12。

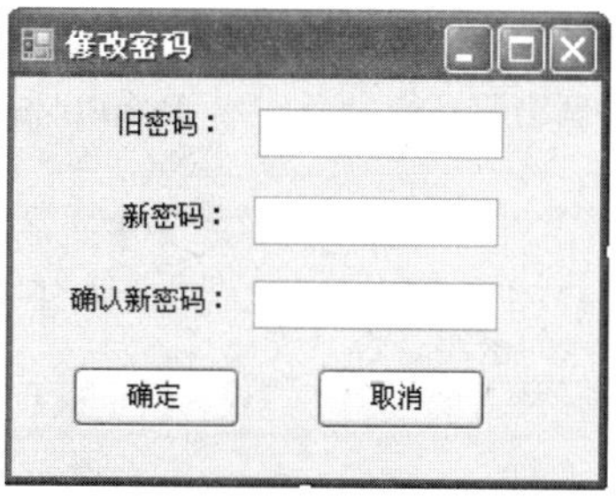

图 9.11　修改用户密码窗体

表 9-12　控件的属性

控 件 名	Name	passwordChar	Text
Form	frmModifyPassword		修改密码
Label	Label1		旧密码
	Label2		新密码
	Label3		确认密码
TextBox	txtOldPassword	*	
	txtNewPassword	*	
	txtConfirmPassword	*	
Button	Button1		确认
	Button2		取消

　　修改用户密码时需要判断用户的旧密码是否正确，并且判断确认新密码和用户输入的新密码是否一致，重复输入新密码的目的是防止用户输入错误，而将输入错误的密码添加到数据库中。

　　在窗体上单击鼠标右键，在弹出的快捷菜单中选择【查看代码】命令，在【类名】框中选择"Button1"名称，在【方法名称】框中选择"Click"事件，在代码窗口输入如下代码。

```
Dim User As New DBuser(frmLogin.txtUserName.Text, frmLogin.txtPassword.Text)
    If User.Password <> Trim(txtOldPassword.Text) Then
        '验证输入的旧密码是否正确
        ' MsgBox(User.Password, MsgBoxStyle.Exclamation, "信息框")
        ' MsgBox(Trim(txtOldPassword.Text), MsgBoxStyle.Exclamation,"信息框")
        MsgBox("输入的旧密码不正确，请重新输入！", MsgBoxStyle.Exclamation, _
        "信息框")
        txtOldPassword.Focus()
        txtOldPassword.Text = ""
        Exit Sub
    End If
        If Trim(txtNewPassword.Text) = "" Then
            '验证输入的新密码是否为空
        MsgBox("输入的新密码不能为空！", MsgBoxStyle.Exclamation, "信息框")
            Exit Sub
End If
If Trim(txtConfirmPassword.Text) <> Trim(txtNewPassword.Text) Then
            '验证两次输入的密码是否一致
            MsgBox("两次输入的密码不一致，请重试！",_
MsgBoxStyle.Exclamation)
            txtConfirmPassword.Focus()
            txtConfirmPassword.Text = ""
            txtNewPassword.Focus()
            TxtNewPassword.Text = ""
```

```
            Exit Sub
        End If
User.PasswordModify(txtNewPassword.Text)
'更新当前系统记录的密码
User.Password = Trim(txtNewPassword.Text)
MsgBox("恭喜你，密码修改成功", , "信息框")
Me.Close()
```

说明：用户登录系统后，系统记录用户的密码和其他相关的信息。因代码中对比输入的旧
　　　密码和系统记录的密码以验证修改密码操作的用户是否合法，模块中要求输入的新
　　　密码不能为空，并且两次输入的密码必须一致。最后调用 DBuser 对象的
　　　PasswordModify 方法更新用户的密码。

9. 班级管理模块的设计(frmAddClass)

1) 添加班级

添加班级窗体如图 9.12 所示，窗体上的控件及属性见表 9-13。

图 9.12　添加班级窗体

表 9-13　添加班级窗体控件及属性

控 件 名	Name	Text
Form	frmAddClass	添加班级
Label	lblClassName	班级名称：
	lblClassTeacher	班主任：
TextBox	txtClassName	
	txtClassTeacher	
Button	btnOK	确定
	btnCancel	取消

　　用户通过单击【确定】按钮把班级信息添加到数据库中，这个功能通过该按钮的 Click
事件来完成。

　　在窗体上单击鼠标右键，在弹出的快捷菜单中选择【查看代码】命令，在【类名】框

中选择"btnOk"名称,在【方法名称】框中选择"Click"事件,在代码窗口输入如下代码。

```
Dim SQLString As String = "INSERT INTO ClassInfo VALUES('" +_
txtCalssName.Text + "','"+ txtClassTeacher.Text + "')"
    '调用编辑数据的模块
Dim count As Integer = EditData.Insert(ConnStr, SQLString)
    If count > 0 Then
        MsgBox("添加班级成功! ", MsgBoxStyle.OkOnly, "添加班级")
    End If
```

本段代码主要是通过调用 EditData 的 Insert 函数实现的,如果该函数返回值大于 0,则表示操作成功,否则操作失败。

2) 编辑班级

编辑班级(frmEditClass)窗体如图 9.13 所示,控件的属性见表 9-14。

图 9.13 编辑班级窗体

表 9-14 编辑班级窗体控件属性

控 件 类 型	Name	Text
Form	frmEditClass	编辑班级
Label	lblClassName	班级名称:
	lblClassTeacher	班主任:
ComboBox	cmbClassName	
TextBox	txtClassTeacher	
Button	btnOK	确定
	btnCancel	取消

将 ComboBox 控件的 DropDownStyle 的属性设置为 DropDownList 类型,不允许用户在文本框中输入内容。

(1) 登录窗体时,其 Load 事件需要填充显示班级名称的 ComboBox 控件的信息,班主任文本框中的内容根据班级名称来决定,这个操作在过程 LoadClass 中实现。在代码编辑区输入如下过程代码。

```
Private Sub LoadClass()
Dim SQLString As String = "Select * from ClassInfo where 班级名称= '" + _
cmbClassName.Text + "'"
Dim table As DataTable = EditData.Search(connStr, SQLString)
        If table.Rows.Count <= 0 Then
            Return
        End If
Dim row As DataRow = table.Rows(0)
txtClassTeacher.Text = row("班主任")
```

"编辑班级"窗体的 Load 事件中，首先绑定 ComboBox 和数据源，然后调用 LoadClass 过程填充其余控件的内容。

(2) 在窗体上单击鼠标右键，在弹出的快捷菜单中选择【查看代码】命令，在【类名】框中选择"frmEditClass"名称，在【方法名称】框中选择"Load"事件，在代码窗口输入如下代码。

```
Me.MdiParent = mdiStudentManage
Dim conn As OleDbConnection = New OleDbConnection(connStr)
 conn.Open()
 '创建 SQL 命令
 Dim strSQL As String = "Select 班级名称 from ClassInfo"
 Dim myCommand As OleDbCommand = New OleDbCommand(strSQL, conn)
 '设置适配器
 Dim adapter As New OleDbDataAdapter
 adapter.TableMappings.Add("Table", "TEMP")
 adapter.SelectCommand = myCommand
 '填充数据集
 Dim ds As New DataSet()
 adapter.Fill(ds)
 cmbClassName.DataSource = ds.Tables("TEMP")
 cmbClassName.DisplayMember = "班级名称"
 '关闭数据库连接
 conn.Close()
 LoadClass()
```

在【确定】按钮的 Click 事件中，通过调用 EditData 的 Update 方法来执行 SQL 语句，完成对相应记录的更新操作。

(3) 在窗体上单击鼠标右键，在弹出的快捷菜单中选择【查看代码】命令，在【类名】框中选择"BtnOK"名称，在【方法名称】框中选择"Click"事件，在代码窗口输入如下代码。

```
 '设置修改数据的命令
 Dim SQLString As String
 SQLString = " 班主任= '" + txtClassTeacher.Text + "'"
 '调用编辑数据的模块
 Dim count As Integer = EditData.Update(ConnStr, "ClassInfo", SQLString,_
 "班级名称", _
 cmbClassName.Text)
```

```
If count > 0 Then
    MsgBox("编辑班级成功！", MsgBoxStyle.OkOnly, "编辑班级")
End If
```

3）删除班级

删除班级(frmDelClass)窗体由一个 ListView 控件和两个 Button 控件组成，属性设置见表 9-15。其窗体设计如图 9.14 所示。

表 9-15　删除班级窗体控件的属性

控 件 名	属 性 值
ListView	Details
AllowColumnRecorder	True
GridLines	True
Column	Collection(依次添加班级和班主任两个成员)

图 9.14　删除班级窗体

登录该窗体时，需要在其 Load 事件中添加代码，从数据库中查询数据，填充 ListView 控件的内容，这步操作通过名为 LoadClassr 的过程来实现。代码如下。

```
Sub LoadClass()
    Dim SQLString = "Select * from ClassInfo"
    Dim table As DataTable = EditData.Search(connStr, SQLString)
    lstClass.Items.Clear()
    Dim LItem As ListViewItem
    For Each row As DataRow In table.Rows
        LItem = New ListViewItem(row("班级名称").ToString)
        LItem.SubItems.Add(row("班主任"))
        lstClass.Items.Add(LItem)
    Next
End Sub
```

该代码通过 Select 语句，显示全部班级信息，Select 语句从 ClassInfo 表中返回所有记录，Select 语句通过 EditData 模块的 Search 函数来执行。得到查询的记录后，还需要把它们显示在 ListBox 中。想要在 ListBox 中正确地显示信息，首先清空 ListBox 的内容，然后对于表中的第一行，把其列中的信息加到 ListBox 对应的列中。窗体的 Load 事件中调用该过程，代码如下。

```
Private Sub frmDelClass_Load(ByVal sender As System.Object, ByVal e As_
System.EventArgs) Handles MyBase.Load
     Me.MdiParent = mdiStudentManage
     LoadClass()
End Sub
```

删除操作通过调用 EditData 的 Delete 函数来实现，如果返回值大于 0 表示操作成功，此时提示用户删除操作成功。然后调用 LoadClass 过程，重新从数据库中加载班级信息。【确定】按钮的 Click 事件的代码如下。

```
Private Sub BtnOK_Click(ByVal sender As System.Object, ByVal e As
System.EventArgs) Handles BtnOK.Click
     Dim a = MsgBox("确定要删除班级吗?", MsgBoxStyle.OkCancel_ + MsgBoxStyle.
     Question, "删除班级")
     If a = 1 Then
     '调用编辑数据的模块
      Dim count As Integer = EditData.Delete(ConnStr, "ClassInfo",_"班级
     名称", LstClass.SelectedItems(0).Text)
      If count > 0 Then
          LoadClass()
          MsgBox("删除班级成功！", MsgBoxStyle.OkOnly, "删除班级")
      End If
End If
```

4) 查询班级

查询班级(frmSearchClass)的窗体设计如图 9.15 所示。将查询结果的两个文本框的 ReadOnly 属性设置为 True，防止用户修改查询后的结果。

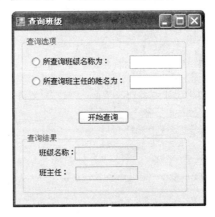

图 9.15   查询班级窗体

窗体登录时，初始化设置是按"班级名称"查询，并使光标位于 txtClassName 控件中，同时使 txtTeacher 失效。窗体 Load 事件代码如下。

```
Private Sub frmSearchClass_Load(ByVal sender As System.Object, _
ByVal e As System.EventArgs) Handles MyBase.Load
    Me.MdiParent = mdiStudentManage
    RadioButtonClass.Checked = True
    txtTeacher.Enabled = False
    txtClassName.Select()
End Sub
```

当用户在查询选项之间切换时，系统需要使未被选中的查询项所对应的 TextBox 控件失效，同时使光标出现在被选中的查询项所对应的 TextBox 中。此外，还需要清空所有 TextBox 控件的内容。清空 TextBox 的内容通过函数 ClearTextBox 过程来实现，该过程的代码如下。

```
Private Sub ClearTextBox()
    txtClassName.Clear()
    txtTeacher.Clear()
    txtClassNameResult.Clear()
    txtTeacherResult.Clear()
End Sub
```

两个 RadioButton 的 CheckedChanged 事件比较类似，【所查询班级名称为：】单选按钮的代码如下。

```
Private Sub RadioButtonClass_CheckedChanged(ByVal sender As System.Object, _
ByVal e As System.EventArgs) Handles RadioButtonClass.CheckedChanged
    txtClassName.Enabled = True
    txtClassNameResult.Enabled = True
    txtTeacher.Enabled = False
    txtTeacherResult.Enabled = False
    ClearTextBox()
    txtClassName.Select()
End Sub
```

【所查询班主任姓名为：】单选按钮的代码如下。

```
Private Sub RadioButtonTeacher_CheckedChanged(ByVal sender As System.Object, _
ByVal e As System.EventArgs) Handles RadioButtonTeacher.CheckedChanged
    txtClassName.Enabled = False
    txtClassNameResult.Enabled = False
    txtTeacher.Enabled = True
    txtTeacherResult.Enabled = True
    ClearTextBox()
    txtTeacher.Select()
End Sub
```

用户设置完查询信息后，单击【开始查询】按钮，开始查询。该按钮的 Click 事件代码如下。

```
Private Sub BtnSearch_Click(ByVal sender As System.Object, _
ByVal e As System.EventArgs) Handles BtnSearch.Click
    '设置查询数据的命令
    Dim SQLString As String
    SQLString = "SELECT * FROM ClassInfo WHERE "
        If RadioButtonClass.Checked Then
            SQLString += " 班级名称='" + txtClassName.Text + "'"
        Else
            SQLString += "班主任='" + txtTeacher.Text + "'"
        End If
    '调用编辑数据的模块
    Dim table As DataTable = EditData.Search(connStr, SQLString)
        If table.Rows.Count <= 0 Then
            MsgBox("输入有误，请重新输入！", MsgBoxStyle.Information, "输入信息")
            Return
        End If
    txtClassNameResult.Text = table.Rows(0)("班级名称")
    txtTeacherResult.Text = table.Rows(0)("班主任")
End Sub
```

【代码分析】

本段代码中，首先判断哪个查询选项被选中。根据被选中的 RadioButton 决定要查询的字段。然后，把查询选项文本框中的内容合并到查询语句中，调用 EditData 的 Search 语句进行查询，如果返回值小于或等于 0，说明没有记录被找到，返回相应信息，提醒用户重新输入。如果查询操作正确，把查询结果添加到查询结果的 TextBox 中。

10. 课程管理模块的设计

课程管理模块实现的功能主要包括以下几方面。

① 添加课程。

② 编辑课程。

③ 删除课程。

④ 查询课程。

"添加课程"、"编辑课程"和"删除课程"与"班级管理"模块中的功能类似，这里就不再详细介绍了。

这里重点介绍查询课程功能模块(frmSearchLesson)。

查询课程窗体设计如图 9.16 所示。

图 9.16　查询课程窗体

窗体中控件的属性设置见表 9-16。

表 9-16　窗体中控件的属性

控　件　名	Name	View	AllowColumnRecorder	GridLines	Column
ListView	lvCourse	Details	True	True	Collection(依次添加 6 个成员)

其他控件的设置如图 9.16 所示。

窗体登录时，默认"课程号"选项被选中，显示查询记录的 ListBox 控件被清空，光标在设置"查询条件"的 TextBox 中，窗体的 Load 事件的代码如下。

```vb
Private Sub frmSearchLesson_Load(ByVal sender As System.Object, _
ByVal e As System.EventArgs) Handles MyBase.Load
    Me.MdiParent = mdiStudentManage
    lvCourse.Items.Clear()
    RadioButtonCourse.Checked = True
    txtSearch.Clear()
    txtSearch.Select()
End Sub
```

用户在不同的"查询选项"切换时，设置"查询条件"的 TextBox 控件需要清空原来的信息，在 RadioButton 的 ChechedChanged 事件中完成这步操作，2 个 RadioButton 的 ChechedChanged 事件代码相同。

【按课程号查询】单选按钮的代码如下。

```vb
Private Sub RadioButtonCourse_CheckedChanged(ByVal sender As System.Object, _
ByVal e As System.EventArgs) Handles RadioButtonCourse.CheckedChanged
    lvCourse.Items.Clear()
    txtSearch.Clear()
End Sub
```

【按授课教师查询】单选按钮的代码如下。

```
Private Sub RadioButtonTeacher_CheckedChanged(ByVal sender As System.Object, _
ByVal e As System.EventArgs) Handles RadioButtonTeacher.CheckedChanged
    lvCourse.Items.Clear()
    txtSearch.Clear()
End Sub
```

用户设置完查询信息，可单击【开始查询】按钮进行查询操作，【开始查询】按钮的 Click 事件代码如下。

```
Private Sub btnSearch_Click(ByVal sender As System.Object, ByVal e As
System.EventArgs) Handles btnSearch.Click
    '设置查询数据的命令
    Dim SQLString As String
    SQLString = "SELECT * FROM LessonInfo WHERE "
        If RadioButtonCourse.Checked Then
            SQLString += " 课程号="
        Else
            SQLString += " 授课教师="
        End If
    SQLString = SQLString + "'" + txtSearch.Text + "'"
    '调用编辑数据的模块
    Dim table As DataTable = EditData.Search(connStr, SQLString)
        If table.Rows.Count <= 0 Then
            MsgBox("输入有误，请重新输入! ", MsgBoxStyle.Information, "输入信息")
            Return
        End If
    lvCourse.Items.Clear()
    Dim LItem As ListViewItem
        For Each row As DataRow In table.Rows
            LItem = New ListViewItem(row("课程号").ToString)
            LItem.SubItems.Add(row("课程名"))
            LItem.SubItems.Add(row("授课教师"))
            LItem.SubItems.Add(row("教室"))
            LItem.SubItems.Add(row("课时"))
            LItem.SubItems.Add(row("学分"))
            lvCourse.Items.Add(LItem)
        Next
End Sub
```

【代码分析】

本段代码中，首先判断哪个查询选项被选中，根据被选中的 RadioButton 决定要查询的字段。然后，把 txtSearch 的内容合并到查询语句中，调用 EditData 的 Search 语句进行查找，如果返回值小于或等于 0，说明没有记录被找到，返回提示信息，提醒用户重新输入。如果查询操作正确执行，则把查询结果添加到 ListBox 中。

11. 学籍管理模块的设计

学籍管理模块实现以下功能。

① 添加学籍(frmAddStudentInfo)。

② 编辑学籍(frmEditStudentInfo)。

③ 删除学籍(frmDelStudentInfo)。

④ 查询学籍(frmSearchStudent)。

添加学籍、编辑学籍、删除学籍、查询学籍各模块与前面"课程管理"模块中的功能相同，这里就不再介绍了。

12. 成绩管理模块的设计

成绩管理模块实现以下功能。

① 添加成绩(frmAddCourse)。

② 编辑成绩(frmEditCourse)。

③ 删除成绩(frmDelCourse)。

④ 查询成绩(frmSearchCourse)。

⑤ 成绩报表(Score.rpt)。

添加成绩、编辑成绩、删除成绩、查询成绩各模块与前面"课程管理"模块中的功能相同，这里就不再介绍了，这里重点介绍成绩报表模块。

水晶报表(Crystal Reports)是一个优秀的报表开发工具，其特点是简单、易用和功能强大。水晶报表支持大多数流行的开发语言，可以方便地在任何应用程序中添加报表。它从1993 年开始成为 Visual Studio 的一部分，并且现在已经成为了 Visual Studio 2005 中的标准报表创建工具，Visual Studio 2005 中附带了该工具，并且它被直接集成到开发环境中。下面介绍以水晶报表为开发工具创建成绩报表的过程。

(1) 在当前项目的【解决方案资源管理器】中，右击粗体显示的项目名，在弹出的快捷菜单中选择【添加】|【新建项】命令，打开【添加新项】对话框。

(2) 在【添加新项】对话框的【模板】视图中，选择【Crystal 报表】模板。在【名称】文本框中，输入名称 Score.rpt，并单击【添加】按钮，打开【Crystal Reports 库】对话框，如图 9.17 所示。

(3) 在【Crystal Reports 库】对话框的【创建新 Crystal Reports 文档】选项组中，选择【使用报表向导】单选按钮。在【选择专家】选项组中，选择【标准】选项，单击【确定】按钮，打开【标准报表创建向导】对话框。

(4) 在【标准报表创建向导】对话框的【数据】选项卡的【可用数据源】列表中，展开"创建新连接"文件夹中的 OLE DB(ADO)文件夹，打开 OLE DB(ADO)对话框。

(5) 在 OLE DB(ADO)对话框的【提供程序】列表中，选择 Microsoft Jet 4.0 OLE DB Provider，单击【下一步】按钮，打开【连接信息】对话框。

图 9.17 【Crystal Reports 库】对话框

(6) 在【连接信息】对话框中，数据库名称选择前面创建的 StudentDB.mdb 数据库，数据库类型选择 Access，直接单击【完成】按钮，返回到【标准报表创建向导】对话框，如图 9.18 所示。

图 9.18 【标准报表创建向导】对话框

(7) 选择数据源 StudentDB.mdb 中的表 ScoreInfo、StudentInfo 和 LessonInfo，单击 ［ ＞ ］ 按钮，将数据表添加到右边的【选定的表】列表中。

(8) 单击【下一步】按钮，这两个表按关键字进行"自动链接"，如图 9.19 所示。

(9) 单击【下一步】按钮，打开【选择字段】对话框，在【可用字段】列表中，从 StudentInfo 表中选择"学号"、"姓名"，从 LessonInfo 表中选择"课程名"，从 ScoreInfo 表中选择"成绩"，单击 ［ ＞ ］ 按钮，将"成绩"移至"要显示的字段"列表中，单击【完成】按钮，Score 报表创建完毕。并加载到 Visual Studio 的主窗口中，如图 9.20 所示。

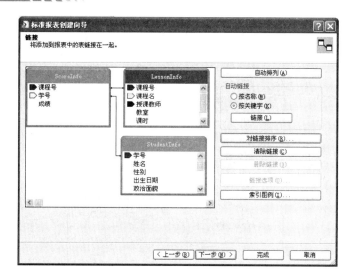

图 9.19　数据表的链接

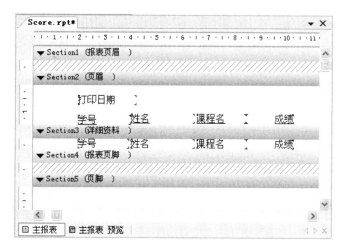

图 9.20　Score 报表设计器

(10) 报表制作完成后需要设计一个类作为报表显示控件的窗口，该类为 Form 的子类，添加子类的步骤如下。

① 首先在【解决方案资源管理器】中，展开【引用】文件夹。

② 右击【引用】节点，在弹出的对话框中选择 CrystalDecisions.Windows.Forms 选项，单击【确定】按钮。

③ 右击项目名称，在弹出的快捷菜单中，选择【添加类】命令，命名为 frmViewer.vb 文件。

④ 在该文件中添加以下命名空间。

```
Imports CrystalDecisions.CrystalReports.Engine
Imports CrystalDecisions.Shared
Imports CrystalDecisions.Windows.Forms
```

为了对该类进行初始化，需要重载它的构造方法。在构造方法中，调用自定义的初始化函数 InitializeComponent，这个函数初始化该类的属性。frmViewer 类的构造方法代码如下。

```
Public Class frmViewer:Inherits Form
        Friend WithEvents myCrystalReportViewer As CrystalReportViewer
        Private cryReport As ReportClass
        Private reportPath As String
        Private isEmbed As Boolean
        Private myConnectionInfo As ConnectionInfo
        Public Sub New()
        InitializeComponent()
End Sub
```

在 InitializeComponent 函数中，调用了 SuspendLayout 方法和 ResumeLayout 方法。ResumeLayout 方法的作用是挂起控件的布局逻辑，直到调用 ResumeLayout 方法为止。当调整控件的多个属性时，将先后使用 SuspendLayout 和 ResumeLayout 方法取消多个 Layout 事件。例如，通常先调用 SuspendLayout 方法，然后设置控件的 Size、Location、Anchor 或 Dock 属性，最后调用 ResumeLayout 方法以使更改生效。InitializeComponent 过程代码如下。

```
Private Sub InitializeComponent()
    Me.myCrystalReportViewer = New
    CrystalDecisions.Windows.Forms.CrystalReportViewer
    Me.SuspendLayout()           '
    Me.myCrystalReportViewer.ActiveViewIndex = -1
    Me.myCrystalReportViewer.BorderStyle = _
System.Windows.Forms.BorderStyle.FixedSingle
    Me.myCrystalReportViewer.Dock = System.Windows.Forms.DockStyle.Fill
    Me.myCrystalReportViewer.Location = New System.Drawing.Point(0, 0)
    Me.myCrystalReportViewer.Name = "myCrystalReportViewer"
    Me.myCrystalReportViewer.SelectionFormula = ""
    Me.myCrystalReportViewer.Size = New System.Drawing.Size(421, 278)
    Me.myCrystalReportViewer.TabIndex = 0
    Me.myCrystalReportViewer.ViewTimeSelectionFormula = ""
    Me.AutoScaleDimensions = New System.Drawing.SizeF(6.0!, 12.0!)
    Me.AutoScaleMode = System.Windows.Forms.AutoScaleMode.Font
    Me.ClientSize = New System.Drawing.Size(421, 278)
    Me.Controls.Add(Me.myCrystalReportViewer)
    Me.Name = "frmViewer"
    Me.Text = "frmViewer"
    Me.ResumeLayout(False)
End Sub
```

⑤ 初始化设置完毕后，在【解决方案资源管理器】中双击 frmViewer.vb 文件，在主窗口就可以看到该类的设计视图，如图 9.21 所示。

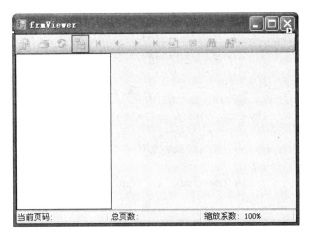

图 9.21 frmViewer 类的设计视图

在 frmViewer 类中添加并设置完毕 CrystalReportView 控件之后，还需要把报表导入到项目中，报表有两种方式可以导入到 Windows 项目中：嵌入式报表和非嵌入式报表。

对于嵌入式报表，把报表导入到项目中或在项目中创建了报表后，将会创建一个包装类(名称与报表相同)。这个包装类在项目中包装该报表。之后，项目中的所有代码均与创建的用于表示该报表的报表类进行交互，而不是与原始报表文件本身进行交互。编译项目时，报表和其包装类均会被嵌入到程序集中，与任何其他项目资源一样。

非嵌入式报表始终在项目外部被访问，编译项目时它不会被嵌入到程序集中，项目中的所有代码均与原始报表文件本身进行交互，可以通过多种方式使其可供访问：报表可以位于硬盘上的一个文件夹中；也可以是通过 Crystal 服务公开的一组报表中的一个。

⑥ 本案例以嵌入式方式把报表导入到 Windows 项目中，在 frmViewer 类中继续输入如下代码。

```
Public Sub SetCrystalReport(ByRef report As ReportClass)
    '设置报表
    cryReport = report
End Sub
Public Sub SetConnectionInfo(ByVal conn As ConnectionInfo)
    '设置数据库连接信息
    myConnectionInfo = conn
End Sub
Public Sub SetExportStyle(ByVal bEmbeded As Boolean)
    '设置绑定方式
    isEmbed = bEmbeded
End Sub
Private Sub frmViewer_Load(ByVal sender As System.Object, ByVal e As _
System.EventArgs) Handles MyBase.Load
    myCrystalReportViewer.ReportSource = cryReport
    SetDBLogonForReport(myConnectionInfo)
End Sub
Private Sub SetDBLogonForReport(ByVal myConnectionInfo As ConnectionInfo)
```

```
    Dim myTableLogOnInfos As TableLogOnInfos =_
myCrystalReportViewer.LogOnInfo
    '从 CrystalReportViewe 类的 LogOnInfo 属性中检索出 TableLogOnInfos 实例
    For Each myTableLogOnInfo As TableLogOnInfo In myTableLogOnInfos
        myTableLogOnInfo.ConnectionInfo = myConnectionInfo
    Next
End Sub
```

⑦ 在 mdiStudentManage 窗体的 ScoreReport 菜单的 Click 事件中输入如下代码。

```
Private Sub ScoreReport_Click(ByVal sender As System.Object, ByVal e As _
System.EventArgs) Handles ScoreReport.Click
        '创建新的窗体作为水晶报表显示控件的容器
        Dim frmViewer As New frmViewer
        '设置水晶报表
        '实例化报表
        Dim courseReport As Score = New Score()
        frmViewer.SetCrystalReport(courseReport)
        '设置连接信息
        frmViewer.SetConnectionInfo(conn)
        '设置绑定方式
        frmViewer.SetExportStyle(True)
        '显示水晶报表
        frmViewer.Show()
End Sub
```

程序运行结果如图 9.22 所示。

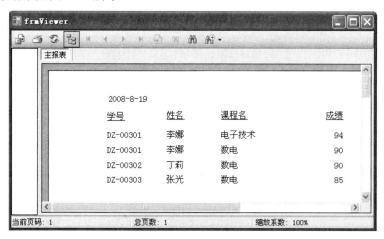

图 9.22 成绩报表

13. 主界面代码

主界面代码如下。

```
Imports CrystalDecisions.Shared
Public Class mdiStudentManage
```

```
Private strDatabase As String = "Provider=Microsoft.Jet.OLEDB.4.0;_Data
Source=" &_ Application.StartupPath & "\StudentDB.mdb"
Private conn As ConnectionInfo
Private m_Privilege As String
Private Sub mnuAddUser_Click(ByVal sender As System.Object, ByVal e As _
System.EventArgs) Handles mnuAddUser.Click
    frmAddUser.Show()
End Sub
Private Sub mnuEditUser_Click(ByVal sender As System.Object, ByVal e As _
System.EventArgs) Handles mnuEditUser.Click
    frmEditUser.Show()
End Sub
Private Sub mnuDelUser_Click(ByVal sender As System.Object, ByVal e As _
System.EventArgs) Handles mnuDelUser.Click
    frmDelUser.Show()
End Sub
Private Sub mnuModifyPassword_Click(ByVal sender As System.Object,
    ByVal e As_System.EventArgs) Handles mnuModifyPassword.Click
    frmModifyPassword.Show()
End Sub
Private Sub mnuAddClass_Click(ByVal sender As System.Object, ByVal e As_
System.EventArgs) Handles mnuAddClass.Click
    frmAddClass.Show()
End Sub
Private Sub EditClass_Click(ByVal sender As System.Object, ByVal e As_
System.EventArgs) Handles mnuEditClass.Click
    frmEditClass.Show()
End Sub
Private Sub mnuDeleteClass_Click(ByVal sender As System.Object, ByVal e As _
System.EventArgs) Handles mnuDeleteClass.Click
    frmDelClass.Show()
    End Sub
    Private Sub mnuQueryClass_Click(ByVal sender As System.Object, ByVal e As _
System.EventArgs) Handles mnuQueryClass.Click
     frmSearchClass.Show()
End Sub
 rivate Sub mnuAddCourse_Click(ByVal sender As System.Object, ByVal e As_
System.EventArgs) Handles mnuAddCourse.Click
    frmAddLesson.Show()
End Sub
Private Sub EditCourse_Click(ByVal sender As System.Object, ByVal e As_
System.EventArgs) Handles mnuEditCourse.Click
    frmEditLesson.Show()
End Sub
```

```
    Private Sub DeleteCourse_Click(ByVal sender As System.Object, ByVal e As_
System.EventArgs) Handles mnuDeleteCourse.Click
        frmDelLesson.Show()
    End Sub
    Private Sub mnuQueryCourse_Click(ByVal sender As System.Object, ByVal e As_
System.EventArgs) Handles mnuQueryCourse.Click
        frmSearchLesson.Show()
    End Sub
    Private Sub mnuEditStudent_Click(ByVal sender As System.Object, ByVal e As_
System.EventArgs) Handles mnuEditStudent.Click
        frmEditStudentInfo.Show()
    End Sub
    Private Sub mnuDelStudent_Click(ByVal sender As System.Object, ByVal e As _
System.EventArgs) Handles mnuDelStudent.Click
        frmDelStudentInfo.Show()
    End Sub
    Private Sub mnuQueryStudent_Click_1(ByVal sender As System.Object, _
ByVal e As System.EventArgs) Handles QueryStudent.Click
        frmSearchStudent.Show()
    End Sub
    Private Sub mnuAddScore_Click(ByVal sender As System.Object, ByVal e As_
System.EventArgs) Handles mnuAddScore.Click
        frmAddCourse.Show()
    End Sub
    Private Sub mnuEditScore_Click(ByVal sender As System.Object, ByVal e As _
System.EventArgs) Handles mnuEditScore.Click
        frmEditCourse.Show()
    End Sub
    Private Sub mnuDeleteScore_Click(ByVal sender As System.Object, ByVal e As _
System.EventArgs) Handles mnuDeleteScore.Click
        frmDelCourse.Show()
    End Sub
    Private Sub mnuQueryScore_Click(ByVal sender As System.Object, ByVal e As_
System.EventArgs) Handles mnuQueryScore.Click
        frmSearchCourse.Show()
    End Sub
    Private Sub mnuAddStudent_Click(ByVal sender As System.Object, ByVal e As _
System.EventArgs) Handles mnuAddStudent.Click
        frmAddStudentInfo.Show()
    End Sub
    Private Sub MnuExit_Click(ByVal sender As System.Object, ByVal e As_
System.EventArgs) Handles MnuExit.Click
        Application.Exit()
    End Sub
    Private Sub ScoreReport_Click(ByVal sender As System.Object, ByVal e As_
System.EventArgs) Handles mnuScoreReport.Click
```

```
                    '创建新的窗体作为水晶报表显示控件的容器
            Dim frmViewer As New frmViewer
            '设置水晶报表
            '实例化报表
            Dim courseReport As Score - New Score()
            frmViewer.SetCrystalReport(courseReport)
            '设置连接信息
            frmViewer.SetConnectionInfo(conn)
            '设置绑定方式
            frmViewer.SetExportStyle(True)
            '显示水晶报表
            frmViewer.Show()
        End Sub
        Private Sub mdiStudentManage_Load(ByVal sender As System.Object, ByVal_
            e As System.EventArgs) Handles MyBase.Load
            '实例化连接信息
            conn = New ConnectionInfo()
            conn.DatabaseName = strDatabase
            conn.IntegratedSecurity = False
                If m_Privilege = "系统管理员" Then
                    mnuUserManage.Visible = True
                    mnuClassManage.Visible = True
                    mnuCourseManage.Visible = True
                    mnuScoreManage.Visible = True
                Else
                    mnuUserManage.Visible = True
                    mnuClassManage.Visible = False
                    mnuCourseManage.Visible = False
                    mnuScoreManage.Visible = False
                End If
        End Sub
        Public Sub SetPrivilege(ByRef strPrivilege As String)
                m_Privilege = strPrivilege
        End Sub
        Private Sub mdiStudentManage_FormClosed(ByVal sender As System.Object,_
ByVal e As System.Windows.Forms.FormClosedEventArgs) Handles MyBase.FormClosed
            Application.Exit()
        End Sub
        End Class
```

9.1.3 运行成绩管理系统

(1) 在【解决方案资源管理器】中，在 StudentManage 上单击鼠标右键，在弹出的快捷菜单中选择【属性】命令，出现如图 9.23 所示的对话框。

(2) 在【启动窗体】下拉列表框中选择 FrmLogin。

(3) 按 F5 键运行程序。

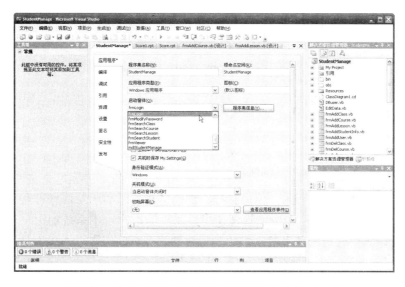

图 9.23　选择【启动窗体】下拉列表框中的 FrmLogin

至此，学生成绩管理系统就介绍完了，对于没有介绍的功能，读者可以运行源程序并查看源代码。

9.2　案例 10——职工信息管理系统

9.2.1　案例说明

【案例简介】

本案例结合 Visual Basic 2005 编程技术和 SQL Server 数据库技术开发职工信息管理系统。开发完成的职工信息管理系统的主界面如图 9.24 所示。

图 9.24　职工信息管理系统的主界面

【案例目的】

(1) 学习并掌握 Visual Basic 2005 连接 SQL Server 数据库的基本方法；

(2) 进一步熟悉并掌握 Connection、Command、DataAdapter、DataSet 等数据访问对象的创建和使用；

(3) 熟悉使用 DataGridview 控件显示数据的方法。

9.2.2 案例实现步骤与分析

1. 系统设计

本系统需要完成的功能有用户信息管理、部门信息管理和职工信息管理 3 个模块。

(1) 用户信息管理：该功能用于管理使用该系统的用户，本系统的用户有两类：一类是系统管理员；另一类是人事人员。系统管理员拥有所有的权限，人事人员不能进入用户管理模块。

(2) 部门信息管理：添加、修改、删除和查询部门信息。

(3) 职工信息管理：添加、修改、删除和查询职工信息。

系统功能模块如图 9.25 所示。

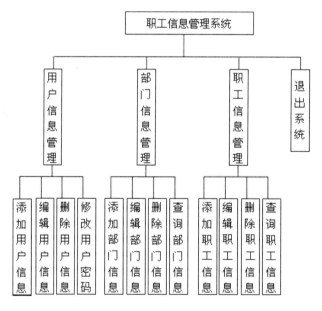

图 9.25　职工信息管理系统功能模块图

2. 数据库逻辑结构设计

本系统需要用 SQL Server 创建一个名为 WorkerInfo 的数据库，数据库中需要设计 3 个数据表。

(1) 用户信息表，包括的数据字段有：用户名，密码和权限，其中用户名是关键字。

(2) 部门信息表，包括的数据字段有：部门编号、部门名称和部门主管，其中部门编号是关键字。

(3) 职工信息表，包括的数据字段有：工号、姓名、性别、民族、出生日期、政治面貌、学历、婚姻状况、身份证号、部门编号、工作岗位、办公电话、手机、家庭住址和参加工作时间。工号是关键字，部门编号是部门信息表的外键。

各表的结构见下面的表格。表 9-17 为用户信息表，命名为 tbUser。

表 9-17　用户信息表(tbUser)

字　段　名	字　段　类　型	字段长度(字节)	必　填　字　段	主　　键
用户名	nchar	10	是	是
密码	nchar	16	是	否
权限	nchar	10	是	否

表 9-18 为部门信息表，命名为 Department。

表 9-18　部门信息表(Department)

字　段　名	字　段　类　型	字段长度(字节)	必　填　字　段	主　　键
部门编号	nvarchar	20	是	是
部门名称	nvarchar	20	是	否
部门主管	nvarchar	10	是	否

表 9-19 为职工信息表，命名为 Employee。

表 9-19　职工信息表(Employee)

字　段　名	字　段　类　型	字段长度(字节)	必　填　字　段	主　　键
工号	nvarchar	20	是	是
姓名	nvarchar	20	是	否
性别	nvarchar	10	是	否
民族	文本	5	是	否
出生日期	datetime	8	是	否
政治面貌	nvarchar	10	是	否
学历	nvarchar	5	是	否
婚姻状况	nvarchar	4	是	否
身份证号	nvarchar	20	是	否
部门编号	nvarchar	20	是	外键
工作岗位	nvarchar	20	是	否
办公电话	nvarchar	15	是	否
手机	nvarchar	11	是	否
家庭住址	nvarchar	50	是	否
参加工作时间	datetime	8	是	否

具体用 SQL Server 创建数据库和数据表的过程这里不再详细介绍。

3. 设计系统主界面

1) 创建工程项目

启动 Visual Basic 2005 开发环境，选择【文件】|【新建项目】命令，在该对话框中选择【Windows 应用程序】模板，输入项目名称为 WorkerInfoManage。

2) 设计系统主界面

本系统采用多文档窗体界面和菜单设计，步骤如下。

(1) 新建一个 Windows 应用程序，并设置窗体 Form1 的 IsMdiContainer 属性值为 True。窗体的 Name 属性为 frmMain、Text 属性为"职工信息管理系统"、BackgroundImage 属性为一个图片、BackgroundImageLayout 属性为 stretch。

(2) 然后，在窗体上设计菜单，菜单结构如图 9.26 所示。

图 9.26　系统菜单设计

4. 数据库的连接

在 9.1.2 节的数据库连接中曾经介绍过，不同的数据源使用不同的 Connection 对象，本案例连接的是 SQL Server 数据源，因此所使用的 Connection 对象应选择 SqlConnection。创建 SqlConnection 对象和前面介绍的创建 OleDbConnection 对象类似，这里使用 Imports 导入的命名空间为 SqlClient，其代码为：

```
Imports System.Data.SqlClient
```

实例化 SqlConnection 对象，代码如下。

```
Dim ConStr As String
Dim Conn AsSqlConnection = New SqlConnection(CoStr)
```

其中，ConStr 表示用于打开 SQL Server 数据库连接的字符串。SqlConnection 表示连接 SQL Server 数据库的字符串：

```
"Server=服务器名;DataBase=数据库名;User ID=用户名;Password=密码;Integrated
Security=True|SSPI|False"
```

其中：Integrated Security 设置为 True，可以用 SSPI 代替，一般使用 SSPI，这时连接 语句前面的 User ID 和 Password 是不起作用的，即采用 Windows 身份验证模式。当 Integrated Security 设置为 False 或省略该项时，才按照 User ID, Password 来连接，即采用 SQL Server 身份验证模式。下面代码为采用 Windows 身份验证模式连接数据库，数据库名 为 WorkerInfo。

```
Imports System.Data.sqlClient
Public Class Form1
Private Sub Form1_Click(ByVal sender As Object, ByVal e As System.EventArgs)
Handles Me.Click
     Dim ConStr As String = "Server=(local); DataBase=WorkerInfo; _
 Integrated Security=SSPI"
     Dim Conn As SqlConnection = New SqlConnection(ConStr)
     Conn.Open()
        If Conn.State Then
           Label1.Text = "数据库连接成功!"
        Else
           Label1.Text = "数据库连接不成功!"
        End If
End Sub
End Class
```

5. 数据库的访问

对数据库执行 SQL 语句的 Command 对象和从数据源检索数据并填充 DataSet 中表的 DataAdapter 对象根据不同的数据源使用不同的对象类型，本案例采用 SqlCommand 对象、 SqlDataAdapter 对象和 DataSet 对象来完成对数据库的访问。

6. 通用模块类的设计

本案例使用了一些前面案例创建的通用模块，并根据实际情况进行了调整。用到的模 块主要有：数据编辑模块 EditData、用户登录模块 DBuser、显示搜索数据的模块 mdlDisplaySearchData。前面曾经提到过，在对 SQL Server 数据库进行操作时，数据提供者 需要改成 sqlClient，这里主要介绍 EditData 模块和 mdlDisplaySearchData 模块。

1) EditData 模块

EditData 模块的代码如下。

```
Imports System.Data.SqlClient
Public Class EditData
Shared Function Insert(ByVal ConnStr As String, ByVal strSQL As String) As
Integer
'创建 SqlConnection 实例
        Dim conn As SqlConnection = New SqlConnection(ConnStr)
        '创建 SqlCommand 实例
        Dim myCommand As SqlCommand = New SqlCommand(strSQL, conn)
        'count 表示受影响的行数，初始化为 0
        Dim count As Integer = 0
        Try
                '连接数据库
                conn.Open()
                '执行 SQL 命令
                count = myCommand.ExecuteNonQuery()
        Catch ex As SqlException
                MsgBox(ex.ToString())
        Catch ex As Exception
                MsgBox(ex.ToString())
        Finally
                 conn.Close()
        End Try
        Return count
End Function
    Shared Function Delete(ByVal ConnStr As String, ByVal table As String,_
ByVal row As String, ByVal value As String) As Integer
        '创建 SqlConnection 实例
        Dim conn As SqlConnection = New SqlConnection(ConnStr)
        '创建 SQL 命令
        Dim strSQL As String = "Delete From " + table + " Where " + row +
        "=" + "'"_+ value + "'"
        '创建 SqlCommand 实例
        Dim myCommand As SqlCommand = New SqlCommand(strSQL, conn)
        'count 表示受影响的行数，初始化为 0
        Dim count As Integer = 0
        Try
                '连接数据库
                conn.Open()
                '执行 SQL 命令
                count = myCommand.ExecuteNonQuery()
        Catch ex As SqlException
                MsgBox(ex.ToString())
                Finally
                conn.Close()
```

```vbnet
        End Try
            Return count
    End Function
    Shared Function Update(ByVal ConnStr As String, ByVal table As String, ByVal_
strContent As String, ByVal row As String, ByVal value As String) As Integer
        '创建 SqlConnection 实例
        Dim conn As SqlConnection = New SqlConnection(ConnStr)
        '创建 SQL 命令
        Dim strSQL As String = "Update " + table + " Set " + strContent + "
        Where " _+ row + "=" + "'" + value + "'"
        '创建 SqlCommand 实例
        Dim myCommand As SqlCommand = New SqlCommand(strSQL, conn)
        'count 表示受影响的行数，初始化为 0
        Dim count As Integer = 0
        Try
            '连接数据库
          conn.Open()
            '执行 SQL 命令
          count = myCommand.ExecuteNonQuery()
        Catch ex As SqlException
            MsgBox(ex.ToString())
         Finally
            conn.Close()
        End Try
        Return count
    End Function
    Shared Function Search(ByVal ConnStr As String, ByVal strSQL As String)_
As DataTable
        '创建 SqlConnection 实例
         Dim conn As SqlConnection = New SqlConnection(ConnStr)
         '创建 SQL 命令
         Dim myCommand As SqlCommand = New SqlCommand(strSQL, conn)
         '打开数据库连接
         conn.Open()
         '设置适配器
         Dim adapter As New SqlDataAdapter
         adapter.TableMappings.Add("Table", "TEMP")
         adapter.SelectCommand = myCommand
         '填充数据集
         Dim ObjectdsDataSet As New DataSet()
         adapter.Fill(ObjectdsDataSet)
           '关闭数据库连接
         conn.Close()
           '返回查询的表
         Return ObjectdsDataSet.Tables("TEMP")
    End Function
End Class
```

本模块和前面案例模块的区别主要是用 Imports 导入的命名空间 OleDb 提供类被 sqlClient 类替换，OleDbConnection 实例被 SqlConnection 实例替换，OleDbCommand 实例被 SqlCommand 实例替换，OleDbDataAdapter 实例被 SqlDataAdapter 实例替换，其他代码不变，打开数据库连接仍然用 Open 方法、关闭数据库连接仍然用 Close 方法。

2) mdlDisplaySearchData 模块

mdlDisplaySearchData 模块代码如下。

```
Imports System.Data.SqlClient
Module mdlDisplaySearchData
Public Sub DataBind(ByVal ConnStr As String, ByVal Table As String, _
ByVal frmConntrol As DataGridView, ByVal strField As String, ByVal strValue_
As String, _ByVal op As String)
    '连接数据库
    Dim cn As New SqlConnection(ConnStr)
    '打开数据库
    cn.Open()
    '设置执行 SQL 语句
    Dim strSQL = "Select * from " + Table
        If (strValue <> "") Then
            strSQL = strSQL + " where " + strField + op + " '" + strValue + "'"
        End If
        Dim cmd As SqlCommand = New SqlCommand(strSQL, cn)
        cmd.CommandType = CommandType.Text
        Dim da As New SqlDataAdapter()
        da.SelectCommand = cmd
        '执行查询命令
        cmd.ExecuteNonQuery()
        '填充数据集
        Dim ds As New DataSet
        da.Fill(ds, Table)
        '设置显示的数据表
        frmConntrol.DataSource = ds.Tables(Table)
    End Sub
End Module
```

本模块主要用来显示搜索到的数据，其余模块和这两个模块类似，在这些模块中对 SQL Server 数据库和 Access 数据库访问的区别就不再一一介绍。

7. 登录模块的设计

系统登录模块和 9.1 节中案例的登录模块相似，这里不再介绍。

8. 用户信息管理模块的设计

用户信息管理模块和 9.1 节中案例的用户模块相似，这里不再介绍。

9. 部门信息管理模块的设计

部门信息管理模块实现的主要功能包括以下几个方面。

① 添加部门。

② 编辑部门。

③ 删除部门。

④ 查询部门。

1) 添加部门

添加部门(frmAddDepartment)窗体设计如图 9.27 所示，窗体上的控件及属性见表 9-20。

图 9.27 添加部门窗体

表 9-20 添加部门控件及属性

控 件 类 型	Name	Text
Form	frmAddDepartment	添加部门
Label	lblDepartmentID	部门编号：
	lblDepartmentName	部门名称：
	lblDepartmentLeader	部门主管：
TextBox	txtDepartmentID	
	txtDepartmentName	
	txtDepartmentLeader	
Button	btnOK	确定
	btnCancel	取消

代码如下。

```
Public Class frmAddDepartment
'定义连接数据库的字符串
Private connStr As String = "Persist Security Info=False;Server=(local);_
DataBase=WorkerInfo; Integrated Security=SSPI"
双击【确定】按钮，加入"Click 事件"代码。
Private Sub BtnOk_Click(ByVal sender As System.Object, ByVal e As_
```

```
System.EventArgs)_ Handles BtOk.Click
    Dim SQLString As String = "INSERT INTO Department VALUES('" + _
txtDepartmentID.Text + "','" + txtDepartmentName.Text + "','" +_
txtDepartmentLeader.Text + "')"
        '调用编辑数据的模块
    Dim count As Integer = EditData.Insert(connStr, SQLString)
        If count > 0 Then
            MsgBox("添加部门成功! ", MsgBoxStyle.OkOnly, "添加部门")
        End If
    End Sub
```

双击【取消】按钮，加入"Click 事件"代码。

```
    Private Sub BtnCancel_Click(ByVal sender As System.Object, ByVal e As _
System.EventArgs) Handles BtnCancel.Click
        Close()
    End Sub
```

在代码窗口，添加窗体 frmAddDepartment 的"Load 事件"代码。

```
    Private Sub frmAddDepartment_Load(ByVal sender As System.Object, ByVal e As _
System.EventArgs) Handles MyBase.Load
        Me.MdiParent = frmMain
    End Sub
    End Class
```

2）编辑部门

编辑部门(frmEditDepartment)窗体设计如图 9.28 所示，窗体上的控件及属性见表 9-21。

图 9.28　编辑部门窗体

表 9-21　编辑部门控件及属性

控 件 类 型	Name	Text
Form	frmEditDepartment	编辑部门
Label	lblDepartmentID	部门编号：
	lblDepartmentName	部门名称：
	lblDepartmentLeader	部门主管：

控 件 类 型	Name	Text
ComboBox	cmbDepartment	
TextBox	txtDepartmentName	
	txtDepartmentLeader	
Button	btnOK	确定
	btnCancel	取消

加载窗体"部门编号"控件的选项改变时需要填充更新其余控件的内容，所以把这部分代码放在一个子过程中，代码如下。

```
Private Sub LoadDepartment()
Dim SQLString As String = "Select * from Department where 部门编号= '" + _
cmbDepartment.Text + "'"
    Dim table As DataTable = EditData.Search(connStr, SQLString)
        If table.Rows.Count <= 0 Then
            Return
        End If
    Dim row As DataRow = table.Rows(0)
    txtDepartmentName.Text = row("部门名称")
    txtDepartmentLeader.Text = row("部门主管")
End Sub
```

在代码窗口，添加窗体 frmEditDepartment 的"Load 事件"代码。

```
Private Sub frmEditDepartment_Load(ByVal sender As System.Object, ByVal e_
As System.EventArgs) Handles MyBase.Load
    Me.MdiParent = frmMain
    Dim conn As SqlConnection = New SqlConnection(connStr)
    conn.Open()
    '创建 SQL 命令
    Dim strSQL As String = "Select 部门编号 from Department"
    Dim myCommand As SqlCommand = New SqlCommand(strSQL, conn)
    '设置适配器
    Dim adapter As New SqlDataAdapter
    adapter.TableMappings.Add("Table", "TEMP")
    adapter.SelectCommand = myCommand
    '填充数据集
    Dim ds As New DataSet()
    adapter.Fill(ds)
    cmbDepartment.DataSource = ds.Tables("TEMP")
    cmbDepartment.DisplayMember = "部门编号"
    '关闭数据库连接
```

```
        conn.Close()
        LoadDepartment()
        txtDepartmentName.Select()
    End Sub
```

"部门编号"选项发生改变时，触发 SelectedIndexChanged 事件，在该事件中调用 LoadDepartment 过程更新其余控件中的内容，代码如下。

```
    Private Sub cmbDepartment_SelectedIndexChanged(ByVal sender As System.Object,_
ByVal e As System.EventArgs) Handles cmbDepartment.SelectedIndexChanged
        LoadDepartment()
    End Sub
```

编辑完毕后，单击【确定】按钮更新数据。

双击【确定】按钮，添加如下"Click 事件"代码。

```
    Private Sub btnOK_Click(ByVal sender As System.Object, _
ByVal e As System.EventArgs) Handles btnOK.Click
        '设置修改数据的命令
        Dim SQLString As String
        SQLString = "部门名称='" + txtDepartmentName.Text + "', 部门主管= '" + _
txtDepartmentLeader.Text + "'"
        '调用编辑数据的模块
        Dim count As Integer = EditData.Update(connStr, "Department", SQLString, _
"部门编号", cmbDepartment.Text)
        If count > 0 Then
            MsgBox("编辑部门成功！", MsgBoxStyle.OkOnly, "编辑部门")
        End If
    End Sub
```

3）删除部门

删除部门(frmDelDepartment)窗体设计如图 9.29 所示。删除部门窗体控件属性见表 9-22。其中 ListView 控件属性见表 9-23。

图 9.29　删除部门窗体

表 9-22　删除部门窗体控件及属性

控 件 类 型	Name	Text
Form	frmDelDepartment	删除部门
ListView	LvDepartment	
Button	btnOK	确定
	btnCancel	取消

表 9-23　ListView 控件属性

属 性 名 称	属 性 值	成 员
View	Details	
AllowColumnRecordern	True	
Column	Collection	部门编号
		部门名称
		部门主管
GridLines	True	

该窗体运行时，首先需要从数据库中查询用户信息，并把符合要求的信息显示到 ListView 控件上。删除选中的部门后，也需要根据数据库的信息刷新该控件显示的内容。因为这部分代码会在多个地方用到，所以把这部分代码放在一个过程中，代码如下。

```
Sub LoadDepartment()
    Dim SQLString = "Select * from Department"
    Dim table As DataTable = EditData.Search(connStr, SQLString)
    lvDepartment.Items.Clear()
    Dim LItem As ListViewItem
    For Each row As DataRow In table.Rows
        LItem = New ListViewItem(row("部门编号").ToString)
        LItem.SubItems.Add(row("部门名称"))
        LItem.SubItems.Add(row("部门主管"))
        lvDepartment.Items.Add(LItem)
    Next
End Sub
```

加载窗体时，首先把窗体设置为是 frmMain 的子窗体，然后再调用此函数。

在代码窗口，添加窗体"frmDelDepartment"的如下"Load 事件"代码。

```
Private Sub frmDelDepartment_Load(ByVal sender As System.Object, ByVal e
As System.EventArgs) Handles MyBase.Load
    Me.MdiParent = frmMain
    LoadDepartment()
End Sub
```

选中所删除的部门后，单击【确定】按钮执行删除操作。

双击【确定】按钮，添加如下"Click 事件"代码。

```
    Private Sub BtnOk_Click(ByVal sender As System.Object, _
ByVal e As System.EventArgs) Handles BtnOk.Click
        Dim strSelect As String = "Select * from Employee where 部门编号='" + _
lvDepartment.SelectedItems(0).Text + "'"
        Dim table As DataTable = EditData.Search(connStr, strSelect)
        Dim row As DataRow
        For Each row In table.Rows
            EditData.Delete(connStr, "Employee", "工号", row(0).ToString())
        Next
        '调用编辑数据的模块
        Dim count As Integer = EditData.Delete(connStr, "Department", "部门编号", _
lvDepartment.SelectedItems(0).Text)
        Dim a = MsgBox("确定要删除部门吗?", MsgBoxStyle.OkCancel + _
MsgBoxStyle.Question, "删除部门")
        If a = 1 Then
            If count > 0 Then
                LoadDepartment()
                MsgBox("删除部门成功! ", MsgBoxStyle.OkOnly, "删除部门")
            End If
        End If
    End Sub
```

注意： 在删除 Department 表中的记录之前需要先删除 Employee 的对应行，否则删除会报错。删除完毕后，需要调用 LoadDepartment 函数刷新 ListView 控件的内容。

4) 查询部门

查询部门(frmSaerchDepartment)窗体设计如图 9.30 所示，窗体控件属性设置见表 9-24。

图 9.30　查询部门窗体

表 9-24　查询部门控件及属性

控 件 类 型	Name	Text
Form	frmSearchDepartment	查询部门
DataGridView	dgvDepartment	
Frmae	Frame1	查询选择
RadioButton	RadioButtonID	部门编号
	RadioButtonName	部门名称
	RadioButtonLeader	部门主管
Label	Label1	查询条件
Text	txtSearch	
Button	btnSearch	查询

DataGridView 控件显示从数据库中查询到的内容。在 DataGridView 控件的 DataGridView 任务中，不选择【启用添加】、【启用编辑】、【启用删除】和【启用列重新排序】复选框，DataGridView 任务的设置如图 9.31 所示。

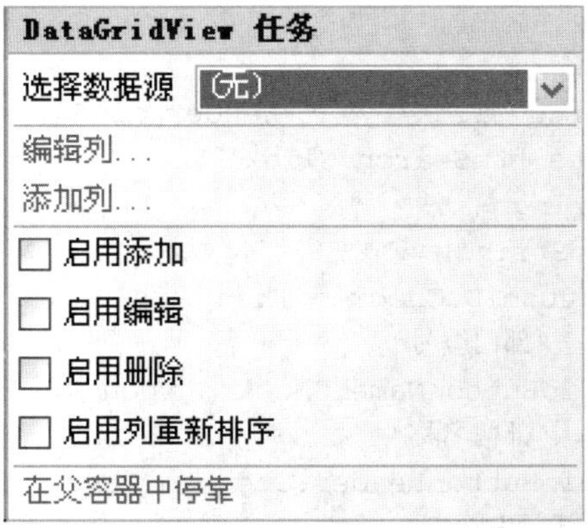

图 9.31　DataGridView 任务

该窗体运行时，初始化查询选项为"部门编号"，查询条件为空，光标在编辑"查询条件"的 TextBox 控件内。

在代码窗口，添加窗体"frmSearchDepartment"的"Load"事件代码如下。

```
Private Sub frmSearchDepartment_Load(ByVal sender As System.Object,_
ByVal e As System.EventArgs) Handles MyBase.Load
    Me.MdiParent = frmMain
    RadioButtonID.Checked = True
    txtSearch.Select()
End Sub
```

在 3 个查询选项间切换时,触发该控件的 CheckedChanged 事件。

【部门编号】单选按钮的代码如下。

```
Private Sub RadioButtonID_CheckedChanged(ByVal sender As System.Object, _
ByVal e As System.EventArgs) Handles RadioButtonID.CheckedChanged
    txtSearch.Clear()
End Sub
```

【部门名称】单选按钮的代码如下。

```
Private Sub RadioButtonName_CheckedChanged(ByVal sender As System.Object, _
ByVal e As System.EventArgs) Handles RadioButtonName.CheckedChanged
    txtSearch.Clear()
End Sub
```

【部门主管】单选按钮的代码如下。

```
Private Sub RadioButtonLeader_CheckedChanged(ByVal sender As System.Object, _
ByVal e As System.EventArgs) Handles RadioButtonLeader.CheckedChanged
    txtSearch.Clear()
End Sub
```

当设置好查询条件后,单击【查询】按钮,执行查询操作,该按钮的 Click 事件的代码如下。

```
Private Sub btnSearch_Click(ByVal sender As System.Object, ByVal e As _
System.EventArgs) Handles btnSearch.Click
    Dim op As String = "="
    Dim field As String = ""
      If RadioButtonID.Checked Then
        field = "部门编号"
      ElseIf RadioButtonName.Checked Then
        field = "部门名称"
      ElseIf RadioButtonLeader.Checked Then
       field = "部门主管"
      End If
    mdlDisplaySearchData.DataBind(connStr, "Department", dgvDepartment, _
field, txtSearch.Text, op)
End Sub
```

本段代码首先判断哪个查询选项被选中,根据被选中的 RadioButton 决定要查询的字段,然后调用 mdlDisplaySearchData 模块的 DataBind 方法,将查询到的结果显示到 dgvDepartment 中。

10. 职工信息管理模块的设计

职工信息管理模块(frmAddEmployee)实现的主要功能包括以下几个方面。

① 添加职工信息。

② 编辑职工信息。

③ 删除职工信息。

④ 查询职工信息。

1）添加职工信息

添加职工信息窗体设计如图 9.32 所示。

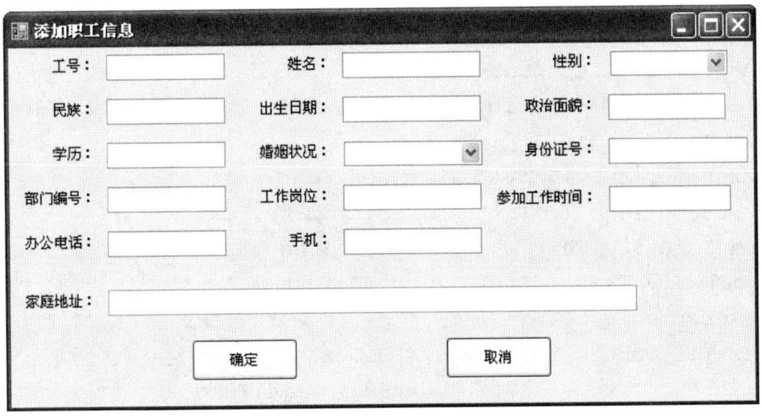

图 9.32 添加职工信息窗体

添加职工信息窗体控件及属性见表 9-25。

表 9-25 添加职工信息窗体控件及属性

控 件 类 型	Name	Text
Form	frmAddEmployee	添加职工信息
TextBox	txtWordID	工号：
	txtName	姓名：
	txtRace	民族：
	txtBirthdate	出生日期：
	txtIdentity	政治面貌：
	txtStudy	学历：
	txtID	身份证号：
	txtDepartment	部门编号：
	txtWork	工作岗位：
	txtBeginTime	参加工作时间：
	txtTel	办公电话：
	txtPH	手机：
	txtHome	家庭地址：
ComboBox	comSex	性别：
	comMarry	婚姻状况：
Button	btnOK	确定
	btnCancel	取消

comSex 的 Items 属性设置为"男"和"女"，comMarry 的 Items 属性设置为"单身"和"已婚"。

添加完职工的基本信息后，单击【确定】按钮把职工信息添加到数据库的 Employee 表中，双击【确定】按钮，输入"Click"事件代码。

```
Private Sub btnOk_Click(ByVal sender As System.Object, ByVal e As_
System.EventArgs) _Handles btnOk.Click
    Dim SQLString As String = "INSERT INTO Employee VALUES('" + _
    txtWorkID.Text + " ','" _
        + txtName.Text + "','" + cmbSex.Text + "','" _
        + txtRace.Text + "','" + txtBirthDate.Text + "','" _
        + txtIdentity.Text + "','" + txtStudy.Text + "','" _
        + cmbMarry.Text + "','" + txtID.Text + "','" _
        + txtDepartment.Text + "','" + txtwork.Text + "','" _
        + txtTel.Text + "','" + txtPH.Text + "','" _
        + txtHome.Text + "','" + txtBeginTime.Text + "')"
        '调用编辑数据的模块
     Dim count As Integer = EditData.Insert(connStr, SQLString)
        If count > 0 Then
            If MessageBox.Show("添加员工信息成功！", "添加员工信息", _
MessageBoxButtons.YesNo, MessageBoxIcon.Question) = Windows.Forms.
ialogResult.No Then
                Return
            End If
        End If
End Sub
```

2) 编辑职工信息

编辑职工信息窗体设置如图 9.33 所示。

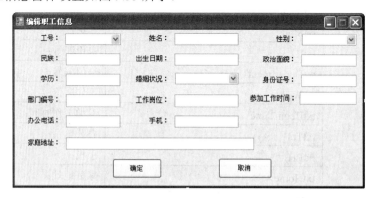

图 9.33　编辑职工信息窗体

"编辑职工信息"窗体的设计和"添加职工信息"的窗体设计相比除将"工号"的 TextBoxt 改为 ComboBox 以外，其余控件设计相同。

窗体登录时和"部门编号"控件的选项改变时需要更新其余控件的内容，所以这里把更新代码放在一个过程中，代码如下。

```vb
Private Sub LoadEmployee()
    Dim SQLString As String = "Select * from Employee where 工号= '" +_
cmbWorkID.Text + "'"
    Dim table As DataTable = EditData.Search(connStr, SQLString)
        If table.Rows.Count <= 0 Then
            Return
        End If
    Dim row As DataRow = table.Rows(0)
    txtName.Text = row("姓名")
        If row("性别") = "男" Then
            cmbSex.SelectedIndex = 0
        Else
            cmbSex.SelectedIndex = 1
        End If
    txtRace.Text = row("民族")
    txtBirthDate.Text = row("出生日期").ToShortDateString()
    txtIdentity.Text = row("政治面貌")
    txtStudy.Text = row("学历")
        If "单身" = row("婚姻状况") Then
            cmbMarry.SelectedIndex = 0
        Else
            cmbMarry.SelectedIndex = 1
        End If
    txtID.Text = row("身份证号")
    txtDepartment.Text = row("部门编号")
    txtwork.Text = row("工作岗位")
    txtTel.Text = row("办公电话")
    txtPH.Text = row("手机")
    txtHome.Text = row("家庭住址")
    txtBeginTime.Text = row("参加工作时间").ToShortDateString()
End Sub
```

在代码编辑区，输入窗体 frmEditEmployee 的"Load"事件代码。

```vb
Private Sub frmEditEmployee_Load(ByVal sender As System.Object, ByVal e As_
System.EventArgs) Handles MyBase.Load
  Me.MdiParent = frmMain
  Dim conn As SqlConnection = New SqlConnection(connStr)
  conn.Open()
  '创建 SQL 命令
  Dim strSQL As String = "Select 工号 from Employee"
  Dim myCommand As SqlCommand = New SqlCommand(strSQL, conn)
```

```
'设置适配器
Dim adapter As New SqlDataAdapter
adapter.TableMappings.Add("Table", "TEMP")
adapter.SelectCommand = myCommand
'填充数据集
Dim ds As New DataSet()
adapter.Fill(ds)
cmbWorkID.DataSource = ds.Tables("TEMP")
cmbWorkID.DisplayMember = "工号"
'关闭数据库连接
conn.Close()
LoadEmployee()
txtName.Select()
End Sub
```

单击【确定】按钮将用户所做的修改保存到数据库 Employee 表中，双击【确定】按钮，添加 "Click" 事件代码。

```
Private Sub btnOk_Click(ByVal sender As System.Object, ByVal e As System.
ventArgs) _ Handles btnOk.Click
        '设置修改数据的命令
        Dim SQLString As String
        SQLString = "姓名='" + txtName.Text + "', 性别= '" + cmbSex.Text _
    + "', 民族='" + txtRace.Text + "',出生日期='" + txtBirthDate.Text _
        + "',政治面貌='" + txtIdentity.Text + "',学历='" + txtStudy.Text _
        + "',婚姻状况='" + cmbMarry.Text + "',身份证号='" + txtID.Text _
        + "',部门编号='" + txtDepartment.Text + "',工作岗位='" +
        txtwork.Text _
        + "',办公电话='" + txtTel.Text _
        + "',手机='" + txtPH.Text _
        + "',家庭住址='" + txtHome.Text _
        + "',参加工作时间='" + txtBeginTime.Text + "'"
        '调用编辑数据的模块
    Dim count As Integer = EditData.Update(connStr, "Employee", SQLString,_
    "工号",_cmbWorkID.Text)
        If count > 0 Then
            MsgBox("编辑员工信息成功! ", MsgBoxStyle.OkOnly, "编辑员工信息")
        End If
End Sub
```

3) 删除职工信息

删除职工信息窗体设计如图 9.34 所示。删除职工信息窗体控件属性见表 9-26。其中 ListView 控件属性见表 9-27。

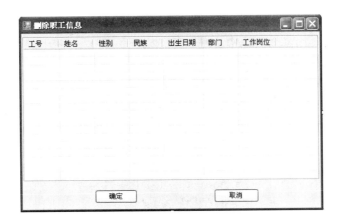

图 9.34　删除职工信息窗体

表 9-26　删除职工信息窗体控件及属性

控 件 类 型	Name	Text
Form	frmDelEmployee	删除职工信息
ListView	lvEmployee	
Button	btnOK	确定
	btnCancel	取消

表 9-27　ListView 控件属性

属 性 名 称	属 性 值	成 员
View	Details	
AllowColumnRecordern	True	
Column	Collection	工号
		姓名
		性别
		民族
		出生日期
		部门
		工作岗位
GridLines	True	

窗体加载时，调用一个子过程 LoadEmployee。

子过程 LoadEmployee 的代码如下。

```
Sub LoadEmployee()
    Dim SQLString = "Select * from Employee"
    Dim table As DataTable = EditData.Search(connStr, SQLString)
```

```
lvEmployee.Items.Clear()
Dim LItem As ListViewItem
  For Each row As DataRow In table.Rows
        LItem = New ListViewItem(row("工号").ToString)
        LItem.SubItems.Add(row("姓名"))
        LItem.SubItems.Add(row("性别"))
        LItem.SubItems.Add(row("民族"))
        LItem.SubItems.Add(row("出生日期"))
        LItem.SubItems.Add(row("部门编号"))
        LItem.SubItems.Add(row("工作岗位"))
        lvEmployee.Items.Add(LItem)
    Next
End Sub
```

窗体的 frmDelEmployee 的 "Load" 事件代码如下。

```
Private Sub frmDelEmployee_Load(ByVal sender As System.Object, ByVal e As_
System.EventArgs) Handles MyBase.Load
    Me.MdiParent = frmMain
    LoadEmployee()
End Sub
```

选中要删除的员工信息后，单击【确定】按钮从数据库中删除该职工的信息。该按钮的 Click 事件代码如下。

```
Private Sub btnOk_Click(ByVal sender As System.Object, ByVal e As_
System.EventArgs) Handles btnOk.Click
    '调用编辑数据的模块
    Dim items As ListView.SelectedListViewItemCollection = lvEmployee.SelectedItems
    Dim item As ListViewItem = items.Item(0)
    Dim strEmployeeID As String = item.SubItems(0).Text
    Dim count As Integer = EditData.Delete(connStr, "Employee", "工号", _
vEmployee.SelectedItems(0).Text)
    Dim a = MsgBox("确定要删除职工吗?", MsgBoxStyle.OkCancel + _
MsgBoxStyle.Question, "删除职工")
        If a = 1 Then
            If count > 0 Then
            LoadEmployee()
            MsgBox("删除职工信息成功!", MsgBoxStyle.OkOnly, "删除职工信息")
            End If
        End If
End Sub
```

4) 查询职工信息

查询职工信息窗体设计如图 9.35 所示。窗体控件及属性见表 9-28。

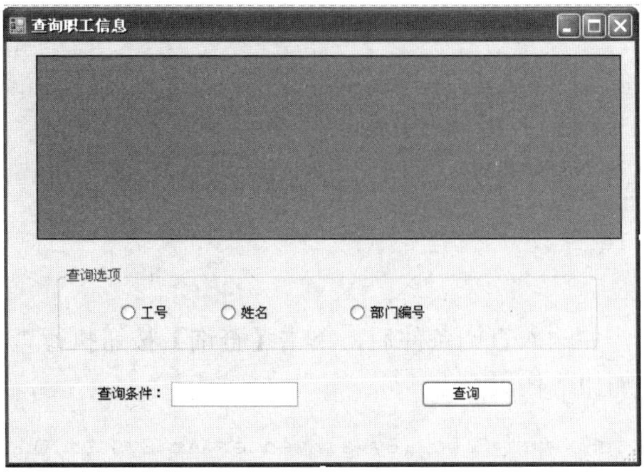

图 9.35　查询职工信息窗体

表 9-28　查询职工信息窗体控件及属性

控 件 类 型	Name	Text
Form	frmSearchEmployee	查询员工信息
DataGridView	dgEmployee	
Frmae	Frame1	查询选项
RadioButton	RadioButtonID	工号
	RadioButtonName	姓名
	RadioButtonDepartmentID	部门编号
Label	Label1	查询条件
Text	txtSearch	
Button	btnSearch	查询

DataGridView 控件的 DataGridView 任务中，不选择【启用添加】、【启用编辑】、【启用删除】和【启用列重新排序】复选框，DataGridView 任务的设置如图 9.36 所示。

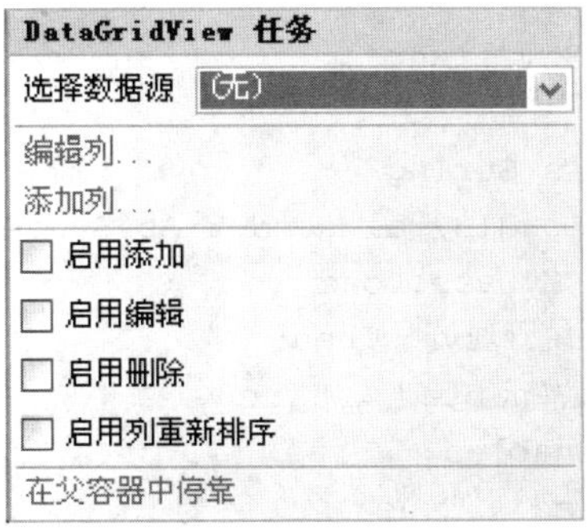

图 9.36　DataGridView 任务

查询员工信息窗体的 Load 事件代码如下。

```
Private Sub frmSearchEmployee_Load(ByVal sender As System.Object, ByVal e As _
System.EventArgs) Handles MyBase.Load
    Me.MdiParent = frmMain
    RadioButtonID.Checked = True
    txtSearch.Select()
End Sub
```

选择好查询选项，并输入查询条件后，单击【查询】按钮执行查询操作。在窗体上双击【查询】按钮，添加如下代码。

```
Private Sub btnSearch_Click(ByVal sender As System.Object, _
ByVal e As System.EventArgs) Handles btnSearch.Click
    Dim op As String = "="
    Dim field As String
        If RadioButtonID.Checked Then
            field = "工号"
        ElseIf RadioButtonName.Checked Then
            field = "姓名"
        Else
            field = "部门编号"
        End If
    mdlDisplaySearchData.DataBind(connStr, "Employee", dgvEmployee, field,_
    txtSearch.Text, op)
    End Sub
```

本段代码首先判断哪个查询选项被选中，根据被选中的 RadioButton 决定要查询的字段，然后调用 mdlDisplaySearchData 模块的 DataBind 方法，将查询到的结果显示到 dgvEmployee 中。

11. 主界面代码

主界面代码如下。

```
Imports System.Data.SqlClient
Public Class frmMain
Private m_Privilege As String
Private Sub frmMain_Load(ByVal sender As System.Object, ByVal e As _
System.EventArgs) Handles MyBase.Load
    If m_Privilege = "系统管理员" Then
        MnuDepartment.Enabled = True
        MnuEmployee.Enabled = True
        MnuUser.Enabled = True
        MnuExit.Enabled = True
    Else
        MnuUser.Enabled = False
```

```
     End If
   End Sub
   Public Sub SetPrivilege(ByRef strPrivilege As String)
       m_Privilege = strPrivilege
   End Sub
   Private Sub MenuAddUser_Click(ByVal sender As System.Object, ByVal e As_
System.EventArgs) Handles MenuAddUser.Click
   frmAddUser.Show()
   End Sub
   Private Sub MnuEditUser_Click(ByVal sender As System.Object, ByVal e As_
System.EventArgs) Handles MnuEditUser.Click
   frmEditUser.Show()
   End Sub
   Private Sub MnuDelUser_Click(ByVal sender As System.Object, ByVal e As _
System.EventArgs) Handles MnuDelUser.Click
   frmDelUser.Show()
   End Sub
   Private Sub MnuModiPassword_Click(ByVal sender As System.Object, ByVal e_
As System.EventArgs) Handles MnuModiPassword.Click
   frmModifyPassword.Show()
   End Sub
   Private Sub MnuAddDepartment_Click(ByVal sender As System.Object, ByVal e As _
System.EventArgs) Handles MnuAddDepartment.Click
   frmAddDepartment.Show()
   End Sub
   Private Sub MnuEditDepartment_Click(ByVal sender As System.Object, ByVal_
e As_ System.EventArgs) Handles MnuEditDepartment.Click
   frmEditDepartment.Show()
   End Sub
   Private Sub MnuDelDepartment_Click(ByVal sender As System.Object, ByVal e_
As_ System.EventArgs) Handles MnuDelDepartment.Click
   frmDelDepartment.Show()
   End Sub
   Private Sub MnuSearchDepartment_Click(ByVal sender As System.Object, ByVal_
e As_ System.EventArgs) Handles MnuSearchDepartment.Click
   frmSearchDepartment.Show()
   End Sub
   Private Sub MnuAddWorker_Click(ByVal sender As System.Object, ByVal e As_
System.EventArgs) Handles MnuAddWorker.Click
   frmAddEmployee.Show()
   End Sub
   Private Sub MnuEditWorker_Click(ByVal sender As System.Object, ByVal e As_
System.EventArgs) Handles MnuEditWorker.Click
   frmEditEmployee.Show()
```

```
      End Sub
      Private Sub MnuDelWorker_Click(ByVal sender As System.Object, ByVal e As_
System.EventArgs) Handles MnuDelWorker.Click
      frmDelEmployee.Show()
      End Sub
      Private Sub MnuSeachWorker_Click(ByVal sender As System.Object, ByVal e As_
System.EventArgs) Handles MnuSeachWorker.Click
      frmSearchEmployee.Show()
      End Sub
      Private Sub MnuExit_Click(ByVal sender As System.Object, ByVal e As_
System.EventArgs) Handles MnuExit.Click
      Application.Exit()
      End Sub
      End Class
```

至此，职工信息管理系统就介绍完了，对于没有介绍的功能，读者可以运行源程序并查看源代码。

本 章 小 结

本章通过两个实例介绍了利用 Visual Basic 2005 访问 Access 数据库和 SQL Server 数据库的操作过程，首先介绍了如何创建和使用数据访问对象，包括创建数据库和使用 Connection 对象、Command 对象、DataAdapter 对象以及 DataSet 对象等。除了 DataSet 对象之外，其他 3 个对象要根据不同的数据库类型创建不同类的对象。DataSet 对象包含一个或多个 DataTable 对象的集合，这些对象由数据行和数据列以及有关 DataTable 对象中数据的主键、外键、约束和关系信息组成。还介绍了利用水晶报表为开发工具设计报表的过程，另外还介绍了用来显示数据信息的控件 ListView 和 DataGridView 控件的设计和使用。

习 题 九

1. 选择题

(1) Command 对象执行 INSERT、DELETE、UPDATE 和 SET 等语句时，执行的方法是(   )。

    A．ExecuteReader   B．ExecuteNonQuery

    C．ExecuteSalar   D．Fill

(2) DataSet 和数据源之间的桥接器是(   )对象。

    A．Command   B．Connection

    C．DataAdapter   D．DataRow

（3）SQL Server 数据库，采用 Windows 身份验证模式，连接数据库字符串中的参数 Integrated Security 除了（   ）取值，另外两个值是等效的。

    A．True   B．SSPI   C．False

2．填空题

（1）连接 Access 数据库所使用的 Connection 对象是_____。

（2）对 SQL Server 数据源执行 SQL 语句所使用的对象是_____。

（3）连接 Access 数据库所导入的命名空间是_____。

（4）连接 SQL Server 数据库所导入的命名空间是_____。

（5）下面程序段是在窗体的 Click 事件中连接 Access 数据库，并通过 Label 控件显示连接的结果。完成下面程序段。

```
Imports _____
Public Class Form1
Private Sub Form1_Click(ByVal sender As Object, ByVal e As_
System. EventArgs) Handles Me.Click
Dim ConStr As String = "Provider=Microsoft.Jet.OLEDB.4.0;Data _
Source=E:\StudentDB.mdb"
Dim Conn As_____= New_____ (ConStr)
Conn. _____ ()
    If Conn.State Then
        Label1.Text = "数据库连接成功!"
    Else
        Label1.Text = "数据库连接不成功!"
    End If
 End Sub
End Class
```

3．判断题

（1）如果没有设计类的构造函数，编译器会自动生成默认的构造函数，即参数为空的构造函数，一旦重载了构造函数，则默认构造函数就不再起作用。   （   ）

（2）DataAdapter 对象用于从数据源检索数据并填充 DataSet 中的表。   （   ）

（3）水晶报表已经成为了 Visual Studio 2005 中的标准报表。   （   ）

（4）导入到 Windows 项目中的报表有两种方式：嵌入式和非嵌入式。   （   ）

（5）对于 Access 数据库和 SQL Server 数据库，打开数据库连接用 Open 方法、关闭数据库连接用 Close 方法。   （   ）

（6）创建 OleDbConnection 实例只能用代码来实现。   （   ）

4. 问答题

(1) 简述 MDI 窗体的设计。

(2) OleDbConnection 连接 Access 数据库的字符串是什么？SqlConnection 连接 SQL Server 数据库的字符串是什么？

(3) Access 数据库和 SQL Server 数据库所使用的 DataAdapter 对象是什么？

5. 上机操作题

(1) 创建 Access 数据库，数据库名为"学生成绩"，在数据库中建立学生成绩表，包括学号、姓名、高等数学成绩、物理成绩及英语成绩字段。

(2) 设计一项目，对学生成绩进行管理，能够完成对学生成绩的添加、删除、修改和查询等功能。

(3) 将(1)中所描述的数据库改为 SQL Server 数据库。

(4) 设计一项目，对上面的 SQL Server 数据库进行管理，并完成对学生成绩的添加、删除、修改和查询等功能。

第10章　创建 ASP.NET 应用程序

教学目标：

- 了解 ASP.NET 的基本概念。
- 在 ASP.NET 环境中创建 Web 数据库应用程序的方法和技巧。
- 掌握 Web 控件的基本使用方法和常用属性。

教学要求：

知 识 要 点	能 力 要 求	相 关 知 识
了解 Access 数据库	掌握建表的结构	VFP 数据库
熟悉 SQL 命令	熟练运用 Select、Insert、Update、Delete 命令	SQL 数据库
HTML 语言	常用控件的运用	静态网页的制作

10.1 案例 11——课程表管理系统

ASP.NET 是微软 .net 战略中的一部分，它运行于 Windows 平台 .net 框架下的一种新型的功能强大的 Web 编程语言，发展至今，ASP.NET 经过几年的改进和优化，已逐渐成为成熟、稳定的能与 JSP 对抗的一种 Web 编程语言。过去在使用 ASP 进行程序设计的时候，由于 ASP 使用的是脚本语言，所有的代码都嵌入到 HTML 代码中，所以当编制功能复杂的网页时，会导致程序代码的可读性较差。另外，由于所有的代码都是解释执行的，所以相对速度较慢，并且无法有效地利用机器硬件的各种性能。另外 ASP 也存在安全性的问题，IIS 的漏洞曾令许多中小型 ASP 网站受到黑客攻击，泄露一些重要资料。ASP.NET 问世后，把程序员从 ASP 的这种困境中拯救出来。ASP.NET 与 ASP 相比效率更高，提供了很高的可重用性，其强大的功能，高系数的安全性，快捷的处理速率，并且对于实现同样的功能比使用 ASP 的代码量要小得多。另外，ASP.NET 采用全新的编程环境，代表了技术发展的主流方向。

本案例是一个简易的课程表管理系统，目的在于通过案例学会利用 Visual Basic 2005 来开发 ASP.NET 应用程序。

10.1.1 案例说明

【案例简介】

系统后台采用 Access 数据库，数据库的名称为"课程表"，其中有四个表，分别是班级表、登录表、选课表和课程名称表。系统默认的界面是 Index.aspx。当系统启动时，进入"课程表查询系统"界面，如图 10.1 所示，当单击【注册】按钮时，进入"注册"界面，如图 10.2 所示，当你单击【查询】按钮时进入"查询"界面，如图 10.3 所示。在"查询"窗口中，如果选择用户为"管理员"，则出现如图 10.4 所示的"修改课程表"窗口。如果选择用户不是"管理员"，则出现如图 10.5 所示的"浏览课程表"窗口。

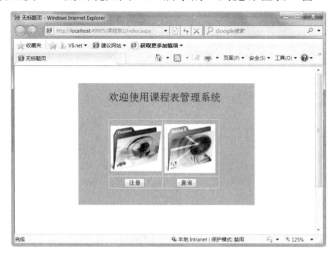

图 10.1　主界面

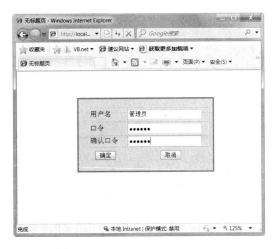

图 10.2　"注册"界面　　　　　　　图 10.3　"查询"界面

图 10.4　"修改课程表"窗口

图 10.5　"浏览课程表"窗口

【案例目的】

通过本案例的学习，能够学会在 ASP.NET 环境中创建 B/S 结构的 Web 数据库，能够掌握建立应用程序的方法和技巧，理解 ADO.NET 在 ASP.NET 环境中的应用，掌握 Web 窗体控件的基本使用方法和常用属性。

10.1.2　案例实现步骤

1. 数据库的建立

本系统所使用 Access 数据库，数据库名为"课程表.MDB"。在该数据库中参照表 10-1～表 10-4 所示的描述创建一个名为"班级表"、"登录表"、"课程名称表"和"选课表"四个表。

表 10-1　班级表的数据结构

字　　　段	数 据 类 型	字 段 长 度	说　　　　明
Bjm	文本	8	班级的名称

表 10-2　登录表的数据结构

字　　段	数 据 类 型	字 段 长 度	说　　明
Xh	文本	8	用户名称，关键字
Kl	文本	12	口令
Qrkl	文本	12	确认口令

表 10-3　课程名称表的数据结构

字　　段	数 据 类 型	字 段 长 度	说　　明
Kch	文本	2	课程号，关键字
Kcmc	文本	20	课程名称

班级表和课程名称表中数据如图 10.6 和 10.7 所示。

图 10.6　班级表数据

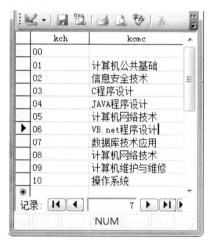

图 10.7　课程名称表数据

表 10-4　选课表的数据结构(1)

字　　段	数 据 类 型	字 段 长 度	说　　明
Bj	文本	8	课程号，关键字
C11	文本	20	星期一第一大节课所选的课程
C12	文本	20	星期一第二大节课所选的课程
C13	文本	20	星期一第三大节课所选的课程
C14	文本	20	星期一第四大节课所选的课程
C21	文本	20	星期二第一大节课所选的课程
C22	文本	20	星期二第二大节课所选的课程

续表

字　　段	数据类型	字段长度	说　　明
C23	文本	20	星期二第三大节课所选的课程
C24	文本	20	星期二第四大节课所选的课程
C31	文本	20	星期三第一大节课所选的课程
C32	文本	20	星期三第二大节课所选的课程

表 10-4　选课表的数据结构(2)

字　　段	数据类型	字段长度	说　　明
C33	文本	20	星期三第三大节课所选的课程
C34	文本	20	星期三第四大节课所选的课程
C41	文本	20	星期四第一大节课所选的课程
C42	文本	20	星期四第二大节课所选的课程
C43	文本	20	星期四第三大节课所选的课程
C44	文本	20	星期四第四大节课所选的课程
C51	文本	20	星期五第一大节课所选的课程
C52	文本	20	星期五第二大节课所选的课程
C53	文本	20	星期五第三大节课所选的课程
C54	文本	20	星期五第四大节课所选的课程

2. 创建网站

(1) 执行【开始】|【程序】|【Microsoft Visual Basic 2005 速成版】命令，进入速成版窗口。

(2) 执行【文件】|【新建网站】命令，打开"新建网站"对话框。

(3) 在"模板"中，选定"ASP.NET 网站"，在"名称"中输入"D:\课程表 1"，在语言中选择"Visual Basic"，单击【确定】按钮。

3. 界面设计和属性设置

1) 主界面的设计

(1) 在工具箱的"标准"区域，拖动【容器控件】▫ Panel 到窗体中，调整容器的大小。

注意：如果看不见容器，可将容器的 Backcolor 属性值任改为一种颜色。

(2) 在工具箱的"标准"区域，拖动【标签控件】**A** Label 到容器中。选择【布局】|【位置】|【相对】命令，将 Label 控件移动到中间位置。

(3) 在工具箱的"HTML"区域，拖动【表格控件】▦ Table 到容器中。

注意：如果看不见表格线，将表格线的 Border 属性值改为 1。

(4) 单击表格左上角的 ⊞ 选定这个表格，选择【布局】|【位置】|【相对】命令，将表格移到合适位置。

(5) 选定表格的第三行，单击鼠标右键，选择【删除】|【行】命令，将表格的第三行删除。

(6) 选定表格的第三列，单击鼠标右键，选择【删除】|【列】命令，将表格的第三列删除。

(7) 在工具箱的"标准"区域，拖动两次【图像控件】 Image 到表格的单元格中。

(8) 在工具箱的"标准"区域，拖动两次【命令按钮控件】 Button 到表格的单元格中。

(9) 在工具箱的"标准"区域，拖动【标签控件】 A Label 到窗口中。选择【布局】|【位置】|【相对】命令，将 Label 控件移动到表格的上部的中间位置。

(10) 在"解决方案资源管理器"窗口中，用鼠标右键单击"D:\课程表 1"，选择【添加现有项…】命令，出现"添加现有项"对话框，如图 10.8 所示。

(11) 找到所需要的图片并选定，单击【添加】按钮，将图片添加到解决方案资源管理器中，如图 10.9 所示。

图 10.8 "添加现有项"对话框

图 10.9 添加的图片

2) 主界面控件属性的设置

(1) Panel 容器控件的属性，见表 10-5。

表 10-5 Panel 容器控件的属性

控 件	(ID)	BackColor	FontSize
Panel	Panel1	DarkGray	X-Large

(2) Label 标签和 Button 命令按钮控件的属性，见表 10-6。

表 10-6 Label 标签和 Button 命令按钮控件的属性

控 件	(ID)	Text	FontSize
Label	Label1	欢迎使用课程表管理系统	X-Large
Button	Button1	注册	—
	Button2	查询	—

(3) Image 图像控件的属性，见表 10-7。

表 10-7　Image 图像控件的属性

控　件	(ID)	ImageUrl
Image	Image1	单击 [...]，选择 11.jpg 图片(~/11.jpg)
	Image2	单击 [...]，选择 12.jpg 图片(~/12.jpg)

3) 注册界面的设计

(1) 在"解决方案资源管理器"窗口中，用鼠标右键单击"D:\课程表 1"，选择【添加新项…】命令，出现"添加新项"对话框。

(2) 在"模板"中，选定"Web 窗体"，在"名称"中输入"zhuce.aspx"，在语言中选择"Visual Basic"，单击【添加】按钮，如图 10.10 所示。

图 10.10　添加新项

(3) 在工具箱的"标准"区域，拖动【容器控件】▢ Panel 到窗体中，选择【布局】|【位置】|【相对】命令，将容器移到合适位置，调整容器的大小。

(4) 在工具箱的"HTML"区域，拖动【表格控件】▦ Table 到容器中。

(5) 单击表格左上角的⊞选定这个表格，选择【布局】|【位置】|【相对】命令，将表格移到合适位置。

(6) 选定表格的第三列，单击鼠标右键，选择【删除】|【列】命令，将表格的第三列删除。

(7) 在工具箱的"标准"区域，拖动三个【文本框控件】▧ TextBox 到表格的第二列三个单元格中，并调整大小。

(8) 在表格的第一列三个单元格中，分别输入"用户名"、"口令"和"确认口令"。

(9) 在工具箱的"标准"区域，拖动两次【命令按钮控件】▧ Button 到容器的表格下面。

4) 注册界面控件属性的设置

(1) Panel 容器控件的属性, 见表 10-8。

表 10-8　Panel 容器控件的属性

控　　件	(ID)	BackColor	FontSize
Panel	Panel1	DarkGray	X-Large

(2) TextBox 文本框控件和 Button 命令按钮控件的属性, 见表 10-9。

表 10-9　TextBox 文本框和 Button 命令按钮控件的属性

控　　件	(ID)	Text	控件	(ID)	Text
TextBox	TextBox1	空	Button	Button1	确定
	TextBox2			Button2	取消
	TextBox3				

5) 课程表查询界面的设计

(1) 在 "解决方案资源管理器" 窗口中, 用鼠标右键单击 "D:\课程表 1", 选择【添加新项…】命令, 出现 "添加新项" 对话框。

(2) 在 "模板" 中, 选定 "Web 窗体", 在 "名称" 中输入 "kcbcx1.aspx", 在语言中选择 "Visual Basic", 单击【添加】按钮。

(3) 在工具箱的 "HTML" 区域, 拖动【表格控件】 Table 到容器中。

(4) 单击表格左上角的 选定这个表格, 选择【布局】|【位置】|【相对】命令, 将表格移到合适位置。

(5) 选定表格的第三列, 单击鼠标右键, 选择【插入】|【右侧列】命令, 表格增加第四列。

(6) 选定表格的第一列, 单击鼠标右键, 选择【合并单元格】命令。

(7) 在工具箱的 "标准" 区域, 拖动【图像控件】 Image 到表格的第一列中。

(8) 在表格的第二列两个单元格中, 分别输入 "请选择用户" 和 "请选择班级"。

(9) 在工具箱的 "标准" 区域, 拖动两次【下拉列表框控件】 DropDownList 分别到表格第三列的两个单元格中。

(10) 在工具箱的 "标准" 区域, 拖动两次【命令按钮控件】 Button 分别到表格第四列的两个单元格中。

6) 课程表查询界面控件属性的设置

(1) Image 图像控件的属性, 见表 10-10。

表 10-10　Image 图像控件的属性

控　　件	(ID)	ImageUrl
Image	Image1	单击[…], 选择 13.jpg 图片(～/13.jpg)

(2) DropDownList 下拉列表框控件的属性，见表 10-11。

表 10-11　DropDownList 下拉列表框控件的属性

控　　件	(ID)	DataTextField	DataValueField
DropDownList	DropDownList2	Bjm	Bjm

(3) Button 命令按钮控件的属性，见表 10-12。

表 10-12　Button 命令按钮控件的属性

控　　件	(ID)	Text
Button	Button1	确定
	Button2	放弃

(4) DropDownList 下拉列表框控件数据的绑定的步骤如下。

① 选定 DropDownList 下拉列表框控件，单击控件右侧的▣符号，出现 DropDownList 任务菜单，如图 10.11 所示。

② 选择【选择数据源…】命令，出现"数据源配置向导"对话框。在对话框中选择数据源(S)：下面的"<新建数据源>…"，如图 10.12 所示。

图 10.11　DropDownList 任务　　　　图 10.12　选择数据源

③ 在"应用程序从哪里获取数据"中选定 Access 数据库。这时在"为数据源指定 ID"文本框中出现"AccessDataSource1"，单击【确定】按钮。

④ 在"选择数据库"对话框中单击【浏览】按钮，选定数据库"课程表.MDB"，单击【下一步】按钮。

注意：课程表数据库在使用前一定要建立，并且一定要添加在 D:\课程表下。

⑤ 在"配置 Select 语句"对话框中，选定"指定来自表或视图的列"，在"名称"中选择【登录】，在"列"中选择【xh】字段，如图 10.13 所示。

图 10.13　选择数据源

⑥ 单击【高级】按钮，在"高级 SQL 生成选项"对话框中选定"生成 INSERT、UPDATE 和 DELETE 语句"，单击【确定】按钮，再单击【下一步】按钮，如图 10.14 所示。

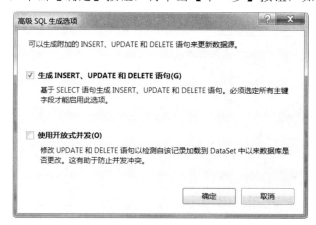

图 10.14　"高级 SQL 生成选项"对话框

⑦ 单击【完成】按钮。

当打开 DropDownList1 的属性时，就可以看到如表 10-13 所示的属性。

表 10-13　DropDownList1 的属性

控　　件	(ID)	DataSoureID	DataTextField	DataValueField
DropDownList	DropDownList1	AccessDataSource1	Xh	Xh

生成界面如图 10.15 所示。

图 10.15　课程表查询界面的设计

7) 课程表浏览界面的设计

(1) 在"解决方案资源管理器"窗口中，用鼠标右键单击"D:\课程表 1"，选择【添加新项…】命令，出现"添加新项"对话框。

(2) 在"模板"中，选定"Web 窗体"，在"名称"中输入"curriculum.aspx"，在语言中选择"Visual Basic"，单击【添加】按钮。

(3) 在工具箱的"标准"区域，拖动【标签控件】**A Label** 到容器中。选择【布局】|【位置】|【相对】命令，将 Label 控件移动到合适的位置。

(4) 在工具箱的"HTML"区域，拖动【表格控件】▦ Table 到容器中。

(5) 单击表格左上角的⊞选定这个表格，选择【布局】|【位置】|【相对】命令，将表格移到合适位置。

(6) 选定表格的第三列，单击鼠标右键，选择【插入】|【右侧列】命令三次，在表格右侧增加三列。

(7) 选定表格的第三行，单击鼠标右键，选择【插入】|【下面的行】命令二次，在表格下面增加二列。

(8) 从表格第二行第二列开始分别输入"星期一"、"星期二"、"星期三"、"星期四"、"星期五"。

(9) 从表格第一列第二行开始分别输入"1～2 大节课"、"3～4 大节课"、"5～6 大节课"、"7～8 大节课"。

(10) 在工具箱的"标准"区域，拖动 20 个【标签控件】**A Label** 分别到表格的 20 个单元格中并调整大小，如图 10.16 所示。

Label

	星期一	星期二	星期三	星期四	星期五
1～2 大节课	Label	Label	Label	Label	Label
3～4 大节课	Label	Label	Label	Label	Label
5～6 大节课	Label	Label	Label	Label	Label
7～8 大节课	Label	Label	Label	Label	Label

图 10.16　课程表浏览窗口的设计

8) 课程表浏览界面控件属性的设置

Label 标签控件的属性，见表 10-14。

表 10-14　Label 标签控件的属性

控　件	(ID)	Text	说　明
Label	Labe l～Label 20	Labe l	显示课程
	Label 21		显示标题

9) 修改课程表界面的设计

(1) 在"解决方案资源管理器"窗口中，用鼠标右键单击"D:\课程表 1"，选择【添加新项…】命令，出现"添加新项"对话框。

(2) 在"模板"中，选定"Web 窗体"，在"名称"中输入"Admin.aspx"，在语言中选择"Visual Basic"，单击【添加】按钮。

(3) 在工具箱的"HTML"区域，拖动【表格控件】 Table 到 Web 窗体中。

(4) 单击表格左上角的 选定这个表格，选择【布局】|【位置】|【相对】命令，将表格移到合适位置。

(5) 在表格第一列的两个单元格中分别输入"请输入密码"和"请选择修改课程的班级"。

(6) 在工具箱的"标准"区域，拖动【文本框控件】 TextBox 到表格的第二列第一个单元格中，并调整大小。

(7) 在工具箱的"标准"区域，拖动【下拉列表框控件】 DropDownList 到表格第二列的第二个单元格中。

(8) 在工具箱的"标准"区域，拖动两次【命令按钮控件】 Button 分别到表格第三列的两个单元格中。

(9) 在工具箱的"HTML"区域，拖动【表格控件】 Table 到 Web 窗体中。

(10) 单击表格左上角的 选定这个表格，选择【布局】|【位置】|【相对】命令，将表格移到合适位置。

(11) 选定表格的最后一列，单击鼠标右键，选择【插入】|【右侧列】命令三次，在表格右侧增加三列。

(12) 从表格的第一行第二列开始，分别输入"星期一"、"星期二"、"星期三"、"星期四"、"星期五"。

(13) 从表格的第一列第二行开始，分别输入"1～2 大节课"、"3～4 大节课"、"5～6 大节课"和"7～8 大节课"。

(14) 在工具箱的"标准"区域，拖动 20 个【下拉列表框控件】 DropDownList 从表格的第二列的第二行开始，直到到第六列第五行，如图 10.17 所示。

	星期一	星期二	星期三	星期四	星期五
1～2大节课	未绑定	未绑定	未绑定	未绑定	未绑定
3～4大节课	未绑定	未绑定	未绑定	未绑定	未绑定
5～6大节课	未绑定	未绑定	未绑定	未绑定	未绑定
7～8大节课	未绑定	未绑定	未绑定	未绑定	未绑定

图 10.17　选课表格

10) 修改课程表界面控件属性的设置

1) Label 标签控件的属性，见表 10-15。

表 10-15 Label 标签控件的属性

控　　件	(ID)	TextMode
TextBox	TBoxPass1	Password

2) Botton 命令按钮的属性，见表 10-16。

表 10-16 Botton 命令按钮控件的属性

控　　件	(ID)	Text	控　　件	(ID)	Text
Button	Button1	确定	Button	Button2	提交

3) DropDownList 的属性，见表 10-17。

表 10-17 DropDownList 的属性

控　　件	(ID)	DataSoureID	DataTextField	DataValueField
DropDownList	TBoxBJ1	AccessDataSource1	Bjm	Bjm
	DDList1			
	……			
	DDList20			

4. 加入代码

1) Index.asp 主界面代码

(1) 选定窗体，在窗体上单击鼠标右键，选择【查看代码】命令，进入代码编辑区。

(2) 在【Partial Class Index】的下面有如下代码。

'页面类，ASP.NET 页面继承用的。在我们开发 asp.net 应用程序时，System.Web.UI.Page 是我们最熟悉并用的最多的一个类，是自动产生的。

```
Inherits System.Web.UI.Page
```

(3) 在【类名】框中选择"Button1"，在【方法名称】框中选择"Click"，在代码输入区域输入如下代码。

```
'转到 zhuce.aspx 网页
Response.Redirect("zhuce.aspx")
```

(4) 在【类名】框中选择"Button2"，在【方法名称】框中选择"Click"，在代码输入区域输入如下代码。

```
'转到 kcbcx1.aspx 网页
Response.Redirect("kcbcx1.aspx")
```

2) Kcbcx1.aspx 课程表查询代码

(1) 选定窗体，在窗体上单击鼠标右键，选择【查看代码】命令，进入代码编辑区。

(2) 在【Partial Class kcbcx1】的上面输入如下代码。

```
'要获得数据访问所需的类，对于 OLE DB.NET 数据提供程序，需要首先导入 System.Data 和
System.Data.OleDb 命名空间;
'对于 SQL.NET 数据提供程序，需导入 System.Data 和 System.Data.SqlClient 空间。
Imports System.Data
Imports System.Data.OleDb
```

(3) 定义一个函数，函数名为 OpenDB()，代码如下。

```
Public Function OpenDB() As Short
'创建一个 OleDbConnection 连接对象，用于与数据库的连接
Dim objconn As New OleDbConnection
'创建一个 OleDbDataAdapter 对象，用来传递各种 SQL 命令。
Dim objDa As New OleDbDataAdapter
'创建一个 OleDbCommand 对象，执行 SQL 命令
Dim objcomm As New OleDbCommand
'创建 DataSet 对象，以便把从数据源取得的数据保存在内存中
Dim objds As New DataSet
'Dim SQLstr As String
'设置连接字符串，告诉程序应当如何连接到数据库
objconn.ConnectionString = "provider =microsoft.jet.OLEDB.4.0;_
data source=" & Server.MapPath("课程表.mdb")
'设置 SQL 命令，告诉程序应当如何连接到数据库
objcomm.CommandText = "Select * From 班级表"    '班级表为 Access 数据库中的表
'把 Objconn 设置为 ObjComm 的数据库连接，相当于告诉汽车司机，应该走 ObjConn 这座"桥"
objcomm.Connection = objconn
objDa.SelectCommand = objcomm
'打开数据库连接，相当于建一座桥梁
objconn.Open()
'可以在表中添加记录
objDa.Fill(objds, "班级表")
DropDownList2.DataSource = objds.Tables("班级表").DefaultView
'设置下拉列表框的绑定字段为 Bjm
DropDownList2.DataTextField = "bjm"
'将数据绑定
DropDownList2.DataBind()
'数据填充完毕，可以关闭数据库连接
objconn.Close()
End Function
```

(4) 在【类名】框中选择"Page"，在【方法名称】框中选择"Load"，在代码输入区域输入如下代码。

```
'IsPostBack 是指是否第一次调用这个页面。
    If Not IsPostBack Then
```

```
        OpenDB()
      End If
'将自动传回控件现在的内容并触发 Page_Load 事件，当列表框中的选项改变时自动发回服务器
```

（5）在【类名】框中选择"Button1"，在【方法名称】框中选择"Click"，在代码输入区域输入如下代码。

```
If DropDownList1.SelectedItem.Text <> "管理员" Then
    Response.Redirect("curriculum.aspx?st=" & DropDownList2.SelectedItem.Text)
Else
    Response.Redirect("admin.aspx?st=" & DropDownList1.SelectedItem.Text)
End If
```

（6）在【类名】框中选择"Button2"，在【方法名称】框中选择"Click"，在代码输入区域输入如下代码。

```
Response.Redirect("index.aspx")
```

3）zhuce.aspx 注册界面代码

（1）选定窗体，在窗体上单击鼠标右键，选择【查看代码】命令，进入代码编辑区。

（2）在【Partial Class kcbcx1】的上面输入如下代码。

```
Imports System.Data
Imports System.Data.OleDb
```

（3）在【类名】框中选择"Button1"，在【方法名称】框中选择"Click"，在代码输入区域输入如下代码。

```
Dim objconn As New OleDbConnection
Dim Objcomm As New OleDbCommand
objconn.ConnectionString = "provider =microsoft.jet.OLEDB.4.0;_
data source=" & Server.MapPath("课程表.mdb")
'打开数据库连接
objconn.Open()
Objcomm.Connection = objconn         '把 Objconn 设置为 ObjComm 的数据库连接
Objcomm.CommandType = CommandType.Text      'CommandType.Text 代表执行的是
SQL 语句，CommandType 代表要执行的类型。
Objcomm.Connection = objconn         '把 Objconn 设置为 ObjComm 的数据库连接
  Try
     If TextBox1.Text = Nothing And TextBox2.Text = Nothing Then
        MsgBox("用户名、密码不能为空", MsgBoxStyle.Information, "提示")
'得到焦点，光标移到用户名文本框中
        TextBox1.Focus()
     ElseIf TextBox1.Text = Nothing And TextBox2.Text <> Nothing Then
        MsgBox("用户名不能为空", MsgBoxStyle.Information, "提示")
        TextBox1.Focus()
     ElseIf TextBox1.Text <> Nothing And TextBox2.Text = Nothing Then
        MsgBox("密码不能为空", MsgBoxStyle.Information, "提示")
        TextBox2.Focus()
```

```
            ElseIf TextBox2.Text <> TextBox3.Text Then
                MsgBox("密码不相同，重新输入！", MsgBoxStyle.Information, "提示")
                TextBox2.Focus()
            Else
                Objcomm.CommandText = "Insert into 登录 (xh,kl,qrkl) values('" &
                TextBox1.Text & "','" & TextBox2.Text & "','" & TextBox3.Text & "')"
                Objcomm.ExecuteNonQuery()
                Objcomm = Nothing
                objconn.Close()
                MsgBox("注册成功", MsgBoxStyle.Information, "注册用户")
            End If
        Catch ex As Exception
                MsgBox("用户存在！", MsgBoxStyle.Information, "提示")
                Objcomm = Nothing
                objconn.Close()
        End Try
```

(4) 在【类名】框中选择"Button2"，在【方法名称】框中选择"Click"，在代码输入区域输入如下代码。

```
Response.Redirect("index.aspx")
```

4) curriculum.aspx 课程表浏览界面代码

(1) 选定窗体，在窗体上单击鼠标右键，选择【查看代码】命令，进入代码编辑区。

(2) 在【Partial Class kcbcx1】的上面输入如下代码。

```
Imports System.Data
Imports System.Data.OleDb
```

(3) 在【类名】框中选择"Page"，在【方法名称】框中选择"Load"，在代码输入区域输入如下代码。

```
'接收从上一网页传来的班级值
Label21.Text = Request.QueryString("st") & "班级课程表"
'Label21.Text = Request("st") & "班级课程表"
'建立 ADO 对象
Dim Objconn As New OleDbConnection      '创建一个 OleDbConnection 连接对象，
                                          用于与数据库的连接
Dim ObjComm As New OleDbCommand         '创建一个 OleDbCommand 对象，执行 SQL
                                          命令
Dim reader As OleDbDataReader           '创建一个 OleDbDatareader 对象(数据读
                                          取器)，从一个数据源中选择某些数据的最简
                                          单快捷的方法
Objconn.ConnectionString = "provider =microsoft.jet.OLEDB.4.0;_
data source=" & Server.MapPath("课程表.mdb")
Objconn.Open()
ObjComm.Connection = Objconn
'CommandType.Text 代表执行的是 SQL 语句，CommandType 代表要执行的类型
ObjComm.CommandType = CommandType.Text
```

```
        ObjComm.CommandText = "Select * From 选课表 where bj='" &_
Request. QueryString("st") & "'"
```
'创建记录集，对 Connection 对象建立的连接执行一个 CommandText 属性中定义的命令，返回一个数据集 Reader 对象

```
        reader = ObjComm.ExecuteReader
        If reader.Read = False Then                    '将记录指针移到下一行，判断是否有记录
                Response.Write("出错，无此班级!")
                Exit Sub
        End If
```
'将当前记录的相应字段写入标签，为防止字段为空，后面添加空字符串

```
        Label1.Text = reader("c11") & ""
        Label2.Text = reader("c12") & ""
        Label3.Text = reader("c13") & ""
        Label4.Text = reader("c14") & ""
        Label5.Text = reader("c21") & ""
        Label6.Text = reader("c22") & ""
        Label7.Text = reader("c23") & ""
        Label8.Text = reader("c24") & ""
        Label9.Text = reader("c31") & ""
        Label10.Text = reader("c32") & ""
        Label11.Text = reader("c33") & ""
        Label12.Text = reader("c34") & ""
        Label13.Text = reader("c41") & ""
        Label14.Text = reader("c42") & ""
        Label15.Text = reader("c43") & ""
        Label16.Text = reader("c44") & ""
        Label17.Text = reader("c51") & ""
        Label18.Text = reader("c52") & ""
        Label19.Text = reader("c53") & ""
        Label20.Text = reader("c54") & ""
        reader.Close()                              '关闭 DataReader 对象，释放对行集的引用
        Objconn.Close()                             '断开连接
```

5) Admin.aspx 修改课程表界面的设计

(1) 选定窗体，在窗体上单击鼠标右键，选择【查看代码】命令，进入代码编辑区。

(2) 在【Partial Class kcbcx1】的上面输入如下代码。

```
Imports System.Data
Imports System.Data.OleDb
```

(3) 在【Partial Class Admin】的下面输入如下代码。

```
Inherits System.Web.UI.Page      'vs.net 的 aspx 页面要求一定必须从 page 类继承
Dim mydll(20) As DropDownList    '定义的课程从下拉列表框中选择
Dim i As Integer
Dim klwbk As String
```

(4) 在【类名】框中选择"Page",在【方法名称】框中选择"Load",在代码输入区域输入如下代码。

```
mydll(1) = DDList1 : mydll(2) = DDList2 : mydll(3) = DDList3
mydll(4) = DDList4 : mydll(5) = DDList5 : mydll(6) = DDList6
mydll(7) = DDList7 : mydll(8) = DDList8 : mydll(9) = DDList9
mydll(10) = DDList10 : mydll(11) = DDList11 : mydll(12) = DDList12
mydll(13) = DDList13 : mydll(14) = DDList14 : mydll(15) = DDList15
mydll(16) = DDList16 : mydll(17) = DDList17 : mydll(18) = DDList18
mydll(19) = DDList19 : mydll(20) = DDList20
    For i = 1 To 20                    '使用循环使所有的下拉列表框不可用
      mydll(i).Enabled = False
      TBoxBJ1.Enabled = False                '班级文本框不可用
      Button2.Enabled = False                  '提交按钮不可用
    Next
```

(5) 在【类名】框中选择"Button1",在【方法名称】框中选择"Click",在代码输入区域输入如下代码。

```
'创建一个 OleDbConnection 连接对象,用于与数据库的连接
Dim objconn As New OleDbConnection
'创建一个 OleDbDataAdapter 对象,用来传递各种 SQL 命令
Dim objDa As New OleDbDataAdapter
'创建一个 OleDbCommand 对象,执行 SQL 命令
Dim objcomm As New OleDbCommand
'创建 DataSet 对象,以便把从数据源取得的数据保存在内存中
Dim objds As New DataSet
Dim reader As OleDbDataReader
'设置连接字符串,告诉程序应当如何连接到数据库
objconn.ConnectionString = "provider =microsoft.jet.OLEDB.4.0;_
data source=" & Server.MapPath("课程表.mdb")
'课程名称为 Access 数据库中的表
objcomm.CommandText = "Select * From 课程名称"
'把 Objconn 设置为 ObjComm 的数据库连接
 objcomm.Connection = objconn
 objDa.SelectCommand = objcomm
'打开数据库连接,相当于建一座桥梁
 objconn.Open()
 '可以在表中添加记录
 objDa.Fill(objds, "课程名称")
 'CommandType.Text 代表执行的是 SQL 语句,CommandType 代表要执行的类型。
 objcomm.CommandType = CommandType.Text
 objcomm.CommandText = "Select * From 登录 where xh='" & _
Request.QueryString("st") & "'"
 '把 Objconn 设置为 ObjComm 的数据库连接
 objcomm.Connection = objconn
 objDa.SelectCommand = objcomm
 '设置连接字符串,告诉程序应当如何连接到数据库
```

```
reader = objcomm.ExecuteReader          '创建记录集
        If reader.Read = True Then       '班级已存在，执行更新操作
        End If
        klwbk = reader("kl")
            If Trim(TBoxPass1.Text) = Trim(klwbk) Then
                '使用循环使所有的下拉列表框填充课程名称
                For i = 1 To 20
                    mydll(i).Enabled = True
                    TBoxBJ1.Enabled = True               '班级文本框可用
                    Button2.Enabled = True               '提交按钮可用
                    '绑定数据源
                    mydll(i).DataSource = objds.Tables("课程名称").DefaultView
                    '设置下拉列表框的绑定字段为课程名称(kcmc)
                    mydll(i).DataTextField = "kcmc"
                    '填充下拉列表框的选项内容(绑定)
                    mydll(i).DataBind()
                Next
            Else
                MsgBox("密码错误! ", MsgBoxStyle.Information, "提示")
                TBoxPass1.Focus()
            End If
    '关闭数据库连接
    objconn.Close()
```

(6) 在【类名】框中选择"Button2"，在【方法名称】框中选择"Click"，在代码输入区域输入如下代码。

```
If TBoxBJ1.Text = "" Then
    Response.Write("班级名称不能为空")
    Exit Sub
End If
'创建一个 OleDbConnection 连接对象，用于与数据库的连接
 Dim objconn As New OleDbConnection
 '创建一个 OleDbDataAdapter 对象，用来传递各种 SQL 命令
 Dim objDa As New OleDbDataAdapter
 '创建一个 OleDbCommand 对象，执行 SQL 命令
 Dim objcomm As New OleDbCommand
 Dim reader As OleDbDataReader
 objconn.ConnectionString = "provider =microsoft.jet.OLEDB.4.0;_
data source=" & Server.MapPath("课程表.mdb")
 '选课表为 Access 数据库中的表
objcomm.CommandText = "Select * from 选课表 where bj='" & TBoxBJ1.Text & "'"
 '把 Objconn 设置为 ObjComm 的数据库连接
objcomm.Connection = objconn
'设置连接字符串，告诉程序应当如何连接到数据库
objDa.SelectCommand = objcomm
'打开数据库连接，相当于建一座桥梁
objconn.Open()
```

```
reader = objcomm.ExecuteReader          '创建记录集
If reader.Read = True Then              '班级已存在,执行更新操作
   reader.Close()                       '释放记录集
'创建用于更新数据库记录的 SQL 语句
objcomm.CommandText = "update 选课表 set bj='" & TBoxBJ1.Text & "',c11='"
& DDList1.SelectedItem.Text & "',c12='" & DDList2.SelectedItem.Text &
"',c13='" & DDList3.SelectedItem.Text & "',c14='" & DDList4.SelectedItem.Text
& "',c21='" & DDList5.SelectedItem.Text & "',c22='" & DDList6.SelectedItem.Text
& "',c23='" & DDList7.SelectedItem.Text & "',c24='" & DDList8.SelectedItem.Text
& "',c31='" & DDList9.SelectedItem.Text & "',c32='" & DDList10.SelectedItem.Text
& "',c33='" & DDList11.SelectedItem.Text & "',c34='" & DDList12.SelectedItem.Text
& "',c41='" & DDList13.SelectedItem.Text & "',c42='" & DDList14.SelectedItem.Text
& "',c43='" & DDList15.SelectedItem.Text & "',c44='" & DDList16.SelectedItem.Text
& "',c51='" & DDList17.SelectedItem.Text & "',c52='" & DDList18.SelectedItem.Text
& "',c53='" & DDList19.SelectedItem.Text & "',c54='" & DDList20.SelectedItem.Text
& "' where bj='" & TBoxBJ1.Text & "'"
objcomm.ExecuteNonQuery()          '执行 SQL 语句,将数据写入数据库
Response.Write("数据已更新,请返回!")
Else
   reader.Close()
   Dim mystr As String = ""
   For i = 1 To 20
        If mydll(i).SelectedItem.Text = "无" Then
            mydll(i).SelectedItem.Text = ""
        End If
     mystr = mystr & "','" & mydll(i).SelectedItem.Text
   Next
   objcomm.CommandText = "Insert into 选课表 values('" & TBoxBJ1.Text & mystr & "')"
   objcomm.ExecuteNonQuery()                '执行 SQL 语句,将数据写入数据库
End If
   objcomm = Nothing
   objconn.Close()                          '关闭数据库连接
   Response.Redirect("default.aspx")        '转向 zhuye
```

10.1.3 案例分析

1. 控件

在本案例中使用了 Panel(容器控件)、Label 标签控件、Tabel(HTML 表格控件)、Image(图像控件)、Button(命令按钮控件)和 DropDownList(下拉列表框控件)。

2. 常用属性

在前面几章中对 Label 标签控件、Image(图像控件)、Button(命令按钮控件)和 Panel(容器控件)已经做了详细的介绍,下面着重介绍 Tabel(HTML 表格控件)和 DropDownList(下拉列表框控件)的属性。

1) Tabel(HTML 表格控件)的属性

HtmlTable 控件用来控制<table>元素。在 HTML 中，<table>用来建立一个表格，常用属性见表 10-18。

表 10-18　Tabel(HTML 表格控件)的常用属性

属　　性	说　　明
Border	指定边框的宽度，border="0"，显示没有边框的表格
CellPadding	指定单元格边界与其中内容之间的间距
CellSpacing	指定单元格之间的间距
ID	此控件的唯一 id
Style	设置或返回应用于此控件的 CSS 特性
Width	指定表格的宽度

2) DropDownList(下拉列表框控件)的属性

DropDownList 控件是一个下拉式的选单，可以在一组选项中选择单一的值，该控件适合用来管理大量的选项群组项目。常用属性见表 10-19。

表 10-19　DropDownList(下拉列表框控件)的常用属性

属　　性	说　　明
AutoPostBack	当选中一个列表项时，DropDownList 控件状态是否回发到服务器。默认情况下是 false
DataTextField	获取或设置提供列表项文本内容的数据源的字段
DataValueField	获取或设置提供列表项值内容的数据源的字段
SelectedIndexChanged	当列表控件选定的内容改变并发回服务器时发生。该事件仅当 AutoPostBack 属性设置为 true 时有效
BackColor	获取或设置 Web 服务器控件的背景色
DataMember	用于绑定的表或视图
DataSourceID	获取或设置控件的 ID，数据绑定控件从该控件中检索其数据项列表
DataTextFormatString	获取或设置格式化字符串，该字符串用来控制如何显示绑定到列表控件的数据
DataValueField	数据源中提供项目的字段
Enabled	控件的启用状态
Font	控件中文本的字体
ForeColor	控件中文本的颜色
Height	控件的高度
Items	列表中项的集合

续表

属　　性	说　　明
TabIndex	控件的 Tab 顺序
ToolTip	当鼠标放在控件上面时显示的提示信息
Visible	指示该控件是否可见并呈现出来
Width	控件的宽度

3. 代码分析

(1) 在主界面的代码(2)中，Inherits System.Web.UI.Page 表示页面类，ASP.NET 页面继承用的。在我们开发 ASP.NET 应用程序时，System.Web.UI.Page 是我们最熟悉并用的最多的一个类，是自动产生的，不能删除。

(2) 在主界面的代码(3)中，Response.Redirect("zhuce.aspx")表示转到 zhuce.aspx 网页。其中：Response 为对象，Redirect 为方法，在后面的相关知识中会详细介绍。

(3) 在课程表查询代码(3) 中的定义 OpenDB()函数，这一段代码主要介绍访问数据库的步骤。用 Connection 建立与数据库的链接，用 Command 对象(或者 DataAdapter 对象)执行 SQL 命令。

(4) 在课程表查询代码(4) 中出现的 IsPostBack 表示是否第一次调用这个页面。IsPostBack 是 Page 类的一个属性，返回值为一个布尔值。一般放在 Page_Load 事件中。Page.IsPostBack 是用来检查目前网页是否为第一次加载，当使用者第一次浏览这个网页时 Page.IsPostBack 会传回 False，不是第一次浏览这个网页时就传回 True；所以当我们在 Page_Load 事件中就可以使用这个属性来避免做一些重复的动作。当页面是第一次打开时其值为 False，若当前页面为一个提交后的页面其值为 True.。

(5) 在课程表查询代码(5) 中出现：

```
Response.Redirect("curriculum.aspx?st=" & DropDownList2.SelectedItem.Text)
```

表示将 DropDownList2.SelectedItem.Text 下拉列表框中的数据传给 st 参数，然后转入 curriculum.aspx 网页，调用 st 参数。

10.2　相关知识和注意事项

10.2.1　Web 的概念

1. 主页(Home Page)

WWW 服务主要是以一个个的网页来呈现的，所谓网页也就是我们在浏览器上看到的画面，进入站点所看的第一个页面通称为主页，也称 Home Page。主页通常用来作为一个站点的目录或索引，就像是一份报纸的头版，会把最热门、最重要的消息写在上面，让读者能快速找到自己感兴趣的新闻。

2．超文本(hypertext)

一种全局性的信息结构，它将文档中的不同部分通过关键字建立链接，使信息得以用交互方式搜索。它是超级文本的简称。

3．超媒体(hypermedia)

超媒体是超文本(hypertext)和多媒体在信息浏览环境下的结合。它是超级媒体的简称。用户不仅能从一个文本跳到另一个文本，而且可以激活一段声音，显示一个图形，甚至可以播放一段动画。

4．Web

Web 网站是一群相关网页集合，也就是说，设计制作了几个网页，并且经过组织规划，让网页彼此相连，只要连入 Internet 就能看到这些信息，这样完整的结构就称为 Web 网站。Web 非常流行的一个很重要的原因就在于它可以在一页上同时显示色彩丰富的图形和文本的性能。在 Web 之前 Internet 上的信息只有文本形式。Web 可以提供将图形、音频、视频信息集合于一体的特性。同时，Web 是非常易于导航的，只需要从一个连接跳到另一个连接，就可以在各页各站点之间进行浏览了。

Web 就是一种超文本信息系统，Web 的一个主要的概念就是超文本连接，它使得文本不再像一本书一样是固定的线性的。而是可以从一个位置跳到另外的位置。我们可以从中获取更多的信息。可以转到别的主题上，想要了解某一个主题的内容只要在这个主题上单击，就可以跳转到包含这一主题的文档上。正是这种多连接性我们才把它称为 Web。

Internet 采用超文本和超媒体的信息组织方式，将信息的链接扩展到整个 Internet 上。

5．超文本传输协议(HTTP)

Hypertext Transfer Protocol 超文本在互联网上的传输协议。

10.2.2　ASP.NET 概述

ASP.NET 是建立在.NET Common Language Runtime(CLR)之上的新一代网络开发工具，运行在服务器端，用以建立功能强大的 Web 应用。

ASP.NET 页面是运行在服务器上的、经过编译的 CLR 代码，ASP.NET 在执行前，都是经过编译的，而不是采用 ASP 那样的解释执行的办法。ASP.NET 首先被编译成接近机器语言的 MSIL(Microsoft Intermediate Language)语言，然后再由 JIT(Just-in-Time)编译器编译成机器代码。不同的机器，有不同的 JIT 编译器，因此，ASP.NET 对平台的依赖性将大大减小。另外，ASP.NET 对编程语言没有限制，不但可以用 VB，C#，JSCRIPT，来编写网络应用程序，也可以用 COBOL，Perl，Python，Eiffel，SmallTalk，Lisp，Scheme，Objective Camel 等。换句话说，我们可以采用任何喜欢的语言来编写 ASP.NET 代码。

ASP 使用的 VB Script 以及 JAVA，它把脚本语言直接嵌入 HTML 文档中。应用处理与 Html 标记混杂在一起从而不易分辨，性能不易扩充，脚本语言的功能也有限。

ASP.NET 彻底抛弃了脚本语言,用 C#或 VB 编写,为开发者提供了更加强有力的编程资源,允许用服务器控件取代传统的 HTML 元素,而且代码与界面分开。

ASP.NET 为用户提供了大量的、方便用户进行页面设计的控件,利用这些控件可帮助用户在可视化的环境下更加直观的设计 Web 页面,避免过去使用 HTML 语言编写大量的代码的麻烦。ASP.NET 常用对象如下。

1. Page 对象

Page 对象表示客户机请求的页面,其实就是 Visual Basic 2005 中 Web 应用程序的 aspx 文件,它又称为窗体面。常用的属性和事件见表 10-20 和表 10-21。

表 10-20　Page 对象常用的属性

属　性　名	说　　明
Application	为当前 Web 请求返回一个 Application 对象,对于 Web 应用来说,只会有一个该对象的实例
IsPostBack	判断是不是第一次回发到服务器(看代码分析中解释)
Request	获取了 HttpRequest 对象,此对象封装了客户端的信息
Rsponse	获取了 HttpResponset 对象,此对象封装了服务端的信息
Server	获取当前的 Server 引用
Session	获取 Session 对象

表 10-21　Page 对象常用的事件

事　件　名	说　　明
Load	Web 页面被加载时触发
Unload	Web 页面结束时触发

2. Response 对象

Response 对象在 ASP.NET 中负责将信息传递给用户。Response 对象用于动态响应客户端请求,并将动态生成的响应结果返回到客户端浏览器中。使用 Response 对象可以直接发送信息给浏览器,重定向浏览器到另一个 URL 或设置 cookie 的值等。常用属性和方法见表 10-22 和表 10-23。

表 10-22　Response 对象常用的属性

属　性　名	说　　明
Buffer	是否在服务器端开启缓冲功能。当 Buffer 为 True 时启用
Expires	用于设置浏览器缓存页面的时间长度(单位为分),必须在服务器端刷新

表 10-23　Response 对象常用的方法

方　法	说　明
Clear	可以用 Clear 方法清除缓冲区中的所有 HTML 输出。但 Clear 方法只清除响应正文而不清除响应标题。可以用该方法处理错误情况。但是如果没有将 Response.Buffer 设置为 True，则该方法将导致运行时错误
End	使 Web 服务器停止处理脚本并返回当前结果。文件中剩余的内容将不被处理。如果 Response.Buffer 已设置为 True，则调用 Response.End 将缓冲输出
Write	向客户端发送浏览器能够处理的各种数据，包括 HTML 代码、脚本程序等。如：Response.Write "I LOVE YOU !"
Redirect	在服务器端重定向于另一个网页。如：Response.Redirect(http://www.tiaotiaocn.com)

3. Request 对象

Request 对象主要是让服务器取得客户端浏览器的一些数据,包括从 HTML 表单用 Post 或者 GET 方法传递的参数、Cookie 和用户认证。因为 Request 对象是 Page 对象的成员之一，所以在程序中不需要做任何的声明即可直接使用。常用属性见表 10-24。

表 10-24　Response 对象常用的属性

属　性　名	说　明
UserHostAddress	用于返回用户的 IP 地址。如：<%=Request.UserHostAddress %>
UserAgent	传回客户端浏览器的版本信息。如：<%=Request.UserAgent %>
QueryString	用于收集来自请求 URL 地址中"？"后面的数据，这些数据称为"URL 的附加信息"，通常用来在不同网页之间传送数据
Browser	用来返回客户端浏览器的信息和客户端操作系统的信息

【例 10.1】 从浏览器获取数据。

利用 Request 方法，可以读取其他页面提交过来的数据。提交的数据有两种形式：一种是通过 Form 表单提交过来，另一种是通过超级链接后面的参数提交过来，两种方式都可以利用 Request 对象读取。代码如下。

```
<%@ Page Language="C#"%>
<%
    string strUserName = Request["Name"];
    string strUserLove = Request["Love"];
%>
姓名：<%=strUserName%>
爱好：<%=strUserLove%>
<form action="" method="post">
<P>姓名：<input type="TEXT" size="20" name="Name"></P>
```

```
<P>兴趣: <input type="TEXT" size="20" name="Love"></P>
<P><input type="submit" value="提 交"></P>
</form>
```

【例 10.2】 得到客户端的信息。

利用 Request 对象内置的属性，可以得到一些客户端的信息，比如客户端浏览器版本和客户端地址等。代码如下。

```
<%@ Page Language="C#"%>
客户端浏览器: <%=Request.UserAgent %>
客户端 IP 地址: <%=Request.UserHostAddress %>
当前文件服务端物理路径: <%=Request.PhysicalApplicationPath %>
```

4. Application 对象

Application 对象在实际网络开发中的用途就是记录整个网络的信息，如上线人数、在线名单、意见调查和网上选举等。Application 对象可以在不同客户端浏览器之间提供共享信息。无论多少个客户端浏览网页，都可以访问 Application 对象保存的数据。Application 可以看做应用程序级的对象，可以在所有用户间共享信息。Application 对象没有自己的属性，用户根据需要自己来定义，以便保存一些共有的信息。定义属性的格式如下：

```
Application("属性名")
```

Application 对象常用的方法见表 10-25。

表 10-25　Application 对象常用的方法

方　　法	说　　明
lock	用于锁定 Application 对象，禁止别人修改 Application 对象的属性。Lock 方法确保同一段时间仅有一个用户在对 Application 对象进行操作
nlock	用来解除锁定，允许修改 Application 对象的属性。当锁定对象后，可以用 Unlock 对象来解除锁定。假如用户没有明确调用 Unlock 的方法，则服务器会在 asp 文件结束或者超时会自动解除 Application 对象的锁定。才能保证数据的一致性和完整性

【例 10.3】 Application 对象的使用。

代码如下。

```
Protected Sub Page_Load(ByVal sender As Object, ByVal e As System.EventArgs)
Handles Me.Load
Dim aa As String
   Application.Lock()
   Application("greetion") = "Visual Basic 2005"
   aa = Application("greetion").ToString
   Response.Write(aa)
   Application.UnLock()
End Sub
```

程序定义了一个属性名为 Greeting 的 Application 对象，然后将其值输出到页面上。

5. Session 对象

Session 对象用于存储从一个用户开始访问某个特定的 aspx 的页面起，到用户离开为止，特定的用户会话所需要的信息。用户在应用程序的页面切换时，Session 对象的变量不会被清除。对于一个 Web 应用程序而言，所有用户访问到的 Application 对象的内容是完全一样的；而不同用户会话访问到的 Session 对象的内容则各不相同。Session 可以保存变量，该变量只能供一个用户使用，也就是说，每一个网页浏览者都有自己的 Session 对象变量，即 Session 对象具有唯一性。常用属性见表 10-26。

表 10-26　Session 对象常用的属性

属　性　名	说　　　明
SessionID	用来表识每一个 Session 对象
TimeOut	用来设置 Session 会话的超时时间(以分钟表示)

【例 10.4】　向 Session 对象存储信息。

代码如下。

```
Protected Sub Page_Load(ByVal sender As Object, ByVal e As System.EventArgs)_
Handles Me.Load
    Dim aa As String
        Session("greetion") = "Visual Basic 2005"
        Response.Write(Session("greetion"))
    End Sub
```

6. Server 对象

Server 对象提供对服务器访问的方法和属性。其中大多数方法和属性是作为实用程序的功能提供的。Server 对象共有四个方法，分别为：MapPath 方法、CreateObject 方法、HTMLEncode 方法和 URLEncode 方法。Server 对象常用的属性和方法见表 10-27 和表 10-28。

表 10-27　Service 对象常用的属性

属　性　名	说　　　明
ScriptTimeout	规定脚本文件的最长执行时间，超时间就停止执行脚本，默认值为 90 秒

表 10-28　Service 对象常用的方法

方　　法	说　　　明
CreateObject	创建一个 Com 对象的实例
HTMLEncode	对要在浏览器中显示的字符串进行 HTML 编码
HTMLDecode	与 HTMLEncode 相反，还原为原来的字符串
URLEncode	将字符串转换为 URL 编码输出
URLDecode	与 URLEncode 相反，还原为原来的字符串

续表

方　　法	说　　明
MapPath	将路径转换成物理路径
Execute	终止当前的操作，转到新的页面执行。该网页执行完后，返回原页面，并继续执行 Execute 方法后面的语句
Transfer	终止当前的操作，转到新的页面执行。和 Execute 不同是，该网页执行完后，不返回原页面，停止执行过程

【例 10.5】 在浏览器中，显示双引号中的所有内容，不在把文字显示为标题 3 样式。

```
Response.Write(Server.HtmlEncode("<h3> Visual Basic 2005 </h3>"))
```

【例 10.6】 使用 URLEncode 方法对 URL 数据进行编码，然后显示在浏览器中。

在 Default1.aspx 网页中输入如下代码，将 "% Good Bye%" 字符串传给 st，转到 Default2.aspx 网页。

```
Protected Sub Page_Load(ByVal sender As Object, ByVal e As System.EventArgs)_
Handles Me.Load
    Response.Redirect("Default2.aspx?st=" & Server.UrlEncode("% Good_
Bye%"))
    End Sub
```

在 Default2.aspx 网页中输入如下代码，用 Request 接收正确的数据。

```
Protected Sub Page_Load(ByVal sender As Object, ByVal e As System.EventArgs)_
Handles Me.Load
    Response.Write("收到的参数是: " & Request("st"))
    End Sub
```

【例 10.7】 文件 data.txt 和包含下列脚本的 test.aspx 文件都位于目录 C:\Inetpub\Wwwroot\Script 下。C:\Inetpub\Wwwroot 目录被设置为服务器的宿主目录。

使用服务器变量 PATH_INFO 映射当前文件的物理路径。

```
<%= server.mappath(Request.ServerVariables("PATH_INFO"))%><BR>
```

输出结果:

```
c:\inetpub\wwwroot\script\test.asp<BR>
```

7) ADO.NET 中常用的对象

ADO.NET 中常用的对象有: Connection 数据库连接对象、Command 数据库命令、DataReader 数据读取器和 DataSet 数据集。

10.2.3　打包 ASP.NET Web 应用程序

当一个 Web 应用程序设计调试完成后，要将其发布到其他计算机或服务器中供他人使用就要对其进行部署，部署操作步骤如下。

(1) 选择【文件】|【打开网站】命令。

(2) 选【文件】|【添加】|【新建项目】命令，出现"新建项目"对话框，选择【安装和部署】|【Web 安装项目】命令。

(3) 输入项目名称，如：课程表管理系统。输入安装项目的位置(或用【浏览】按钮选择)，如：D:\课程表管理，单击【确定】按钮，如图 10.18 所示。

图 10.18　"新建项目"对话框

(4) 在打开的窗口中右【Web 应用程序文件夹】项。选择【添加】|【项目输出】命令，在弹出的"添加项目输出组"中依次选择【项目】中的文件(注意：可根据自己需要选择)，如图 10.19 所示。

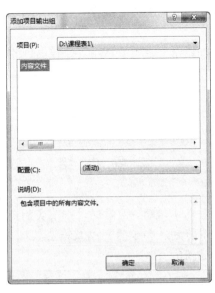

图 10.19　"添加项目输出组"对话框

(5) 如果要解决的方案中会新增一个"课程表管理系统"Web 安装项目名称的工程，即安装的项目。

(6) 右键选中【Web 应用程序文件夹】，选中属性窗口。在属性窗口中，将"DefaultDocument"设置为默认登录页(起始页)Index.aspx，如图 10.20 所示。

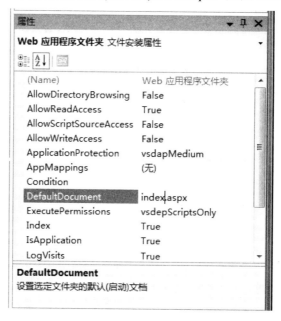

图 10.20　设置起始页

(7) 在左窗口中选择【Web 应用程序文件夹】，在右侧的属性窗口中设置"VirtualDirectory"(虚拟目录，即安装在 IIS 中的位置)属性。

(8) 在"解决方案管理器"中，选择【课程表管理系统】安装项目，按鼠标右键，选择【生成】命令。

(9) 打开"D:\课程表管理系统"文件夹(Web 安装项目的存放路径)，在此文件夹下有一个 Web 安装项目名称的文件夹，在此文件夹下还有一个 debug 的文件夹，debug 文件夹下有安装的所有文件。

(10) 将 debug 文件夹下的文件复制到想要安装的机器上，然后进行安装。

本 章 小 结

　　本章介绍了 Web 的一些基本概念，同时通过一个实例介绍了利用 Visual Basic 2005 来开发 ASP.NET 应用程序的方法和步骤，以及一些数据库的基本知识。最后介绍了 ASP.NET 应用程序的打包过程。

习　题　十

1. 选择题

(1) ASP.NET 是微软.net 战略中的一部分，它运行于(　　)平台.net 框架下的一种新型的功能强大的 Web 编程语言。

    A．DOS　　　　　B．Windows　　　C．UNIX　　　　　D．VMS

(2) ⊞ DropDownList 是(　　)控件。

    A．文本框　　　B．单选框　　　C．组合框　　　　D．下拉列表框

(3) ASP.NET 是(　　)运行的。

    A．编译　　　　B．解释　　　　C．即编译又解释　D．以上都不对

(4) 在 ASP.NET 中，使用页面缓存，可以提高(　　)。

    A．页面显示的图形效果　　　　　B．页面加载的速度

    C．应用程序的安全性　　　　　　D．节约操作系统得内存资源

(5) 下面(　　)类是自动产生的。

    A．Inherits System.Web.UI.Page　　B．Inherits System.Web.UI

    C．Imports System.Data.OleDb　　　D．Imports System.Data

2. 填空题

(1) ASP.NET 与 ASP 相比效率更高，它提供了很高的＿＿＿＿＿＿，＿＿＿＿＿＿，＿＿＿＿＿＿，＿＿＿＿＿＿，并且对于实现同样的功能比使用 ASP 的代码量要小得多。

(2) 要获得数据访问所需的类，对于 OLE DB.NET 数据提供程序，需要首先导入＿＿＿＿＿＿和＿＿＿＿＿＿命名空间；对于 SQL.NET 数据提供程序，需导入＿＿＿＿＿＿和＿＿＿＿＿＿空间。

(3) IsPostBack 是 Page 类的一个属性，返回值为一个布尔值。一般放在＿＿＿＿＿＿事件中。

(4) Page.IsPostBack 是用来检查目前网页是否为第一次加载，当使用者第一次浏览这个网页时 Page.IsPostBack 会传回＿＿＿＿＿＿，不是第一次浏览这个网页时就传回＿＿＿＿＿＿。

3. 问答题

(1) 什么叫主页？

(2) 什么叫 Web？

(3) 阐述 ASP.NET 和 ASP 的区别。

(4) 什么叫窗体面？

(5) Response 对象在 ASP.NET 中起什么作用？Request 对象起什么作用？

(6) 分别描述 ADO.NET 中常用的对象。

4. 编程题

(1) 建立一个 ASP.NET 应用程序，程序在页面上显示"Visual Basic 2005 案例教程"。

(2) 用 ASP.NET 编制一个能实现简单用户注册的程序，要求：

注册页面：登录名(长度不大于 15 的数字或字母)

密码：(长度不大于 12 个任意字符)

真实姓名：(10 个汉字以内)

年龄：(必须为数字，且小于 90 大于 0)

联系方式：(50 汉字以内)

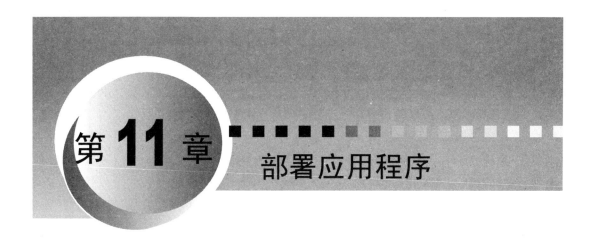

第**11**章 部署应用程序

↘ 教学目标：

- 了解部署的基本概念。
- 了解如何制作打包程序。
- 掌握 InstallShield 2008 软件的基本操作。

↘ 教学要求：

知 识 要 点	能 力 要 求	相 关 知 识
Visual Basic 2005 的部署发布	学会制作 Setup 安装程序	Office 软件安装程序过程

11.1 案例 12——Visual Basic 2005 的部署发布

开发人员在创建并测试应用程序之后，就可以将其发布，使其他计算机用户使用。将应用程序或组件发布到其他计算机上运行安装的过程称为部署。

需要注意的是，在创建自己的安装程序时，不一定需要执行下面的所有步骤。本案例的目的是介绍部署中可能会用到的一些可选功能。若只是创建一个基本的安装程序，则只需完成此过程中的前 4 个部分，即 11.1.2～11.1.5 节。

11.1.1 案例说明

【案例简介】

现以案例 2 "超级记事本" 为例，介绍为记事本的 Windows 应用程序创建一个安装程序的过程。首先创建一个 Windows 应用程序，然后创建一个安装程序，以便在安装过程中设置快捷方式和文件关联、添加注册表项、显示自定义对话框以及检查 Internet Explorer 的版本。

【案例目的】

通过本案例的学习，能够对自己开发的程序进行打包，安装在没有安装 Visual Basic 2005 平台的计算机上并能正常运行。

11.1.2 案例实现步骤

(1) 创建 Windows 应用程序。

参考第 5 章案例 4，创建一个资源管理器程序。

(2) 选择【生成】|【生成资源管理器】命令，生成 "资源管理器" 应用程序。

11.1.3 创建部署项目

(1) 在【文件】菜单上指向【添加项目】子菜单，然后选择【新建项目】命令。

(2) 在打开的【新建项目】对话框中，在【项目类型】窗格中选择【安装和部署】选项，在【模板】窗格中选择【安装项目】选项。在【名称】文本框中输入 "资源管理器安装程序"，如图 11.1 所示。

(3) 单击【确定】按钮，关闭对话框。这时，项目被添加到解决方案资源管理器中，并且文件系统编辑器打开。

(4) 在解决方案资源管理器中选择 "我的记事本安装程序" 项目。在【属性】窗口中，选择 ProductName 属性，并输入 "资源管理器"。

注意：ProductName 属性用于指定文件夹名称和 "添加/删除程序" 窗口中应用程序显示
的名称。

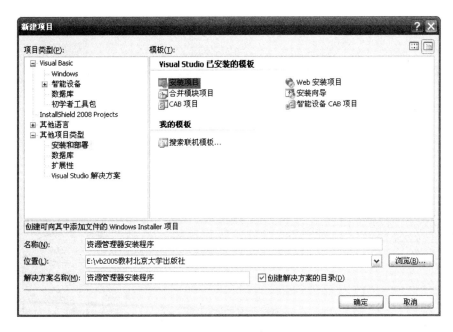

图 11.1　添加安装项目

11.1.4　添加 Windows 应用程序

(1) 双击【应用程序文件夹】，在右边的空白处单击右键，在弹出的快捷菜单中选择【添加】|【文件】命令，将"资源管理器"应用程序的可执行文件和相应的类库和组件添加进去，如图 11.2 所示。

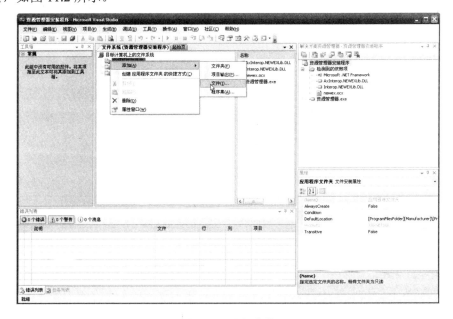

图 11.2　添加文件

(2) 在"资源管理器.exe"可执行文件上单击鼠标右键，在弹出的快捷菜单中选择【创建资源管理器快捷方式】命令，将快捷方式改名为"资源管理器"(可修改 Name 的属性)，如图 11.3 所示。

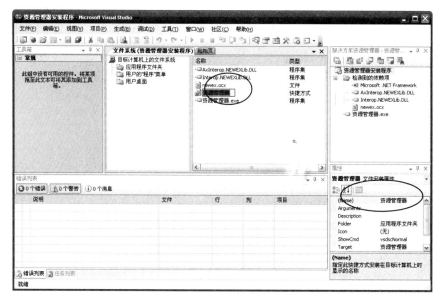

图 11.3　创建快捷方式

(3) 把快捷方式剪切并粘贴到左边的"用户桌面"文件夹中。

(4) 在【用户的"程序"菜单】文件夹上单击鼠标右键，在弹出的快捷菜单中选择【创建用户"程序"菜单的快捷菜单】命令，然后将快捷菜单重命名为"资源管理器"，这样安装程序安装完成后会在【开始】|【所有程序】和【桌面】上生成程序的快捷方式。

(5) 右击左边的【应用程序文件夹】，在弹出的快捷菜单中选择【属性】命令，打开【属性】对话框。

(6) 将属性中的 DefaultLocation 的路径中的 Manufacturer 去掉，如图 11.4 所示，否则做好的安装程序默认安装目录会是"C:\Program Files\你的用户名\安装解决方案名称"。

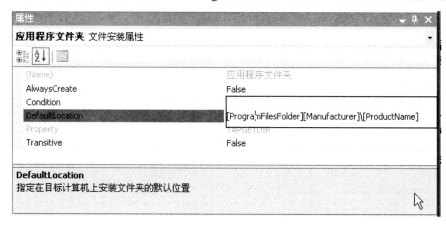

图 11.4　去掉 DefaultLocation 的默认路径

(7) 打开解决方案管理器，右击【资源管理器安装程序】文件，在弹出的快捷菜单中选择【属性】命令。

(8) 在打开的属性页中，单击【系统必备】按钮，如图 11.5 所示。

图 11.5　单击【系统必备】按钮

(9) 在打开的【系统必备】对话框中，选中图 11.6 中所示的选项，选择完成以后，在生成的安装文件包中就包含了.NET Framework 组件。

(10) 选择【生成】|【生成解决方案】命令，生成成功。

(11) 打开解决方案文件夹下的 debug 文件夹，就可以看到生成的安装文件。

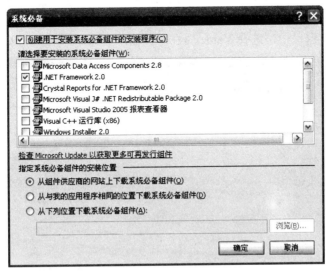

图 11.6　选择组件

11.1.5 添加注册表项

下面将一个注册表项以及相应的值添加到注册表中。运行时，可以从应用程序代码中引用此注册表项以检索用户信息。

为 Windows 应用程序添加注册表项，步骤如下。

(1) 在解决方案资源管理器中选择"资源管理器安装程序"项目，选择【视图】|【编辑器】|【注册表】命令。

(2) 在打开的【注册表】窗格中选择 HKEY_CURRENT_USER 节点并将其展开，然后展开 Software 节点，并选择(Manufacturer)节点。

注意：Manufacturer 节点两边有括号，表示它是一个属性。它将被替换为输入的部署项目的 Manufacturer 属性值。

(3) 选择【操作】|【新建】|【键】命令，如图 11.7 所示。

(4) 重命名 UserChoice 项，如图 11.8 所示。

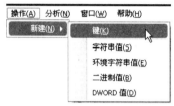

图 11.7 选择【键】命令   图 11.8 重命名 UserChoice 项

(5) 选中 UserChoice 项。

(6) 选择【操作】|【新建】|【字符串值】命令。

(7) 重命名 TextColor 值。

(8) 在【属性】窗口中，选择 Value 属性，并输入 Black，如图 11.9 所示。

图 11.9 修改 TextColor 值为 Black

11.1.6　添加"卸载"功能

(1) 在添加应用程序项目的时候，多添加一个 msiexec.exe 文件，如图 11.10 所示，这个文件在 C:\WINDOWS\system32 文件夹下。

(2) 把文件名改为"卸载资源管理器.exe"，如图 11.11 所示。当然这个关系不大，不改也可以。

图 11.10　添加 msiexec.exe 文件　　　　图 11.11　改为"卸载资源管理器.exe"

(3) 在"卸载资源管理器.exe"上单击鼠标右键，在弹出的快捷菜单中选择【创建卸载资源管理器的快捷方式】命令，重命名为"卸载资源管理器"。

(4) 在创建的"卸载资源管理器"的快捷方式上单击鼠标右键，在弹出的快捷菜单中选择【剪切】命令。

(5) 选择【用户的"程序"菜单】文件夹，单击鼠标右键，在弹出的快捷菜单中选择【粘贴】命令，如图 11.12 和图 11.13 所示，快捷方式会安装在【开始】|【程序】组中。

图 11.12　选择【用户的"程序"菜单】文件夹　　　　图 11.13　粘贴快捷方式

注意：如果粘贴在"用户桌面"中，快捷方式会安装在桌面上。

(6) 单击项目名称，如图 11.14 所示，在【属性】窗口找到 ProductCode 属性。

(7) 复制 ProductCode 属性值：{951FD604-0F1C-4DCC-8897-BE4B83EAD810}，如图 11.15 所示。

图 11.14　单击项目名称　　　　　　　　图 11.15　复制 ProductCode 属性值

(8) 单击"卸载资源管理器"快捷方式，如图 11.16 所示。在属性窗口中找到 Arguments 属性。

(9) 将 ProductCode 属性值粘贴到 Arguments 属性值里面，如图 11.17 所示。

(10) 选择【生成】|【生成超级记事本安装程序】命令，生成安装程序。

图 11.16　单击"卸载资源管理器"快捷方式　　　　图 11.17　粘贴属性值

11.2　相关知识和注意事项

11.2.1　InstallShield 2008 简介

InstallShield 2008 软件发行方提供领先的安装程序解决方案，能够制作强大可靠的 Windows Installer(MSI)、InstallScript 以及跨平台的安装程序。由 Macrovision 公司和 InstallShield 公司合并后开发的著名的专业安装程序制作软件，支持修改 autoexec.bat、config.sys、注册表，加入产品的注册码，自动生成反安装程序，功能非常强大。满足安装编写(installation-authoring)所有开发者的需求，涵盖所有平台、操作系统，可以认为它是目前最好的一个版本。

InstallShield Premier Edition 具有最佳的功能性和灵活性，支持所有平台、操作系统和设备，含有对运行时语言、RPM、程序更新等的高级支持。其功能最为强大，主要包括：试用版功能、网络知识仓库、共享组件集合、发布程序更新、多语种支持等。它是功能最强大、最灵活的 Windows 安装方案。主要功能有 Windows Installer(MSI)支持、结合了 Visual Studio .NET、补丁的创建、可视化对话框编辑器(Visual Dialog Editor)、源代码控件。

11.2.2　InstallShield 2008 安装步骤

1. 新建项目

(1) 选择 Files(文件)|New(新建)命令，或单击工具栏中的 New Project(新建项目)按钮。

(2) 在 New Project (新建项目)对话框中，选择 InstallScript 选项卡。

(3) 在 InstallScript 选项卡列表中，单击 InstallScript Project 图标。

(4) 在 Project Name 文本框中输入项目名称"超级记事本"。

(5) 在 Location 下拉列表框中保留默认值，如图 11.18 所示。

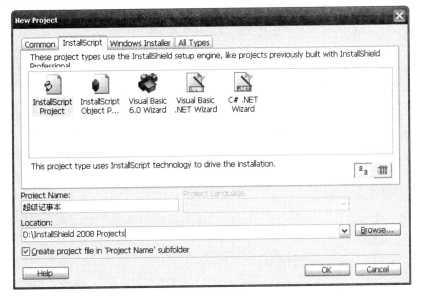

图 11.18　New Project 对话框

(6) 单击 OK 按钮。

说明：这时新建的项目已经在 Project Assistant 选项卡中。如果要开始使用项目助手，可单击右下角的【NEXT(下一步)】按钮，如图 11.19 所示。

提示：可以按照任意顺序来使用 Project Assistant 选项卡中的步骤，可以在任何时候通过选择适当的选项卡在 Project Assistant 和 Installation Designer 模式之间切换，在安装项目中添加更加复杂和强大的功能。

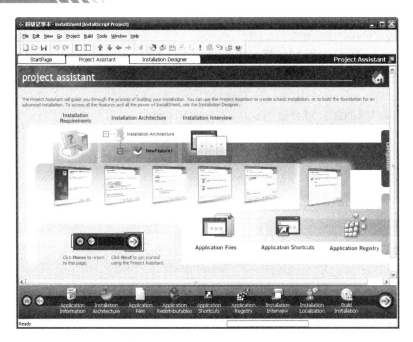

图 11.19　项目助手选项卡

提示：用 InstallShield 建立的项目文件名为项目名称.ism，在这是"超级记事本.ism"。这个项目文件保存了用户界面的所有设置。如果要把这个项目移动到另外的计算机上，复制这个.ism 文件(和其他的安装源文件)到另外的计算机上就可以了。

注意：如果要更改新项目的默认路径，从【工具】菜单中选择【选项】命令，在打开的对话框中选择 File Locations 选项卡，在 Project Location 文本框中输入新的路径即可。

2. 指定应用程序信息

在应用程序信息页中可以指定关于安装程序总的说明信息。指定应用程序信息的步骤如下。

(1) 选择 Project Assistant 选项卡。

(2) 在 Specify your company name(指定公司名称)文本框中输入"山西大学工程学院"。

(3) 在 Specify your application name(指定应用程序名称)文本框中输入"超级记事本"。

(4) 在 Specify your compary Web address(公司网络地址)文本框中输入 http://www.sxuec.edu.cn，其他内容保持不变，如图 11.20 所示。

在应用程序名称区域输入的内容将在最终用户的对话框上显示，并且这个名字将在最终用户的"添加/删除程序"面板中作为应用程序名显示出来。输入的应用程序名和公司名确定了在 Windows【开始】菜单中默认的应用程序快捷方式，并且为目标计算机需要的 TARGETDIR(目标目录)系统变量提供了默认值。

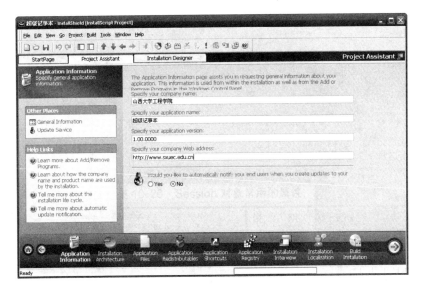

图 11.20 Project Assistant 选项卡

3. 定义安装体系结构(Installation Architecture)

在安装结构页中可以指定想通过安装程序显示的功能部件。从用户的角度看，一个功能部件是一个最小的可以单独安装的产品部分。当最终用户选择自定义安装类型时，单独的功能部件可以直接显示出来。

提示： 功能部件可以包含子功能部件，子子功能部件甚至更多，用户可以添加其安装程序所需要的多个层级。

安装结构页按照下列步骤设置。

(1) 针对 Do you want to customize your Installation(你是否想自定义你的安装程序？)这个问题，选中【Yes】单选按钮。

(2) 选择已有的 DefaultFeature 功能部件并且重命名为 ProgramFiles。

(3) 选定 Installation Architecture 选项，建立一个新功能部件 HelpFiles。然后单击【New】按钮，如图 11.21 所示。

4. 给项目添加文件(Application Files)

在应用案例文件夹页可以为每一个功能部件指定其想链接的文件。

首先从功能部件列表中选择要插入文件的功能部件。要添加文件链接，单击【Add Files】按钮，浏览选择要包含到功能部件中的文件。

按照下列步骤添加"超级记事本.exe"文件到 ProgramFiles 功能部件中。

(1) 从功能部件列表区中选择 ProgramFiles 选项。

(2) 在树状结构(目标计算机的总节点)中选择 Application Target Folder(应用程序目标文件夹)选项。

(3) 单击【Add Files】按钮，在源目录中找到"超级记事本.exe"文件并添加，如图 11.22 所示。

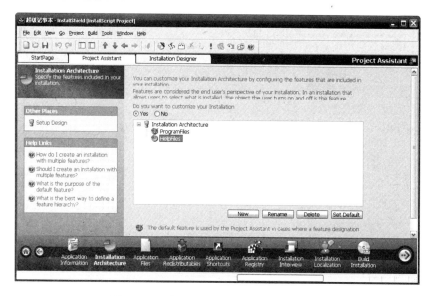

图 11.21 建立一个新功能部件 HelpFiles

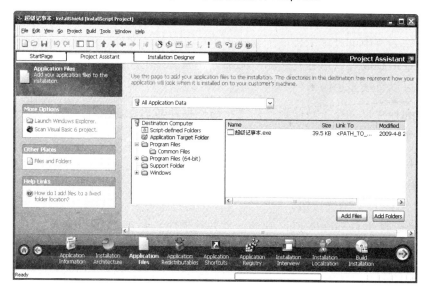

图 11.22 添加"超级记事本.exe"程序

5. 添加再发布内容(Application Redistributables)

在应用程序再发布页可以指定应用程序所需要的任意第三方技术，例如，MDAC、MFC，或者 DirectX。可以使用选择按钮来指定任意这样的需求；如果应用程序需求没有在询问和选择列表中体现，单击 Objects 链接从 Project Assistant 选项卡切换到 Installation Designer 选项卡，就可以看到全部可用对象和封装第三方技术的链接模块的列表，如图 11.23 所示。

在这个例子中，对于所有的问题都选择"NO"选项。

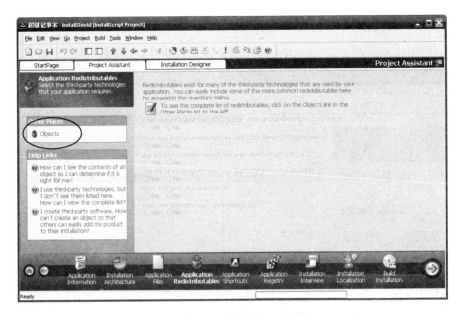

图 11.23　单击 Objects 链接

6. 建立快捷方式(Application Shortcuts)

通过应用程序创建快捷方式页可以在目标系统的桌面或者【开始】菜单中为应用案例文件夹指定快捷方式。这个页面为安装项目包含的每一个可执行文件显示一个快捷方式；用户可以删除这些，然后为安装项目中的其他文件添加快捷方式。

在这个例子中，保留页面默认的设置不变，在【开始】菜单和桌面建立"超级记事本"的快捷方式，如图 11.24 所示。

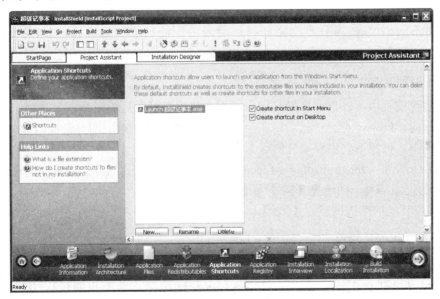

图 11.24　为"超级记事本"建立快捷方式

7. 配置注册表数据(Application Registry)

在应用程序注册表页可以为应用程序的需求指定任意注册表项，如图 11.25 所示。

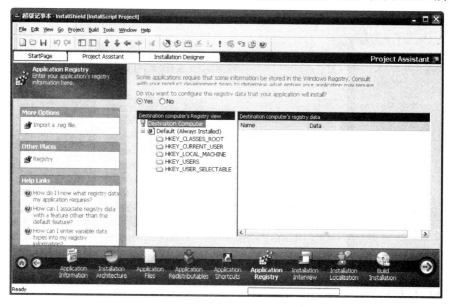

图 11.25 为"超级记事本"指定任意注册表项

提示：一个 InstallScript 项目默认包含应用程序卸载键、键值和数据的脚本代码(在 HKEY_LOCAL_MACHINE 或 HKEY_CURRENT_USER 根键下的合适位置 Software\Microsoft\Windows\CurrentVersion\Uninstall\<GUID>)；用户不必再指定这些注册表项。

在这个例子中，在本页不指定任何注册表项。注册表项会在第二步(Shortcuts and RegistryData)中被添加。

8. 安装协商(Installation Interview)

在安装协商页中可以指定当最终用户运行安装程序时看到的对话框。在这个页面通过对用户的询问，Project Assistant(项目助手)在安装脚本中添加对应的对话框函数。

在本例中，按照下列步骤安装协商。

(1) 在 Do you want to display a License Agreement Dialog? (你想显示一个许可协议对话框吗？)的提示信息下面选择【No】单选按钮。

(2) 保留其他的单选按钮为【Yes】，如图 11.26 所示。

9. 为安装过程选择语言(Installation Localization)

在安装选择语言(安装过程本土化)页面中可以指定安装过程支持的语言。它也能指定字符串值和关联标识符，让安装程序更加轻松地按照终端用户所使用的其他语言而本土化。

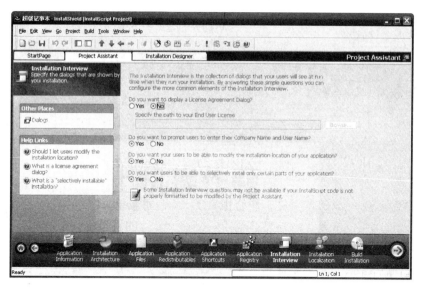

图 11.26　安装协商

在本例中，通过下列操作改变 HelpFiles 功能部件的显示名称。

(1) 在列表框中选择 Feature String Data。

(2) 在字符串表格的 Value 列，单击 HelpFiles(这个值关联着标识符 IDS_FEATURE_DISPLAY_NAME2)，把它变成 Help Files ，加一个空格，如图 11.27 所示。

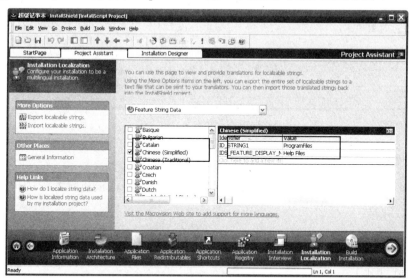

图 11.27　选择语言

10. 编译安装程序(Build Installations)

通过编译安装程序也可以指定想发布的类型。

在本例中，按照下列步骤实现。

(1) 选择 CD-ROM 选项。

(2) 单击【Build Installations】按钮，如图 11.28 所示。

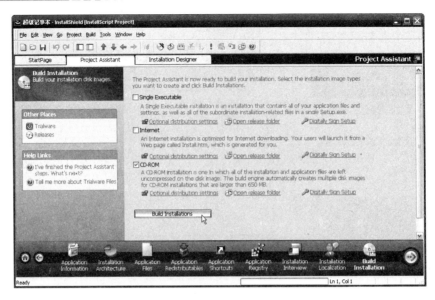

图 11.28　编译安装程序

提示：打开输出窗口，最主要的 Build 选项卡中显示编译过程的相关信息。当 Build 选项卡
中显示 Build finished at date and time 编译就完成了，如图 11.29 所示。

图 11.29　编译输出窗口

11．运行安装程序

要从 IDE 环境中运行安装程序，单击工具栏中的【!(Run)】按钮或者按 Ctrl+F5 组合键。

12．卸载程序

要卸载程序，单击【!】按钮或者按 Ctrl+F5 组合键，然后选择 Remove from the Setup Maintenance(在安装维护模式下删除)对话框，这与从 Add/Remove Programs 面板中选择应用程序的情况相同。

13．使用 InstallShield 设计界面(Installation Designer)

现在已经建立了一个基本的安装项目，选择 Installation Designer 选项卡，在 InstallShield 用户设计界面中细化项目。InstallShield 用户设计界面是在功能范畴上帮助用户添加或编辑项目中的信息，如图 11.30 所示。

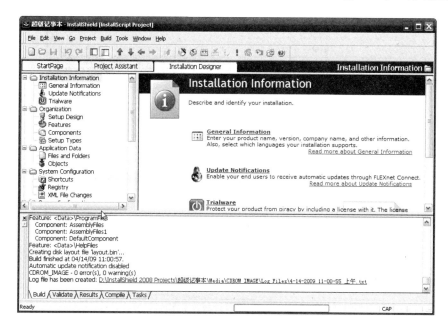

图 11.30　设计界面

14.　设置功能部件特性

首先要设置在 Project Assistant 选项卡中创建的功能部件的附加特性：功能部件的显示名称和描述。要编辑功能部件的特性，转到 IDE 的 Features 视图。

显示 Features 视图的步骤如下。

(1) 展开 View List (视图列表)中的 Organization 节点，显示它的子节点。

注意： 如果在左侧窗格的控制树下没有显示最高层的 Organization 节点，那么选择【View(视图)】|【View List(视图列表)】命令。

(2) 单击 Features 子节点。

(3) 在 Features 视图中，选择 ProgramFiles 功能部件，把它的 Description(描述)特性设置为：This feature contains the 超级记事本 program files(这个功能部件包含超级记事本的程序文件)。

(4) 选择 HelpFiles 功能部件，把它的 Description 特性改成：This feature contains the 超级记事本 help files(这个功能部件包含超级记事本的帮助文件)。当用户输入了每一个描述后，这个 IDE 就会创建一些表项，显示为{ID_STRINGn}，用来表示这些赋值。

(5) 在 Features 视图中把那些重名的功能部件重命名成各自的名称。要重命名一个功能部件，单击这个功能部件两次，让它的名字高亮显示，然后输入新的名称即可，如图 11.31 所示。

注意： 在安装程序运行时，如果最终用户选择了自定义安装类型，安装程序将显示一个对话框，提示用户选择要安装的功能部件。这个对话框中显示的功能部件的名称就是刚才指定的名称和描述。

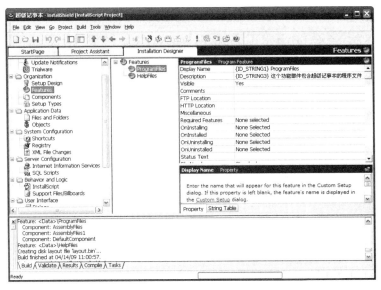

图 11.31　设置功能部件特性

15. 设置安装类型特性

安装类型是将要安装的功能部件的集合。一个典型的安装程序提供"完整"和"自定义"两种安装类型。完整安装将安装所有功能部件，自定义安装将显示一个对话框让用户自己选择要安装的功能部件。

可以在 IDE 环境中的 Setup Types 视图中来修改安装类型特性。

对于每一种安装类型，通过在对话框中选择功能部件的名称来确定将要安装的功能部件。

(1) 对于 Complete(完整安装)类型，选择【Complete】选项。

(2) 对于 Custom(自定义安装)类型，选择【Custom】选项，如图 11.32 所示。

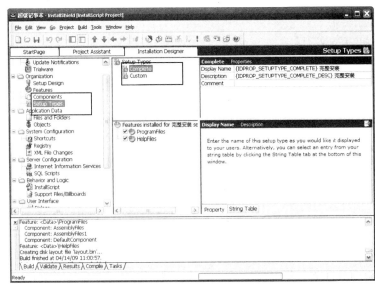

图 11.32　设置安装类型

16. 创建构件和链接文件

可以在 Files and Folders(文件和目录)视图中添加附加文件链接。在这个步骤中，将为 HelpFiles 功能部件添加文件。当在 Files and Folders 视图中添加文件时，IDE 环境将按照最优安装原则创建构件。

要为 HelpFiles 功能部件添加一个源文件为"超级记事本.html"的新构件，操作步骤如下。

(1) 转到 Files and Folders 视图(在视图列表中的 Application Data 节点下面)。

(2) 在功能部件列表视图顶部选择【HelpFiles】选项。

(3) 在 Destination computer's folders 位置右击 Destination Computer 图标，在弹出的快捷菜单中选择【Show Components and Subfolders】命令，如图 11.33 所示。

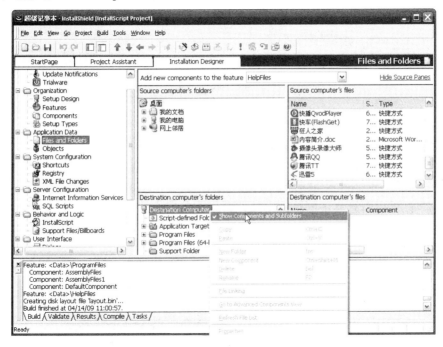

图 11.33　创建构件和链接文件

(4) 右击 ApplicationTarget Folder(应用程序目标目录)图标，在弹出的快捷菜单中选择【New Component】(新构件)命令，如图 11.34 所示。

(5) 重命名这个新构件为 HelpComponent。

(6) 在 Source computer's folders 框中，浏览包含"超级记事本说明.html"文件的源目录。

(7) 从 Source computer's files(源计算机文件)框中拖动"超级记事本说明.html"图标放到 HelpComponent 图标上。

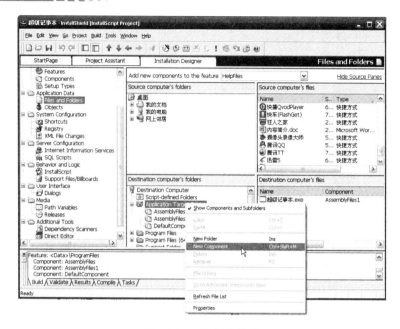

图 11.34　选择新构件

17．编译发布程序

在测试一个安装程序之前，必须编译一个发布程序。一个发布映像包含将要通过 CD-ROM、软盘或者网络位置发布的所有文件。

编译一个新的发布文件最简单的方法是使用 Release Wizard(发布向导)。通过这个 ReleaseWizard 可以配置版本的特性，比如使用的介质类型，在介质上如何压缩文件。可以通过单击工具栏上的 按钮或选择【Build|Release Wizard】命令来打开发布向导。

在编辑过程中，连续单击【下一步】按钮，可以设置不同的参数，如计算机的系统、生成的界面等，如图 11.35 所示。

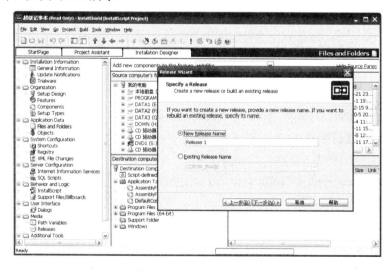

图 11.35　编译发布程序

1) 命名发布

在编译过程中，单击【下一步】按钮会打开 Specify a Release(配置发布)对话框，可以指定发布的名称。这个发布名称是生成的发布文件的目录名。例如，建立一个新的发布命名为 cjjsb，如图 11.36 所示。

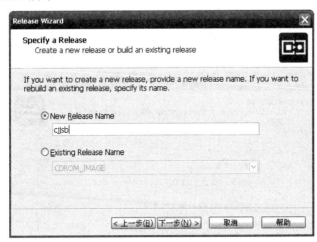

图 11.36　命名发布

2) 选择介质类型和常规选项

(1) 介质类型对话框。

单击【下一步】按钮，会打开 Media Type(介质类型)对话框，从中可以指定编译发布文件所使用的介质类型。介质类型指明了通过 Release Wizard 创建的磁盘映像文件夹的大小：当选择编译 CD-ROM 类型时，Release Wizard 将把生成文件放到多个目录中，每一个目录不大于 650 MB，在本例中选择 CD-ROM 选项，如图 11.37 所示。

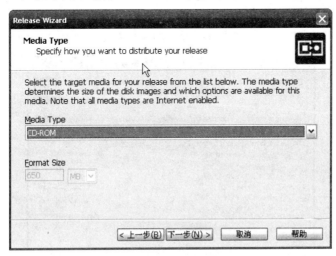

图 11.37　介质类型对话框

(2) 常规选项对话框。

单击【下一步】按钮，打开 General Options(常规选项)对话框，如图 11.38 所示。在这个对话框中可以完成下列操作。

① 把发布的安装程序创建成自解压的可执行文件。

② 为 Setup.exe 传递命令行选项。

③ 为编译器传递预处理变量定义。

④ 选择是否将编译脚本文件(.inx 文件)放入压缩文件中。

图 11.38　常规选项对话框

(3) 指定密码和支持平台。

单击【下一步】按钮，打开密码对话框。在密码对话框中，可以为安装程序指定一个密码。如果设置了密码，将执行 OnCheckMediaPassword 事件句柄中的默认密码检测代码。在本例中，不指定密码。

单击【下一步】按钮，指定支持当前版本的操作系统，如图 11.39 所示。

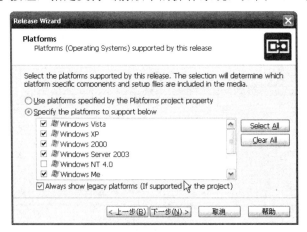

图 11.39　指定支持平台

也可以保留对话框中的默认值，即 Use platforms specified by the Platforms projectproperty (使用项目平台属性中指定的平台)。

(4) 指定安装语言与包含功能部件。

单击【下一步】按钮，打开 Setup Languages(安装语言对话框)，如图 11.40 所示。

在安装语言对话框中，可以指定在安装过程中使用的语言，并确定是否显示一个对话框允许用户选择想在安装过程中的使用的语言。

向导只将在对话框中选择的语言编译到安装程序中。

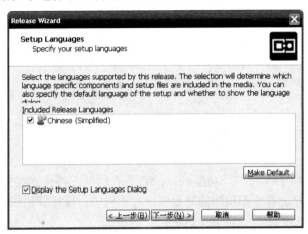

图 11.40　安装语言对话框

(5) 功能部件对话框。

单击【下一步】按钮，打开 Features(功能部件)对话框，如图 11.41 所示，在此可以指定编译发布包含哪些功能部件。

在本例中，不更改默认选择 Use the "Include in Build" feature property to determine inclusion(使用 Include in Build 功能部件属性来确定包含内容)。

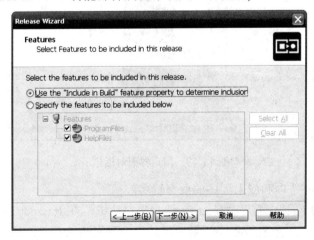

图 11.41　功能部件对话框

(6) 定义介质规划对话框外观。

单击【下一步】按钮，打开 Media Layout(介质规划)对话框，如图 11.42 所示。

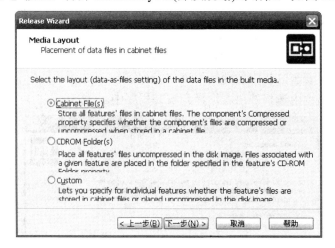

图 11.42　介质规划对话框

在介质规划对话框中，为单个功能部件或者所有功能部件指定这些功能部件的文件是存放在压缩文件中还是放置在不压缩的磁盘中。在本例中，保持默认的选择 Cabinet File(s)。

(7) 用户界面对话框。

单击【下一步】按钮，打开 User Interface(用户界面)对话框，如图 11.43 所示。在用户界面对话框中，指定用户在安装中出现的对话框界面。在本例中，保留默认设置不变。

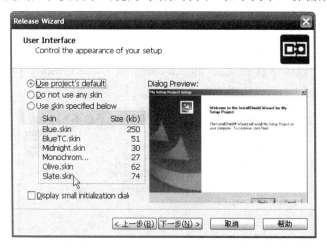

图 11.43　用户界面对话框

(8) 指定 Internet 选项和应用程序的数字签名。

单击【下一步】按钮，打开 "Internet 选项" 对话框。在 Internet 选项对话框中指定有关 Internet 的多种选项。各种版本不管是通过什么介质发布的，都能通过 Internet 运行。

在本例中，选择 Create a default Web page for the setup(为安装创建一个默认 Web 页)选项保留其他的选择不变。

(9) 数字签名对话框。

单击【下一步】按钮，打开 Digital Signature(数字签名)对话框，在数字签名对话框中可以为应用程序打上数字标签，这样就能确保程序代码在发布后不会被修改或破坏。在本例中，保留默认的设置不变。

18. 指定更新和编译后的信息

1) 更新对话框

单击【下一步】按钮，打开 Update(更新)对话框，如图 11.44 所示。更新对话框可以为当前能够运行更新的版本指定版本格式和现有的新版本。

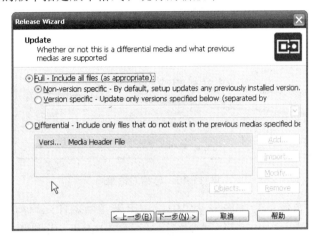

图 11.44　更新对话框

2) 编译后选项对话框

单击【下一步】按钮，对话框 Postbuild Options(编译后选项)对话框，如图 11.45 所示。编译后选项对话框可以在编译发布完成后，复制磁盘映像到另外的一个目录中，或者一个 FTP 站点中，或者执行一个批处理文件。在本例中，保留默认设置不变。

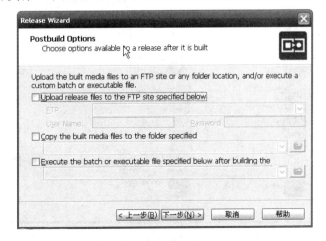

图 11.45　编译后选项对话框

19. 检查设置

单击【下一步】按钮，打开 Summary(总结)对话框，如图 11.46 所示。总结对话框显示通过发布向导完成的当前设置。如果这个设置是正确的，选中 Build the Release(编译发布)复选框，然后单击【完成】按钮来编译发布。如果不正确，可单击【上一步】按钮修改相关设置。

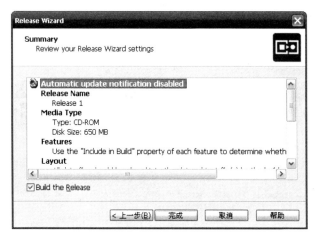

图 11.46　总结对话框

编译过程中的状态信息会在输出窗口中显示出来。当编译完成后，将准备复制的 CD上的文件放在下列目录中：<ProjectFolder>\超级记事本\Media\cjjsb\Disk Images\Disk1，如图 11.47 所示。

其中：<ProjectFolder>表示安装 InstallShield 2008 Projects 的文件夹。

如：D:\InstallShield 2008 Projects。

图 11.47　生成的安装文件

20.　安装程序故障诊断

在运行安装程序后，如果文件没有被安装，可检查项目中的下列部分。

① 通过选择 IDE 列表中的 Organize Your Setup，找到 General Information(常规信息)图标，选择 Product Properties(项目属性)来检查 INSTALLDIR 是否设置正确。

在本例中，推荐值为 ProgramFilesFolder，在 TutorialCo\TutorialApp 下面设置。

② 检查安装类型已经关联了相关的功能部件。

③ 检查功能部件中已经有关联的构件和文件。

④ 无论做了任何修改，都应该通过单击【Build】按钮或按 F7 键来重新编译项目。

本 章 小 结

　　本章主要介绍了程序部署的概念和将程序打包的步骤。其中介绍了两种方法，一种方法是使用 Visual Studio 2005 自带的打包程序，另一种是使用专业性的安装文件制作工具 InstallShield 2008。通过这一章的学习，读者应该能够将开发的软件制作成简单实用、更加专业的安装程序。

习 题 十 一

1.　选择题

(1) 可以使用(　　)模板来为 Windows 应用程序创建 Windows Installer 软件包。

　　A．部署向导　　　　　　　　　　B．安装向导

　　C．安装模板　　　　　　　　　　D．发布向导

(2) 为了使生成的安装程序在控制面板的"添加或删除"程序窗口中显示名称，应在"解决方案资源管理器中"选择项目，在"属性"窗口中设置(　　)属性。

　　A．Name　　　　　　　　　　　　B．Text

　　C．ProductName　　　　　　　　 D．以上都是

(3) InstallShield 2008 打包软件是由(　　)公司开发的。

　　A．Microsoft　　　　　　　　　　B．Macrovision

　　C．Microsoft 和 InstallShield　　　D．Macrovision 和 InstallShield

(4) 用 InstallShield 建立的项目文件叫做项目名称，它的扩展名是(　　)。

　　A．.vbp　　　　　　　　　　　　B．.ism

　　C．.vbproj　　　　　　　　　　　D．.sln

(5) 在 InstallShield 打包过程中，当编译标签中显示(　　)时表示编译完成。

　　A．Build finished at date and time　B．End

　　C．finished　　　　　　　　　　　D．Build finished

2. 填空题

(1) 将应用程序或组件发布到其他计算机上并进行安装的过程为_____。

(2) 部署既包括对代码打包，又包括_____。可通过软盘、_____、网络等发布应用程序。

(3) 当编译完成后，准备复制的 CD 上的文件放在_____目录中。

(4) 运行安装程序，应该按_____组合键。

(5) 创建部署项目时，在【添加新项目】对话框的【项目类型】窗格中应选择_____。

3. 问答题

(1) 什么叫部署？

(2) 若创建一个基本的安装程序，大约需要几个部分？

(3) 在 InstallShield 2008 中，编译一个新的发布文件最简单的方法是什么？

4. 上机操作题

(1) 把案例 8 进行打包发布。

(2) 从网上下载 Smart Install Maker 安装软件，并了解使用方法和步骤。

附录 Visual Basic 2005 常用命名空间

1. 基础命名空间

(1) System.Collections

这个命名空间包含了一些与集合相关的类型，比如列表、队列、位数组、哈希表和字典等。

(2) System.IO

这个命名空间包含了一些数据流类型并提供了文件和目录同步异步读写。

(3) System.Text

这个命名空间包含了一些表示字符编码的类型并提供了字符串的操作和格式化。

(4) System.Reflection

这个命名空间包括了一些提供加载类型，方法和字段的托管视图以及动态创建和调用类型功能的类型。

(5) System.Threading

这个命名空间提供启用多线程的类和接口。

2. 图形命名空间

(1) System.Drawing

这个主要的 GDI＋命名空间定义了许多类型，实现基本的绘图类型(字体、钢笔、基本画笔等)和无所不能的 Graphics 对象。

(2) System.Drawing2D

这个命名空间提供了高级的二维和矢量图像功能。

(3) System.Drawing.Imaging

这个命名空间定义了一些类型实现图形图像的操作。

(4) System.Drawing.Text

这个命名空间提供了操作字体集合的功能。

(5) System.Drawing.Printing

这个命名空间定义了一些类型实现在打印纸上绘制图像，与打印机交互以及格式化某个打印任务的总体外观等功能。

3. 数据命名空间

(1) System.Data

这个命名空间包含了数据访问使用的一些主要类型。

（2）System.Data.Common

这个命名空间包含了各种数据库访问共享的一些类型。

（3）System.XML

这个命名空间包含了根据标准来支持 XML 处理的类。

（4）System.Data.OleDb

这个命名空间包含了一些操作 OLEDB 数据源的类型。

（5）System.Data.Sql

这个命名空间能使你枚举安装在当前本地网络的 SQL Server 实例。

（6）System.Data.SqlClient

这个命名空间包含了一些操作 MS SQL Server 数据库的类型，提供了和 System.Data.OleDb 相似的功能，但是针对 SQL 做了优化。

（7）System.Data.SqlTypes

这个命名空间提供了一些表示 SQL 数据类型的类。

（8）System.Data.Odbc

这个命名空间包含了操作 Odbc 数据源的类型。

（9）System.Data.OracleClient

这个命名空间包含了操作 Odbc 数据库的类型。

（10）System.Transactions

这个命名空间提供了编写事务性应用程序和资源管理器的一些类。

4. WEB 命名空间

（1）System.Web

这个命名空间包含启用浏览器。服务器通信的类和接口。这些命名空间类用于管理到客户端的 HTTP 输出和读取 HTTP 请求。附加的类则提供了一些功能，用于服务器端的应用程序以及进程，Cookie 管理，文件传输，异常信息和输出缓存的控制。

（2）System.Web.UI

这个命名空间包含 Web 窗体的类，包括 Page 类和用于创建 Web 用户界面的其他标准类。

（3）System.Web.UI.HtmlControls

这个命名空间包含用于 HTML 特定控件的类，这些控件可以添加到 Web 窗体中以创建 Web 用户界面。

（4）System.Web.UI.WebControls

这个命名空间包含创建 ASP.NET 服务器控件的类，当添加到窗体时，这些控件将呈现浏览器特定的 HTML 和脚本，用于创建和设备无关的 Web 用户界面。

（5）System.Web.Mobile

这个命名空间包含生成 ASP.NET 移动应用程序所需要的核心功能，包括身份验证和错误处理。

（6）System.Web.UI.MobileControls

这个命名空间包括一组 ASP.NET 服务器控件，这些控件可以针对不同的移动设备呈现应用程序。

(7) System.Web.Services

这个命名空间包含能使你使用和生成 XML Web Service 的类，这些服务是驻留在服务器中的可编程实体，并通过标准 Internet 协议公开。

5. 框架服务命名空间

(1) System.Diagnostics

这个命名空间所提供的类允许你启动系统进程，读取和写入事件日志以及使用性能计数器监视系统性能。

(2) System.DirectoryServices

这个命名空间所提供的类可便于从托管代码中访问 Active Directory。此命名空间中的类可以与任何 Active Directory 服务提供程序一起使用。

(3) System.Media

这个命名空间包含了用于播放声音文件和访问系统提供的声音的类。

(4) System.Management

这个命名空间提供的类用于管理一些信息和事件，它们关系到系统，设备和 WMI 基础结构所使用的应用程序。

(5) System.Messaging

这个命名空间提供的类用于连接到网络上的消息队列，向队列发送消息，从队列接收或查看消息。

(6) System.ServiceProcess

这个命名空间提供的类用于安装和运行服务，服务是长期运行的可执行文件，它们不通过用户界面来运行。

(7) System.Timers

这个命名空间提供基于服务器的计时器组件，用以按指定的间隔引发事件。

6. 安全性命名空间

(1) System.Security

这个命名空间提供公共语言运行库安全性系统的基础结构。

(2) System.Net.Security

这个命名空间提供用于主机间安全通信的网络流。

(3) System.Web.Security

这个命名空间包含的类用于在 Web 应用程序中实现 ASP.NET 安全性。

7. 网络命名空间

(1) System.Net

这个命名空间包含的类可为当前网络上的多种协议提供简单的编程接口。

(2) System.Net.Cache

这个命名空间定义了一些类和枚举，用于为使用 WebRequest 和 HttpWebRequest 类获取的资源定义缓存策略。

(3) System.Net.Configuration

这个命名空间包含了以编程方式访问和更新 System.Net 命名空间的配置设置的类。

(4) System.Net.Mime

这个命名空间包含了用于将电子邮件发送到 SMTP 服务器进行传送的类。

(5) System.Net.Networkinformation

这个命名空间提供对网络流量数据，网络地址信息和本地计算机的地址更改通知的访问，还包含实现 Ping 实用工具的类。可以使用 Ping 和相关的类来检查是否可通过网络访问某台计算机。

(6) System.Net.Sockets

这个命名空间为严格控制网络访问的开发人员提供 Windows 套接字接口的托管实现。

8. 配置命名空间

(1) System.Configuration

这个命名空间包含用于以编程方式访问.Net Framework 配置设置并处理配置文件中错误的类。

(2) System.Configuration.Assemblies

这个命名空间包含用于配置程序集的类。

(3) System.Configuration.Provider

这个命名空间包含由服务器和客户端应用程序共享，以支持可插接式模型轻松添加或移除功能的基类。

9. 本地化命名空间

(1) System.Globalization

这个命名空间包含的类定义与区域性相关的信息，其中包括语言，国家\地区，所使用的日历，日期 格式的模式，货币与数字以及字符串的排序顺序。

(2) System.Resources

这个命名空间提供一些类和接口，它们使开发人员得以创建，存储并管理应用程序中使用的各种区域性特定资源。

(3) System.Resources.Tools

这个命名空间包含 StronglyTypedResourceBuilder 类，该类提供对强类型资源的支持，编译时通过创建包含一组静态只读属性的类封装对资源的访问，从而使得使用资源变得更加容易。

参 考 文 献

[1] 于文强，梁霭明，李岱，陈希球. Visual basic 2005 程序设计教程上机实训. 北京：中国铁道出版社，2007.

[2] 刘怀亮，何冬梅，韩凤英. Visual Basic 2005 语言程序设计. 北京：研究出版社，2008.

[3] 郑阿奇，彭作民. Visual Basic.NET. 北京：机械工业出版社，2006.

[4] 孙强等. Visual Basic.NET 2005 中文版基础与实践教程. 北京：电子工业出版社，2007.

[5] 周晓杰，高鉴伟. Visual Basic 2005 数据库项目案例导航. 北京：清华大学出版社，2007.

全国高职高专计算机、电子商务系列教材

序号	标准书号	书 名	主 编	定价(元)	出版日期
1	978-7-301-11522-0	ASP.NET 程序设计教程与实训(C#语言版)	方明清等	29.00	2009 年重印
2	978-7-301-10226-8	ASP 程序设计教程与实训	吴鹏, 丁利群	27.00	2009 年第 6 次印刷
3	7-301-10265-8	C++程序设计教程与实训	严仲兴	22.00	2008 年重印
4	978-7-301-15476-2	C 语言程序设计(第 2 版)	刘迎春, 王磊	32.00	2009 年出版
5	978-7-301-09770-0	C 语言程序设计教程	季昌武, 苗专生	21.00	2008 年第 3 次印刷
6	7-301-09593-7	C 语言程序设计上机指导与同步训练	刘迎春, 张艳霞	25.00	2007 年重印
7	7-5038-4507-4	C 语言程序设计实用教程与实训	陈翠松	22.00	2008 年重印
8	978-7-301-10167-4	Delphi 程序设计教程与实训	穆红涛, 黄晓敏	27.00	2007 年重印
9	978-7-301-10441-5	Flash MX 设计与开发教程与实训	刘力, 朱红祥	22.00	2007 年重印
10	978-7-301-09645-1	Flash MX 设计与开发实训教程	栾蓉	18.00	2007 年重印
11	7-301-10165-1	Internet/Intranet 技术与应用操作教程与实训	闻红军, 孙连军	24.00	2007 年重印
12	978-7-301-09598-0	Java 程序设计教程与实训	许文宪, 董子建	23.00	2008 年第 4 次印刷
13	978-7-301-10200-8	PowerBuilder 实用教程与实训	张文学	29.00	2007 年重印
14	978-7-301-15533-2	SQL Server 数据库管理与开发教程与实训(第 2 版)	杜兆将	32.00	2009 年出版
15	7-301-10758-7	Visual Basic .NET 数据库开发	吴小松	24.00	2006 年出版
16	978-7-301-10445-9	Visual Basic .NET 程序设计教程与实训	王秀红, 刘造新	28.00	2006 年重印
17	978-7-301-10440-8	Visual Basic 程序设计教程与实训	康丽军, 武洪萍	28.00	2009 年第 3 次印刷
18	7-301-10879-6	Visual Basic 程序设计实用教程与实训	陈翠松, 徐宝林	24.00	2009 年重印
19	978-7-301-09698-7	Visual C++ 6.0 程序设计教程与实训(第 2 版)	王丰, 高光金	23.00	2009 年出版
20	978-7-301-10288-6	Web 程序设计与应用教程与实训(SQL Server 版)	温志雄	22.00	2007 年重印
21	978-7-301-09567-6	Windows 服务器维护与管理教程与实训	鞠光明, 刘勇	30.00	2006 年重印
22	978-7-301-10414-9	办公自动化基础教程与实训	靳广斌	36.00	2007 年第 3 次印刷
23	978-7-301-09640-6	单片机实训教程	张迎辉, 贡雪梅	25.00	2006 年重印
24	978-7-301-09713-7	单片机原理与应用教程	赵润林, 张迎辉	24.00	2007 年重印
25	978-7-301-09496-9	电子商务概论	石道元, 王海, 蔡玥	22.00	2007 年第 3 次印刷
26	978-7-301-11632-6	电子商务实务	胡华江, 余诗建	27.00	2008 年重印
27	978-7-301-10880-2	电子商务网站设计与管理	沈风池	22.00	2008 年重印
28	978-7-301-10444-6	多媒体技术与应用教程与实训	周承芳, 李华艳	32.00	2009 年第 5 次印刷
29	7-301-10168-6	汇编语言程序设计教程与实训	赵润林, 范国渠	22.00	2005 年出版
30	7-301-10175-9	计算机操作系统原理教程与实训	周峰, 周艳	22.00	2006 年重印
31	978-7-301-14671-2	计算机常用工具软件教程与实训(第 2 版)	范国渠, 周敏	30.00	2009 年出版
32	7-301-10881-8	计算机电路基础教程与实训	刘辉珞, 张秀国	20.00	2007 年重印
33	978-7-301-10225-1	计算机辅助设计教程与实训(AutoCAD 版)	袁太生, 姚桂玲	28.00	2007 年重印
34	978-7-301-10887-1	计算机网络安全技术	王其良, 高敬瑜	28.00	2008 年第 3 次印刷
35	978-7-301-10888-8	计算机网络基础与应用	阚晓初	29.00	2007 年重印
36	978-7-301-09587-4	计算机网络技术基础	杨瑞良	28.00	2007 年第 4 次印刷
37	978-7-301-10290-9	计算机网络技术基础教程与实训	桂海进, 武俊生	28.00	2009 年第 5 次印刷
38	978-7-301-10291-6	计算机文化基础教程与实训(非计算机)	刘德仁, 赵寅生	35.00	2007 年第 3 次印刷
39	978-7-301-09639-0	计算机应用基础教程(计算机专业)	梁旭庆, 吴焱	27.00	2009 年第 3 次印刷
40	7-301-10889-3	计算机应用基础实训教程	梁旭庆, 吴焱	24.00	2007 年重印刷
41	978-7-301-09505-8	计算机专业英语教程	樊晋宁, 李莉	20.00	2009 年第 5 次印刷
42	978-7-301-15432-8	计算机组装与维护(第 2 版)	肖玉朝	26.00	2009 年出版
43	978-7-301-09535-5	计算机组装与维修教程与实训	周佩锋, 王春红	25.00	2007 年第 3 次印刷
44	978-7-301-10458-3	交互式网页编程技术(ASP .NET)	牛立成	22.00	2007 年重印
45	978-7-301-09691-8	软件工程基础教程	刘文, 朱飞雪	24.00	2007 年重印
46	978-7-301-10460-6	商业网页设计与制作	丁荣涛	35.00	2007 年重印
47	7-301-09527-9	数据库原理与应用(Visual FoxPro)	石道元, 邵亮	22.00	2005 年出版
48	7-301-10289-5	数据库原理与应用教程(Visual FoxPro 版)	罗毅, 邹存者	30.00	2007 年重印
49	978-7-301-09697-0	数据库原理与应用教程与实训(Access 版)	徐红, 陈玉国	24.00	2006 年重印
50	978-7-301-10174-2	数据库原理与应用实训教程(Visual FoxPro 版)	罗毅, 邹存者	23.00	2007 年重印
51	7-301-09495-7	数据通信原理及应用教程与实训	陈光军, 陈增吉	25.00	2005 年出版
52	978-7-301-09592-8	图像处理技术教程与实训(Photoshop 版)	夏燕, 姚志刚	28.00	2008 年第 4 次印刷
53	978-7-301-10461-3	图形图像处理技术	张枝军	30.00	2007 年重印
54	978-7-301-09667-3	网络安全基础教程与实训	杨诚, 尹少平	26.00	2008 年第 6 次印刷

序号	标准书号	书　名	主　编	定价(元)	出版日期
55	978-7-301-15086-3	网页设计与制作教程与实训(第2版)	于巧娥	30.00	2009年出版
56	978-7-301-10413-2	网站规划建设与管理维护教程与实训	王春红，徐洪祥	28.00	2008年第4次印刷
57	7-301-09597-X	微机原理与接口技术	龚荣武	25.00	2007年重印
58	978-7-301-10439-2	微机原理与接口技术教程与实训	吕勇，徐雅娜	32.00	2007年重印
59	978-7-301-15466-3	综合布线技术教程与实训(第2版)	刘省贤	36.00	2009年出版
60	7-301-10412-X	组合数学	刘勇，刘祥生	16.00	2006年出版
61	7-301-10176-7	Office应用与职业办公技能训练教程(1CD)	马力	42.00	2006年出版
62	978-7-301-12409-3	数据结构(C语言版)	夏燕，张兴科	28.00	2007年出版
63	978-7-301-12322-5	电子商务概论	于巧娥，王震	26.00	2008年重印
64	978-7-301-12324-9	算法与数据结构(C++版)	徐超，康丽军	20.00	2007年出版
65	978-7-301-12345-4	微型计算机组成原理教程与实训	刘辉珞	22.00	2007年出版
66	978-7-301-12347-8	计算机应用基础案例教程	姜丹，万春旭，张飏	26.00	2007年出版
67	978-7-301-12589-2	Flash 8.0动画设计案例教程	伍福军，张珈瑞	29.00	2009年重印
68	978-7-301-12346-1	电子商务案例教程	龚民	24.00	2007年出版
69	978-7-301-09635-2	网络互联及路由器技术教程与实训(第2版)	宁芳露，杨旭东	27.00	2009年出版
70	978-7-301-13119-0	Flash CS3平面动画制作案例教程与实训	田启明	36.00	2008年出版
71	978-7-301-12319-5	Linux操作系统教程与实训	易著梁，邓志龙	32.00	2008年出版
72	978-7-301-12474-1	电子商务原理	王震	34.00	2008年出版
73	978-7-301-12325-6	网络维护与安全技术教程与实训	韩最蛟，李伟	32.00	2008年出版
74	978-7-301-12344-7	电子商务物流基础与实务	邓之宏	38.00	2008年出版
75	978-7-301-13315-6	SQL Server 2005数据库基础及应用技术教程与实训	周奇	34.00	2008年出版
76	978-7-301-13320-0	计算机硬件组装和评测及数码产品评测教程	周奇	36.00	2008年出版
77	978-7-301-12320-1	网络营销基础与应用	张冠凤，李磊	28.00	2008年出版
78	978-7-301-13321-7	数据库原理及应用(SQL Server版)	武洪萍，马桂婷	30.00	2008年出版
79	978-7-301-13319-4	C#程序设计基础教程与实训(1CD)	陈广	36.00	2009年重印
80	978-7-301-13632-4	单片机C语言程序设计教程与实训	张秀国	25.00	2008年出版
81	978-7-301-13641-6	计算机网络技术案例教程	赵艳玲	28.00	2008年出版
82	978-7-301-13570-9	Java程序设计案例教程	徐翠霞	33.00	2008年出版
83	978-7-301-13997-4	Java程序设计与应用开发案例教程	汪志达，刘新航	28.00	2008年出版
84	978-7-301-13679-9	ASP .NET动态网页设计案例教程(C#版)	冯涛，梅成才	30.00	2008年出版
85	978-7-301-13663-8	数据库原理及应用案例教程(SQL Server版)	胡锦丽	40.00	2008年出版
86	978-7-301-13571-6	网站色彩与构图案例教程	唐一鹏	40.00	2008年出版
87	978-7-301-13569-3	新编计算机应用基础案例教程	郭丽春，胡明霞	30.00	2009年重印
88	978-7-301-14084-0	计算机网络安全案例教程	陈昶，杨艳春	30.00	2008年出版
89	978-7-301-14423-7	C语言程序设计案例教程	徐翠霞	30.00	2008年出版
90	978-7-301-13743-7	Java实用案例教程	张兴科	30.00	2008年出版
91	978-7-301-14183-0	Java程序设计基础	苏传芳	29.00	2008年出版
92	978-7-301-14670-5	Photoshop CS3图形图像处理案例教程	洪光，赵倬	32.00	2009年出版
93	978-7-301-13675-1	Photoshop CS3案例教程	张喜生，赵冬晚，伍福军	35.00	2009年重印
94	978-7-301-14473-2	CorelDRAW X4实用教程与实训	张祝强，赵冬晚，伍福军	35.00	2009年出版
95	978-7-301-13568-6	Flash CS3动画制作案例教程	俞欣，洪光	25.00	2009年出版
96	978-7-301-14672-9	C#面向对象程序设计案例教程	陈向东	28.00	2009年重印
97	978-7-301-14476-3	Windows Server 2003维护与管理技能教程	王伟	29.00	2009年出版
98	978-7-301-13472-0	网页设计案例教程	张兴科	30.00	2009年出版
99	978-7-301-14463-3	数据结构案例教程(C语言版)	徐翠霞	28.00	2009年出版
100	978-7-301-14673-6	计算机组装与维护案例教程	谭宁	33.00	2009年出版
101	978-7-301-14475-6	数据结构(C#语言描述)	陈广	38.00(含1CD)	2009年出版
102	978-7-301-15368-0	3ds max三维动画设计技能教程	王艳芳，张景虹	28.00	2009年出版
103	978-7-301-15462-5	SQL Server数据库应用技能教程	俞立梅，吕树红	30.00	2009年出版
104	978-7-301-15519-6	软件工程与项目管理案例教程	刘新航	28.00	2009年出版
105	978-7-301-15588-2	SQL Server 2005数据库原理与应用案例教程	李军	27.00	2009年出版
106	978-7-301-15618-6	Visual Basic 2005程序设计案例教程	靳广斌	33.00	2009年出版
107	978-7-301-15626-1	办公自动化技能教程	连卫民，杨娜	28.00	2009年出版

电子书(PDF版)、电子课件和相关教学资源下载地址：http://www.pup6.com/ebook.htm，欢迎下载。
欢迎访问立体教材建设网站：http://blog.pup6.com。
欢迎免费索取样书，请填写并通过E-mail提交教师调查表，下载地址：http://www.pup6.com/down/教师信息调查表excel版.xls，欢迎订购，欢迎投稿。
联系方式：010-62750667，huhewhm@126.com，linzhangbo@126.com，欢迎来电来信。